Cormac McCarthy

Meridiano de sangre

Cormac McCarthy es el autor de once novelas. Entre sus premios se encuentran el National Book Award y el National Book Critics Circle Award.

Meridiano de sangre

Meridiano de sangre

Cormac McCarthy

Traducción de **Luis Murillo Fort**

Vintage Español
Una división de Random House, Inc.
Nueva York

PRIMERA EDICIÓN VINTAGE ESPAÑOL, OCTUBRE 2010

Información de catalogación de publicaciones disponible en la Biblioteca del Congreso de los Estados Unidos.

Vintage ISBN: 978-0-307-74117-2

www.grupodelectura.com

Impreso en los Estados Unidos de América
10 9 8 7 6 5 4 3 2 1

ÍNDICE

El autor desea dar las gracias a la Lyndhurst Foundation, la John Simon Guggenheim Memorial Foundation y la John D. & Catherine T. MacArthur Foundation. Desea asimismo expresar su agradecimiento a Albert Erskine, su editor desde hace veinte años.

Vuestras ideas son terribles y vuestros corazones medrosos. Vuestra piedad, vuestra crueldad son absurdas, desprovistas de calma, por no decir irresistibles. Y al final os da miedo la sangre, cada vez más. La sangre y el tiempo.

PAUL VALÉRY

No hay que pensar que la vida de las tinieblas está sumida en la desdicha, perdida en una suerte de perpetua aflicción. No existe tal aflicción. Y es que la pena es algo que desaparece con la muerte, y muerte y agonía son la vida misma de las tinieblas.

JACOB BOEHME

Clark, que el año pasado dirigió una expedición a la región de los afares en el norte de Etiopía, y su colega Tim D. White, de la Universidad de California en Berkeley, añadieron que un cráneo de 300.000 años de antigüedad, encontrado anteriormente en dicha zona y objeto de una nueva exploración, muestra claros indicios de haber sido escalpado.

The Yuma Daily Sun
13 de junio de 1982

I

Infancia en Tennessee – Se va de casa
Nueva Orleans – Peleas – Le hieren
A Galveston – Nacogdoches – El reverendo Green
El juez Holden – Una refriega – Toadvine
Incendio del hotel – Retirada.

He aquí el niño. Es pálido y flaco, lleva una camisa de hilo fina y ajada. Aviva la lumbre en la recocina. Afuera hay campos oscuros roturados y con jirones de nieve y al fondo bosques más oscuros aún donde moran todavía los últimos lobos. Viene de familia de poceros y talladores de madera, pero en realidad su padre ha sido maestro. La bebida le puede, cita a poetas cuyos nombres se han perdido para siempre. El niño le observa acuclillado junto al fuego.

La noche de tu nacimiento. Año treinta y tres. Leónidas, las llamaban. Ah, qué de estrellas caían. Yo buscaba lo negro, agujeros en el firmamento. La Osa Mayor embestía.

La madre muerta hace catorce años ha incubado en su seno la criatura que la llevará a la tumba. El padre jamás pronuncia su nombre, el niño no sabe cuál es. En alguna parte tiene una hermana a la que no volverá a ver. Pálido y sucio, observa. No sabe leer ni escribir y ya alimenta una inclinación a la violencia ciega. Toda la historia presente en ese semblante, el niño el padre del hombre.

A los catorce se va de casa. Ve por última vez la cabaña y la siempre helada cocina en la oscuridad previa al albor. La leña, las palanganas. Errando hacia el este llega a Menfis, emigrante solitario en el llano paisaje pastoril. Negros en los campos, flacos y encorvados, los dedos como arañas entre las vainas de algodón. Una agonía de sombras en el huerto. Contra el declinar del sol siluetas que se mueven en el lentísimo crepúsculo frente a un horizonte como de papel. Un oscuro labriego solitario persiguiendo mulo y grada hacia la noche en la hoyada batida por la lluvia.

Pasa un año y está en San Luis. Encuentra pasaje a bordo de una chalana que se dirige a Nueva Orleans. Cuarenta y dos días en el río. Por la noche los vapores suenan sus sirenas y surcan lentamente las negras aguas iluminados como ciudades a la deriva. Desguazan la balsa y venden toda la madera y el niño pasea por las calles y oye lenguas que jamás había oído. Vive en una habitación que da a un patio detrás de una taberna y por las noches baja como los ogros de cuento de hadas para batirse con los marinos. No es fornido pero tiene las muñecas grandes, las manos grandes. La espalda estrecha. La cara de niño permanece curiosamente intacta tras de las cicatrices, los ojos de una extraña inocencia. Pelean a puñetazos, a patadas, a botellazos o a cuchillo. Todas las razas, todas las castas. Hombres cuyo hablar suena a gruñido de simio. Hombres de tierras tan remotas y misteriosas que viéndolos a sus pies desangrarse en el fango siente que es el género humano el que ha sido vengado.

Cierta noche un contramaestre maltés le dispara por la espalda con un pistolete. Al volverse para darle su merecido recibe otra bala debajo del corazón. El maltés huye y el niño se apoya en la barra con la sangre chorreándole de la camisa. Los demás evitan mirarle. Al rato se sienta en el suelo.

Pasa dos semanas acostado en un catre en el cuarto de arriba atendido por la esposa del tabernero, que le sube la comida, se lleva sus lavazas. Una mujer de expresión adusta y un cuerpo nervudo como de hombre.

Repuesto al fin, no le queda ya dinero con que pagar a la mujer y por la noche huye y duerme en la ribera hasta que encuentra un barco que le acepta a bordo. El barco va a Tejas.

Solo ahora se ha despojado completamente el niño de todo lo que ha sido. Sus orígenes son ya tan remotos como remoto es su destino y nunca más, por más vueltas que dé el mundo, encontrará territorios tan agrestes y bárbaros donde probar si la materia de la creación puede amoldarse a la voluntad humana o si el corazón no es más que arcilla de otra clase. Los pasajeros son gente remisa. Ponen rejas a sus miradas y nadie pregunta a nadie qué le ha traído por aquí. Duerme en cubierta, un peregrino más. Mira cómo sube y baja la orilla borrosa. Aves marinas grises mirando embobadas. Bandadas de pelícanos hacia la costa sobre el oleaje gris.

Desembarcan en una batea, colonos con sus enseres, todos con la vista clavada en el litoral bajo, la caleta de arena y pinos esmirriados que parecen nadar en el aire turbio.

Recorre las callejuelas del puerto. El aire huele a sal y a madera recién aserrada. De noche las putas le llaman como almas en pena desde la oscuridad. Una semana después toma de nuevo el portante, en el monedero unos cuantos dólares que ha ganado, recorriendo los caminos arenosos de la noche sureña, a solas y con los puños apretados en los bolsillos de su chaqueta barata de algodón. Calzadas terraplenadas a través de los pantanos. Colonias de garcetas, blancas como cirios entre el musgo. El viento desapacible hace correr las hojas por la cuneta y las empuja hacia los campos oscuros. Pasa por pequeñas poblaciones y granjas rumbo al norte, trabaja a cambio de jornal y cubierto. Ve a un parricida ahorcado en un villorrio y los amigos del muerto se precipitan para tirarle de las piernas y el hombre pende de su soga mientras la orina le oscurece el pantalón.

Trabaja en un aserradero, trabaja en un lazareto para diftéricos. De un granjero recibe como paga un mulo viejo y a lomos de dicho animal en la primavera del año 1849 llega a la ciudad de Nacogdoches después de remontar la efímera república de Fredonia.

El reverendo Green había estado actuando diariamente con lleno total mientras la lluvia no había dejado de caer y la lluvia no dejaba de caer desde hacía dos semanas. Cuando el chaval entró en la desastrada tienda de lona solamente quedaban un par de localidades, de pie, al fondo de la misma y la fetidez a cuerpos mojados y no bañados era tal que los mismos espectadores salían de vez en cuando a tomar un poco de aire fresco hasta que el aguacero los obligaba a entrar otra vez. Se puso al lado de otros como él junto a la pared del fondo. Lo único que podría haberle distinguido de los demás era que él no iba armado.

Vecinos, estaba diciendo el reverendo, aquel hombre era incapaz de alejarse de ese agujero infernal, de ese tártaro que tenemos en Nacogdoches. Y yo le dije, digo: ¿Piensas arrastrar contigo al hijo de Dios? Y él dice: No. Ni pensarlo. Y entonces le digo: ¿No sabes que Él dijo te seguiré a todas partes, hasta el final del camino?

Si yo no le pido a nadie que haga nada, me responde. Y yo le digo: Vecino, eso no hace falta pedirlo. Él estará allí contigo a cada paso tanto si lo pides como si no. Digo: Vecino, no podrás deshacerte de él. Bien. ¿Piensas arrastrarlo contigo, nada menos que a Él, hasta ese infierno de ciudad?

¿Habías visto llover tanto alguna vez?

El chaval estaba observando al reverendo y se volvió hacia el hombre que acababa de hablar. Lucía largos bigotes a la manera de los carreteros y llevaba un sombrero de ala ancha y copa chata. Era ligeramente estrábico y miraba ansiosamente al chaval como si le interesara su opinión acerca de la lluvia.

Yo acabo de llegar, dijo el chaval.

Pues esto le gana a todo lo que yo he visto.

El chaval asintió de una cabezada. Un tipo descomunal vestido con un gabán de lona encerada acababa de entrar en la tienda y se quitó el sombrero. Era calvo como un huevo y no tenía rastro de barba ni tampoco cejas ni sus ojos pestañas. Medía casi dos metros de estatura y tenía un puro en la boca aun estando en aquella casa de Dios itinerante y pareció que se había quitado el sombrero únicamente para sacudir la lluvia, pues se lo volvió a poner.

El reverendo había interrumpido su sermón. En la tienda no se oía una mosca. Todos miraban al hombre. Se ajustó el sombrero, se abrió paso hasta el púlpito de madera de embalaje donde estaba el reverendo y una vez allí se dio la vuelta para dirigir la palabra a los fieles. Su rostro era sereno y extrañamente infantil. Tenía las manos pequeñas.

Señoras y señores, creo mi deber informarles de que el hombre que dirige esta reunión es un impostor. Ninguna institución reconocida o improvisada le ha facilitado diploma alguno de teología. Carece de la más mínima capacidad para ejercer el cargo que ha usurpado y tan solo ha aprendido de memoria algunos pasajes de la Biblia a fin de dar a sus fraudulentos sermones un deje de la piedad que él menosprecia. A decir verdad, el caballero aquí presente que se hace pasar por ministro del Señor no solo es completamente analfabeto sino que se le busca en los estados de Tennessee, Kentucky, Misisipí y Arkansas.

Oh Dios, exclamó el reverendo. Mentiras, ¡mentiras! Se puso a leer febrilmente de la biblia abierta ante él.

Requerido por diversos cargos, el más reciente de

los cuales tuvo que ver con una niña de once años (y he dicho once) que se había confiado a él y con la cual fue sorprendido en el momento de violarla llevando él puesta la librea de su fe.

Un clamor recorrió a los concurrentes. Una señora cayó de rodillas.

Es él, gritó el reverendo, sollozando. Él en persona. El diablo. Aquí lo tenéis.

Hay que ahorcar a ese mierda, gritó un patán repulsivo desde el paraíso.

Y tres semanas antes había sido expulsado de Fort Smith (Arkansas) por ayuntamiento carnal con un macho cabrío. Sí señora, ha oído usted bien. Macho cabrío.

Que me aspen si no mato ahora mismo a ese hijo de perra, dijo un hombre poniéndose en pie al fondo de la tienda, y sacando una pistola de su bota apuntó e hizo fuego.

El joven carretero extrajo rápidamente un cuchillo de sus ropas y rajó un pedazo de tienda y salió a la lluvia. El chaval se fue detrás. Corrieron por el fango agachando la cabeza en dirección al hotel. El tiroteo era ya generalizado dentro de la tienda y la gente había abierto una docena de salidas en la lona y empezaba a salir, las mujeres chillando, todo el mundo tropezándose y atascándose en un mar de barro. El chaval y su amigo alcanzaron el porche del hotel y se enjugaron el agua de los ojos y se volvieron para mirar. En ese mismo momento la tienda de lona empezó a combarse y oscilar y cual enorme medusa herida se desinfló lentamente en el suelo cubriendo este de faldones rajados y de cuerdas podridas.

El calvo estaba ya en la barra cuando entraron. Sobre la madera encerada había dos sombreros y un doble puñado de monedas. Alzó el vaso pero no a la salud de ellos. Se acercaron a la barra y pidieron sendos whiskies y el chaval puso dinero sobre el mostrador pero el cantinero lo retiró con el dedo pulgar y meneó la cabeza.

Esta ronda va a cuenta del juez, dijo.

Bebieron. El carretero dejó su vaso y miró al chaval o pareció que lo hacía, de su mirada no podías estar seguro. El chaval se inclinó para mirar hacia donde estaba el juez al fondo de la barra. Tan alta era la barra que no todo el mundo podía apoyar los codos encima pero al juez le llegaba a la cintura y ahora tenía las palmas apoyadas en la madera, ligeramente inclinado, como si se dispusiera a largar otro discurso. En ese momento empezaron a entrar los hombres, ensangrentados, cubiertos de barro, maldiciendo. Rodearon al juez. Estaban organizando una partida para dar caza al predicador.

Juez, ¿cómo es que se sabe usted tan al dedillo el expediente de ese degenerado?

¿Qué expediente?

¿Cuándo estuvo usted en Fort Smith?

¿En Fort Smith?

¿Dónde le conoció para saber tantas cosas de él?

¿Se refiere al reverendo Green?

Sí. Imagino que antes de venir aquí pasaría usted por Fort Smith.

No he estado en Fort Smith en toda mi vida. Y no creo que él haya estado tampoco.

Se miraron los unos a los otros.

Entonces ¿dónde fue que se topó con él?

Jamás le había visto antes de hoy. No sabía nada de él.

Levantó el vaso y bebió.

Se produjo un extraño silencio en la sala. Los hombres parecían efigies de barro. Finalmente alguien empezó a reír. Luego alguien más. Al poco rato todo el mundo reía. Alguien invitó al juez a un trago.

Hacía dos semanas que llovía sin parar cuando encontró a Toadvine y aún estaba lloviendo. Seguía en aquella misma taberna y se había bebido todo el dinero menos dos dólares. El carretero se había marchado, casi no había nadie. La puerta estaba abierta y se veía caer la lluvia en el solar vacío que había detrás del hotel. Apuró su copa y salió. Había unos tablones atravesados sobre el fango y siguió la pálida franja de luz procedente de la puerta camino del meadero de ladrillo terciado que había al fondo del solar. Otro hombre salía del meadero y se encontraron a medio camino del entablado. El hombre que estaba ante él se bamboleó un poco. El ala de su sombrero le caía empapada sobre los hombros salvo en la parte frontal, prendida a la copa por un alfiler. Sostenía una botella en la mano floja. Aparta de mi camino, dijo.

El chaval no pensaba hacerlo y vio que era inútil discutir. Le propinó una patada a la mandíbula. El hombre cayó y se levantó de nuevo. Dijo: Te voy a matar.

Se abalanzó botella en alto pero el chaval le esquivó y el otro atacó de nuevo y el chaval se echó atrás. En el momento en que el chaval le golpeaba, el hombre le partió la botella contra la sien. Cayó despedido al fango y el hombre se lanzó sobre él con el cuello mellado de la botella y trató de metérselo en el ojo. El chaval se defendía con las manos y las tenía resbaladizas de sangre. Intentaba alcanzar el cuchillo que guardaba en una bota.

Te voy a hacer papilla, dijo el hombre. Se enzarzaron en la oscuridad del solar, las botas les pesaban. El chaval empuñaba ahora su cuchillo y giraron en círculo avanzando como los cangrejos y cuando el hombre se lanzó sobre él el chaval le abrió la camisa de un tajo. El hombre arrojó el cuello de botella y se sacó de la espalda un inmenso cuchillo de caza. Se le había caído el sombrero y sus negras guedejas como cabos bailaban en torno a su cabeza y todas sus amenazas se habían concretado en repetir te mataré a modo de salmodia enajenada.

Ese de ahí lleva un buen tajo, dijo uno de los hombres que se habían puesto a mirar desde la acera.

Te mataré, te mataré, babeaba el hombre en su avance.

Pero alguien más se aproximaba por el solar con pesados y regulares chapoteos vacunos. Portaba un enorme garrote irlandés. Llegó primero al chaval y cuando descargó la porra este cayó de bruces al barro. Habría muerto si alguien no le hubiera puesto boca arriba.

Cuando despertó era de día y había dejado de llover y estaba mirando la cara de un hombre de cabellos largos totalmente cubierto de barro. El hombre le estaba diciendo algo.

¿Qué?, dijo el chaval.

Que si estamos en paz.

¿En paz?

Sí, en paz. Porque si quieres algo de mí puedes estar seguro de que lo tendrás.

Miró al cielo. Muy arriba, muy pequeño, un ratonero. Miró al hombre. ¿Tengo el cuello roto?, dijo.

El hombre miró hacia el solar y escupió y miró de nuevo al chico. ¿No puedes levantarte?

No sé. No lo he intentado.

Mi intención no era romperte el cuello.

Ya.

Lo que quería era matarte.

Eso no lo ha logrado nadie todavía. Se puso de pie a duras penas. El hombre estaba sentado en las tablas con las botas al lado. No tienes nada estropeado, dijo.

El chaval miró dolorido en derredor. ¿Y mis botas?, preguntó.

El hombre le miró achicando los ojos. De su cara cayeron escamas de barro seco.

Tendré que matar a algún hijoputa si me han quitado las botas.

Esa de allá podría ser una.

El chaval caminó fatigosamente por el barro y recogió una bota. Chapoteó en el patio palpando los bloques de fango más prometedores.

¿Es tu cuchillo?, dijo.

El hombre le miró guiñando los ojos. Se parece, dijo.

El chaval se lo lanzó y el hombre se inclinó para recogerlo y limpió la enorme hoja en la pernera de su pantalón. Ya pensaba que alguien te había robado, le dijo al cuchillo.

El chaval encontró la otra bota y fue a sentarse en las tablas. Tenía las manos hinchadas de barro y se limpió una de ellas en la rodilla y la dejó caer de nuevo.

Estuvieron allí sentados uno junto a otro contemplando el árido solar. Del otro lado de la cerca de estacas que había en uno de sus extremos un chico estaba sacando agua de un pozo y había gallinas en aquel patio. Un hombre apareció en la puerta de la tasca que había un poco más abajo. Se detuvo al llegar a donde ellos estaban y los miró y se desvió para pasar por el fango. Al rato regresó y volvió a desviarse por el fango y siguió camino arriba.

El chaval miró a su compañero. Tenía la cabeza extrañamente estrecha y el pelo apelmazado de barro en un peinado que resultaba extravagante y primitivo. En la frente tenía grabadas a fuego las letras H T y más abajo, casi entre los ojos, la letra F.[1] Eran unas marcas chillonas y estaban biseladas como si alguien se hubiera demorado con el hierro. Cuando se volvió para mirar al chaval este pudo ver que no tenía orejas. Se levan-

1. Siglas de Horse Thief Fraymaker, «ladrón de caballos y buscalíos». *(N. del T.)*

tó y envainó el cuchillo y empezó a andar con las botas en la mano y el chaval se levantó también y le siguió. Antes de llegar al hotel el hombre se detuvo y contempló todo aquel barro y entonces se sentó en las tablas y se calzó las botas con barro y todo. Luego se puso de pie y chapoteó por el solar para recoger algo.

Fíjate en esto, dijo. Mi maldito sombrero.

Era irreconocible, una cosa muerta. El hombre lo sacudió y se lo puso en la cabeza y siguió adelante y el chaval fue detrás.

La tasca era una sala larga y estrecha revestida de tablones barnizados. Había mesas adosadas a la pared y escupideras en el piso. No había ningún cliente. El cantinero levantó la vista al verlos entrar y un negro que estaba barriendo el suelo apoyó la escoba contra la pared y salió.

¿Dónde está Sidney?, dijo el hombre ataviado de barro.

Supongo que en la cama.

Siguieron adelante.

Toadvine, llamó el cantinero.

El chaval se volvió.

El cantinero había salido de detrás de la barra y los estaba mirando. Fueron de la puerta a la escalera que había al fondo del vestíbulo del hotel, dejando a su paso diversas formas de barro en el piso. Cuando empezaban a subir, el empleado que atendía la recepción se inclinó para llamarlos.

Toadvine.

Toadvine se detuvo y miró hacia atrás.

Te matará.

¿Quién? ¿Sidney?

Sidney.

Siguieron escaleras arriba.

En el rellano había un largo pasillo con una cristalera al fondo. A lo largo de las paredes había puertas barnizadas tan juntas unas de otras que podrían haber sido armarios. Toadvine anduvo hasta el final del pasillo. Pegó la oreja a la última puerta y miró al chaval.

¿Tienes un fósforo?

El chaval se hurgó los bolsillos y sacó una cajita de madera, sucia y aplastada.

El hombre se la cogió. Aquí hace falta un poco de yesca, dijo. Estaba desmenuzando la caja y arrimando los pedazos a la puerta. Prendió un fósforo y encendió los pedazos. Luego metió el montoncito de madera por debajo de la puerta y añadió más cerillas.

¿Está ahí dentro?, preguntó el chico.

Eso lo sabremos en seguida.

Apareció una oscura nubecilla, una llama azul de barniz quemándose. Se agacharon en el pasillo para observar. Finas llamas empezaron a subir por los paneles para meterse dentro otra vez. Los dos espectadores parecían formas excavadas de un pantano.

Ahora llama a la puerta, dijo Toadvine.

El chaval se levantó. Toadvine se incorporó a la espera. Oyeron crepitar las llamas dentro de la habitación. El chaval llamó.

Será mejor que le des más fuerte. Ese tipo bebe.

Apretó el puño y lo descargó contra la puerta unas cinco veces.

¡Fuego!, dijo una voz.

Ahí viene.

Esperaron.

Cómo quemas, cabrón, dijo la voz. El tirador giró y la puerta se abrió por fin.

Estaba en calzoncillos sosteniendo en una mano la toalla que había empleado para accionar el tirador. Al verlos giró en redondo para volver a entrar pero Toadvine le agarró del cuello y le hizo caer y le tiró del pelo y empezó a sacarle un ojo con el dedo gordo. El hombre le agarró la muñeca y se la mordió.

Patéale la boca, gritó Toadvine. Vamos.

El chaval entró en la habitación y retrocedió un poco y le dio un puntapié en la cara. Toadvine tiró hacia atrás de la cabeza del hombre agarrándole del pelo.

Patéalo, dijo. Venga, hombre, dale fuerte.

El chaval lo hizo.

Toadvine giró la cabeza ensangrentada y la miró y la dejó caer al suelo y se levantó y le propinó también él una patada. Dos espectadores habían salido al pasillo. La puerta estaba en llamas, así como parte de la pared y del techo. Salieron y se alejaron pasillo abajo. El empleado estaba subiendo los peldaños de dos en dos.

Toadvine, hijo de puta, dijo.

Toadvine estaba cuatro peldaños más arriba y cuando le dio una patada le alcanzó en el cuello. El empleado cayó de culo en la escalera. Cuando el chaval pasó por su lado le arreó en la cabeza y el empleado se derrumbó y empezó a resbalar hacia el descansillo. El chaval le pasó por encima y bajó al vestíbulo y salió por la puerta delantera.

Toadvine corría ya por la calle, agitando los puños en alto como un loco y riendo a carcajadas. Parecía un gran muñeco de vudú que hubiera cobrado vida y el chaval parecía otro tanto. A sus espaldas las llamas habían alcanzado la esquina superior del hotel y nubes de humo oscuro se elevaban en la mañana de Tejas.

Había dejado el mulo con una familia de mexicanos que alojaba animales a las afueras del pueblo y llegó allí con ojos desorbitados y sin resuello. La mujer abrió la puerta y le miró.

Necesito mi mulo, jadeó el chaval.

Ella le siguió mirando y luego llamó hacia la parte de atrás. El chaval rodeó la casa. En el solar había caballos apersogados y un carro de plataforma arrimado a la cerca con varios pavos sentados en el borde. La vieja había ido a la puerta de atrás. Nito, llamó. *Venga. Aquí hay un caballero. Venga.*[2]

Recorrió el cobertizo hasta el cuarto de los arreos y cogió su maltrecha silla de montar y el petate. Encontró a su mulo y lo sacó de la casilla y lo embridó con el ronzal de cuero crudo y lo condujo hasta la cerca. Apoyó el hombro en el animal y le puso la silla encima y apretó las cinchas mientras el mulo se espantaba y respingaba y frotaba la cabeza contra la cerca. Lo llevó al otro lado del solar. El mulo sacudía la cabeza hacia un lado como si tuviera algo dentro de la oreja.

Lo sacó al camino. Al pasar frente a la casa, la mujer fue hacia él sin hacer ruido con los pies. Cuando vio que ponía el pie en el estribo echó a correr. El chaval montó en la silla rota y arreó al mulo con un chasquido de la lengua. La mujer se detuvo en la verja y le vio partir. Él no miró atrás.

Al pasar de nuevo por el pueblo vio que el hotel estaba ardiendo y que alrededor había hombres mirando, algunos con cubos vacíos en la mano. Había otros montados a caballo observando las llamas y uno de ellos era el juez. Cuando el chaval pasó por su lado el juez volvió la cabeza y le miró. Hizo girar a su caballo, como si quisiera que el animal mirase también. Cuando el chaval miró hacia atrás el juez sonrió. El chaval aguijó al mulo y entre chapoteos dejaron atrás el viejo fuerte de piedra por el camino que iba hacia el oeste.

2. Las palabras que aparecen en cursiva figuran en castellano en la edición original. *(N. del T.)*

II

Por la pradera – Un ermitaño – Un corazón de negro
Noche de tormenta – Otra vez hacia el oeste
Los conductores de ganado – Su benevolencia
De vuelta a la cañada – La carreta mortuoria
San Antonio de Bexar – Una cantina mexicana
Otra pelea – La iglesia abandonada
Muertos en la sacristía – En el vado
Bañándose en el río.

Son tiempos de mendigar, tiempos de robos. Días de cabalgar por donde no cabalga nadie salvo él. Ha dejado atrás una región de pinares y el sol declina ante él al fondo de una interminable hondonada y aquí la noche cae como un tronido y un viento crudo hace rechinar la maleza. De noche el cielo está tan salpicado de estrellas que apenas si queda un espacio negro y toda la noche caen dibujando curvas enconadas y aun así su número no decrece.

Se mantiene alejado del camino real por temor a los ciudadanos. Los pequeños lobos de la pradera se pasan la noche aullando y la madrugada le pilla en un barranco herboso adonde había ido buscando abrigo del viento. El mulo está maneado un poco más arriba y observa el este en busca de luz.

El sol que sale ese día es del color del acero. Su sombra a lomos del mulo se pierde en la lejanía. Lleva en la cabeza un sombrero que se ha hecho con hojas y las hojas se han agrietado al sol y parece un espantapájaros huido de un huerto.

Al atardecer sigue el rastro de una espiral de humo que sube oblicua de entre unas lomas y antes de caer la noche para frente al umbral de un viejo anacoreta que ha hecho su nido en el prado como un unau. Solitario, medio orate, sus ojos bordeados de rojo como encerrados en jaulas de alambres candentes. A pesar de todo, un cuerpo ponderable. Sin decir palabra vio bajar del mulo al chaval, muy envarado este. Soplaba un viento áspero y sus harapos flameaban.

He visto el humo, dijo el chaval. He pensado que podría darme un sorbo de agua.

El ermitaño se rascó la cochambrosa pelambrera y miró al suelo. Dio medio vuelta y entró en la cabaña. El chaval le siguió.

Dentro, oscuridad y un olor a tierra. Una pequeña lumbre ardía en el piso de tierra batida y el único mobiliario consistía en unas pieles amontonadas en un rincón. El viejo caminó en la penumbra, agachando la cabeza para salvar el techo bajo de ramas trenzadas y barro. Señaló al suelo donde había un cubo. El chaval se agachó y cogió la calabaza que flotaba allí y la sumergió y bebió un poco. El agua era salada, sulfurosa. Siguió bebiendo.

¿Cree que podría abrevar al mulo ahí fuera?

El viejo empezó a pegarse en la palma con el otro puño y miró extraviado en derredor.

Tendré mucho gusto en ir a buscar un poco de agua fresca. Solo dígame dónde.

¿Con qué piensas abrevarlo?

El chaval miró al cubo y echó una ojeada circular a la cabaña.

No pienso beber después de un mulo, dijo el ermitaño.

¿No tiene por ahí un balde viejo o algo?

No, exclamó el ermitaño. No tengo. Estaba aporreándose el pecho con los dos puños.

El chaval se incorporó y miró hacia la puerta. Buscaré algo, dijo. ¿Dónde está el pozo?

Colina arriba, sigue el sendero.

Está demasiado oscuro para ver nada.

Es un sendero ancho. Sigue tus pies. Sigue a tu mulo. Yo no puedo ir.

Salió de la cabaña y buscó al mulo pero el mulo no estaba. Hacia el sur restallaban relámpagos callados. Fue sendero arriba entre la maleza vapuleada por el viento y encontró al mulo junto al pozo.

Era un hoyo en la arena con piedras amontonadas alrededor. Un pedazo de pelleja seca por cobertura y una piedra para que el viento no la levantara. Había un balde de cuero crudo con un agarradero de cuero crudo y una cuerda de cuero grasiento. Había una piedra grande atada al agarradero para ayudar a que el balde se inclinara y se llenara de agua y el chaval lo bajó hasta que la cuerda quedó floja en su mano mientras el mulo miraba desde detrás.

Sacó tres cubos llenos y los sostuvo para que el mulo no derramara el agua y luego volvió a colocar la pelleja encima del pozo y se llevó al mulo sendero abajo hasta la cabaña.

Gracias por el agua, gritó.

El ermitaño apareció silueteado en la puerta. Quédate aquí, dijo.

No es necesario.

Será mejor. Va a haber tormenta.

¿Usted cree?

Lo creo y estoy seguro.

Bueno.

Tráete el catre. Trae tus cosas.

Aflojó las cinchas, y bajó la silla de montar y maneó al mulo, cada brazo con su pata trasera. Entró su petate. No había otra luz que la de la lumbre, junto a la cual el viejo estaba acuclillado a la manera de un sastre.

Donde quieras, tú mismo, dijo. ¿Dónde está tu silla?

El chaval señaló con el mentón.

No la dejes afuera o algo se te la comerá. Aquí se pasa hambre.

Salió y chocó con el mulo en la oscuridad. Estaba mirando a la lumbre desde la puerta.

Aparta, imbécil, dijo. Cogió la silla y volvió a entrar.

Ahora atranca esa puerta antes de que salgamos volando, dijo el viejo.

La puerta era un amasijo de tablas con goznes de cuero. La arrastró sobre el piso de tierra y la aseguró mediante su aldaba de cuero.

Veo que te has perdido, dijo el ermitaño.

No, lo he encontrado en seguida.

Agitó rápidamente la mano, el viejo. No, no, dijo. Me refiero a que te has perdido viniendo aquí. ¿Una tormenta de arena? ¿Te apartaste del camino por la noche? ¿Te perseguían los ladrones?

El muchacho meditó un momento. Sí, dijo. Creo que nos hemos apartado del camino.

Lo sabía.

¿Cuánto tiempo lleva en este sitio?

¿En dónde?

El chaval estaba sentado en su petate, al otro lado de la lumbre. Pues aquí, dijo.

El viejo no respondió. De pronto giró la cabeza hacia un lado y se agarró la nariz entre el pulgar y el índice y sopló sendos chorros de moco al suelo y se limpió los dedos en las costuras de sus pantalones. Soy de Misisipí. En tiempos fui negrero, no me importa decirlo. Gané mucho dinero. Y no me pillaron nunca. Solo que me harté de aquello. De los negros. Espera, te enseñaré una cosa.

Se puso a buscar entre las pieles y le pasó un pequeño objeto oscuro sobre las llamas. El chaval lo examinó. Era un corazón humano, seco y renegrido. Se lo devolvió al viejo y este lo acunó en la palma de la mano como si lo sopesara.

Hay cuatro cosas que pueden destruir el mundo, dijo. Las mujeres, el whisky, el dinero y los negros.

Guardaron silencio. El viento gemía por el trozo de tubo de estufa que pasaba por encima de sus cabezas para que aquello no se llenara de humo. Al cabo de un rato el viejo guardó el corazón.

Me costó doscientos dólares, dijo.

¿Pagó doscientos dólares por esa cosa?

Sí, era el precio que le habían puesto al negro hijo de puta propietario del corazón.

Se puso a revolver otra vez y sacó una vieja marmita de latón y levantó la tapa y hurgó dentro con un dedo. Los restos de una liebre flaca de la pradera, enterrada en grasa fría y recubierta de un moho azulado. Volvió a cerrar la tapa de la marmita y colocó esta sobre el fuego. No es gran cosa pero lo compartiremos, dijo.

Muchas gracias.

Te has perdido en la oscuridad, dijo el viejo. Removió la lumbre, sacando de las cenizas pequeños colmillos de hueso.

El chaval no respondió nada.

El viejo movió la cabeza de atrás adelante. Duro es el camino del transgresor. Dios creó este mundo, pero no a gusto de todos, ¿verdad?

No creo que a mí me tuviera en cuenta.

Ya, dijo el viejo. Pero ¿dónde encuentra el hombre sus ideas? ¿Acaso ha visto otro mundo que le haya gustado más?

Se me ocurren sitios mejores y mejores caminos.

¿Puedes hacer que existan?

No.

No. Es un gran misterio. El hombre no puede conocer su mente porque la mente es el único medio de que dispone para conocerla. Puede conocer su corazón, pero no quiere. Y hace bien. Es mejor no mirar ahí dentro. No es el corazón de una criatura que siga el camino que Dios le ha marcado. Se puede encontrar maldad hasta en el más pequeño de los animales, pero cuando

Dios creó al hombre el diablo estaba a su lado. Una criatura capaz de todo. Puede hacer una máquina. Y una máquina que fabrique esa máquina. Y si el mal puede durar mil años es que no necesita a nadie que lo maneje. ¿Lo crees así?

No sé qué decir.

Créeme.

Cuando la comida estuvo caliente, el viejo la sirvió y comieron en silencio. Los truenos iban hacia el norte y no pasó mucho rato antes de que empezaran a sonar sobre sus cabezas, provocando un fino goteo de trocitos de verdín procedentes del tubo de estufa. Encorvados sobre sus platos, rebañaron la grasa con los dedos y bebieron agua de la calabaza.

El chaval salió a fregar su taza y su plato con la arena y volvió entrechocando ambos utensilios como si quisiera ahuyentar a un fantasma asesino que acechara en la oscuridad. Una masa de cúmulos palpitaba a lo lejos contra el cielo eléctrico y fue absorbida de nuevo por la negrura. El ermitaño estaba pendiente del yermo que rugía afuera. El chaval cerró la puerta.

No tendrás tabaco por ahí, ¿verdad?

No, dijo el chaval.

Me lo figuraba.

¿Cree que lloverá?

Tiene toda la pinta. Probablemente no.

El chaval observó la lumbre. Empezaba a adormilarse. Se puso de pie y meneó la cabeza. El viejo le miró desde el otro lado de las llamas exangües. Ve a prepararte la cama, dijo.

Así lo hizo. Extendió la manta sobre la tierra apisonada y se quitó las botas. Apestaban. El humero gimió y pudo oír al mulo piafando y resoplando afuera y mientras dormía se agitó y murmuró como un perro con pesadillas.

Era aún de noche cuando despertó y la cabaña estaba casi totalmente a oscuras y el ermitaño inclinado sobre él, prácticamente en su petate.

¿Qué quiere?, dijo. Pero el ermitaño se apartó y por la mañana la cabaña estaba vacía y el chaval cogió sus cosas y se fue.

Durante todo el día vio hacia el norte una fina línea de polvo. Parecía estática y ya atardecía cuando se dio cuenta de que el polvo venía hacia él. Cruzó un bosque de robles verdes y abrevó al mulo en un arroyo y siguió adelante ya de anochecida y luego acampó sin encender fuego. Cuando los pájaros le despertaron se encontraba en un monte seco y polvoriento.

A mediodía estaba de nuevo en la pradera y la hilera de polvo se confundía con la línea del horizonte. Por la tarde apareció la avanzadilla de una vacada. Bestias ariscas y larguiruchas con enormes cornamentas. Aquella noche estuvo en el campamento de los boyeros y cenó alubias y galleta marinera y escuchó anécdotas de la trashumancia.

Venían de Abilene, a cuarenta días de viaje, y se dirigían a los mercados de Luisiana. Perseguidos por jaurías de lobos, coyotes e indios. Los gemidos de las reses se oían hasta de muy lejos en la oscuridad.

Los boyeros, tan andrajosos como él, no le hicieron preguntas. Había mestizos, negros libres, un par de indios.

Me han robado los avíos, dijo.

Ellos asintieron con la cabeza.

Se lo llevaron todo. Ni siquiera tengo un cuchillo.

Por qué no te quedas con nosotros. Hemos perdido a dos hombres. Decidieron largarse a California.

Yo llevo ese camino.

Me imaginaba que tú también ibas hacia California.

Podría ser. No lo he decidido aún.

Esos que te digo se juntaron con un grupo de Arkansas. Iban camino de Bexar. Pensaban tirar hasta México y luego hacia el oeste.

Apuesto a que se habrán gastado todo el dinero en whisky una vez en Bexar.

Y yo apuesto a que ese Lonnie se ha tirado a todas las putas del pueblo.

¿A cuánto está Bexar?

A un par de días.

No. Yo diría más bien cuatro.

Si uno quisiera llegar hasta allí, ¿qué tendría que hacer?

Si sigues derecho hacia el sur deberías encontrar el camino en cosa de media jornada.

¿Piensas ir a Bexar?

Puede.

Si ves a Lonnie por allí dile que se folle a una por mí. De parte de Oren. Te invitará a un trago si es que no se ha pulido ya todo el dinero.

Por la mañana comieron tortas de avena con melaza y los boyeros ensillaron y se pusieron en camino. Cuando fue a por el mulo encontró una pequeña bolsa de fibra atada al correaje y dentro de la bolsa había un buen puñado de alubias secas y unos pimientos y un viejo cuchillo Greenriver con una empuñadura hecha de cordel. Ensilló el mulo: el lomo empezaba a mostrar mataduras, las pezuñas tenían grietas. Sus costillas parecían espinas de pescado. Se pusieron en camino por la interminable llanura.

Llegó a Bexar la tarde del cuarto día y se detuvo sin desmontar en un otero y contempló la ciudad allá abajo, las casas de adobe, la línea de robles y álamos que señalaba el curso del río. La plaza repleta de carros con sus fuelles de algodón basto y los enjalbegados edificios públicos y la cúpula morisca surgiendo de entre los árboles y el fuerte y a lo lejos el alto polvorín de piedra. Una brisa ligera agitó las flecos de su sombrero, su pelo grasiento y apelmazado. Sus ojos parecían sendos túneles excavados en la cara hundida y obsesionada y de las profundidades de sus botas emanaba un hedor fétido. El sol acababa de ponerse y hacia poniente se veían bancos de nubes rojas como la sangre de las que surgían pequeños chotacabras del desierto como si huyeran de un pavoroso incendio en los confines de la tierra. Escupió una saliva seca y blanca y arrimó los agrietados estribos de madera a los flancos del mulo y se pusieron en marcha una vez más.

Bajando por un angosto camino de arena se cruzó con una carreta mortuoria cargada con un montón de cadáveres, su paso anunciado por una campana y un farol que colgaba del portón trasero. En el pescante iban sentados tres hombres no muy distintos de los muertos o de los espíritus, tan blancos de cal estaban y casi fosforescentes en el crepúsculo. Tiraban de la carreta un par de caballos y siguieron camino arriba dejando a su paso un ligero hedor a ácido fénico. Les vio perderse de vista. Los pies desnudos de los muertos saltaban tiesos de un lado al otro.

Era de noche cuando entró en la ciudad recibido por ladridos de perro, rostros que apartaban cortinas en las ventanas iluminadas. El ligero repicar de los cascos del mulo resonaba en las calles vacías. El mulo olfateó el aire y torció por un callejón que daba a una plaza en donde las estrellas iluminaban un pozo, un bebedero, un atadero para caballos. El chaval descabalgó y cogió el cubo del brocal de piedra y lo bajó al pozo. Se oyó el eco de un chapoteo. Sacó el cubo, rebosando agua en la oscuridad. Sumergió la calabaza y bebió y el mulo le empujó con el hocico. Cuando terminó de beber dejó el cubo en el suelo y se sentó en el brocal y miró beber al mulo.

Anduvo por la ciudad llevándolo de la mano. No se veía un alma. Por fin llegó a una plaza y pudo oír guitarras y una trompeta. Al fondo de la plaza se veían las luces de un café, se oían risas y gritos agudos. Cruzó con el mulo hacia las luces, pasando por delante de un largo pórtico.

Había un grupo de gente bailando en la calle, llevaban trajes vistosos y voceaban en español. Él y el mulo se quedaron mirando desde el borde del área iluminada. Junto a la pared de la taberna había unos viejos sentados y en el polvo jugaban niños. Todos llevaban trajes extraños, los hombres con oscuros sombreros de copa chata, camisolas blancas, pantalones abotonados por el exterior de la pernera, y las chicas con la cara muy pintada y peinetas de concha en sus cabellos de un negro azulado. El chaval cruzó la calle con el mulo y lo ató y entró en el café. Frente a la barra había unos cuantos hombres y cuando entró dejaron de hablar. Cruzó el pulido piso de arcilla y pasó junto a un perro soñoliento que abrió un ojo para mirarle y fue hasta la barra y apoyó ambas manos en el mostrador. El cantinero le saludó con un gesto de cabeza. *Dígame*.

No tengo dinero pero necesito un trago. Puedo fregar el suelo o sacar las lavazas o lo que sea.

El cantinero miró hacia una mesa donde dos hombres jugaban al dominó. *Abuelito,* dijo.

El más viejo de los dos alzó la cabeza.

¿*Qué dice el muchacho*?

El viejo miró al chaval y siguió con su partida.

El cantinero se encogió de hombros.

El chaval se volvió al viejo. ¿Habla americano?, dijo.

El viejo levantó la vista de sus fichas. Estudió al chaval sin expresión.

Explíquele que trabajaré a cambio de bebida. No tengo dinero.

El viejo adelantó la barbilla y chascó la lengua.

El chaval miró al cantinero.

El viejo formó un puño con el pulgar hacia arriba y el meñique hacia abajo e inclinó la cabeza hacia atrás y se echó un imaginario trago al gaznate. *Quiere tomar una copa,* dijo. *Pero no puede pagar.*

Los que estaban en la barra observaban.

El cantinero miró al chaval.

Quiere trabajo, dijo el viejo. *Quién sabe.* Volvió a su partida y ya no dijo más.

Quieres trabajar, dijo uno de los que estaban en la barra.

Se pusieron a reír.

¿De qué se ríen?, dijo el muchacho.

Callaron. Algunos se lo quedaron mirando, otros fruncieron los labios o encogieron los hombros. El muchacho se dirigió al cantinero. Estoy seguro de se puede hacer alguna cosa a cambio de un par de copas, que me zurzan si no.

Uno de los que estaba en la barra dijo algo en español. El muchacho le lanzó una mirada asesina. Los otros se guiñaron un ojo, levantaron sus vasos.

Se volvió de nuevo al cantinero. Sus ojos eran oscuros y pequeños. Barrer el suelo, dijo.

El cantinero parpadeó.

El chaval dio un paso atrás e hizo como que barría, parodia que provocó calladas risas en los que estaban bebiendo. Barrer, dijo, señalando al piso.

No está sucio, dijo el cantinero.

Repitió el gesto. Barrer, hombre, dijo.

El cantinero se encogió de hombros, fue hasta el final de la barra y volvió con una escoba. El muchacho la agarró y se fue al fondo del local.

La sala era enorme. Barrió en los rincones donde unos pequeños árboles se erguían silenciosos en sus macetas en medio de la oscuridad. Barrió junto a las escupideras y barrió en torno a la mesa de los jugadores y barrió alrededor del perro. Barrió a todo lo largo de la barra y cuando llegó a donde estaban los que bebían se enderezó apoyándose en la escoba y los miró. Ellos conferenciaron entre sí en voz baja y finalmente uno de ellos agarró su vaso y se apartó. Los otros le imitaron. El chaval siguió barriendo hasta la puerta.

Los bailarines no estaban, no había música. Al otro lado de la calle había un hombre sentado en un banco y ligeramente iluminado por la luz que salía del café. El mulo seguía donde él lo había dejado. Sacudió la escoba contra los escalones y volvió a entrar y llevó la escoba hasta la esquina de donde la había cogido el cantinero. Después se llegó a la barra.

El cantinero no le hizo caso.

El chaval golpeó la barra con sus nudillos.

El cantinero se volvió y se llevó una mano a la cadera y frunció los labios.

Qué hay de ese trago, dijo el chaval.

El cantinero no hizo nada.

El chaval imitó los gestos de beber que el viejo había hecho antes y el cantinero sacudió el trapo ociosamente.

Ándale, dijo. Hizo un gesto como si le mandara a otra parte.

El chaval puso mala cara. Hijo de puta, dijo. Avanzó hacia él. La expresión del cantinero no varió. De detrás de la barra sacó una anticuada pistola militar con llave de pedernal y la amartilló con el canto de la mano. Un chasquido de madera en mitad del silencio. Un tintineo de vasos en toda la barra. Luego un arrastrar de sillas retiradas por los jugadores.

El chaval se quedó inmóvil. *Abuelo,* dijo.

El viejo no respondió. En el local no se oía una mosca. El chaval se volvió para buscarlo con la mirada.

Está borracho, dijo el viejo.

El muchacho vigilaba los ojos del cantinero.

El cantinero señaló hacia la puerta con su pistola.

El viejo habló en español sin dirigirse a nadie en

concreto. Luego le habló al cantinero. Después se puso el sombrero y salió.

La cara del cantinero estaba exangüe. Cuando rodeó el extremo de la barra había dejado la pistola y empuñaba un mazo con una mano.

El chaval retrocedió hasta el centro de la sala y el cantinero se le fue acercando despacio como quien se dirige a cumplir una tarea. Arremetió dos veces contra el chaval y este se apartó dos veces hacia la derecha. Luego dio un paso atrás. El cantinero se quedó quieto. El chaval tomó impulso y alcanzó la pistola que estaba detrás de la barra. Nadie se movió. Abrió el rastrillo acerado frotándolo contra el mostrador e hizo caer la pólvora detonante y dejó otra vez la pistola. Luego eligió un par de botellas llenas de los estantes que tenía detrás y rodeó el extremo de la barra con una en cada mano.

El cantinero estaba en mitad del local. Respiraba con dificultad y giró siguiendo los movimientos del muchacho. Cuando el chaval se le acercó levantó el mazo en alto. El chaval se agachó ligeramente sin soltar las botellas y hurtó el cuerpo y luego descargó la que llevaba en la mano derecha en la cabeza del otro. Sangre y licor se desparramaron y el hombre se dobló por las rodillas y puso los ojos en blanco. El chaval había soltado ya el cuello de botella y se pasó la otra a la mano derecha al estilo bandolero sin dejarla caer y de revés la sacudió contra el cráneo del cantinero y justo cuando el otro caía le incrustó el borde mellado en el ojo.

Miró en derredor. Algunos de aquellos hombres llevaban pistola al cinto pero ninguno se movió. El chaval salvó la barra de un salto y agarró otra botella y se la metió bajo el brazo y salió por la puerta. El perro ya no estaba. El hombre que había visto en el banco se había ido también. Desenganchó el mulo y lo guió a pie por la plaza.

Despertó en la nave de una iglesia en ruinas, mirando deslumbrado a la bóveda del techo y las altas paredes combadas con sus frescos descoloridos. El piso de la iglesia tenía dos palmos de guano seco y excrementos de vaca y oveja. Aleteaban palomas entre las columnas de luz polvorienta y en el presbiterio tres ratoneros anadeaban junto al cadáver roído de un animal muerto.

Sentía cargazón en la cabeza y su lengua estaba hinchada por la sed. Miró a su alrededor. Había metido la botella bajo la silla de montar y la buscó y la sostuvo en alto y la agitó y quitó el tapón para beber. Se quedó sentado con los ojos cerrados y la frente perlada de sudor. Luego abrió los ojos y bebió de nuevo. Los ratoneros se alejaron trotando uno detrás de otro hacia la sacristía. Al rato se levantó y salió a buscar al mulo.

No lo vio por ninguna parte. La misión ocupaba ocho o nueve áreas de terreno tapiado, un espacio árido donde había varias cabras y burros. Dentro del cercado de adobe había pesebres habitados por familias de intrusos y unos cuantos llares humeaban débilmente al sol. Rodeó la iglesia y entró en la sacristía. Los ratoneros se alejaron entre la paja y el yeso saltando como enormes aves de corral. Allá arriba las bóvedas estaban habitadas de una oscura masa peluda que se movía y respiraba y piaba. En la habitación había una mesa con unos cuantos cacharros de arcilla y junto a la pared del fondo los restos de varios cuerpos, uno de ellos de niño. Cruzó la sacristía para entrar de nuevo en la iglesia y recogió su silla de montar. Bebió el resto de la botella y se echó la silla al hombro y salió.

La fachada del edificio ostentaba una colección de santos en sus correspondientes nichos, santos que habían servido de blanco a soldados americanos en prácticas de tiro, de modo que las estatuas estaban jaspeadas por las marcas de plomo que se habían oxidado sobre la piedra y a más de una le faltaban las orejas y la nariz. Las enormes puertas de tablero colgaban torcidas de sus goznes y una talla en piedra de la Virgen sostenía en brazos un niño decapitado. Pestañeó al sol de mediodía. Entonces vio el rastro del mulo. No era más que una ligera perturbación en el polvo del camino y salía de la puerta de la iglesia y cruzaba hacia la verja de la pared oriental. Se afianzó la silla al hombro y echó a andar siguiendo las huellas.

Un perro que estaba a la sombra del portal se levantó y fue taciturno hacia el sol y cuando el chaval hubo pasado volvió a donde estaba antes. Tomó el camino que bajaba hacia el río, zarrapastroso como nunca. Penetró en un tupido bosque de nogales y robles y el camino subía un poco y le permitió ver el río más abajo. Unos negros limpiaban un carruaje en el vado y el chaval descendió y se quedó al borde del agua y al cabo de un rato los llamó a voces.

Estaban remojando con agua el barnizado negro y uno de ellos se enderezó y volvió la espalda. Los caballos estaban con el agua por las rodillas.

¿Qué?, gritó el negro.

¿Habéis visto un mulo?

¿Qué mulo?

He perdido mi mulo. Creo que venía hacia aquí.

El negro se enjugó la cara con el dorso del brazo. Hace como una hora he visto bajar algo por el camino. Creo que ha seguido río abajo. Puede que fuera un mulo. No tenía rabo y apenas pelo pero sí tenía dos orejas largas.

Los otros dos negros rieron. El chaval miró en aquella dirección. Escupió y tomó el sendero que pasaba entre sauces y montículos de hierba.

Lo encontró como un centenar de metros más abajo. Estaba mojado hasta la panza y levantó la cabeza y la volvió a bajar para seguir paciendo en la exuberante hierba de la ribera. El chaval bajó la silla y cogió el ronzal suelto y ató el animal a una rama y le dio una patada sin entusiasmo. El mulo se apartó un poco y siguió comiendo. Al ir a tocarse el sombrero recordó que lo había perdido en alguna parte. Siguió aguas abajo entre los árboles y se quedó contemplando la fría corriente impetuosa. Luego se metió en el agua como un derrengado candidato al bautismo.

III

Elegido para enrolarse en el ejército
Entrevista con el capitán White – Sus opiniones
El campamento – Cambia su mulo
Una cantina en el Laredito – Un menonita
Compañero muerto.

Estaba desnudo y echado en el suelo con sus harapos puestos sobre unas ramas cuando otro jinete que iba río abajo tiró de las riendas y se detuvo.

Giró la cabeza. Por entre los sauces alcanzó a ver las patas del caballo. Se puso boca abajo.

El hombre descabalgó y se quedó al lado del caballo.

Alargó la mano y cogió el cuchillo por su empuñadura de guita.

Eh, hola, dijo el jinete.

No respondió. Se puso de costado para ver mejor entre las ramas.

Hola. ¿Dónde estás?

¿Qué quieres?

Hablar contigo.

¿De qué?

Será posible. Sal de ahí. Soy blanco y cristiano.

El chaval estaba alargando el brazo para ver de alcanzar sus pantalones. El cinturón pendía suelto y pudo agarrarlo pero los pantalones estaban enganchados en una rama.

Maldita sea, dijo el hombre. No estarás subido al árbol, ¿verdad?

Por qué no te largas y me dejas en paz.

Solo quería hablar contigo. No pretendía hacerte rabiar.

Pues lo has conseguido.

¿No eres tú el que le aplastó la cabeza a ese mexicano ayer por la tarde? No soy el alguacil.

¿Quién quiere saberlo?

El capitán White. Quiere convencer al que lo hizo para que se enrole en el ejército.

¿El ejército?

Eso.

¿Qué ejército?

La compañía que manda el capitán White. Vamos a darles una lección a los mexicanos.

La guerra ha terminado.

Él dice que no. ¿Dónde te has metido?

Se levantó y alcanzó los pantalones de donde los había colgado y se los puso. Se calzó y metió el cuchillo en la bota derecha y luego salió de los sauces poniéndose la camisa.

El hombre estaba sentado en la hierba con las piernas cruzadas. Vestía de ante y llevaba una polvorienta chistera de seda negra y entre los dientes sostenía un purito mexicano. Al ver lo que salía de entre los árboles meneó la cabeza.

Parece que las has pasado canutas, ¿verdad, hijo?

No he conocido otras.

¿Estás dispuesto a ir a México?

Allí no se me ha perdido nada.

Es una oportunidad que tienes de enmendar el camino. Te conviene tomar alguna decisión antes de hundirte del todo.

¿Qué es lo que dan?

Cada hombre recibe un caballo y municiones. En tu caso supongo que podríamos encontrarte algo de ropa.

No tengo rifle.

Te buscaremos uno.

¿Qué hay del sueldo?

Demonios, muchacho, no vas a necesitar ninguno. Podrás agenciarte todo lo que caiga en tus manos. Nos vamos a México. Botín de guerra. Volveremos todos convertidos en terratenientes. ¿Cuántas tierras posees ahora mismo?

Yo nunca he sido soldado.

El hombre le miró de arriba abajo. Se sacó el puro todavía por encender y giró la cabeza y escupió y se lo incrustó de nuevo entre los dientes. ¿De dónde eres?, dijo.

De Tennessee.

Tennessee. Pues pondría la mano en el fuego a que sabes disparar un rifle.

El chaval se acuclilló en la hierba. Miró el caballo del otro. El caballo llevaba arreos de cuero estampados con chapetones de obra blanca. Tenía en la frente una estrella blanca y era cuatralbo y estaba arrancando grandes bocados de hierba jugosa. ¿Y tú de dónde eres?, preguntó el chaval.

Llegué a Tejas en el treinta y ocho. Si no hubiera encontrado al capitán White no sé dónde estaría. Estaba peor de lo que estás tú ahora pero entonces llegó él y me resucitó como a Lázaro. Encaminó mis pasos por el camino de la virtud. Bebía y puteaba tanto que no me habrían aceptado ni en el infierno. El capitán vio algo en mí que valía la pena salvar, igual que yo lo veo en ti. ¿Qué me dices?

No sé.

Al menos ven a conocer al capitán.

El muchacho jugueteó con los tallos de hierba. Volvió a mirar al caballo. Bueno, dijo. Supongo que no pierdo nada.

Cruzaron la ciudad, el soldado espléndido en su caballo paticalzado y detrás el chaval en el mulo como si el otro le hubiera capturado. Pasaron por callejas angostas flanqueadas de cabañas de junco que humeaban al sol. Crecía hierba y crecían chumberas en los tejados y las cabras se paseaban libremente y en alguna parte de aquel miserable reino de barro se oía el débil tañido de un toque de muertos. Torcieron por Commerce Street hasta llegar a la plaza principal entre una multitud de carros y cruzaron otra plaza en donde unos chicos vendían higos y uvas de unas carretillas de mano. Varios perros famélicos se escabulleron a su paso. Atravesaron la plaza militar y pasaron por la callejuela en donde el muchacho y el mulo habían bebido la víspera y había grupos de mujeres y muchachas junto al pozo y a todo su alrededor variadas vasijas de arcilla con tapa de mimbre. Pasaron frente a una casa de cuyo interior sonaban gemidos de mujeres y el pequeño coche mortuorio esperaba a la puerta con los caballos pacientes aguantando el calor y las moscas.

El capitán tenía su puesto de mando en un hotel de una plaza con árboles y una pequeña glorieta verde con bancos. Una verja de hierro en la fachada del hotel daba a un pasadizo con un patio al fondo. Las paredes estaban encaladas y adornadas con pequeñas baldosas de colores. El hombre del capitán llevaba unas botas labradas de tacón alto que repicaron en el piso embaldosado y en la escalera que subía del patio a las habitaciones. En el patio había plantas verdes y las habían regado hacía poco y echaban humo. El hombre del capitán fue hasta el fondo de la larga galería y llamó con fuerza a la última puerta. Una voz les dijo que pasaran.

Estaba, el capitán, sentado a una mesa de mimbre escribiendo cartas. Ellos se quedaron firmes, el hombre del capitán con el sombrero negro en las manos. El capitán siguió escribiendo y ni siquiera levantó los ojos. Afuera se oyó a una mujer que hablaba en español. Aparte de eso el único sonido era el raspar de la pluma sobre el papel.

Cuando hubo terminado dejó la pluma y alzó los ojos. Miró a su subordinado y luego miró al chaval y luego inclinó la cabeza para leer lo que había escrito. Asintió para sí y espolvoreó la carta con arena de una cajita de ónice y la dobló. Sacó un fósforo de la caja que había encima de la mesa, lo encendió y lo acercó a una barrita de lacre hasta que un pequeño medallón rojo se hubo formado sobre el papel. Apagó el fósforo, sopló un poco hacia el papel y aplicó su anillo al lacre. Luego puso la carta entre dos libros que tenía sobre la mesa y se retrepó en su silla y volvió a mirar al chaval. Asintió con cara seria. Siéntense, dijo.

Así lo hicieron en una especie de banco tallado en una madera oscura. El hombre del capitán llevaba un enorme revólver al cinto y al sentarse hizo girar el cinturón de forma que el arma quedó entre sus muslos. Puso el sombrero encima y se apoyó en el respaldo. El chaval cruzó los pies por sus botas reventadas y se sentó muy erguido.

El capitán retiró su silla y se levantó y rodeó el escritorio. Permaneció de espaldas a él un minuto entero y entonces se subió a la mesa y se quedó con las botas colgando. Tenía canas en el pelo y en el majestuoso bigote que lucía, pero no era viejo. Conque tú eres el hombre, dijo.

¿Qué hombre?, dijo el chaval.

Qué hombre, señor, dijo el hombre del capitán.

¿Cuántos años tienes, muchacho?

Diecinueve.

El capitán asintió con la cabeza. Estaba repasando al chico de arriba abajo. ¿Qué te ha pasado?

¿Cómo?

Di señor, dijo el otro.

Señor...

Digo que qué te ha pasado.

El chaval miró al hombre que tenía al lado. Se miró

a sí mismo y luego de nuevo al capitán. Me atacaron unos bandidos, dijo.

Ya, dijo el capitán.

Se me llevaron el reloj. Me dejaron sin nada.

¿Tienes rifle?

No, ya no.

¿Dónde fue que te asaltaron?

No lo sé. El lugar no tenía nombre. Fue en un sitio desierto.

¿De dónde venías?

Pues de Naca, Naca...

¿De Nacogdoches?

Eso.

Sí señor.

Sí señor.

¿Cuántos eran?

El chaval se lo quedó mirando.

Los ladrones. Cuántos.

Siete u ocho, creo. Me dieron en la cabeza con un cuartón de madera.

El capitán le miró entornando un ojo. ¿No serían mexicanos?

Algunos sí. Mexicanos y negros. Y un par de blancos también. Traían unas cuantas reses que habían robado. Lo único que no se llevaron fue un cuchillo viejo que tenía metido en una bota.

El capitán asintió, dobló las manos entre sus rodillas. ¿Qué opinas del tratado?, dijo.

El chaval miró al hombre que estaba junto a él. Tenía los ojos cerrados. Bajó la vista. Yo no sé nada de tratados, dijo.

Mucho me temo que eso les pasa a buena parte de los americanos, dijo el capitán. ¿De dónde eres, hijo?

De Tennessee.

No estarías con los voluntarios en Monterrey, ¿verdad?

No señor.

Los hombres más valientes bajo el fuego enemigo que yo haya visto nunca. Creo que en los campos de batalla al norte de México murieron más hombres de Tennessee que de cualquier otro estado. ¿Lo sabías?

No señor.

Los abandonaron, sabes. Pelearon y murieron en aquel desierto de México y luego su propio país los traicionó.

El chaval no dijo nada.

El capitán se inclinó al frente. Nosotros peleamos por México. Perdimos allí amigos o hermanos. Y luego va y lo devolvemos. Lo dejamos en manos de un hatajo de bárbaros que no tienen ni idea de lo que es el honor o la justicia o lo que significa un gobierno republicano, y eso lo reconocen hasta sus más acérrimos partidarios. Un pueblo tan cobarde que ha estado pagando tributo durante un siglo a tribus de salvajes desnudos. Que ha renunciado al ganado y a las cosechas. Que ha cerrado las minas. Que ha abandonado pueblos enteros. Mientras una horda de paganos campa por la región saqueando y asesinando con absoluta impunidad. Sin que nadie oponga resistencia. ¿Qué clase de gente es esa? Los apaches ni siquiera les disparan, qué te parece. Los matan a pedradas. El capitán meneó la cabeza. Parecía entristecido por lo que tenía que explicar.

¿Sabías que cuando el coronel Doniphan tomó la ciudad de Chihuahua infligió al enemigo más de un millar de víctimas y él solamente perdió a un hombre y eso porque se suicidó? ¿Con un ejército de irregulares que no cobraban y que le llamaban Bill, que iban medio desnudos y habían llegado a pie desde Misuri?

No señor.

El capitán se retrepó y cruzó los brazos. Nos enfrentamos, dijo, a una raza de degenerados. Una raza mestiza, poco mejor que los negros. Puede que ni eso.

En México no hay gobierno. Qué diablos, en México no hay Dios. Ni lo habrá nunca. Nos enfrentamos a un pueblo manifiestamente incapacitado para gobernarse. ¿Y sabes lo que ocurre con el pueblo que no sabe gobernarse? Exacto: Que vienen otros a gobernar por ellos.

En el estado de Sonora hay ya unos catorce mil colonos franceses. Les están regalando tierras para que se establezcan. Les están regalando herramientas y ganado. Son mexicanos ilustrados quienes lo fomentan. Paredes ya está exigiendo disociarse de la nación mexicana. Prefieren ser gobernados por lameculos que por imbéciles y ladrones. El coronel Carrasco reclama la intervención de Estados Unidos. Y la va a tener.

Ahora mismo se está formando en Washington una comisión para venir a esta zona y trazar las fronteras entre nuestro país y México. No me cabe duda de que al final Sonora acabará siendo territorio estadounidense, y Guaymas un puerto de Estados Unidos. Los americanos podrán llegar a California sin tener que pasar por la atrasada república hermana y nuestros conciudadanos estarán finalmente a salvo de las escandalosas bandas de forajidos que infestan las rutas que se ven obligados a tomar.

El capitán estaba observando al chaval. El chaval parecía intranquilo. Muchacho, dijo el capitán. Nosotros seremos el instrumento de liberación de un país lóbrego y atribulado. Eso es. Nosotros encabezaremos el ataque. Tenemos el apoyo tácito del gobernador Burnett de California.

Se inclinó al frente y apoyó las manos en las rodillas. Y seremos nosotros los que nos repartiremos el botín. Habrá una parcela de tierra para cada hombre de la compañía. Buenos pastos. De los mejores del mundo. Una región rica en minerales, en oro y plata diría yo sin atenerme a conjeturas. Eres joven. Pero sé lo que piensas. Raramente me equivoco con un hombre. Yo creo que te gustaría dejar huella en este mundo. ¿Es así?

Sí señor.

Claro. Y no te veo abandonando a una potencia extranjera una tierra por la que pelearon y murieron compatriotas nuestros. Y te diré una cosa. Si los norteamericanos no actúan, me refiero a gente como tú y como yo que se toma en serio a su país mientras esos maricas de Washington se dedican a calentar el banco, si no actuamos, México (y quiero decir el conjunto del país) enarbolará muy pronto una bandera europea. Con o sin Doctrina Monroe.

El capitán hablaba en voz baja y vehemente. Inclinó la cabeza a un lado y miró al chaval con cierta benevolencia. El chaval se frotó las palmas de las manos en las rodilleras de su mugriento pantalón. Miró de reojo al hombre sentado a su lado, pero parecía haberse dormido.

¿Qué hay de la silla?, dijo.

¿Silla?

Sí señor.

¿No tienes silla?

No señor.

Pensaba que tenías un caballo.

Un mulo.

Ah.

Tengo un resto de silla encima del mulo pero no queda gran cosa. Tampoco es que quede gran cosa del mulo. Dijo que me darían un caballo y un rifle.

¿Eso dijo el sargento Trammel?

Yo no le prometí ninguna silla, dijo el sargento.

Le conseguiremos una.

Pero sí le dije que le buscaríamos ropa que ponerse, capitán.

Bien. Seremos irregulares pero no queremos parecer una chusma; ¿verdad que no?

No señor.

Tampoco nos quedan caballos domados, señor, dijo el sargento.

Domaremos uno.

El chico que entendía mucho de caballos está de permiso.

Ya lo sé. Busque a otro.

Sí señor. Quizá este muchacho sepa domar caballos. ¿Lo has hecho alguna vez?

No señor.

A mí no me digas señor.

Sí señor.

Sargento, dijo el capitán, bajando del escritorio.

Sí señor.

Enrole a este hombre.

El campamento estaba río arriba a las afueras de la ciudad. Una tienda hecha con pedazos de lona de carro, unas cuantas chozas construidas con zarzas y al fondo un corral en forma de ocho igualmente hecho de zarzas donde unos cuantos ponis pintados soportaban el sol de mala gana.

Cabo, llamó el sargento.

El cabo no está.

Desmontó y fue hacia la tienda y retiró el faldón de la entrada. El chaval esperó montado en su mulo. Tres hombres tumbados a la sombra de un árbol le miraron. Hola, dijo uno.

Hola.

¿Eres nuevo?

Supongo.

¿El capitán ha dicho cuándo nos largamos de este agujero inmundo?

No.

El sargento salió de la tienda. ¿Dónde está?, dijo.

Se fue a la ciudad.

A la ciudad, repitió el sargento. Ven aquí.

El hombre se levantó del suelo y fue lentamente hacia la tienda y se quedó de pie con las manos a la espalda.

Este muchacho no tiene equipo, dijo el sargento.

El hombre asintió.

El capitán le ha dado una camisa y dinero para que le remienden las botas. Hemos de conseguirle una montura y también una silla.

Una silla.

Habrá que vender bien el mulo para poder comprarle todo eso.

El hombre contempló el mulo y luego miró pestañeando al sargento. Se inclinó para escupir al suelo.

De ese mulo no sacamos ni diez dólares.

Lo que saquemos servirá.

Acaban de matar otro ternero.

No quiero saber nada de eso.

Yo no puedo hacer nada.

Al capitán no le diré nada. Pondría los ojos en blanco hasta que se le salieran de las cuencas y le cayeran al suelo.

El hombre volvió a escupir. Bueno, eso sí que es verdad.

Ocúpese de este hombre. He de irme.

Bueno.

No hay nadie enfermo, ¿verdad?

No.

Menos mal.

Se irguió sobre la silla y rozó con las riendas el cuello de su caballo. Miró hacia atrás y meneó la cabeza.

Por la tarde el chaval y otros dos reclutas fueron a la ciudad. Se había bañado y afeitado y llevaba unos pantalones de pana azul y la camisa de algodón que le había dado el capitán y a excepción de las botas parecía un hombre totalmente distinto. Sus amigos montaban pequeños y coloreados caballos que cuarenta días atrás habían correteado libres por la pradera y ahora respingaban y brincaban y entrechocaban las mandíbulas como las tortugas.

Espera a tener uno de estos, dijo el segundo cabo. Eso sí que es divertirse a base de bien.

Son buenos caballos, dijo el otro.

Ahí dentro todavía quedan uno o dos que podrían serlo.

El chaval los miró desde su mulo. Cabalgaban uno a cada lado como si le escoltaran y el mulo trotaba con la cabeza erguida y los ojos yendo de un lado para otro. Te harán caer de culo al suelo, dijo el otro cabo.

Cruzaron una plaza repleta de carros y ganado. De inmigrantes y tejanos y mexicanos y de esclavos e indios lipanos y delegaciones de karankawas altos y austeros, la cara teñida de azul y las manos cerradas en torno a los palos de sus lanzas de dos metros, salvajes casi desnudos que con sus rostros pintados y su secreta afición por la carne humana parecían presencias monstruosas incluso entre tan fabulosa compañía. Cabalgando con las riendas cortas los reclutas dejaron atrás el juzgado y bordearon los muros altos de la cárcel cuya mampuesta superior estaba erizada de fragmentos de vidrio. En la plaza principal se había congregado una banda de música que estaba afinando los instrumentos. Los jinetes torcieron por Salinas Street dejando atrás pequeños garitos y puestos de café y en esta calle había bastantes mexicanos, guarnicioneros y comerciantes y propietarios de gallos de pelea y zapateros y remendones en sus casetas o en tiendas de adobe. El segundo cabo era tejano y hablaba un poco de español y les dijo que quería cambiar el mulo. El otro chico era de Misuri. Estaban muy alegres, aseados y bien peinados, todos con la camisa limpia. Previendo ambos una noche de alcohol, quizá de amor. Cuántos jóvenes no han vuelto a casa tiesos y muertos tras noches parecidas con parecidos planes.

Trocaron el mulo equipado como estaba por una silla de fabricación tejana, apenas el fuste recubierto de cuero crudo, no nueva pero en buen estado. Por una brida y un bocado que sí eran nuevos. Por una manta de lana tejida en Saltillo que estaba llena de polvo, nueva o no. Y también una moneda de oro de dos dólares y medio. El tejano observó aquella pequeña moneda en la mano del chaval y exigió más dinero pero el guarnicionero dijo que no y levantó las manos en un gesto concluyente.

¿Y mis botas qué?, dijo el chaval.

Y sus botas, dijo el tejano.

¿Botas?

Sí. Hizo gestos de coser.

El guarnicionero miró las botas del muchacho. Juntó las yemas de los dedos en un gesto de impaciencia y el chaval se quitó las botas y se quedó descalzo en el polvo.

Cuando todo estuvo listo se miraron unos a otros en mitad de la calle. El chaval se había colgado al hombro su arnés nuevo. El segundo cabo se volvió al muchacho de Misuri. ¿Tienes algo de dinero, Earl?

Ni un centavo.

Pues yo tampoco. Lo mejor será que volvamos a ese agujero cochambroso.

El chaval movió el peso del arzón que llevaba al hombro. Todavía hemos de bebernos este cuarto de águila,[3] dijo.

3. Eagle, «águila», moneda de oro de 10 dólares. *(N. del T.)*

En el Laredito ya se ha puesto el sol. Los murciélagos abandonan sus nidos en el palacio de justicia y en la torre y sobrevuelan el barrio. El aire va cargado de olor a carbón de palo. Niños y perros descansan junto a las galerías de adobe y gallos de pelea aletean y se posan en las ramas de los frutales. Ellos, los tres camaradas, van a pie siguiendo un muro de barro sin encalar. De la plaza llegan débiles los sonidos de una banda. Pasan frente a la carreta de un comerciante de agua y frente a un agujero en la pared donde a la luz de una pequeña fragua un viejo da forma al metal a martillazos. Al pasar junto a un zaguán ven a una joven cuya belleza es digna de las flores de la región.

Llegan por fin a una puerta de madera. Está engoznada a una puerta más grande y todos han de salvar el umbral de un palmo de alto cuya madera han desgastado un millar de botas, donde centenares de imbéciles han tropezado o caído o trastabillado ebrios hasta la calle. Pasan frente a una *ramada* que hay en un patio junto a una vieja pérgola donde pequeñas aves de corral cabecean en la penumbra entre retorcidas parras estériles y entran a una cantina donde hay luces encendidas y agachando la cabeza para salvar un dintel bajo van directos al mostrador uno dos y tres.

Hay en este local un viejo menonita trastornado que se vuelve para mirarlos. Es un hombre flaco con chaleco de piel, en la cabeza un sombrero negro de ala recta, bigote ralo. Los reclutas piden whisky y apuran sus vasos y piden más. En las mesas adosadas a la pared se juega al monte y en otra mesa hay putas que miran a los reclutas. Los reclutas están medio de espaldas a la barra con los pulgares metidos en el cinturón y observan. Hablan entre ellos en voz alta acerca de la expedición y el viejo menonita sacude mohíno la cabeza y bebe un poco y murmura.

Os pararán al llegar al río, dice.

El segundo cabo mira hacia donde está el hombre. ¿Me lo dice a mí?

En el río. Ya veréis. Os meterán a todos en la cárcel.

¿Quién?

El ejército de los Estados Unidos. El general Worth.

Y una mierda.

Rezad para que así sea.

Mira a sus camaradas. Se inclina hacia el menonita. ¿Qué significa eso, viejo?

Si cruzáis ese río con vuestro ejército de filibusteros no volveréis nunca.

No pensamos volver. Vamos hacia Sonora.

A ti qué más te da, viejo.

El menonita contempla las sombras que hay ante ellos y que se reflejan hacia él en el espejo de detrás de la barra. Se vuelve a los reclutas. Tiene los ojos húmedos, habla despacio. La ira de Dios está dormida. Estuvo oculta un millón de años antes de que el hombre existiera y solo el hombre tiene el poder de despertarla. En el infierno hay sitio de sobra. Oídme bien. Vais a hacer la guerra de un loco a un país extranjero. Despertaréis a algo más que a los perros.

Pero ellos censuraron al viejo y le maldijeron hasta que se apartó de la barra murmurando, ¿y cómo iba a ser si no?

Estas cosas terminan así. Entre confusión e insultos y sangre. Siguieron bebiendo y el viento soplaba en las calles y las estrellas que habían estado en lo alto descendieron hacia el oeste y aquellos jóvenes se indispusieron con otros jóvenes y hubo intercambio de palabras imposibles de enmendar y al amanecer el chaval y el segundo cabo se arrodillaron junto al chico de Misuri que se llamaba Earl y pronunciaron su nombre pero el otro ya no podía responder. Estaba tumbado en el polvo del patio. Los hombres se habían ido, las putas también. Un viejo barría el piso de arcilla dentro de la cantina. El chico yacía en un charco de sangre con el cráneo reventado, nadie sabía a manos de quién. Alguien se les acercó por el patio. Era el menonita. Soplaba un viento cálido y por el este asomaba una luz gris. Las aves que pasaban la noche entre las parras habían empezado a agitarse y a cantar.

Hay menos alegría en la taberna que en el camino que conduce a ella, dijo el menonita. Se puso en la cabeza el sombrero que sostenía en las manos y giró en redondo y salió por la verja.

IV

En ruta con los filibusteros – En tierra extranjera
Cazando antílopes – Perseguidos por el cólera
Lobos – Reparando los carros – Soledad desértica
Tormentas nocturnas – La manada fantasma
Implorando lluvia – Una heredad en el desierto
El viejo – Nuevo país – Un pueblo abandonado
Boyeros en el llano – Atacados por comanches.

Cinco días después a lomos del caballo del muerto cruzaba la plaza con los demás jinetes y los carros y salía de la ciudad rumbo al sur. Pasaron por Castroville, donde los coyotes habían desenterrado a los muertos y esparcido sus huesos, y cruzaron el río Frío y cruzaron después el Nueces y dejaron el camino a Presidio y giraron al norte con batidores en cabeza y en la retaguardia. Cruzaron el del Norte ya de noche y salieron del somero vado arenoso a un desierto tremendo.

Amaneció con la compañía desplegada en larga fila sobre la llanura, gimiendo ya la madera seca de los carros, resoplando los caballos. Ruido sordo de los cascos y rechinar metálico de los enseres y tintineo ininterrumpido de los arneses. Sin contar las escasas chumberas y eléboros y algún que otro trecho de hierba torcida, el terreno era pelado y también lo eran las colinas que había hacia el sur. Por el oeste el horizonte era llano y fiel como un nivel de burbuja.

Los primeros días no vieron caza ni vieron otras aves que unos ratoneros. A lo lejos divisaron rebaños de ovejas o cabras moviéndose por el horizonte entre nubes de polvo y comieron la carne de asnos salvajes que habían matado en la llanura. El sargento portaba en su funda de arzón un pesado rifle Wesson que hacía uso de una boca falsa y taco de papel y que disparaba una bala de forma cónica. Con él mataba pequeños cerdos salvajes del desierto y más adelante, cuando empezaron a ver manadas de antílopes, se detenía al anochecer con el sol a ras de tierra y enroscando un bípode a la pestaña que llevaba en la parte inferior del cañón mataba aquellos animales a distancias de medio kilómetro mientras estaban pastando. El rifle llevaba una mira Vernier montada en la espoleta y el sargento estudiaba la distancia y la fuerza del viento y ajustaba el alza como si estuviera utilizando un micrómetro. El segundo cabo se situaba a su lado con un catalejo y gritaba alto o bajo en caso de que errase el tiro y el carro esperaba cerca de allí hasta que el sargento había cazado tres o cuatro ejemplares y luego regresaba por el llano ya más fresco mientras los desolladores iban dando tumbos y riendo en la plataforma. El sargento nunca enfundaba el rifle sin antes haber limpiado y engrasado el ánima.

Iban bien armados, cada hombre con su rifle y muchos con los revólveres Colt de cinco tiros y pequeño calibre. El capitán llevaba un par de pistolas de dragón en sendas fundas que montaban de través sobre el borrén de la silla, una a cada lado a la altura de la rodilla. Eran armas reglamentarias del ejército estadounidense, patentadas por Colt, y el capitán las había comprado a un desertor en una caballeriza de Soledad pagando ochenta dólares en monedas de oro por ellas y las pistoleras y la turquesa y el cebador con que venían.

El rifle que llevaba el chaval había sido recortado y recalibrado para que pesase poco y la turquesa era tan pequeña que para asentar las balas había que atacarlas con piel de ante. Lo había usado varias veces y el rifle disparaba a donde le daba la gana. Lo sostenía apoyado en el fuste de la silla, pues no disponía de funda. Lo habían llevado así años y años atrás, y la parte anterior de la culata estaba muy gastada por debajo.

Al anochecer el carro volvió con la carne. Los desolladores habían llenado la plataforma de ramas de mezquite y de tocones arrancados del suelo con los caballos y procedieron a descargar la leña y empezaron a cortar en pedazos los antílopes ya destripados en la caja del carro con hachas y cuchillos de caza, riendo en medio de un revoltijo de vísceras, espeluznante escena a la luz de faroles sostenidos a mano. Ya de noche los renegridos costillares humeaban en las llamas y había sobre las brasas un torneo con palos acepillados a los que habían espetado trocitos de carne y había un concierto de escudillas y las chanzas no terminaban. Y durmiendo aquella noche en la fría llanura de un país extranjero, cuarenta y seis hombres envueltos en mantas bajo las mismísimas estrellas, los lobos de la pradera tan parecidos en sus gimoteos, pero todo tan cambiado y singular alrededor.

Cada día se ponían en camino antes de que la oscuridad se hubiera disipado y comían carne fría y bollos y no encendían fuego. El sol se elevaba sobre una columna que en solo seis días de marcha ya carecía de orden. Entre las ropas que llevaban había poca armonía y menos aún entre sus sombreros. Los ponis pintados andaban furtivos y truculentos y un sañudo enjambre de moscas peleaba sin cesar en la plataforma del carro de la carne. El polvo que levantaba la columna se dispersaba y desvanecía rápidamente en la inmensidad del paisaje y no había otro polvo que el del pálido proveedor que los perseguía sin dejarse ver y su caballo magro y su magra carreta no dejan huellas en este ni en ningún otro terreno. A la luz de un millar de fuegos en el crepúsculo azul acerado tiene el hombre su economato y es un comerciante jocoso e irónico siempre dispuesto a seguir cualquier campaña o a acosar a los hombres en sus agujeros precisamente en esas regiones calcinadas adonde acuden para esconderse de Dios. Aquel día enfermaron dos hombres y uno murió al anochecer. Por la mañana otro enfermo ocupó su sitio. Los pusieron a los dos en el carro de los víveres entre sacos de alubias y arroz y café tapados con mantas para que no les diera el sol y viajaron soportando los bandazos y las sacudidas del carro que casi les sacaban la carne de los huesos, de tal manera que suplicaron para que los dejaran en tierra y luego murieron. En el crepúsculo matutino los hombres fueron a cavar unas tumbas con omoplatos de antílope y los cubrieron con piedras y se pusieron de nuevo en camino.

Siguieron adelante y por el este el sol arrojaba pálidas franjas de luz que luego fueron tomando un tono más espeso como de sangre rezumando a oleadas repentinas que se ensanchaban por capas y allí donde la tierra se escurría hacia el cielo en el borde de la creación la coronilla del sol surgió de la nada cual bálano de un gran falo rojo hasta que salvó la arista oculta y quedó agazapado y vibrante y malévolo detrás de ellos. Las sombras de las piedras pequeñas parecían líneas trazadas a lápiz en la arena y las formas de los hombres y sus caballerías avanzaban alargadas ante ellos como hebras de la noche de donde habían partido, como tentáculos que los ataran a la oscuridad que habría de venir. Cabalgaban con la cabeza gacha, sin rostro bajo sus sombreros, como un ejército dormido sobre la marcha. A media mañana había muerto otro hombre, lo sacaron del carro en donde había ensuciado los sacos sobre los que descansaba y lo enterraron también y reemprendieron la marcha.

Ahora los seguían grandes lobos pálidos de ojos amarillos que trotaban con primoroso paso o se agazapaban en el rielante calor para observarlos cuando se detenían a mediodía. Avanzaban otra vez. Galopando, acercándose cautelosos, andando despacio con su largo hocico pegado al suelo. Al atardecer sus ojos saltaban y guiñaban desde el borde de la luz que arrojaba el fogarín y por la mañana al reemprender el camino en la fría penumbra los jinetes los oían gruñir y dar dentelladas detrás de ellos cuando asaltaban el campamento en busca de restos de carne.

Los carros estaban tan resecos que oscilaban como perros y la arena los estaba royendo. Las ruedas mermaban y los radios se tambaleaban en sus ejes y repiqueteaban como peines de telar y por la noche metían radios postizos en las muescas y los ataban con tiras de cuero en verde e introducían cuñas entre el hierro de las llantas y los camones recalentados por el sol. Y así avanzaban, la estela de sus penurias irreales como el rastro de los crótalos en la arena. Las espigas de las llantas se soltaron y fueron cayendo al suelo. Las ruedas empezaban a romperse.

Al décimo día de marcha y con cuatro muertos por el camino cruzaron una llanura de pura piedra pómez donde no crecían matojos ni maleza hasta donde alcanzaba la vista. El capitán ordenó parar y llamó al mexicano que hacía de guía. Hablaron y el mexicano gesticuló y el capitán gesticuló también y al rato siguieron adelante.

A mí esto me parece la carretera del infierno, dijo un hombre desde las filas.

¿Qué cree el capitán que van a comer los caballos?

Pues tendrán que picar de la arena como las gallinas y esperar a que llegue el momento de comer maíz desgranado.

Dos días después empezaron a encontrar huesos y prendas desechadas. Vieron esqueletos semienterrados de mulas con los huesos tan blancos y bruñidos que parecían incandescentes incluso en aquel calor sofocante y vieron alforjas y albardas y huesos de hombres y vieron un mulo entero cuya carcasa renegrida estaba dura como el hierro. Siguieron adelante. Bajo un mediodía deslumbrante atravesaron el páramo como un ejército fantasma, tan pálidos de polvo que parecían sombras de números borrados en una pizarra. Los lobos los seguían más pálidos aún y se agrupaban y saltaban a ras de tierra y apuntaban al cielo sus flacos hocicos. Por la noche daban de comer a los caballos a mano y los abrevaban directamente de unos cubos. No había más enfermos. Los supervivientes yacían callados en aquel vacío de cráter y observaban las blanquísimas estrellas cruzar la oscuridad. O dormían con sus corazones extranjeros latiendo en la arena como peregrinos extenuados en la superficie del planeta Anareta, aferrados a una anonimia que giraba en la noche. Siguieron adelante y los calces de los carros adquirieron un brillo de cobre por la acción de la piedra pómez. Hacia el sur las cordilleras azules parecían ancladas en la imagen más pálida que les devolvía la arena, como reflejos en un lago, y ya no había lobos.

Decidieron cabalgar de noche, jornadas silenciosas salvo por el traqueteo de los carros y el resollar de los animales. Extraño grupo de ancianos bajo el claro de luna con los bigotes y las cejas teñidos de blanco por el crepúsculo. A medida que avanzaban, las estrellas se daban empellones y cruzaban el firmamento dibujando arcos para morir del otro lado de las montañas negras. Acabaron conociendo bien el cielo nocturno. Ojos occidentales que veían más bien construcciones geométricas que los nombres dados por los antiguos. Atados a la estrella polar daban la vuelta a la Osa Mayor mientras Orión aparecía por el suroeste como una enorme cometa eléctrica. La arena era azul a la luz de la luna y las llantas de los carros giraban entre las siluetas de los jinetes como aros relucientes que viraran y rodaran exangües y vagamente náuticos cual finos astrolabios, y las gastadas herraduras de los caballos eran como una plétora de ojos que parpadearan a ras del suelo del desierto. Vieron tormentas tan distantes que ni siquiera se las oía, silenciosos relámpagos como sábanas de luz y la negra espina dorsal de la cordillera parecía palpitar antes de ser engullida de nuevo por las tinieblas. Vieron caballos salvajes correr por la llanura, batiendo sus sombras en la noche y dejando a su paso en el claro de luna un polvo vaporoso, apenas una alteración cromática.

El viento sopló durante toda la noche y el polvo finísimo les ponía los dientes de punta. Arena en todas partes, arenilla en todo lo que comían. Y por la mañana un sol color de orina asomó legañoso entre los lienzos de polvo a un mundo turbio y sin accidentes. Los animales flaqueaban. Decidieron detenerse y montar un campamento sin leña y sin agua y los maltrechos ponis gimotearon acurrucados como perros.

Aquella noche atravesaron una región salvaje y eléctrica en donde extrañas formas blandas de fuego azul corrían por el metal de los arreos y las ruedas de los carros giraban como aros de fuego y pequeñas formas de luz azul pálido iban a posarse en las orejas de los caballos y en las barbas de los hombres. Toda la noche fucilazos sin origen visible temblaron en el oeste más allá de las masas de cúmulos, convirtiendo en azulado día la noche del desierto lejano, las montañas en el repentino horizonte negras y vívidas y ceñudas como un paisaje de un orden distinto cuya verdadera geología no era la piedra sino el miedo. La tormenta se acercó por el suroeste y los relámpagos iluminaron el desierto a su alrededor, azul y árido, grandes extensiones estruendosas surgidas de la noche absoluta como un reino diabólico invocado de repente o tierra suplantada que no dejaría rastro ni humo ni ruina llegado el día, como no los deja una pesadilla.

Se detuvieron en la oscuridad para dejar descansar a los animales y varios hombres metieron sus armas en los carros por miedo a atraer los relámpagos y uno que se llamaba Hayward dijo una oración pidiendo lluvia.

Oró así: Dios Todopoderoso, si eso no se aparta demasiado de tus designios eternos, qué te parece si nos envías un poquito de lluvia.

Dilo en voz alta, clamaron algunos, y arrodillándose gritó Hayward en medio de los truenos y del viento: Señor, aquí abajo estamos más secos que la cecina. Manda unas pocas gotas a estos pobres muchachos perdidos en la pradera y tan lejos de casa.

Amén, dijeron, y montando en sus caballos siguieron adelante. No había pasado una hora que el viento empezó a refrescar y de aquella salvaje oscuridad empezaron a caer gotas de lluvia del tamaño de la metralla. Pudieron notar el olor de la piedra mojada y el olor dulzón de los caballos mojados y el cuero mojado. Siguieron adelante.

Cabalgaron al calor del día siguiente con los barriletes de agua vacíos y los caballos extenuados y por la tarde aquellos elegidos, astrosos y blancos de polvo como una compañía de panaderos armados y a caballo errando de pura demencia, dejaron atrás el desierto por una brecha en las lomas y descendieron hacia un solitario *jacal*, burda choza de barro y juncos con un establo rudimentario y unos corrales.

Empalizadas de huesos delimitaban estos reducidos y polvorientos recintos y la muerte parecía ser el rasgo predominante del paisaje. Extrañas cercas que el viento y la arena habían estregado y el sol blanqueado y agrietado como porcelana vieja, visibles las fisuras pardas dejadas por la intemperie y allí ninguna cosa viva se movía. Las formas acanaladas de los jinetes pasaron tintineando por la tierra reseca color de hollín y frente a la fachada de adobe del *jacal*, temblorosos los caballos, oliendo el agua. El capitán levantó la mano y el sargento habló y dos hombres desmontaron para aproximarse a la choza con los rifles a punto. Abrieron una puerta hecha de cuero crudo y entraron. Pocos minutos después volvieron a salir.

Por aquí tiene que haber alguien. Hay brasas calientes.

El capitán oteó vigilante la distancia. Desmontó con la paciencia de alguien habituado a bregar con incompetentes y se dirigió hacia el *jacal*. Cuando salió volvió a examinar el terreno. Los caballos estaban inquietos y no paraban de piafar y los hombres les tiraban del bocado y los reprendían con aspereza.

Sargento.

Señor.

Esta gente no puede andar lejos. Vea si puede encontrarlos. Y mire si hay forraje para los animales.

¿Forraje?

Sí, forraje.

El sargento apoyó una mano en el fuste de la silla y miró en derredor y meneó la cabeza y se apeó del caballo.

Atravesaron el chamizo y el cercado de la parte de atrás y fueron hasta el establo. No había animales ni nada aparte de una casilla con un montón de sotoles secos por toda comida. Salieron por detrás y fueron a una pila en donde había agua estancada y un arroyuelo corría por la arena. Había huellas de cascos cerca de la alberca y estiércol seco y al borde del riacho correteaban unos pajarillos.

El sargento, que se había acuclillado, se levantó y escupió al suelo. Bien, dijo. ¿Hay algo que no se vea en treinta kilómetros a la redonda?

Los soldados escudriñaron la inmensidad que les rodeaba.

No creo que esta gente haya ido tan lejos.

Bebieron y regresaron al *jacal*. Los demás estaban guiando los caballos por el estrecho sendero.

El capitán aguardaba de pie con los pulgares metidos en el cinto.

No sé dónde se pueden haber metido, dijo el sargento.

¿Qué hay en el cobertizo?

Un poco de pienso reseco.

El capitán frunció el ceño. Debería haber una cabra o un puerco. Algo. Gallinas como mínimo.

A los pocos minutos dos hombres llegaron del establo arrastrando a un viejo. Estaba cubierto de polvo y broza seca y se protegía los ojos con el brazo. Fue llevado a la fuerza ante el capitán y allí quedó postrado y como embobinado en algodón blanco. El viejo se puso las manos en los oídos y los codos delante de los ojos como uno al que le exigen que presencie algo espantoso. El capitán volvió la cabeza asqueado. El sargento dio un puntapié al viejo. ¿Qué le pasa a este?, dijo.

Se está meando, sargento. Se está meando encima. El capitán señaló hacia él con los guantes.

Sí señor.

Lléveselo de aquí ahora mismo.

¿Quiere que Candelario hable con él?

Es un bobo. Lléveselo ya.

Se fueron con el viejo a rastras. Había empezado a balbucir pero nadie le hizo caso y se perdió de vista en la mañana.

Vivaquearon junto a la alberca y el herrador se ocupó de los mulos y los ponis que habían perdido algún casquillo y trabajaron reparando los carros a la luz de la lumbre hasta bien entrada la noche. Partieron con una aurora escarlata donde la unión de cielo y tierra era como el filo de una cuchilla. A lo lejos oscuros y pequeños archipiélagos de nubes y el vasto universo de arena y de matojos punteados en el vacío sin márgenes en donde aquellos islotes azules temblaban y la tierra se volvía incierta, seriamente sesgada y virando entre matices de rosa para desaparecer en la oscuridad más allá del alba hasta el último rebajo del espacio.

Atravesaron regiones de piedra multicolor solevantada en tajos mellados y capas horizontales de roca trapeana alzadas en fallas y anticlinales curvados sobre sí mismos y desgajados como tocones de grandes troncos de piedra y piedras que los rayos de alguna vieja tormenta habían hendido, convirtiendo el agua infiltrada en una explosión de vapor. Dejaron atrás diques de roca parda que bajaban por las angostas gargantas de los cerros para salir al llano como ruinas de viejos muros, otros tantos augurios de la mano del hombre antes de que el hombre o cualquier ser vivo existieran.

Cruzaron un pueblo entonces y ahora en ruinas y acamparon entre las paredes de una esbelta iglesia de adobe y quemaron las vigas caídas del techo para hacer fuego mientras en la oscuridad de las arcadas gritaban los búhos.

Al día siguiente vieron nubes de polvo que ocupaban varios kilómetros de lado a lado del horizonte. Siguieron adelante atentos al polvo hasta que este empezó a aproximarse y el capitán levantó la mano ordenando detenerse y sacó de su alforja un viejo telescopio de la caballería y lo desensambló y barrió lentamente la lejanía. El sargento descansaba sin desmontar a su lado y al poco rato el capitán le pasó el anteojo.

Eso es una manada de algo.

Yo creo que son caballos.

¿A qué distancia cree que están?

Es difícil decirlo.

Haga venir a Candelario.

El sargento se volvió e hizo señas al mexicano. Cuando este llegó a caballo le pasó el catalejo y el mexicano se lo llevó a un ojo y miró. Luego bajó el aparato y observó a ojo descubierto y después volvió a mirar. Se quedó montado con el anteojo puesto sobre el pecho como un crucifijo.

Bueno, qué, dijo el capitán.

Candelario meneó la cabeza.

¿Qué diablos significa eso? No son búfalos, ¿verdad?

No. Me parece que son caballos.

A ver ese anteojo.

El mexicano se lo pasó y el capitán oteó el horizonte una vez más y cerró el tubo con el pulpejo de la mano y lo devolvió a su alforja y levantó la mano ordenando seguir adelante.

Había vacas, mulos, caballos. Varios millares de cabezas, y avanzaban en diagonal hacia la compañía. A media tarde se podían ver jinetes a simple vista, un puñado de indios desharrapados en los flancos exteriores de la manada a lomos de sus ágiles ponis. Otros llevaban sombrero, mexicanos tal vez. El sargento retrocedió hacia donde estaba el capitán.

¿Qué opina usted, capitán?

Yo opino que es un hatajo de paganos ladrones de ganado. ¿Y usted?

Eso pensaba yo.

El capitán observó por el anteojo. Supongo que nos han visto, dijo.

Seguro.

¿Cuántos jinetes diría que hay?

Una docena, más o menos.

El capitán se dio unos golpecitos con su instrumento en la mano enguantada. No parecen preocupados, ¿verdad?

No señor.

El capitán sonrió lúgubremente. A lo mejor nos divertimos un poco antes de que se haga de noche.

La avanzadilla de la manada empezó a pasar frente a ellos bajo una capa de polvo amarillo, reses patilargas y de costillas prominentes con cuernos que crecían hacia acá y hacia allá, ni siquiera dos iguales, y pequeños mulos flacos negros como el carbón que se empujaban entre sí y sacaban la cabeza chata de mazo por encima de los lomos de los otros y luego más reses y finalmente el primero de los vaqueros que cabalgaban por el flanco exterior manteniendo la manada entre ellos y la compañía. Detrás venían varios centenares de ponis. El sargento buscó a Candelario. Fue retrocediendo a lo largo de la columna pero no pudo dar con él. Espoleó a su montura y registró las filas por el otro lado. Los últimos boyeros se aproximaban ya entre el polvo y el capitán estaba haciendo gestos y gritando. Los ponis habían empezado a desviarse de la manada y los boyeros se abrían paso hacia esta tropa armada con la que habían coincidido en el llano. Se distinguían ya entre el polvo, pintados en el manto de los ponis, galones y manos y soles nacientes y pájaros y peces de todas clases como una obra vieja descubierta bajo el apresto de un lienzo y ahora se podía oír también sobre el retumbo de los cascos sin herrar el sonido de las quenas, esas flautas hechas con huesos humanos, y en la compañía algunos habían empezado a recular en sus monturas y otros a girar desorientados cuando del lado izquierdo de los ponis surgió una horda de lanceros y arqueros a caballo cuyos escudos adornados con añicos de espejos arrojaban a los ojos de sus enemigos un millar de pequeños soles enteros. Una legión de horribles, cientos de ellos, medio desnudos o ataviados con trajes áticos o bíblicos o de un vestuario de pesadilla, con pieles de animales y con sedas y trozos de uniforme que aún tenían rastros de la sangre de sus anteriores dueños, capas de dragones asesinados, casacas del cuerpo de caballería con galones y alamares, uno con sombrero de copa y uno con un paraguas y uno más con medias blancas y un velo de novia sucio de sangre y varios con tocados de plumas de grulla o cascos de cuero en verde que lucían cornamentas de toro o de búfalo y uno con una levita puesta del revés y aparte de eso desnudo y uno con armadura de conquistador español, muy mellados el peto y las hombreras por antiguos golpes de maza o sable hechos en otro país por hombres cuyos huesos eran ya puro polvo, y muchos con sus trenzas empalmadas con pelo de otras bestias y arrastrando por el suelo y las orejas y colas de sus caballos adornadas con pedazos de tela de vistosos colores y uno que montaba un caballo con la cabeza pintada totalmente de escarlata y todos los jinetes grotescos y chillones con la cara embadurnada como un grupo de payasos a caballo, cómicos y letales, aullando en una lengua bárbara y lanzándose sobre ellos como una horda venida de un infierno más terrible aún que la tierra de azufre de cristiana creencia, dando alaridos y envueltos en humo como esos seres vaporosos de las regiones incognoscibles donde el ojo se extravía y el labio vibra y babea.

Oh Dios, dijo el sargento.

Un susurro de flechas atravesó la compañía y varios hombres se tambalearon y cayeron de sus monturas. Los caballos se encabritaban y corcoveaban y las hordas mongoles corrieron paralelas a sus flancos y giraron y arremetieron en pleno sobre ellos lanzas en ristre.

La columna se había detenido y los primeros disparos empezaron a sonar. El humo gris de los rifles se confundía con el polvo que levantaban los lanceros al hacer brecha en sus filas. El chaval notó que su caballo se desinflaba bajo sus piernas con un suspiro neumático. Había disparado ya su rifle y estaba sentado en el suelo trajinando con la cartuchera. Cerca de él un hombre tenía una flecha clavada en el cuello y estaba ligeramente encorvado como si rezara. El chaval habría tratado de estirar la punta de hierro ensangrentada pero entonces vio que el hombre tenía otra flecha clavada hasta las plumas en el pecho y estaba muerto. Por todas partes había caballos caídos y hombres gateando y vio a uno que estaba sentado cargando su rifle mientras la sangre le chorreaba de las orejas y vio hombres con sus revólveres desensamblados tratando de encajar los barriletes cargados que llevaban de repuesto y vio hombres de rodillas bascular hacia el suelo para trabarse con su propia sombra y vio cómo a algunos los alanceaban y los agarraban del pelo y les cortaban la cabellera allí mismo y vio caballos de guerra pisoteando a los caídos y un pequeño poni cariblanco con un ojo empañado surgió de las tinieblas y le mordió como un perro y desapareció. De los heridos los había que parecían privados de entendimiento y los había que estaban pálidos bajo la máscara de polvo y otros se habían ensuciado encima o se habían desplomado sobre las lanzas de los salvajes. Que ahora atacaban en un frenético friso de caballos con sus ojos estrábicos y sus dientes limados y jinetes desnudos con manojos de flechas apretados entre las mandíbulas y escudos que destellaban en el polvo y volviendo por el flanco contrario de la maltratada tropa en medio de un concierto de quenas y deslizándose lateralmente de sus monturas con un talón colgado del sobrecuello y sus arcos cortos tensados bajo el pescuezo tenso de los ponis hasta haber rodeado a la compañía y dividido en dos sus filas e incorporándose de nuevo como figuras en un cuarto de los espejos, unos con rostros de pesadilla pintados en sus pechos, abatiéndose sobre los desmontados sajones y alanceándolos y aporreándolos y saltando de sus ponis cuchillo en mano y corriendo de un lado a otro con su peculiar trote estevado como criaturas impulsadas a adoptar formas impropias de locomoción y despojando a los muertos de su ropa y agarrándolos del pelo y pasando sus cuchillos por el cuero cabelludo de vivos y muertos por igual y enarbolando la pelambre sanguinolenta y dando tajos y más tajos a los cuerpos desnudos, arrancando extremidades, cabezas, destripando aquellos raros cuerpos blancos y sosteniendo en alto grandes puñados de vísceras, genitales, algunos de los salvajes tan absolutamente cubiertos de cuajarones que parecían haberse revolcado como perros y algunos que hacían presa de los moribundos y los sodomizaban entre gritos a sus compañeros. Y ahora los caballos de los muertos venían trotando de entre el humo y el polvo y empezaban a girar en círculo con estribos sueltos y crines al aire y ojos ensortijados por el miedo como los ojos de los ciegos y unos venían erizados de flechas y otros traspasados por una lanza y se tropezaban y vomitaban sangre mientras cruzaban el escenario de la matanza y se perdían otra vez de vista. El polvo restañaba los pelados cráneos húmedos de los escalpados, quienes con el reborde de pelo por debajo de la herida y tonsurados hasta el hueso yacían como monjes desnudos y mutilados sobre el polvo ahogado en sangre y por todas partes gemían y farfullaban los moribundos y gritaban los caballos heridos en tierra.

V

A la deriva en el Bolsón de Mapimí – Sproule
Un árbol de bebés muertos – Escenas de una matanza
Zopilotes – Los asesinados de la iglesia
Una noche entre los muertos – Lobos
Lavanderas en el vado – A pie hacia el oeste
Espejismo – Encuentro con bandidos – El vampiro
Cavando un pozo – Encrucijada en pleno desierto
La carreta – Muerte de Sproule – Arrestados
La cabeza del capitán – Supervivientes
Camino de Chihuahua – La ciudad
La prisión – Toadvine.

Con la oscuridad, un solo individuo se levantó portentosamente de entre los recién asesinados y se escabulló al claro de luna. El sitio en donde había yacido estaba empapado de sangre y de orina de las vejigas vaciadas de los animales y anduvo sucio como estaba y hediendo cual pestilente progenie de la hembra encarnada de la guerra misma. Los salvajes estaban agrupados en terreno alto y se podía ver la luz de sus fogatas y oír sus extraños y lastimeros cánticos allá donde se habían instalado para asar las mulas. Se abrió camino entre hombres pálidos y tullidos, entre los espatarrados caballos, y tras orientarse por las estrellas se encaminó hacia el sur. La noche tomaba un millar de formas en los matorrales y él iba con la vista fija en el suelo que pisaba. Estrellas y luna menguante hacían de sus devaneos una sombra tenue en la oscuridad del desierto y los lobos aullaban en lo alto de la sierra dirigiéndose al norte, hacia la matanza.

Con luz de día se encaminó hacia unos afloramientos rocosos que distinguió como a un kilómetro al otro lado del valle. Estaba trepando ya entre los enormes bloques de piedra allí diseminados cuando oyó una voz que llamaba en medio de la inmensidad. Barrió el llano con la mirada pero no vio a nadie. Cuando la voz sonó de nuevo volvió la cabeza y se sentó a descansar y no tardó en ver algo que avanzaba cuesta arriba, un harapo de hombre que se encaramaba a los desprendimientos del talud. Midiendo mucho sus movimientos, volviendo la vista atrás. El chaval podía ver que nadie ni nada le seguía.

Llevaba una manta sobre los hombros y la manga de la camisa rasgada y oscura de sangre y el brazo en cuestión lo sostenía doblado sobre el pecho con la otra mano. Se llamaba Sproule.

Eran un grupo de ocho. Su caballo había recibido varias flechas y se había derrumbado por la noche mientras lo montaba y los demás, entre ellos el capitán, habían seguido adelante.

Se sentaron el uno junto al otro y vieron alargarse el día a sus pies en la llanura.

¿No has salvado nada de tus cosas?, dijo Sproule.

El chaval escupió y negó con la cabeza. Miró al otro.

¿Está muy mal ese brazo?

Los he visto peores, dijo Sproule.

Se quedaron mirando toda aquella extensión de arena y roca y viento.

¿Qué clase de indios eran?

No lo sé.

Sproule tosió fuerte en la mano cerrada y se arrimó el brazo ensangrentado. Que me zurzan si no son un claro aviso para cualquier cristiano, dijo.

Permanecieron a la sombra de un saliente de roca hasta pasado el mediodía, tras haber acondicionado con las manos en el polvo de lava gris un sitio donde dormir, y por la tarde se pusieron en camino siguiendo la estela de la batalla y en la inmensidad del paisaje eran muy pequeños y se movían muy despacio.

Por la tarde se dirigieron nuevamente hacia el lindero de roca y Sproule señaló a una mancha oscura en la cara de un risco pelado. Parecía una marca de antiguos fuegos. El chaval hizo visera con la mano. Las paredes estriadas del cañón ondeaban como pliegues de cortina por la acción del calor.

Eso podría ser un manantial, dijo Sproule.

Está bastante lejos.

Cuando veas agua más cerca, allá que iremos.

El chaval le miró y se echaron a andar.

El sitio se encontraba barranco arriba y de camino hubieron de pasar entre un fárrago de rocas y escoria y siniestras matas de bayoneta. Pequeños arbustos negros y oliváceos se marchitaban al sol. Avanzaron a traspiés por el agrietado lecho de arcilla de un cauce seco. Descansaron y siguieron adelante.

El manantial estaba en lo alto de unos salientes de roca viva, agua vadosa que se escurría entre la roca negra y resbaladiza y los gordolobos y guayacanes que formaban un pequeño y peligroso jardín suspendido. Al llegar al fondo del barranco el agua era apenas un chorrito y hubieron de inclinarse por turnos aplicando los labios a la piedra como devotos ante un efigie santa.

Pasaron la noche en una pequeña cueva justo encima de aquel punto, un viejo relicario de pedernal descantillado y esquirlas esparcidas por todo el lecho de piedra con cuentas de concha y huesos pulidos y el carbón de antiguas fogatas. Compartieron la manta y Sproule tosió quedamente en la oscuridad y de vez en cuando se levantaban para ir a beber a la piedra. Partieron antes de salir el sol y al amanecer estaban de nuevo en la llanura.

Siguieron el terreno pisoteado por los guerreros y a media tarde encontraron un mulo desfallecido que había sido alanceado y dejado por muerto y luego se toparon con otro. El sendero se estrechaba entre unas rocas y al poco rato llegaron a un arbusto del que colgaban bebés muertos.

Se detuvieron codo con codo, tambaleándose al asfixiante calor. A aquellas pequeñas víctimas, habría siete u ocho, les habían hecho agujeros en el maxilar inferior y así colgaban por la garganta de las ramas rotas de un mezquite mirando ciegos al cielo desnudo. Calvos y pálidos e hinchados, larvas de un ser inescrutable. Los náufragos continuaron, miraron hacia atrás. Nada se movía. Por la tarde arribaron a un pueblo en la llanura de cuyas ruinas aún salía humo y todos sus habitantes estaban muertos. Desde lejos parecía un horno de ladrillos derruido. Permanecieron a cierta distancia escuchando un buen rato el silencio antes de entrar.

Recorrieron lentamente las callejuelas de barro. Había cabras y ovejas en sus corrales y cerdos muertos en el lodo. Pasaron frente a chabolas de barro en cuyos portales y suelos yacían cadáveres en todas las posturas de la muerte, desnudos e hinchados y extraños. Encontraron platos de comida a medio consumir y un gato salió a sentarse al sol y los observó sin interés y el aire quieto y sofocante de la tarde iba cargado de moscas.

Al final de la calle había una plaza con bancos y árboles donde unos buitres se apiñaban en negras y repulsivas colonias. Un caballo yacía en mitad de la plaza y en un portal había gallinas picoteando restos de comida derramada. Estacas carbonizadas ardían sin llama allí donde los tejados se habían venido abajo y un burro aguardaba de pie en el pórtico de la iglesia.

Se sentaron en un banco y Sproule se llevó el brazo herido al pecho y se meció adelante y atrás y parpadeó al sol.

¿Qué quieres hacer?, dijo el chaval.

Conseguir un poco de agua.

Aparte de eso.

No sé.

¿Quieres que probemos a volver?
¿A Tejas?
No sé adónde si no.
No lo conseguiríamos.
Eso lo dices tú.
Yo ya no digo nada.
Estaba tosiendo otra vez. Se aguantaba el pecho con la mano buena, tratando de recobrar el resuello.
¿Qué tienes, un catarro?
No. Estoy tísico.
¿Tísico?
Sproule asintió. Vine aquí por motivos de salud.
El chaval le miró. Meneó la cabeza y se levantó y cruzó la plaza hacia la iglesia. Entre las viejas ménsulas de madera tallada había zopilotes agazapados y el chaval cogió una piedra y la tiró en aquella dirección pero los pájaros no se inmutaron.
Las sombras eran más largas ahora en la plaza y pequeñas pelotas de polvo viajaban por las calles de arcilla reseca. Los carroñeros ocupaban los ángulos superiores de las casas con sus alas extendidas en posturas de exhortación como pequeños obispos oscuros. El chaval volvió al banco y apoyó allí un pie y se acodó en la rodilla. Sproule no se había movido, seguía sujetándose el brazo.
Este cabrón me las hace pasar putas, dijo.
El chaval escupió y miró calle abajo. Será mejor que nos quedemos aquí esta noche.
¿Tú crees que no habrá problema?
¿Por qué lo dices?
¿Y si vuelven los indios?
Para qué iban a volver.
Ya. Pero ¿y si vuelven?
No volverán.
Se apretó el brazo.
Ojalá tuvieras un cuchillo, dijo el chaval.

Ojalá lo tuvieras tú.

Con un cuchillo se podría conseguir carne.

Yo no tengo hambre.

Creo que deberíamos explorar esas casas a ver qué encontramos.

Ve tú.

Necesitamos un sitio donde pasar la noche.

Sproule le miró. Yo no tengo por qué moverme, dijo.

Bueno. Haz lo que te dé la gana.

Sproule tosió y escupió. Esa es mi intención, dijo.

El chaval dio media vuelta y se alejó.

Los portales eran bajos y hubo de agachar la cabeza para salvar el travesaño de los dinteles, bajar escalones para entrar en los frescos aposentos. No había más muebles que algunos jergones para dormir, un arcón de madera para guardar harina. Fue de casa en casa. En una habitación el esqueleto de un pequeño telar negro y humeando. En otra un hombre con la carne chamuscada y tirante, los ojos cocidos en sus cuencas. En la pared de adobe había un nicho con figuras de santos vestidos con ropa de muñecas, las burdas caras de madera pintadas de vivos colores. Ilustraciones recortadas de un periódico viejo y pegadas a la pared, el pequeño retrato de una reina, un naipe de tarot que era el cuatro de copas. Había ristras de pimientos secos y unas cuantas calabazas. Una botella de cristal con hierbas dentro. Afuera un patio de greda con una cerca de ocote y un horno de arcilla totalmente hundido donde un bodrio negro temblaba en la luz interior.

Encontró un tarro con alubias y unas tortillas secas y lo llevó todo a la casa del final de la calle donde los rescoldos del tejado seguían consumiéndose y calentó la comida en las cenizas y comió en cuclillas como un desertor que saqueara las ruinas de la ciudad que ha abandonado.

Al volver a la plaza no vio a Sproule por ninguna parte. Todo estaba en sombras. Cruzó la plaza y subió los escalones de piedra hasta la puerta de la iglesia y entró. Sproule estaba en el atrio. Largos contrafuertes de luz caían de los ventanales de la pared oeste. No había bancos en la iglesia y el piso de piedra estaba cubierto de los cuerpos escalpados y desnudos y parcialmente devorados de unas cuarenta personas que se habían parapetado en aquella casa de Dios huyendo de los paganos. Los salvajes habían abierto agujeros en el techo y les habían disparado desde arriba y el suelo estaba sembrado de astiles de flecha allí donde se las habían arrancado a los muertos para quitarles la ropa. Habían arrastrado los altares y saqueado el tabernáculo y desalojado de su cáliz de oro al gran Dios durmiente de los mexicanos. Las efigies de los santos colgaban sesgadas de los muros como si hubiera habido un terremoto y en el piso del presbiterio yacía hecho pedazos un Cristo en su féretro de cristal.

Un gran charco de sangre comunal rodeaba a los asesinados. Había formado una especie de budín en el que se apreciaban numerosas huellas de lobos o perros y sus bordes se habían ido secando hasta adquirir el aspecto de una cerámica color vino. La sangre corría en oscuras lenguas por el suelo uniendo las lajas como una lechada y penetraba en el atrio donde las piedras estaban ahuecadas por los pies de los fieles y de sus padres antes que ellos y habíase abierto camino escalones abajo para gotear entre las huellas escarlata de los carroñeros.

Sproule se volvió y miró al chaval como si hubiera adivinado sus pensamientos pero el chaval solo meneó la cabeza. Trepaban moscas a los cráneos pelados de los muertos y moscas caminaban por las arrugadas cuencas de sus ojos.

Vamos, dijo el chaval.

Cruzaron la plaza que era casi de noche y bajaron

por la calle estrecha. En el portal había un niño muerto con dos ratoneros sentados encima. Sproule agitó su mano buena para ahuyentarlos y los pájaros aletearon torpemente y silbaron pero sin echar a volar.

Partieron con la primera luz del alba mientras los lobos salían de los portales y se disolvían en la niebla de las calles. Tomaron la ruta del suroeste por donde habían venido los salvajes. Un pequeño arroyo arenoso, álamos, tres cabras blancas. Franquearon un vado donde había varias mujeres muertas junto a sus respectivas coladas.

Se afanaron durante todo el día por una terra damnata de escoria humeante, dejando atrás cadáveres abotagados de mulos o caballos. Por la tarde habían consumido ya todo el agua que llevaban. Durmieron sobre la arena y despertaron en la fría y oscura madrugada y siguieron caminando y recorrieron la capa de escorias al borde del desfallecimiento. Por la tarde encontraron inclinada sobre su vara una carreta cuyas grandes ruedas estaban hechas de un tronco de álamo y fijadas a los ejes mediante unas almillas. Se acurrucaron debajo aprovechando la sombra y durmieron hasta que oscureció y luego reemprendieron el camino.

La corteza de una luna que había estado todo el día en el cielo había desaparecido y siguieron el camino a través del desierto guiándose por las estrellas, con las Pléyades justo al frente y muy pequeñas y la Osa Mayor encaramada a las montañas de más al norte.

Este brazo apesta, dijo Sproule.

¿Qué?

Digo que mi brazo apesta.

¿Quieres que le eche un vistazo?

¿Para qué? No podrás hacer nada.

Bueno. Tú mismo.

Pues eso, dijo Sproule.

Siguieron adelante. Durante la noche oyeron por

dos veces el cascabeleo de las pequeñas víboras de la pradera entre los matojos y eso les dio miedo. Al despuntar el día escalaron entre esquistos y roca volcánica bajo la pared de un pliegue monoclinal cuyas torretas se erguían como profetas de basalto y a la vera del camino vieron pequeñas cruces de madera apuntaladas en montones de piedra donde algún viajero había encontrado la muerte. El camino serpenteaba entre las colinas y los desamparados se afanaron subiendo y bajando, cada vez más negros bajo el sol, inflamados los ojos y los espectros pintados surgiendo a cada recodo. Trepando entre ocotillos y chumberas donde las rocas temblaban al sol, solo roca y nada de agua y la senda arenosa, y se turnaban atentos a algo verde que pudiera sugerir presencia de agua pero no había agua por ninguna parte. Comieron piñones que llevaban en una bolsa y siguieron andando. Al calor del mediodía y ya por la tarde cuando los lagartos pegaban su mentón de cuero a las rocas frescas repeliendo el mundo con sonrisas someras y ojos como láminas de piedra agrietada.

Coronaron la montaña al ponerse el sol y contemplaron una vista de muchos kilómetros. Allá abajo había un lago inmenso con las lejanas montañas azules bañándose en la quieta extensión de agua y el contorno de un halcón en lo alto y árboles que rielaban al sol y una ciudad distante y muy blanca contra el fondo azul y sombreado de unas colinas. Se sentaron a mirar. Vieron ponerse el sol bajo el horizonte mellado del oeste y lo vieron llamear tras las montañas y vieron oscurecerse la superficie del lago y disolverse en ella la forma de la ciudad. Durmieron entre las rocas, boca arriba como los muertos, y por la mañana cuando se levantaron no había ninguna ciudad como tampoco árboles ni lago. Solo una árida llanura polvorienta.

Sproule gruñó y se metió entre las rocas. El chaval le miró. Tenía ampollas en el labio inferior y por la camisa rota se le veía el brazo muy hinchado y una cosa repugnante había empezado a rezumar entre las manchas de sangre. Volvió la cabeza y contempló el valle.

Por allá viene alguien, dijo.

Sproule hizo caso omiso. El chaval le miró. No miento, dijo.

Indios, dijo Sproule. ¿Verdad?

No lo sé. Están demasiado lejos.

¿Qué piensas hacer?

No sé.

¿Qué ha pasado con el lago?

Ni idea.

Los dos lo vimos.

La gente ve lo que quiere ver.

Entonces ¿por qué no lo veo ahora? No será que no tenga ganas.

El chaval escrutó el llano.

¿Y si son indios?, dijo Sproule.

Seguramente lo son.

¿Dónde nos vamos a esconder?

El chaval escupió seco y se restregó la boca con el dorso de la mano. Un lagarto asomó bajo una piedra y levantando sus pequeños codos se agachó sobre aquellas partículas de espuma y bebió y regresó a la piedra dejando apenas una señal en la arena que se desvaneció casi al momento.

Esperaron todo el día. El chaval hizo varias salidas al barranco en busca de agua pero no encontró nada. En aquel purgatorio de arena no se movía otra cosa que las aves carnívoras. A media tarde divisaron jinetes en los toboganes del camino subiendo por donde ellos habían subido. Eran mexicanos.

Sproule estaba sentado con las piernas estiradas al frente. Y yo que me preocupaba por si me durarían las botas. Vamos, dijo. Ponte tú a salvo. Le despidió con un gesto de la mano.

Se habían refugiado a la escueta sombra de una repisa de roca. El chaval no respondió. No había pasado una hora que empezaron a oír el clop clop seco de los cascos entre las rocas y el tintineo de los arneses. El primer caballo en doblar el saliente y pasar por el desfiladero fue el bayo del capitán y llevaba puesta la silla del capitán pero no al capitán encima. Los refugiados se apartaron del camino. El grupo de jinetes venía quemado y ojeroso del sol y cuando descansaron sin desmontar pareció como si no pesaran nada. Eran siete, ocho quizá. Llevaban sombreros de ala muy ancha y chalecos de piel y escopetas puestas de través sobre la perilla de la silla y cuando pasaron su jefe hizo una inclinación de cabeza desde el caballo del capitán y se llevó el dedo al sombrero y siguieron su camino.

Sproule y el chaval los vieron pasar. El chaval los llamó a voces y Sproule se puso a correr como pudo detrás los caballos.

Los jinetes empezaron a tambalearse como borrachos. Sus cabezas iban de un lado a otro, sus risotadas resonaban en las rocas. Volvieron grupas y se quedaron mirando a los vagabundos con sonrisas de oreja a oreja.

¿Qué quieren?, gritó el jefe.

Los jinetes se aguantaban la risa y se daban palmadas. Habían espoleado a sus caballos y ahora iban de acá para allá. El jefe miró a los dos de a pie.

¿Buscan a los indios?

Al oír esto, varios de los hombres desmontaron y empezaron a abrazarse y a llorar desconsoladamente. El jefe los miró y sonrió con sus enormes dientes blancos, hechos para forrajear.

Locos, dijo Sproule. Están todos locos.

El chaval miró al jefe. ¿Nos daría un trago de agua?, dijo.

El jefe se serenó y puso una cara muy larga. ¿Agua?, dijo.

No tenemos ni una gota, dijo Sproule.

Pero qué quiere, amigo. Esta región es muy seca.

Se llevó la mano a la espalda sin volverse y una cantimplora de cuero fue pasando de mano en mano entre los jinetes hasta llegar a él. El jefe la ofreció a los harapientos tras agitarla. El chaval retiró el tapón y bebió y jadeó y volvió a beber. El jefe alargó el brazo y dio unos golpecitos a la cantimplora. *Basta*, dijo.

Él siguió tragando. No pudo ver que la cara del jinete se ensombrecía. El hombre retiró un pie del estribo y de una limpia patada dejó al chaval sin cantimplora en un gesto estático de súplica mientras el recipiente giraba en el aire y los lóbulos de agua resplandecían al sol antes de chocar contra las rocas. Sproule fue a por la cantimplora y la enderezó rápidamente para que no siguiera perdiendo agua y se puso a beber, observando siempre por encima del borde. El jinete y el chaval se miraron. Sproule empezó a boquear y a toser.

El chaval cruzó hasta las rocas y le cogió la cantimplora. El jefe metió piernas a su caballo y desenvainó la espada que llevaba junto a una pierna e inclinándose al frente pasó la hoja por debajo de la correa y levantó la cantimplora. La punta de la espada estaba a cuatro dedos de la cara del chaval y la correa descansaba en la parte plana de la hoja. El chaval se había quedado quieto y el jinete le arrebató suavemente la cantimplora y la hizo resbalar por la hoja de la espada hasta que la tuvo a su lado. Se volvió entonces a sus hombres y sonrió y todos volvieron a las risotadas y los empujones simiescos.

De una sacudida hizo subir el tapón que colgaba de una tira de cuero y lo encajó con el pulpejo de la mano. Le lanzó la cantimplora al hombre que tenía detrás y miró a los vagabundos. ¿Por qué no se ocultan?, dijo.

¿De usted?

De mí.

Teníamos sed.

Mucha sed, ¿eh?

No respondieron. El hombre golpeaba el borrén de su silla con la parte plana de la espada y parecía estar buscando mentalmente las palabras adecuadas. Se inclinó ligeramente hacia ellos. Cuando los corderos se pierden en el monte, dijo, se les oye llorar. Unas veces acude la madre. Otras el lobo. Les sonrió y levantó la espada y volvió a meterla donde estaba antes y volvió grupas con elegancia y se lanzó al trote entre los otros caballos y los hombres montaron y le siguieron y al poco rato ya no se les veía.

Sproule no se movió de donde estaba. El chaval le miró pero el otro apartaba la vista. Estaba herido lejos de casa en un país enemigo y aunque sus ojos contemplaban aquellas piedras extranjeras que les rodeaban, el vacío que se extendía más allá parecía haberle sorbido el alma.

Bajaron de la montaña salvando las rocas con las manos extendidas al frente y sus sombras contorsionadas en el terreno irregular, como criaturas en busca de sus propias formas. Llegaron al valle de anochecida y se encaminaron por la tierra azul y ya fresca, al oeste las montañas erguidas en la tierra formando una hilera de pizarra mellada y un viento surgido de la nada que hacía escorarse y enroscarse la maleza seca.

Caminaron hasta el anochecer y durmieron en la arena como perros y llevaban un rato durmiendo así cuando algo negro llegó aleteando desde lo más oscuro y se posó en el pecho de Sproule. Largos dedos apuntalaron las alas membranosas con que mantenía el equilibrio mientras andaba por encima de él. Tenía la cara chata y arrugada, perversa, los labios crispados en una horrible sonrisa y los dientes azul claro a la luz de las estrellas. El animal se inclinó. Dibujó en el cuello de Sproule dos estrechos surcos y replegando las alas empezó a beber su sangre.

No con suficiente suavidad. Sproule despertó y levantó una mano. Luego chilló y el murciélago agitó las alas y cayó sentado encima de su pecho y se incorporó de nuevo y silbó y castañeteó los dientes.

El chaval se había levantado y se disponía a arrojarle una piedra pero el murciélago dio un brinco y se perdió en la oscuridad. Sproule se tocaba el cuello y gimoteaba histérico y cuando vio al chaval mirándole allí de pie extendió hacia él acusadoramente sus manos ensangrentadas y luego se las llevó a las orejas y gritó lo que parecía que él mismo no iba a poder oír, un aullido lo bastante atroz para hacer una cesura en el pulso del mundo. Pero el chaval se contentó con escupir al espacio oscuro que había entre los dos. Conozco el paño, dijo. En cuanto os duele algo ya os duele todo.

Por la mañana cruzaron un aguazal seco y el chaval recorrió el cauce en busca de un pozo o una charca pero no había nada. Eligió una hoyada y se puso a cavar con un hueso y cuando había ahondado un par de palmos la arena se tornó húmeda y luego un poco más y un hilillo de agua empezó a llenar los surcos que él abría con los dedos. Se quitó la camisa y la apretó contra la arena y vio que se oscurecía y vio que el agua empezaba a subir entre los pliegues de tela y cuando le pareció que había suficiente hundió la cabeza en la excavación y bebió. Luego se sentó a esperar que se llenara otra vez. Repitió la operación durante más de una hora. Luego regresó por el aguazal con la camisa puesta.

Sproule no quiso quitarse la suya. Trató de aspirar el agua y lo que consiguió fue una bocanada de arena.

Podrías prestarme tu camisa, dijo.

El chaval estaba acuclillado en la grava seca del aguazal. Utiliza la tuya, dijo.

Al quitársela, la camisa se le pegó a la piel y salió un

pus amarillo. Tenía el brazo horriblemente hinchado y descolorido y pequeños gusanos se afanaban en la herida abierta. Metió la camisa en el hoyo y se inclinó para beber.

Por la tarde llegaron a un cruce de caminos, cómo llamarlo si no. Un tenue rastro de carros que venía del norte y cruzaba el sendero por el que iban y continuaba hacia el sur. Escrutaron el paisaje buscando orientarse en medio de aquel vacío. Sproule se sentó donde se cruzaban los caminos y miró desde las grandes oquedades de su cráneo en donde tenía alojados los ojos. Dijo que no pensaba levantarse.

Allá abajo hay un lago, dijo el chaval.

Sproule no quiso mirar.

Centelleaba en la lejanía, un reborde de sal en toda la orilla. El chaval lo miró con detenimiento y así también los caminos. Al rato señaló hacia el sur. Yo creo que por ahí pasa más gente.

Tranquilo, dijo Sproule. Vete tú.

Como quieras.

Sproule le vio alejarse. Al cabo de un rato se levantó y le siguió.

Habrían andado unos tres kilómetros cuando se detuvieron a descansar un poco, Sproule sentado con las piernas al frente y las manos en el regazo y el chico en cuclillas un poco más allá. Parpadeando y barbudos y asquerosos.

¿Tú crees que son truenos?, dijo Sproule.

El chaval alzó la cabeza.

Escucha.

El chaval miró al cielo, ahora azul pálido, sin otra marca que el sol ardiendo como un agujero blanco.

Lo noto en el suelo, dijo Sproule.

No es nada.

Escucha.

El chaval se levantó y echó un vistazo. Hacia el

norte un leve movimiento de polvo. Lo estuvo observando. Ni se elevaba ni se disipaba.

Era una carreta que daba tumbos por la llanura, tirada por un pequeño mulo. El cochero quizá se había dormido. Cuando vio a los fugitivos en el camino frenó al mulo y empezó a dar media vuelta y casi lo había conseguido pero el chaval se había adelantado ya y agarró la cabezada de cuero y tiró del animal hasta hacer que se detuviera. Sproule se acercó cojeando. Dos niños miraban desde la trasera de la carreta. Estaban tan pálidos de polvo, tan blanco tenían el pelo y tan arrugada la cara, que parecían dos pequeños gnomos. Al ver al chaval frente a él el cochero se echó atrás y la mujer que estaba a su lado se puso a gorjear con voz estridente y a señalar de un horizonte al otro pero el chaval saltó a la plataforma y Sproule le imitó como pudo y se tumbaron boca arriba mirando la recalentada cubierta de vaqueta mientras los dos niños se acurrucaban en el rincón y los observaban con sus ojos negros de ratón de monte y la carreta giró de nuevo al sur y partió con un creciente traqueteo de madera y metal.

Un cántaro de arcilla con agua colgaba del horcate por una correa y el chaval lo bajó y bebió un poco y se lo pasó a Sproule. Luego lo cogió otra vez y bebió el agua que quedaba. Tumbados en la cama del carromato entre cueros viejos y sal derramada, al cabo de un rato se durmieron.

Llegaron al pueblo que ya era de noche. Les despertó notar que la carreta ya no daba sacudidas. El chaval se incorporó y miró hacia afuera. Una calle de barro a la luz de las estrellas. El carro vacío. El mulo resollaba y pateó entre las limoneras. Al poco rato el hombre llegó de las sombras y los condujo por una calle estrecha hasta un patio y allí hizo recular al mulo hasta que la carreta quedó paralela a una pared y luego desenganchó el mulo y se lo llevó.

Se recostó en la plataforma inclinada. Hacía frío y tenía las rodillas encogidas bajo un pedazo de pellejo que olía a moho y orina y toda la noche durmió a intervalos y ladraron perros toda la noche y al alba cantaron unos gallos y pudo oír caballos en el camino.

Con la primera luz las moscas empezaron a cebarse en él. Al tocarle la cara le despertaron y él las ahuyentó con la mano. Al cabo de un rato se incorporó.

Estaban en un corral tapiado y había una casa hecha de cañizo y arcilla. Las gallinas se apartaron sin dejar de cloquear y picotear. Un niño salió de la casa y se bajó los pantalones y defecó en el patio y luego se levantó y volvió a entrar. El chaval miró a Sproule. Estaba tendido cara a las tablas del carro. Un enjambre de moscas rondaba su cuerpo parcialmente tapado por una manta. El chaval alargó la mano para sacudirlo. Estaba frío y tieso. Las moscas se apartaron y volvieron a posarse.

Estaba meando junto a la carreta cuando los soldados entraron a caballo en el corral. Lo apresaron y le ataron las manos a la espalda y miraron en la carreta y hablaron entre sí y después lo sacaron a la calle.

Fue conducido a un edificio de adobe y encerrado en una habitación pequeña. El chaval se sentó en el suelo mientras un muchacho le vigilaba con un viejo mosquete y los ojos desorbitados. Al poco rato vinieron a sacarlo otra vez.

Mientras era conducido por las estrechas calles de barro pudo oír cada vez más fuerte una especie de fanfarria. Primero le acompañaban niños y luego gente mayor y por último una muchedumbre de aldeanos de tez oscura vestidos de algodón blanco como enfermeros de alguna institución, las mujeres envueltas en rebozos oscuros, algunas con los pechos al aire, teñidas las caras de rojo con almagre y fumando puros pequeños. Cada vez eran más y los soldados con sus fusiles al hombro fruncieron el ceño y gritaron a los que empujaban y siguieron bordeando la alta pared de adobe de una iglesia hasta llegar a la plaza.

El bazar estaba en su apogeo. Una feria ambulante, un circo primitivo. Pasaron junto a robustas jaulas de sauce atestadas de víboras, de enormes serpientes de color lima procedentes de alguna latitud más meridional o granulosos lagartos con la boca negra húmeda de veneno. Un raquítico leproso viejo sostenía en alto puñados de tenias sacadas de un tarro y pregonaba sus remedios contra la solitaria y era zarandeado por otros boticarios impertinentes y por buhoneros y mendigos hasta que llegaron todos ante una mesa de caballete sobre la cual había una damajuana de cristal que contenía un mezcal translúcido. En dicho recipiente, con el pelo flotando y los ojos vueltos hacia arriba en una cara pálida, había una cabeza humana.

Lo arrastraron entre gritos y aspavientos. *Mire, mire,* exclamaron al llegar a la mesa. Le instaron a estudiar aquella cosa y dieron vuelta a la damajuana hasta que la cabeza quedó mirando al chaval. Era el capitán White. Hacía poco en guerra contra los paganos. El chaval observó los ojos anegados y ciegos de su antiguo comandante. Miró luego a los aldeanos y a los soldados, todos pendientes de él, y escupió. No es pariente mío, dijo.

Lo encerraron en un viejo corral de piedra junto a otros tres refugiados de la expedición. Estaban sentados contra la pared aturdidos y parpadeando o bien daban vueltas al perímetro por el rastro seco de los mulos y caballos y vomitaban y cagaban mientras unos niños les abucheaban desde lo alto del parapeto.

Se puso a hablar con un chico flaco de Georgia. Yo estaba más enfermo que un perro, dijo el chico. Pensaba que me iba a morir y luego me dio miedo seguir viviendo.

He visto a un hombre montando el caballo del capitán no muy lejos de aquí, dijo el chaval.

Sí, dijo el de Georgia. Los mataron a él y a Clark y a otro chico que nunca supe cómo se llamaba. Llegamos al pueblo y al día siguiente ya nos habían metido en el *calabozo* y el mismo hijo de perra estuvo aquí con sus guardianes riéndose y bebiendo y jugando a las cartas, él y el *jefe*, para ver quién se quedaba el caballo del capitán y quién las pistolas. Supongo que has visto la cabeza del capitán.

Sí.

Es lo peor que he visto en toda mi vida.

Alguien debió ponerla en conserva hace ya tiempo. En realidad deberían hacerlo con la mía. Por haber hecho caso de aquel imbécil.

A medida que el día avanzaba fueron cambiando de pared en busca de un poco de sombra. El chico de Georgia le habló de sus camaradas expuestos sobre losas en el mercado, fríos y muertos. El capitán con la cabeza cortada en mitad de un bañadero y casi devorado por cerdos. Arrastró el talón por el polvo y excavó un poco para apoyarlo allí. Piensan llevarnos a Chihuahua, dijo.

¿Cómo lo sabes?

Eso dicen. Yo no lo sé.

¿Quién es el que lo dice?

Ese marinero de allá. Chapurrea un poco el idioma.

El chaval miró al hombre de marras. Meneó la cabeza y escupió seco.

Durante todo el día grupos de niños encaramados a las paredes los observaron y los señalaron sin parar de hablar y chillar. Rodeaban el parapeto e intentaban mear sobre los que dormían a la sombra pero los presos estaban ojo avizor. Algunos les tiraban piedras pero el chaval cogió una del tamaño de un huevo que había caído al polvo y con ella tumbó a un niño pequeño que cayó de la pared sin más ruido que un golpe sordo cuando aterrizó en el suelo por el otro lado.

Ahora sí que la has hecho buena, dijo el de Georgia.

El chaval le miró.

Dentro de un momento los tenemos aquí armados de látigos y qué sé yo.

El chaval escupió. No van a venir para que les hagamos tragarse los látigos.

Y no lo hicieron. Una mujer les llevó cuencos de alubias y tortillas socarradas en un plato de arcilla sin cocer. Parecía preocupada y les sonrió a todos, y disimulados entre los pliegues de su chal había traído dulces y en el fondo de las alubias había trozos de carne que procedían de su propia mesa.

Tres días después tal como se presagiaba partían hacia la capital montados en pequeños mulos con ajuagas.

Cabalgaron cinco días por el desierto y la montaña y cruzaron pueblos polvorientos donde la gente salía para verlos pasar. La escolta en variadas galas raídas por los años, los prisioneros en harapos. Les habían dado mantas y por la noche acurrucados frente a la lumbre en pleno desierto, quemados por el sol y demacrados y envueltos en dichos *sarapes*, parecían los peones más insondables de Dios. Ningún soldado hablaba inglés y se dirigían a ellos con gruñidos o gestos. Iban armados de cualquier manera y tenían mucho miedo de los indios. Liaban su tabaco en perfollas de maíz y se sentaban en silencio junto a la lumbre y escuchaban la noche. Hablaban, cuando lo hacían, de brujas y cosas peores y se empeñaban en distinguir de entre los demás gritos alguna voz o grito en la oscuridad que no pertenecía a un animal. *La gente dice que el coyote es un brujo. Muchas veces el brujo es un coyote.*

Y los indios también. Muchas veces gritan como los coyotes.

¿Y eso qué es?

Nada.

Un tecolote. Nada más.

Quizá.

Cuando marcharon por el desfiladero y miraron la ciudad a su pies el sargento de la expedición ordenó el alto y habló con el hombre que iba detrás de él y este a su vez desmontó y sacó de su alforja unas tiras de cuero crudo y fue adonde los presos y les indicó por señas que cruzaran las muñecas y extendieran los brazos, enseñándoles cómo con sus propias manos. Los ató uno por uno de esta guisa y luego siguieron adelante.

Entraron en la ciudad bajo una baqueta de asaduras y desperdicios, empujados como reses por las calles adoquinadas entre gritos procedentes de la soldadesca que repartía sonrisas como le correspondía y saludaba entre las flores y copas ofrecidas, conduciendo a los maltrechos buscadores de fortuna por la plaza donde una fuente escupía agua y la gente ociosa observaba sentada en sus butacas de pórfido blanco y dejaron atrás el palacio del gobernador y atrás la catedral en cuyos cornisamentos se habían posado unos buitres así como entre los nichos de la fachada esculpida junto a las figuras del Cristo y de sus apóstoles, las aves mostrando sus propias oscuras levitas en posturas de una extraña benevolencia mientras a su alrededor las cabelleras secas de unos indios ondeaban al viento colgadas de cuerdas, los largos cabellos opacos meciéndose como filamentos de ciertas especies marinas y los cueros repicando contra las piedras.

Frente a la puerta de la catedral había viejos pedigüeños con las manos acartonadas extendidas y mendigos lisiados de mirada triste vestidos con andrajos y niños durmiendo a la sombra con las moscas paseándose por sus caras sin sueño. Oscuras monedas de cobre en unas tablillas, los arrugados ojos de los ciegos. Amanuenses agachados junto a los escalones con sus plumillas y tinteros y cuencos de arena y leprosos gimiendo por las calles y perros lampiños que parecían esqueletos andantes y vendedores de tamales y viejas de rostro oscuro y torturado como la propia región acuclilladas en las cunetas atendiendo lumbres de carbón de leña donde chisporroteaban unas tiras renegridas de carne anónima. Pequeños huérfanos que parecían enanos irascibles y tontos y borrachines babeando y tambaleándose en los pequeños mercados de la metrópoli y los prisioneros dejaron atrás los puestos de carne y aquel olor ceroso de las tripas que colgaban negras de moscas y los desuellos de carne en grandes lienzos rojos ahora más oscuros con el pasar del día y los despedazados, desnudos cráneos de vacas y ovejas con sus opacos ojos azules mirando frenéticos y los cadáveres tiesos de ciervos y venablos y patos y codornices y loros, animales silvestres de aquella comarca suspendidos boca abajo de unos ganchos.

Los hicieron desmontar y caminar entre la muchedumbre y bajar una vieja escalinata de piedra y pisar un umbral gastado cual pastilla de jabón y cruzar una poterna de hierro que daba a un fresco sótano de piedra antaño prisión y ocuparon sus lugares respectivos entre los fantasmas de viejos mártires y patriotas mientras la verja se cerraba con estrépito a sus espaldas.

Cuando sus ojos se recuperaron de la ceguera pudieron distinguir figuras agachadas a lo largo de la pared. Movimientos en los lechos de heno como ratones molestados en sus nidos. Un ronquido suave. Afuera el paso de una carreta y el clop clop de unos cascos en la calle y a través de las piedras el apagado martilleo de una herrería en alguna otra parte de la mazmorra. El chaval miró en derredor. Aquí y allá sobre el piso de piedra había pedazos de mecha renegrida en charcos de grasa sucia y colgando de las paredes ristras de saliva seca. Unos pocos nombres garabateados donde la luz podía descubrirlos. Alguien en ropa interior cruzó por delante suyo hasta un balde que había en mitad de la pieza y se puso a mear. Después dio media vuelta y se le acercó. Era alto y llevaba el pelo largo hasta los hombros. Caminó arrastrando los pies por la paja y se lo quedó mirando. No me conoces, ¿verdad?, dijo.

El chaval escupió y le miró pestañeando. Te conozco, dijo. Reconocería tu piel aunque te la curtieran.

VI

En las calles – Dientes de Bronce – Los herejes
Un veterano de la última guerra – Mier – Doniphan
El sepelio de un lipano – Buscadores de oro
Cazadores de cabelleras – El juez
Liberados de la prisión
Et de ceo se mettent en le pays.

Al despuntar el día varios hombres se levantaron del heno y se quedaron en cuclillas estudiando sin curiosidad a los recién llegados. Estaban medio desnudos y se sorbían los dientes y se rascaban como simios. Una luz cautelosa había sacado de la oscuridad un ventanuco alto y un tempranero vendedor ambulante empezaba a pregonar su mercancía.

Su ración matinal consistió en cuencos de *piñole* frío y una vez cargados de cadenas los sacaron a la calle apestosos como estaban. Vigilados todo el día por un pervertido con dientes de oro que empuñaba una cuarta trenzada de cuero crudo y los obligaba a andar de rodillas por los regueros recogiendo la inmundicia. Bajo ruedas de carretas, piernas de mendigos, arrastrando detrás de ellos los sacos de desperdicios. Por la tarde se sentaron a la sombra de un muro y comieron su cena y observaron a dos perros enganchados andando de través.

¿Qué te parece la vida en la ciudad?, dijo Toadvine.

Hasta ahora una mierda.

Yo esperaba que me gustaría pero de momento no hay manera.

Miraron disimuladamente al supervisor cuando pasó junto a ellos con las manos a la espalda y la gorra inclinada sobre un ojo. El chaval escupió.

Yo le vi primero, dijo Toadvine.

¿A quién?

Ya sabes a quién. Al viejo Dientes de Bronce.

El chaval miró hacia el tipo que se alejaba.

Mi principal preocupación es que le pase algo. Cada día rezo al Señor para que vele por él.

¿Cómo piensas salir del atolladero donde te has metido?

Saldremos, ya lo verás. Esto no es como la *cárcel*.

¿Qué es la *cárcel*?

La penitenciaría del Estado. Allí hay colonos viejos que hicieron la ruta en los años veinte.

El chaval observó a los perros.

Al poco rato la guardia fue hacia donde ellos estaban y empezó a dar patadas a los que dormían. El guardián más joven llevaba la escopeta a punto de disparar como si en cualquier momento pudiera producirse una insurrección de aquellos criminales encadenados. *Vámonos, vámonos,* gritó. Los prisioneros se levantaron y echaron a andar hacia el sol arrastrando los pies. Sonaba una campana y un carruaje se acercaba por la calle. Se quedaron en la acera y se quitaron el sombrero. El portaguión pasó haciendo sonar la campana y luego pasó el carruaje. Tenía un ojo pintado en un costado y lo tiraban cuatro mulos, llevaba los últimos sacramentos a algún desahuciado. Un cura gordo trotaba detrás portando una imagen. Los guardias fueron entre los prisioneros arrancando los sombreros de las cabezas de los nuevos y obligándolos a sostenerlos en sus infieles manos.

Cuando hubo pasado el carruaje volvieron a ponerse los sombreros y siguieron adelante. Los perros estaban pegados. Había otros dos perros a cierta distancia, flacos como esqueletos de perro en sus pellejos carentes de lanilla, observando a los perros acoplados y observando después a los prisioneros que se alejaban con un tintineo de cadenas. Todas rielando vagamente bajo el sol, aquellas formas vivas, como milagros muy reducidos. Burdas analogías propaladas a golpe de rumor una vez que las cosas mismas se hubieron desdibujado en la mente de los hombres.

Había escogido un jergón entre Toadvine y otro hombre de Kentucky, un veterano de guerra. Este hombre había regresado para reclamar un antiguo amor de ojos negros que había dejado allí dos años atrás cuando las tropas de Doniphan habían partido hacia Saltillo y los oficiales habían tenido que hacer regresar a centenares de muchachas que habían seguido a la retaguardia del ejército vestidas de niño. Ahora se plantaba en la calle solitario y encadenado y extrañamente recatado, mirando por encima de las cabezas de los ciudadanos, y por la noche les hablaba de los años pasados en el oeste, soldado afable, hombre reticente. Había estado en Mier, donde pelearon hasta que la sangre corrió a litros por los regueros y las zanjas y los canalones de las azoteas y les contó cómo explotaban las frágiles campanas españolas cuando eran alcanzadas y cómo una vez apoyado en una pared con la pierna destrozada y estirada sobre los adoquines percibió una pausa en el tiroteo que se prolongó en un extraño silencio y cómo en aquel silencio empezó a crecer un rumor grave que él tomó por truenos hasta que apareció una bala de cañón rodando con ruido sobre las piedras como un bolo descarriado y pasó de largo y siguió calle abajo y se perdió de vista. Explicó cómo habían tomado la ciudad de Chihuahua, un ejército de irregulares que luchaban en harapos y calzones y explicó que las balas de cañón eran de cobre macizo y saltaban por la hierba como soles fugitivos y hasta los caballos aprendieron a apartarse o separar las patas para dejarlas pasar y que las damas de la ciudad subían en buggy a las colinas para merendar y ver desde allí la batalla y que por las noches sentados alrededor del fuego podían oír los gemidos de los moribundos en el llano y ver pasar la carreta mortuoria a la luz de su farol moviéndose entre ellos como un coche fúnebre salido del limbo.

Agallas no les faltaban, dijo el veterano, pero no sabían pelear. Aguantaban como podían. Cuentan que encontraron a algunos encadenados a las cureñas de sus piezas, incluidos los que se ocupaban del armón, pero si fue como dicen yo nunca lo vi. Metimos pólvora en los cerrojos. Reventamos las puertas de la ciudad. Los habitantes parecían ratas despellejadas, eran los mexicanos más blancos que hayas visto nunca. Se tiraron al suelo y empezaron a besarnos los pies y todo. El viejo Bill los dejó a todos libres. Bueno, es que él no sabía lo que habían hecho. Solo les dijo que nada de robar. Por supuesto robaron todo lo que les cayó en las manos. Azotamos a un par de ellos y los dos se murieron de eso pero al día siguiente otro grupo robó unos cuantos mulos y Bill los hizo colgar allí mismo. De lo cual fallecieron también. Pero nunca imaginé que yo acabaría aquí metido.

Estaban sentados con las piernas cruzadas a la luz de una vela comiendo con los dedos de unos cuencos de arcilla. El chaval levantó la vista. Señaló a la comida.

¿Qué es eso?, dijo.

Carne de toro de primera, hijo. De la *corrida*. Será de algún domingo por la noche.

Mastica bien. No te conviene perder fuerzas.

Masticó. Masticó y les habló del encuentro con los comanches y todos masticaron y escucharon y asintieron.

Me alegro de habérmelo perdido, dijo el veterano. Esos hijos de puta son crueles de verdad. Me contaron de un muchacho del Llano, allá por donde los colonos holandeses, que fue capturado y lo dejaron sin caballo ni nada. Le hicieron andar. Seis días después llegó a Fredericksburg arrastrándose a cuatro patas en pelota viva, y ¿sabéis lo que le habían hecho? Pues arrancarle las plantas de los pies.

Toadvine meneó la cabeza. Hizo un gesto hacia el veterano. Grannyrat[4] los conoce bien, le dijo al chaval. Ha peleado contra ellos. ¿No es verdad, Granny?

El veterano hizo un gesto displicente. Solo maté a unos que robaban caballos. Cerca de Saltillo. No fue gran cosa. Había allí una gruta que había servido de sepultura a los lipanos. Debía de haber más de mil indios allí metidos. Llevaban puestas sus mejores ropas y mantas y eso. Y también sus arcos y sus cuchillos. Sus collares. Los mexicanos se lo llevaron todo. Los desnudaron de pies a cabeza. Les quitaron todo. Se llevaron indios enteros a sus casas y los pusieron en un rincón vestidos de arriba abajo pero empezaron a corromperse desde que habían salido de la gruta y tuvieron que tirarlos. Para colmo entraron unos americanos y les cortaron las cabelleras a los que quedaban para ver de venderlas en Durango. No sé si tuvieron suerte o no. Creo que algunos de aquellos indios llevaban muertos un centenar de años.

Toadvine estaba rebañando la grasa de su cuenco con una tortilla doblada. Miró al chaval guiñando un ojo a la luz de la vela.

¿Qué crees que nos darían por la dentadura de Dientes de Bronce?, dijo.

Vieron argonautas apedazados conduciendo mulos por las calles, venían de Estados Unidos e iban al sur rumbo a la costa a través de las montañas. Buscadores de

4. «Abuelita rata», un apodo. *(N. del T.)*

oro. Degenerados ambulantes que avanzaban hacia al oeste como una plaga heliotrópica. Saludaron escuetamente a los prisioneros y les lanzaron tabaco y monedas a la calle.

Vieron muchachas de ojos negros y la cara pintada fumando puros pequeños, cogidas del brazo y mirándoles con descaro. Vieron al gobernador en persona muy erguido y ceremonioso en su sulky con maineles de seda franquear la puerta doble del patio de palacio y un día vieron una jauría de humanos de aspecto depravado recorrer las calles montando ponis indios sin herrar, medio borrachos, barbados, bárbaros, vistiendo pieles de animales cosidas con tendones y provistos de toda clase de armas, revólveres de enorme peso y cuchillos de caza grandes como espadones y rifles cortos de dos cañones con almas en las que cabía el dedo gordo y los arreos de sus caballos hechos de piel humana y las bridas tejidas con pelo humano y decoradas con dientes humanos y los jinetes luciendo escapularios o collares de orejas humanas secas y renegridas y los caballos con los ojos desorbitados y enseñando los dientes como perros feroces y en aquella tropa había también unos cuantos salvajes semidesnudos que se tambaleaban en sus sillas, peligrosos, inmundos, brutales, en conjunto como una delegación de alguna tierra pagana donde ellos y otros como ellos se alimentaban de carne humana.

En cabeza del grupo, colosal e infantil con su cara de niño, cabalgaba el juez. Tenía las mejillas coloradas y sonreía y hacía reverencias a las damas y levantaba aquel mugriento sombrero suyo. La enorme cúpula de su cabeza cuando la enseñaba era de una blancura deslumbrante y tan perfectamente circunscrita que parecía como si la hubieran pintado. Él y la maloliente chusma que le acompañaba pasearon por las calles pasmadas y se plantaron frente al palacio del gobernador donde su jefe, un hombre menudo de pelo negro, demandó entrar dando un fuerte puntapié a las puertas de roble. Las puertas fueron abiertas en el acto y entraron a caballo, entraron todos, y las puertas se cerraron de nuevo.

Señores, dijo Toadvine, me juego algo a que sé lo que se está cociendo.

Al día siguiente el juez estaba en la calle en compañía de otros fumando un puro y meciéndose sobre sus talones. Llevaba un buen par de botas de cabritilla y observaba a los prisioneros arrodillados en la zanja recogiendo la inmundicia a manos desnudas. El chaval estaba mirando al juez. Cuando los ojos del juez se posaron en él el juez se sacó el puro de entre los dientes y sonrió. O pareció que sonreía. Luego volvió a encajarse el puro entre los dientes.

Aquella tarde Toadvine los convocó y se agacharon junto al muro y hablaron en voz baja.

Se llama Glanton, dijo Toadvine. Tiene un contrato con Trías. Les pagarán cien dólares por cada cabellera y mil por la cabeza de Gómez. Le he dicho que éramos tres. Caballeros, estamos a punto de salir de este pozo de mierda.

No tenemos pertrechos.

Glanton lo sabe. Ha dicho que abastecería a todo aquel que sea de fiar y que lo deduciría de su parte. Así que no se os ocurra decir que no sois auténticos mataindios, yo he insistido en que éramos tres de los mejores.

Tres días después recorrían las calles montados en fila india con el gobernador y su séquito, el gobernador a lomos de un semental gris claro y los asesinos en sus pequeños ponis de guerra, sonriendo y haciendo venias, y las encantadoras muchachas de tez morena arrojándoles flores desde las ventanas y algunas mandando besos y niños corriendo junto a los caballos y viejos agitando el sombrero y gritando hurras y Toadvine y el chaval y el veterano cerrando la marcha, los pies del último embutidos en sendos *tapaderos* que casi rozaban el suelo, tan largas tenía las piernas y tan cortas el caballo. Hasta el viejo acueducto de piedra al salir ya de la ciudad donde el gobernador les dio su bendición y brindó a su salud y a su suerte en una ceremonia sencilla y acto seguido tomaron el camino que iba al interior.

VII

Jackson blanco, Jackson negro
Un encuentro en las afueras – Colts Whitneyville
Un juicio – El juez entre los litigantes
Indios delaware – El hombre de Tasmania
Una hacienda – El pueblo de Corralitos
Pasajeros de un país antiguo
Escena de una matanza – Hiccius Doccius
La buenaventura – Sin ruedas por un río oscuro
El viento criminal – Tertium quid
El pueblo de Janos – Glanton corta una cabellera
Jackson entra en escena.

Había en esta compañía dos hombres apellidados Jackson, uno negro y otro blanco, ambos de nombre de pila John. Se tenían inquina y mientras cabalgaban al pie de las áridas montañas el blanco se rezagaba hasta que el otro se ponía a su altura y aprovechaba la poca sombra que aquel podía darle y le hablaba murmurando. El negro frenaba a su caballo o bien lo espoleaba para sacarse al otro de encima. Como si el blanco estuviera invadiendo su terreno, como si se hubiera tropezado con un ritual latente en su sangre oscura o en su oscura alma por el cual la forma que él interceptaba del sol sobre aquel pedregal llevara algo del hombre mismo y por consiguiente corriera algún peligro. El blanco se reía y le canturreaba cosas que sonaban a palabras de amor. Todos estaban pendientes de cómo acabaría aquello pero nadie les sugería un cambio de actitud y cuando Glanton miraba de vez en cuando hacia el final de la columna solo parecía interesado en saber que aún los contaba entre sus filas.

Aquella mañana la compañía se había reunido en un patio detrás de una casa a las afueras de la ciudad. Dos hombres sacaron de un carro una caja de pertrechos de guerra procedente del arsenal de Baton Rouge y un judío prusiano de nombre Speyer forzó la caja con un punzón y un martillo de herrar y sacó un paquete plano envuelto en papel marrón de carnicería que estaba translúcido de grasa como papel de pastelería. Glanton abrió el paquete y dejó caer el papel al suelo. Tenía en la mano un enorme revólver patente Colt de cañón largo y seis disparos. Era un arma de cinto pensada para dragones y aceptaba en sus largos barriletes una carga de rifle y pesaba más de dos kilos una vez cargada. Aquellas pistolas podían atravesar con sus balas cónicas de media onza un grosor de seis pulgadas de madera de frondosa y en la caja había cuatro docenas. Speyer estaba abriendo las grandes turquesas y los cebadores y los accesorios mientras el juez Holden desenvolvía otro de los revólveres. Todos se acercaron a ver. Glanton limpió el ánima y la recámara del arma y le cogió el cebador a Speyer.

Es una preciosidad, dijo uno.

Cargó las cámaras e introdujo una bala y la asentó mediante la palanca de bisagra fijada a la parte inferior del cañón. Cuando todas las cámaras estuvieron cargadas les aplicó fulminante y miró a su alrededor. En aquel patio, aparte de comerciantes y compradores, había otros varios seres vivos. Lo primero que Glanton puso en el punto de mira fue un gato que en ese preciso momento aparecía en lo alto del muro tan silencioso como un pájaro al posarse. El gato giró para abrirse camino entre las cúspides de cristal roto que coronaban la mampostería. Glanton apuntó con una sola mano y accionó el percutor retirándolo con el dedo gordo. La explosión en medio de aquel silencio de muerte fue mayúscula. El gato desapareció sin más. No hubo sangre ni grito, simplemente se esfumó en el aire. Speyer miró inquieto a los mexicanos. Estaban observando a

Glanton. Glanton accionó nuevamente el percutor y giró con la pistola. Un grupo de aves de corral que estaban picoteando el polvo en una esquina del patio se quedaron quietas, ladeando nerviosas la cabeza en distintos ángulos. La pistola rugió y una de las gallinas explotó en una nube de plumas. Las otras se alejaron en silencio estirando sus largos pescuezos. Glanton disparó otra vez. Una segunda ave giró sobre sí misma y cayó patas al aire. Las otras se alejaron trinando débilmente y Glanton giró pistola en mano y disparó a una cabra pequeña que tenía la garganta apoyada en la pared de puro pánico y la cabra cayó al polvo muerta en el acto y Glanton disparó a un cántaro de arcilla que reventó en una lluvia de fragmentos y agua y levantó el revólver y apuntó hacia la casa e hizo sonar la campana en su torre de adobe encima del tejado, un sonido solemne que flotó en el vacío después de que el eco de los disparos se hubiera extinguido.

Una bruma de humo gris flotaba sobre el patio. Glanton montó el arma al pelo e hizo girar el barrilete y bajó el percutor. Una mujer apareció en el portal de la casa y uno de los mexicanos le habló y volvió a meterse dentro.

Glanton miró a Holden y luego miró a Speyer. El judío sonrió nervioso.

No valen ni cincuenta dólares.

Speyer se puso serio. ¿Cuánto vale su vida?, dijo.

En Tejas, quinientos dólares, pero descontando tu sucio pellejo.

El señor Riddle opina que es un buen precio.

El señor Riddle no tiene que pagar.

Pero él adelanta el dinero.

Glanton examinó la pistola.

Pensaba que habían llegado a un acuerdo, dijo Speyer.

No hay ningún acuerdo.

Son armas vendidas para la guerra. Nunca verá otras iguales.

No hay acuerdo mientras cierta cantidad de dinero no cambie de manos.

Un destacamento, formado por diez o doce soldados, entró de la calle con las armas apercibidas.

¿Qué pasa aquí?

Glanton miró a los soldados sin interés.

Nada, dijo Speyer. *Todo va bien.*

¿Bien? El sargento estaba mirando las aves muertas, la cabra.

La mujer volvió a asomar.

Tranquilo, dijo Holden. *Asuntos del gobernador.*

El sargento los miró y miró a la mujer que estaba en la puerta.

Somos amigos del señor Riddle, dijo Speyer.

Ándale, dijo Glanton. Tú y tus fantoches de negros.

El sargento dio un paso al frente y adoptó una postura de autoridad. Glanton escupió. El juez había cubierto ya el espacio entre los dos y se llevó al sargento aparte y se puso a conversar con él. El sargento le llegaba a la axila y el juez hablaba efusivamente y gesticulaba con gran vehemencia. Los soldados aguardaron en cuclillas con sus mosquetes, estudiando inexpresivos al juez.

A ese hijoputa no le ofrezcas ni un centavo, dijo Glanton.

Pero el juez venía ya con el sargento para proceder a una presentación oficial.

Le presento al sargento Aguilar, dijo en voz alta, abrazándose al desharrapado militar. El sargento tendió su mano con mucha formalidad. La mano ocupó aquel espacio y la atención de cuantos allí había como algo que requiriese una homologación. Speyer dio un paso al frente y se la estrechó.

Mucho gusto.

Igualmente, dijo el sargento.

El juez le fue presentando a todos los miembros de la compañía, el sargento muy serio él, y los americanos murmurando obscenidades o meneando en silencio la cabeza. Los soldados permanecían sentados sobre los talones y observaban cada movimiento de aquella pantomima con el mismo escaso interés, y finalmente el juez llegó adonde estaba el negro.

Aquella sombría cara de irritación hizo que el sargento se acercara para poder observarlo mejor y luego acometió una laboriosa presentación en español. Explicó al sargento a grandes rasgos la problemática carrera del hombre que tenían delante, bosquejando diestramente con sus manos las formas de los muchos y variados caminos que convergían aquí en la autoridad última de lo existente —asimismo lo expresó— como cordeles que uno hace pasar por el ojo de una anilla. Presentó a su consideración varias alusiones a los hijos de Cam, a las tribus perdidas de los hebreos, ciertos pasajes de los poetas griegos, especulaciones antropológicas en cuanto a la propagación de las razas en su diáspora y aislamiento imputables a los cataclismos geológicos y una valoración de las características raciales con respecto a las influencias climáticas y geográficas. El sargento escuchó todo aquello y más con gran atención y cuando el juez hubo terminado dio un paso al frente y le tendió la mano al negro.

Jackson hizo caso omiso. Miró al juez.

¿Qué le has dicho, Holden?

No se te ocurra insultarle.

¿Qué le has dicho?

La expresión del sargento había cambiado. El juez le pasó el brazo por los hombros y se inclinó para hablarle al oído y el sargento asintió y dio un paso atrás y saludó marcialmente al negro.

¿Qué le has dicho, Holden?

Que en tu país no teníais costumbre de dar la mano.

Antes de eso. Qué le has dicho antes.

El juez sonrió. No es preciso, dijo, que las partes aquí presentes estén en posesión de los hechos concernientes a este caso, pues en definitiva sus actos se ajustarán a la historia con o sin su conocimiento. Pero cuadra con la idea del principio justo que los hechos en cuestión (en la medida en que se los pueda forzar a ello) encuentren depositario en una tercera persona que ejerza de testigo. El sargento Aguilar es precisamente esa persona y cualquier duda acerca del cargo que ostenta no es sino una consideración secundaria comparada con los perjuicios a ese más amplio protocolo impuesto por la agenda inexorable de un destino absoluto. Las palabras son objetos. De las palabras que él detenta no se le puede despojar. El poderío de esas palabras trasciende el desconocimiento que él tiene de su significado.

El negro estaba sudando. En su sien palpitaba la mecha de una vena oscura. La compañía había escuchado al juez en silencio. Algunos hombres sonrieron. Un asesino de Misuri deficiente mental se reía como un asmático. El juez miró al sargento y se pusieron a hablar y fueron los dos juntos hasta donde estaba la caja y el juez le mostró uno de los revólveres y le explicó su funcionamiento con mucha paciencia. Los hombres del sargento se habían incorporado y estaban a la espera. Una vez en la puerta el juez deslizó unas monedas en la mano del sargento y pasó a estrechar la mano de cada uno de sus zarrapastrosos soldados y los elogió por su porte marcial y los mexicanos se marcharon.

Los partisanos salieron al mediodía armados todos y cada uno de ellos con un par de pistolas y como se ha dicho tomaron el camino hacia el interior.

Los batidores regresaron avanzada la tarde y los hombres desmontaron por primera vez en ese día y refrescaron sus caballos en la vaguada mientras Glanton conferenciaba con los exploradores. Luego siguieron adelante hasta que se hizo de noche y acamparon. Toadvine, el veterano y el chaval se situaron un poco apartados del fuego. Ignoraban que estaban cubriendo la vacante de tres hombres de la compañía asesinados en el desierto. Observaron a los delaware, había un buen número de ellos en el grupo, y también estaban algo apartados, en cuclillas, uno de ellos machacando habas de café en una piel de ante con una piedra mientras los demás tenían fijos en la lumbre sus ojos negros como ánimas de cañón. Aquella misma noche el chaval vería a uno de los delaware hurgar con la mano entre las puras brasas buscando un pedazo de carbón adecuado para encender su pipa.

Estuvieron de pie antes de que despuntara el día y recogieron y ensillaron sus caballos tan pronto hubo claridad suficiente. Las montañas eran de un azul puro en el amanecer y por todas partes gorjeaban pájaros y el sol cuando salió por fin iluminó la luna allá en el oeste y quedaron así enfrentados a una punta y otra de la tierra, el sol incandescente y la luna su réplica pálida, como si hubieran sido los extremos de un tubo común más allá de los cuales ardían mundos más allá de toda comprensión. A medida que los jinetes subían en fila india por entre mezquites y piracantas en medio de un suave tintineo de armas y de bocados el sol ascendió y la luna se fue poniendo y los caballos y las mulas empapadas de rocío empezaron a humear en carne como en sombra.

Toadvine había hecho amistad con un tal Bathcat, fugitivo de Tasmania que había llegado al oeste estando en libertad bajo fianza. Era galés de nacimiento, tenía solo tres dedos en la mano derecha y le faltaban muchos dientes. Quizá vio en Toadvine un colega de fuga —un criminal desorejado y marcado a hierro que había escogido vivir al estilo de él— y le propuso una apuesta sobre cuál de los dos Jackson mataría al otro.

No conozco a esos tipos, dijo Toadvine.

Pero tú qué crees, ¿eh?

Toadvine escupió hacia un lado y miró al tasmanio. Prefiero no apostar, dijo.

¿No te gusta jugar?

Eso depende del juego.

El negrito acabará con el otro. ¿Qué apuestas?

Toadvine le miró. El collar de orejas humanas que llevaba parecía una ristra de higos secos negros. Era robusto y de aspecto rudo y uno de sus párpados estaba a media asta por una cuchillada que le había cercenado el músculo e iba equipado con toda suerte de cosas, de lo mejor a lo más vulgar. Calzaba unas buenas botas y poseía un bonito rifle ribeteado de plata alemana pero el rifle iba metido en una pernera de pantalón cortada, su camisa estaba hecha jirones y su sombrero era añejo.

Nunca has ido a cazar aborígenes, ¿verdad?, dijo Bathcat.

¿Quién lo ha dicho?

Lo sé yo.

Toadvine no respondió.

Lo encontrarás bastante divertido.

Eso he oído decir.

El tasmanio sonrió. Las cosas han cambiado, dijo. Cuando pisé por primera vez este país había salvajes allá en el San Saba que apenas habían visto hombres blancos. Vinieron a nuestro campamento y compartimos la comida con ellos y los tipos no les quitaban ojo a nuestros cuchillos. Al día siguiente trajeron reatas enteras de caballos al campamento para hacer trueque. Nosotros no sabíamos lo que querían. Ellos también tenían cuchillos, o lo que fueran. Lo que pasa es que nunca habían visto huesos cortados en un puchero.

Toadvine quiso mirarle la frente pero el hombre tenía el sombrero calado hasta los ojos. El tasmanio sonrió y se lo echó un poco hacia atrás con el pulgar. La huella de la cinta interior parecía una cicatriz en la frente pero aparte de ésa no tenía otras marcas. Pero en la cara interna del brazo llevaba tatuado un número que Toadvine vería primero en una casa de baños de Chihuahua y después cuando rajaría el torso del hombre colgado de una rama espetado por los talones en los páramos de Pimeria Alta el otoño de aquel mismo año.

Subieron entre chollas y nopales, un bosque enano de cosas espinosas, cruzaron un desfiladero abierto en la roca y luego bajaron entre artemisas y aloes floridos. Pasaron por una amplia llanura de hierba del desierto salpicada de palmillos. En las faldas se erguían muros de piedra gris que costeaban las cumbres de las montañas hasta donde se escoraban y se abatían sobre la llanura. No pararon a almorzar ni a hacer la *siesta* y el ojo algodonoso de la luna descansaba a plena luz del día en el cuello de la montañas de más al este y cabalgaban todavía cuando los avanzó en su meridiano nocturno, dibujando en el llano un camafeo azul de aquella espantosa columna de peregrinos que se dirigía rechinando al norte.

Pasaron la noche en el corral de una hacienda donde toda la noche hubo fuegos de vigilancia encendidos en las azoteas. Dos semanas antes un grupo de campesinos había sido pasado a cuchillo con sus propias azadas, siendo parcialmente devorados por los cerdos mientras los apaches capturaban todo el ganado que podían conducir y desaparecían en las colinas. Glanton ordenó matar una cabra, cosa que hicieron en el corral mientras los caballos temblaban de espanto, y al resplandor de las llamas los hombres procedieron a asar la carne y la comieron con sus cuchillos y se limpiaron los dedos en el pelo y se echaron a dormir en la tierra quebrantada.

Con el crepúsculo del tercer día entraron en el pueblo de Corralitos, los caballos cruzando con cautela las cenizas endurecidas y el sol esplendiendo rojizo entre el humo. Las chimeneas de las herrerías se alineaban contra un cielo ceniciento y las luces globulosas de los hornos destacaban bajo la oscuridad de las colinas. Había llovido durante el día y a lo largo del camino las casitas de barro proyectaban sus ventanas iluminadas en charcas de las que unos puercos chorreantes, como demonios zafios salidos de un pantano, huyeron gimiendo al ver a los caballos. Las casas estaban protegidas por troneras y parapetos y el aire iba cargado de vapores de arsénico. Los lugareños habían salido a ver a los tejanos, como los llamaban, todos muy solemnes junto al camino, y se fijaban hasta en el más mínimo de sus gestos con expresiones de miedo, expresiones de asombro.

Acamparon en la plaza, ennegreciendo los álamos con sus fogatas y ahuyentando a los pájaros que dormían. Las llamas iluminaban todo el mísero pueblo hasta en sus más oscuros corrales y hacían salir incluso a los ciegos, que venían tambaleándose con las manos extendidas al frente hacia aquel día conjetural. Glanton y el juez y los hermanos Brown siguieron hasta la hacienda del general Zuloaga, donde les dieron bienvenida y cena y la noche transcurrió sin incidentes.

Por la mañana una vez ensilladas sus monturas y reunidos todos en la plaza a punto de partir se les acercó una familia de saltimbanquis en busca de una travesía segura tierra adentro hasta la localidad de Janos. Glanton los miró desde su caballo en cabeza de la columna. Sus enseres estaban apilados en unos cuévanos viejos atados a los lomos de tres burros y eran un hombre y su mujer y un chico y una niña. Vestían trajes circenses con estrellas y medias lunas bordadas y los antaño chillones colores estaban descoloridos y pálidos por el polvo de los caminos y parecían así un grupo de vagabundos abandonados en aquel territorio funesto. El viejo se adelantó y agarró la brida del caballo de Glanton.

Saca las manos del caballo, dijo Glanton.

El hombre no hablaba inglés pero obedeció. Empezó a exponer su caso. Gesticulaba, señalaba hacia los otros. Glanton le observaba pero era difícil saber si le estaba escuchando. Se volvió para mirar al chico y a las dos mujeres y miró de nuevo al hombre.

¿Qué sois?, dijo.

El hombre se llevó la mano a la oreja y se lo quedó mirando boquiabierto.

Digo que qué sois. ¿Tenéis un espectáculo?

Miró hacia los otros.

Un espectáculo, repitió Glanton. *Bufones.*

La cara del hombre se iluminó. *Sí,* dijo. *Sí, bufones. De todo un poco.* Miró al chico. *¡Casimiro! ¡Los perros!*

El chico corrió hacia uno de los burros y empezó a hurgar entre los embalajes. Sacó una pareja de animales calvos con orejas de murciélago, ligeramente más grandes que ratas y pardos de color, y los lanzó al aire y los cogió al vuelo y los animales se pusieron a hacer piruetas en sus manos.

¡Mire, mire!, exclamó el hombre. Estaba buscando algo en sus bolsillos y momentos después se puso a hacer malabarismos con cuatro pequeñas pelotas de madera frente al caballo de Glanton. El caballo resopló y alzó la cabeza y Glanton se inclinó en la silla y escupió y se limpió la boca con el dorso de la mano.

Qué gansada, dijo.

El hombre insistía en sus malabares y les gritó algo a las mujeres y los perros bailaban y madre e hija estaban preparando alguna cosa cuando Glanton le habló al viejo.

No sigas con esa mierda. Si queréis venir con nosotros poneos a la cola. No prometo nada. *Vámonos.*

Picó a su caballo. La compañía se puso en movimiento y el malabarista mandó a las mujeres hacia los burros y el chico se quedó parado con los ojos muy abiertos y los perros bajo el brazo esperando instrucciones. Partieron en medio de la chusma entre grandes conos de escoria y relaves. La gente se los quedó mirando. Algunos hombres estaban cogidos de la mano como enamorados y un niño pequeño llegó tirando de un ciego por un cordel para buscarle un lugar estratégico.

A mediodía cruzaron el pedregoso lecho del río Casas Grandes y siguieron una cama de roca por encima del desvaído hilo de agua dejando atrás un osario donde varios años antes soldados mexicanos habían exterminado un campamento de apaches, mujeres y niños, los huesos y los cráneos esparcidos a lo largo de medio kilómetro y los pequeños miembros de niños de pecho y sus endebles cráneos desdentados como osamentas de pequeños monos en el lugar de su muerte y algunos restos de cestas arruinadas por la intemperie y vasijas rotas entre los cascajos. Siguieron adelante. El río salía de las áridas montañas por un pasillo de árboles verde lima. Al oeste se recortaba el Carcaj y al norte los borrosos picos azules de las Ánimas.

Aquella noche acamparon en una ventosa meseta de piñón y enebro y las lumbres se inclinaban a favor del viento y cadenas de chispas incandescentes correteaban por entre las matas. Los saltimbanquis descargaron sus burros y empezaron a levantar una enorme tienda gris. La lona ilustrada de garabatos arcanos restallaba dando bandazos, se erguía imponente, orzaba y los envolvía en sus faldones. La niña estaba en el suelo sosteniendo una esquina de tela rebelde. Su cuerpo empezaba a reptar por la arena. El malabarista dio unos pasitos. Los ojos de la mujer estaban rígidos a la luz de la lumbre.

Mientras la compañía los observaba fueron arrebatados los cuatro silenciosamente de la vista más allá del radio de luz de la fogata hacia el desierto aullante como suplicantes agarrados a las faldas de una diosa colérica y exaltada.

Las estacas vieron avanzar la tienda inexorablemente hacia la noche. Cuando la familia de malabaristas regresó venían discutiendo entre ellos y el hombre se acercó al borde de la lumbre y escrutó las airadas tinieblas y se dirigió a ellas con un puño amenazador y no quiso volver hasta que la mujer envió al chico a buscarle. Ahora estaba sentado ante el fuego mientras el resto de la familia deshacía el equipaje. Le observaban con inquietud. Glanton le observaba también.

Eh, comediante, dijo.

El malabarista alzó la cabeza. Se señaló con un dedo.

Sí, tú, dijo Glanton.

Se levantó y fue hacia él despacio. Glanton estaba fumando un purito negro. Miró al malabarista.

¿Sabes decir la buenaventura?

El malabarista parpadeó. *¿Cómo?*

Glanton se puso el cigarro en la boca e hizo como que repartía naipes. *La baraja,* dijo. *Para adivinar la suerte.*

El malabarista puso una mano en alto. *Sí, sí,* dijo, sacudiendo la cabeza con vigor. *Todo, todo.* Levantó un dedo y luego dio media vuelta y fue hacia la colección de fruslerías parcialmente descargadas de los burros. Regresó sonriendo afablemente mientras manipulaba las cartas con gran agilidad.

Ven, dijo. *Ven.*

La mujer le siguió. El malabarista se agachó delante de Glanton y le habló en voz baja. Se volvió para mirar a la mujer y barajó las cartas y se levantó y tomándola de la mano se la llevó lejos de la lumbre y la hizo sentar mirando hacia lo oscuro. Ella se levantó la falda y se ensimismó y él le vendó los ojos con un pañuelo que había sacado de su camisa.

Bueno, dijo en voz alta. *¿Puedes ver?*

No.

¿Nada?

Nada, dijo la mujer.

Bien, dijo el malabarista.

Avanzó en dirección a Glanton con la baraja en la mano. La mujer se quedó sentada como una estatua. Glanton hizo un gesto para que se fuera.

Los caballeros, dijo.

El malabarista se volvió. El negro observaba acuclillado ante la lumbre y cuando el malabarista desplegó las cartas en abanico se levantó y fue hacia él.

El malabarista le miró. Juntó y desplegó de nuevo las cartas e hizo una pasada por encima con la mano izquierda y se las tendió y Jackson tomó una carta y la miró.

Bueno, dijo el malabarista. *Bueno.* Le aconsejó silencio llevándose un dedo a sus finos labios y cogió la carta y la sostuvo en alto y giró con ella en la mano. La carta crujió una vez audiblemente. Observó a la compañía. Estaban fumando, estaban atentos. Les mostró la carta ejecutando con el brazo un pausado movimiento circular. Llevaba dibujados un bufón vestido de arlequín y un gato. *El tonto,* dijo en voz alta.

El tonto, repitió la mujer. Levantó ligeramente la barbilla y entonó un sonsonete. El negro consultante permanecía en pie, solemne como un reo. Sus ojos cubrieron la compañía. El juez estaba cara al viento desnudo hasta la cintura, como una gran deidad pálida, y sonrió cuando el negro lo miró a él. La mujer calló. El viento hacía volar el fuego.

Quién, quién, gritó el malabarista.

El negro, dijo ella tras una pausa.

El negro, dijo el malabarista, volviéndose con la

carta. Su vestido restallaba al viento. La mujer alzó la voz para hablar de nuevo y el negro preguntó a sus camaradas:

¿Qué dice?

El malabarista se había dado la vuelta y dedicaba pequeñas venias a la concurrencia.

¿Qué dice, Tobin...?

El ex cura meneó la cabeza. Idolatría, negrito, pura idolatría. No le hagas caso.

¿Qué ha dicho, juez?

El juez sonrió. Había estado sacándose bichos de los pliegues de su piel lampiña y levantó una mano con el pulgar y el índice apretados como si fuera a dar la bendición para acto seguido arrojar al fuego una cosa invisible. ¿Qué ha dicho?

Sí. Qué.

Creo que viene a decir que en tu suerte está la suerte de todos nosotros.

¿Y cuál es esa suerte?

El juez sonrió bonachón, su frente fruncida parecía la de un delfín. ¿Tú bebes, Jackie?

No más que algunos.

Creo que ella te previene contra el demonio del ron. Prudente consejo, ¿no te parece?

Eso no es decir la buenaventura.

En efecto. El cura lleva razón.

El negro frunció el entrecejo pero el juez se inclinó hacia delante y le miró con detenimiento. No arrugues esa frente endrina, amigo mío. Al final todo te será revelado. A ti como a cualquier otro.

Varios de los allí sentados parecieron sopesar las palabras del juez y algunos se volvieron para mirar al negro. Se le veía inquieto como un homenajeado y al final se apartó del círculo de luz y el malabarista se levantó e hizo un gesto con las cartas, desplegándolas en abanico ante él, y avanzó siguiendo el círculo de las botas de los hombres con las cartas extendidas como si ellas mismas hubieran de encontrar su candidato.

Quién, quién, iba susurrando.

Todos se mostraban remisos. Cuando llegó a la altura del juez, el juez, que estaba sentado con la mano abierta sobre la amplia extensión de su barriga, levantó un dedo y señaló.

Ese de ahí, dijo. Blasarius.

¿Cómo?

El joven.

El joven, repitió el malabarista en un susurro. Miró lentamente en derredor con aire de misterio hasta que sus ojos se posaron en el susodicho. Pasó entre los aventureros apretando el paso. Se plantó delante del chaval, se agachó con las cartas en la mano y las desplegó en abanico con un pausado movimiento rítmico similar a los de ciertas aves en el cortejo.

Una carta, una carta, dijo.

El chaval le miró y luego miró a sus compañeros.

Adelante, dijo el malabarista ofreciendo la baraja.

Cogió un naipe. Nunca los había visto iguales, pero el que había elegido le sonaba un poco. Puso la carta del revés, la examinó y le dio la vuelta.

El malabarista tomó en la suya la mano del muchacho y giró la carta para poder verla. Luego la cogió y la sostuvo en alto.

El cuatro de copas, dijo en voz alta.

La mujer levantó la cabeza. Parecía una marioneta ciega a la que hubiera sorprendido el repentino tirar de un cordel.

Cuatro de copas, dijo. Movió los hombros. El viento hacía ondear sus prendas y sus cabellos.

Quién es, gritó el malabarista.

El hombre más..., dijo ella. *El más joven. El muchacho.*

El muchacho, dijo el malabarista. Giró la carta para

que todos la vieran. La mujer se quedó sentada como la interlocutora ciega entre Bóaz y Yakín representada en la única carta de aquella baraja que no verían salir a la luz, pilares verdaderos y verdadera carta, falsa profetisa para todos. Reanudó su salmodia.

El juez reía en silencio. Se inclinó un poco para ver mejor al chaval. El chaval miró a Tobin y a David Brown y miró al propio Glanton pero ellos no se reían. El malabarista le observaba con extraña intensidad. Siguió la mirada del chaval hasta el juez y en sentido inverso. Cuando el chaval le miró, el malabarista le ofreció una sonrisa torcida.

Lárgate, dijo el chaval.

El otro adelantó una oreja. Un gesto común y que servía en cualquier lengua. La oreja era oscura y deforme, como si al utilizarla de aquella forma hubiera recibido no pocos tortazos, o como si se hubiera arruinado por culpa de las noticias que otros hombres le ofrecían. El chaval repitió sus palabras pero uno de Kentucky que se llamaba Tate y que había estado en los rangers de McCulloch igual que Tobin y otros de la compañía se inclinó para susurrarle algo al adivino y luego se levantó, hizo una ligera inclinación y se apartó. La mujer había dejado de cantar. El malabarista se tambaleaba ligeramente a merced del viento y el fuego fustigaba el campamento con su azote incandescente. *Quién más,* dijo en voz alta.

El jefe, dijo el juez.

El malabarista buscó a Glanton con la mirada. Glanton estaba impertérrito. El malabarista miró hacia la mujer sentada más allá, cara a la negrura, bamboleándose un poco, compitiendo con la noche en sus harapos. Se llevó un dedo a los labios y extendió los brazos en un gesto de incertidumbre.

El jefe, susurró el juez.

Pasando junto al grupo que rodeaba la lumbre el

malabarista se plantó delante de Glanton y se agachó y le ofreció las cartas, desplegándolas con ambas manos. Sus palabras, si es que llegó a hablar, pasaron desapercibidas. Glanton sonrió con los ojos achicados por la arena que el viento levantaba. Adelantó una mano, la detuvo y miró al hombre. Luego cogió la carta.

El malabarista cerró la baraja y se la guardó en algún recoveco de su vestido. Hizo ademán de coger la carta que sostenía Glanton. Quizá la tocó, quizá no. La carta desapareció. Primero estaba en la mano de Glanton y luego ya no estaba. Los ojos del malabarista la siguieron allá donde se había perdido en la oscuridad. Tal vez Glanton había visto la figura del naipe. ¿Qué podía haber significado para él? El malabarista estiró el brazo fuera del círculo de luz hacia el caos desnudo pero al hacerlo perdió el equilibrio y cayó sobre Glanton, creando así un instante de extraño vínculo, los brazos del viejo en torno al jefe como si quisiera consolarlo en su escuálido seno.

Glanton blasfemó y se lo sacó de encima y en ese preciso momento la mujer empezó a canturrear.

Glanton se levantó.

Ella levantó la barbilla, farfullando a la noche.

Hazla callar, dijo Glanton.

La carroza, la carroza, gritó la bruja. *Invertida. Carta de guerra, de venganza. La vi sin ruedas sobre un río oscuro...*

Glanton le gritó y ella hizo una pausa como si hubiera oído, pero no era así. La mujer parecía haber captado un nuevo rumbo en sus adivinaciones.

Perdida, perdida. La carta está perdida en la noche.

La niña, que todo este rato había permanecido al borde de la tremenda oscuridad, se persignó en silencio. El viejo malabarista seguía de rodillas allí donde había caído. *Perdida, perdida,* susurró.

Un maleficio, gritó la vieja. *Qué viento tan malvado...*

Verás cómo te callas de una vez, dijo Glanton sacando su revólver.

Carroza de muertos, llena de huesos. El joven que...

Como un yinn imponente, el juez pasó sobre el fuego y las llamas lo restituyeron como si en cierto modo hubiera sido connatural a su elemento. Rodeó a Glanton con los brazos. Alguien arrebató a la vieja la venda que llevaba y ella y el malabarista fueron despedidos a tortazos y cuando la compañía se dispuso a dormir y la lumbre a medio consumir rugía en el vendaval como una cosa viva aquellos cuatro permanecieron agachados al borde del círculo de luz entre sus extraños cachivaches y observaron las llamas escurrirse en la dirección del viento como absorbidas por un maelstrom en aquel vacío, un vórtice en aquel desierto a propósito del cual el tránsito del hombre y sus propios cálculos quedan igualmente abolidos. Como si al margen de la voluntad o del hado él y sus bestias y sus avíos viajaran bajo consignación, tanto en las cartas como en sustancia, hacia un destino totalmente ajeno.

Cuando partieron de madrugada el día era muy pálido con el sol aún por salir y el viento había menguado durante la noche y las cosas de la noche ya no estaban. El malabarista fue en su burro hasta la cabeza de la columna y se puso a hablar con Glanton y cabalgaron juntos y no habían dejado de hacerlo cuando por la tarde la compañía llegó a la localidad de Janos.

Un ruinoso presidio amurallado hecho totalmente de adobe, una esbelta iglesia de adobe y atalayas de adobe y todo ello lavado por las lluvias y aterronado y cayéndose en una blanda decadencia. Precedida la llegada de los jinetes por perros de casta anónima que aullaban lastimeramente y se escabullían entre las paredes desmoronadas.

Pasaron frente a la iglesia donde viejas campanas

españolas que los años habían teñido de verdemar colgaban de un puntal entre pequeños dólmenes de barro. Niños de ojos oscuros los observaban desde las chozas. El aire estaba saturado del humo de las lumbres de carbón y unos cuantos viejos zarrapastrosos miraban mudos desde los portales y muchas de las casas estaban hundidas y en ruinas y servían de corrales. Un viejo de ojos jabonosos se abalanzó hacia ellos y les tendió la mano. *Un poco de caridad*, graznó a los caballos que pasaban. *Por Dios.*

Dos delaware y el batidor Webster estaban acuclillados en el polvo de la plaza en compañía de una vieja apergaminada y blanca como tierra de pipa. Una arpía agostada, medio desnuda, con los pezones como berenjenas arrugadas asomando bajo el chal que llevaba encima. Contemplaba al suelo y ni siquiera levantó la cabeza cuando los caballos la rodearon.

Glanton echó un vistazo a la plaza. El pueblo parecía desierto. Había aquí una pequeña guarnición de soldados pero no hicieron acto de presencia. El polvo volaba por las calles. Su caballo se inclinó para olfatear a la vieja y sacudió la cabeza y temblequeó y Glanton le palmeó el pescuezo y echó pie a tierra.

La encontramos en un campamento de cazadores unos doce kilómetros río arriba, dijo Webster. No puede andar.

¿Cuántos eran?

Calculo que entre quince y veinte. De ganado apenas había nada. No sé qué estaba haciendo allí esta vieja.

Glanton pasó por delante de su caballo y se llevó las riendas a la espalda.

Cuidado, capitán. Muerde.

La vieja había levantado la vista a la altura de sus rodillas. Glanton apartó el caballo, sacó de su funda una de las pesadas pistolas de arzón y la amartilló.

Ojo.

Varios hombres se echaron atrás.

La mujer levantó la vista. Ni valor ni congoja en sus ojos viejos. Glanton señaló con la mano izquierda y ella se volvió para mirar en aquella dirección y él le apoyó la pistola en la cabeza y disparó.

La detonación colmó aquella triste plazoleta. Varios caballos respingaron. Un boquete grande como un puño apareció entre un vómito de coágulos en el lado opuesto de la cabeza de la mujer y esta cayó muerta sin remisión en un charco de sangre. Glanton había dejado la pistola montada al pelo e hizo saltar de un papirotazo el fulminante quemado y se disponía a recargar el cilindro. McGill, dijo.

Un mexicano, el único de su raza en la compañía, se le acercó.

Ve a por el recibo.

Se sacó del cinto un cuchillo de desollar y fue a donde yacía la vieja y le levantó el pelo y se lo anudó a la muñeca y le pasó la hoja del cuchillo por el cráneo y arrancó el cuero cabelludo.

Glanton miró a sus hombres. Estaban allí quietos, unos mirando a la vieja, otros ocupándose ya de sus caballos o del equipo. Solo los nuevos miraban a Glanton. Glanton asentó una bala en la boca de la recámara y luego levantó los ojos escrutando la plaza. El malabarista y su familia estaban alineados como testigos y las caras que estaban observando desde los portales y las ventanas desnudas se escondieron como títeres ante el lento barrido de sus ojos. Glanton introdujo la bala con la palanca de cargar y cebó el arma e hizo girar en su mano la pesada pistola y la devolvió a la funda acoplada en la paletilla del caballo y tomó el trofeo pringoso de manos de McGill y le dio vueltas como si estuviera valorando el pellejo de una bestia y luego se lo devolvió y recogió las riendas que colgaban y cruzó la plaza guiando al caballo para abrevarlo en el vado.

Acamparon en una alameda al otro lado del arroyo pasada la muralla del pueblo y al caer la noche se perdieron en pequeños grupos por las calles humosas. Los del circo habían montado una pequeña tienda de feria en la polvorienta plaza y a su alrededor habían colocado varios postes coronados de antorchas con aceite de quemar. El malabarista estaba tocando un pequeño tambor militar hecho de hojalata y cuero crudo y pregonaba con voz aguda y nasal los números de su función mientras la mujer chillaba *Pasen pasen pasen*, moviendo los brazos en un gesto de gran espectáculo. Toadvine y el chaval observaban mezclados con los lugareños. Bathcat se inclinó para hablarles.

Mirad eso, chicos.

Se volvieron hacia donde les indicaba. El negro estaba desnudo hasta la cintura detrás de la tienda y cuando el malabarista giró con un barrido de su brazo la chica le dio un empujón y el negro saltó de la tienda y se paseó con extrañas posturas bajo la errática luz de las antorchas.

VIII

Otra cantina, otro consejero
Monte – Acuchillamiento
El rincón más oscuro de la taberna el más conspicuo
El sereno – *Rumbo al norte*
El campamento de los cazadores – Grannyrat
Bajo las Ánimas – Discusión y asesinato
Otro anacoreta, otro amanecer.

Se detuvieron frente a la cantina y reunieron monedas y Toadvine apartó la vaqueta que hacía las veces de puerta y entraron a un lugar en donde reinaba la oscuridad y todo carecía de definición. Una solitaria lámpara colgaba de una viga transversal y oscuras formas fumaban sentadas en las sombras. Cruzaron a tientas hasta una barra recubierta de baldosas de arcilla. El local apestaba a sudor y humo de leña. Un hombre menudo y flaco apareció ante ellos y colocó ceremoniosamente las manos sobre las baldosas.

Ustedes dirán, dijo.

Toadvine se quitó el sombrero, lo dejó sobre la barra y se pasó por el pelo una mano que parecía una zarpa.

Qué tiene por aquí que uno pueda beber sin arriesgarse a quedar ciego o estirar la pata.

¿Cómo?

Inclinó el pulgar hacia su garganta. Qué hay para beber, dijo.

El cantinero se volvió y examinó sus existencias. Parecía dudar de que alguna cosa cumpliera con los requisitos anunciados.

¿Mezcal?

¿Os va bien a todos?

Que sirva de una vez, dijo Bathcat.

El cantinero escanció de una jarra de arcilla en tres vasitos metálicos abollados y los empujó con cuidado como fichas sobre un tablero.

¿Cuánto?, dijo Toadvine.

El cantinero parecía asustado. *¿Seis?*, dijo.

¿*Seis* qué?

El hombre levantó seis dedos.

Centavos, dijo Bathcat.

Toadvine desgranó las monedas sobre la barra y apuró su vaso y pagó otra vez. Hizo un gesto con el dedo abarcando los vasos de los tres. El chaval levantó el suyo y bebió y lo bajó otra vez. El licor era rancio, amargo, sabía un poco a creosota. Estaba como los otros de espaldas a la barra y observó la estancia. En una mesa al fondo unos hombres jugaban a las cartas a la luz de una vela de sebo. En la pared opuesta siluetas ajenas a la luz observaban agachadas a los americanos sin la menor expresión.

Ahí tienes una partida, dijo Toadvine. Jugar al monte a oscuras con un hatajo de negros. Levantó su vaso y bebió y lo depositó en la barra y contó las monedas que quedaban. Un hombre se había destacado de las tinieblas y se acercaba a ellos. Llevaba una botella bajo el brazo y con mucho cuidado la dejó encima de la barra junto con su cubilete y habló al cantinero y este le trajo un cántaro de agua. Giró el cántaro de forma que el asa quedara a su derecha y luego miró al chaval. Era viejo y llevaba un sombrero de copa chata como no se veían desde hacía tiempo en la región y vestía calzones y camisa de algodón, blancos y sucios. Los huaraches que llevaba parecían pescados secos atados a las plantas de sus pies.

¿Tejanos?, dijo.

El chaval miró a Toadvine.

Son tejanos, dijo el viejo. Yo estuve en Tejas tres años. Al dedo índice de la mano que levantó le faltaban dos articulaciones, quizá les estaba enseñando lo que le había pasado en Tejas o quizá solo pretendía contar los años. Bajó la mano y se volvió y echó vino en el vaso y levantó el cántaro y vertió un poquito de agua. Bebió y dejó el vaso y se volvió a Toadvine. Usaba una fina perilla blanca y antes de levantar la vista se pasó por ella el dorso de la mano.

Ustedes *sociedad de guerra. Contra los bárbaros.*

Toadvine no sabía. Parecía un caballero rústico al que un trasgo hubiera dejado perplejo.

El viejo hizo como que apuntaba con un rifle y produjo un ruido con la boca. Miró a los americanos. Matan apaches, ¿no?

Toadvine miró a Bathcat. ¿Qué quiere este tipo?, dijo.

El tasmanio se pasó la mano, de tres dedos también, por la boca pero no se permitió ninguna afinidad. El viejo está beodo, dijo. O loco.

Toadvine apoyó los codos en la barra que tenía detrás. Miró al viejo y escupió al suelo. Estás más chiflado que un negro desertor, dijo.

Al fondo de la estancia se oyó un quejido. Un hombre se levantó y fue a hablar con otros que había más allá. Se oyeron nuevas quejas y el viejo se pasó dos veces la mano por la cara y se besó las puntas de los dedos y levantó la vista.

¿Cuántos dineros les pagan?, dijo.

Nadie respondió.

Si matan a Gómez, les pagarán muchos dineros.

El que estaba en la penumbra volvió a rezongar. *Madre de Dios,* dijo en alto.

Gómez, Gómez, dijo el viejo. Ni siquiera Gómez. ¿Quién puede contra los tejanos? Son soldados. *Qué soldados tan valientes. La sangre de Gómez es sangre del pueblo...*

Levantó la cabeza. Sangre, dijo. Ha dado mucha

sangre este país. Este México. Somos un país con sed. La sangre de un millar de cristos. Nada.

Hizo un gesto hacia el mundo exterior donde toda la tierra estaba sumida en oscuridad y toda como un enorme altar mancillado. Se volvió para servir más vino y servir más agua del cántaro, muy moderado el viejo, y bebió.

El chaval le observaba. Le vio beber y le vio secarse la boca. Cuando se dio la vuelta no habló al chaval ni a Toadvine sino que pareció dirigirse a todos en general.

Rezo a Dios por este país. En serio. Rezo. No voy a la iglesia. ¿Para qué hablar con esos muñecos? Yo hablo aquí.

Se señaló al pecho. Cuando se volvió a los americanos su voz sonó más calmada. Ustedes *caballeros* buenos, dijo. Matan a los *bárbaros*. Esos no podrán escapar. Pero hay otro *caballero* y creo que nadie puede escapar de él. He sido soldado. Es como un sueño. Cuando en el desierto no quedan ni los huesos, los sueños te hablan, ya no te despiertas nunca.

Apuró su cubilete y agarró la botella y se alejó sin hacer ruido hacia el extremo en penumbra de la cantina. El hombre que estaba junto a la pared protestó de nuevo e invocó a su dios. El de Tasmania y el cantinero estaban hablando y el cantinero señaló hacia el rincón más oscuro y meneó la cabeza y los americanos vaciaron sus últimos vasos y luego Toadvine empujó hacia el cantinero los últimos *tlacos* y salieron.

Ese era su hijo, dijo Bathcat.

¿Cuál?

El que estaba en el rincón con un corte en la cara.

¿Tenía un corte?

Uno de esos tipos le ha dado una cuchillada. Estaban jugando a las cartas y le rajó.

¿Por qué no se larga?

Yo le he preguntado lo mismo.

¿Y qué te ha dicho?

Me ha hecho una pregunta: que adónde iba a ir.

Recorrieron los callejones amurallados hacia las fogatas del campamento en las afueras del pueblo. Una voz dijo así: *Las diez y media, tiempo sereno*. Era el vigilante haciendo su ronda y le vieron pasar con su farol anunciando la hora en voz baja.

En la penumbra previa a la aurora los sonidos describen la escena que se va a desarrollar. Los primeros trinos de pájaros en los árboles que flanquean el río y el tintineo de arreos y el resoplar de caballos y el mullido susurro de su yantar. En el pueblo a oscuras empiezan a cantar gallos. El aire huele a caballo y carbón. El campamento va cobrando vida. Sentados por doquier en la luz que ya se acumula están todos los niños del pueblo. Ninguno de los hombres que ahora se levantan sabe cuánto tiempo han estado allí a oscuras y en silencio.

Cuando cruzaron la plaza a caballo la vieja squaw ya no estaba allí y alguien había rastrillado el polvo. Los fanales del malabarista se veían negros en lo alto de sus varas y el fuego estaba frío frente a la tienda de feria. Una vieja que partía leña se incorporó y se quedó quieta con el hacha en las manos cuando ellos pasaron.

Atravesaron el saqueado campamento indio a media mañana. Sábanas de carne renegrida pendían de los arbustos o de unos palos como una extraña y oscura colada. Pieles de venado jalonaban el terreno y unos huesos blancos o almagrados cubrían las piedras en un matadero primitivo. Los caballos amusgaron las orejas y trotaron. Siguieron adelante. Por la tarde el Jackson negro les alcanzó, su montura venía magullada y a punto de reventar. Glanton giró en su silla y le miró de pies a cabeza. Luego aguijó a su caballo y el negro se puso a hablar con sus pálidos compañeros y todos continuaron como si nada.

No echaron de menos al veterano hasta el atardecer. El juez se aproximó entre el humo de las lumbres y se acuclilló delante de Toadvine y el chaval.

¿Qué ha pasado con Chambers?, dijo.

Creo que se ha largado.

Largado.

Creo que sí.

¿Ha salido a caballo esta mañana?

Con nosotros no, seguro.

Tenía entendido que eras el representante de tu grupo.

Toadvine escupió. Pues será que ha decidido independizarse.

¿Cuándo le viste por última vez?

Ayer por la tarde.

Pero esta mañana no.

No.

El juez le miró detenidamente.

¿Qué pasa?, dijo Toadvine. Yo creía que estabais enterados de que se había ido. No es tan pequeño para que no se le vea.

El juez miró al chaval. Miró de nuevo a Toadvine. Luego se levantó y volvió por donde había llegado.

A la mañana siguiente desaparecieron dos delaware. La compañía siguió su camino. A mediodía habían empezado a subir hacia un desfiladero, cabalgando entre matas de lavanda silvestre y jabonera al pie de las Ánimas. La sombra de un águila surgida de aquellas escarpadas fortalezas rocosas cruzó la línea dibujada por los jinetes y alzaron los ojos para verla volar en aquel impecable vacío de un azul quebradizo. Siguieron subiendo entre piñones y robles enanos y cruzaron el puerto atravesando un bosque de pino y se adentraron en las montañas.

Por la tarde salieron a una mesa orientada al norte desde la que se divisaba toda la región. Al oeste se ponía el sol en un holocausto de donde apareció una columna de pequeños murciélagos del desierto y hacia el norte sobre el tembloroso perímetro del mundo el polvo flotaba en el vacío cual humo de ejércitos lejanos. Las arrugadas montañas de papel encerado desplegaban pronunciadas sombras bajo el largo crepúsculo azul y a media distancia el vidrioso lecho de un lago seco rielaba como el mare imbrium y manadas de venados iban hacia el norte aprovechando la última luz, acosados en el llano por lobos que eran también del color del lecho del desierto.

Glanton descansó sin desmontar y contempló largamente la escena. Desperdigada a lo largo de la mesa la maleza reseca restallaba al viento como si la tierra devolviera el largo eco de las lanzas en antiguas lides olvidadas para siempre. Todo el cielo parecía alterado y la noche cayó rápidamente sobre la tierra vespertina y pequeñas aves grises pasaban piando flojo en pos del sol que huía. Chascó la lengua para que el caballo andara. Pasó y así pasaron todos hacia la problemática destrucción de la oscuridad.

Aquella noche acamparon al borde del llano junto a un talud y el asesinato que ya se preveía tuvo lugar. El Jackson blanco se había embriagado en Janos y había estado cabalgando dos días huraño y con los ojos inyectados en sangre. Estaba ahora desmadejado frente a la lumbre, sin botas y bebiendo aguardiente de un frasco, rodeado por sus compañeros y por los gritos de los lobos y por la providencia de la noche. Estaba así sentado cuando el negro se acercó y arrojó su sudadero al suelo y se puso encima y procedió a cargar su pipa.

Había dos fogatas en el campamento y ninguna norma real o tácita sobre quién tenía derecho a usarlas. Pero cuando el blanco miró hacia el otro fuego vio que los delaware y John McGill y los nuevos de la compañía se habían llevado allí su cena y con un gesto y un insulto mascullado advirtió al negro que se fuera.

Aquí todos los pactos eran frágiles más allá de lo sensato. El negro levantó la vista de la cazoleta. Alrededor de aquella lumbre había hombres cuyos ojos devolvían la luz como rescoldos incrustados al rojo dentro de sus cráneos y hombres cuyos ojos no, pero los del negro eran como pasadizos para conducir a la noche desnuda y no rectificada desde lo que de ella había pasado hasta lo que aún quedaba por venir. En esta compañía cada cual se sienta donde le da la gana, dijo.

El blanco giró la cabeza con un ojo semicerrado, los labios sueltos. Su cartuchera estaba arrollada en el suelo. Alargó la mano y sacó su revólver amartillado. Cuatro hombres se pusieron de pie y se apartaron.

¿Vas a dispararme?, dijo el negro.

O sacas tu sucio culo de esta lumbre o te dejo listo para la tumba.

Miró hacia donde estaba Glanton. Glanton le observó. Se puso la pipa en la boca, se levantó y cogió el sudadero y se lo dobló sobre el brazo.

¿Es tu última palabra?

Tan última como el juicio final.

El negro miró otra vez hacia Glanton por encima de las llamas y luego se alejó en la negrura. El blanco desamartilló el revólver y lo dejó en el suelo delante de él. Dos hombres volvieron a la lumbre y permanecieron de pie intranquilos. Jackson cruzó las piernas. Una mano descansaba en su regazo y la otra estaba abierta sobre la rodilla sosteniendo un cigarrillo negro. El que estaba más cerca de él era Tobin y cuando el negro surgió de lo oscuro con un cuchillo de caza en las manos como si empuñara el instrumento de un ritual, Tobin empezó a levantarse. El blanco miró hacia arriba y el negro se adelantó y de un solo tajo le cercenó la cabeza.

Dos cabos gruesos de sangre oscura y dos más delgados se elevaron como serpientes del muñón de su cuello y describieron una trayectoria curva para aterrizar siseando en el fuego. La cabeza rodó hacia la izquierda y quedó a los pies del ex cura con los ojos muy abiertos. Tobin apartó el pie y se levantó y retrocedió unos pasos. El fuego se ennegreció y despidió una nube de humo gris y las columnas curvas de sangre fueron menguando hasta que el cuello burbujeó un poco como si fuera un estofado y también eso cesó. Jackson seguía sentado igual que antes pero sin cabeza, empapado de sangre, todavía en sus labios el cigarrillo, doblado hacia la oscura gruta humeante de las llamas adonde la vida se le había ido.

Glanton se puso de pie. Los hombres se apartaron. Nadie dijo palabra. Cuando partieron de amanecida el decapitado seguía allí como un anacoreta asesinado descalzo en las cenizas y en camisa. Alguien le había quitado la pistola pero las botas estaban donde él las había puesto. La compañía pasó de largo. No llevaban una hora cabalgando por la llanura cuando fueron atacados por los apaches.

IX

Emboscada – El apache muerto – Terreno hundido
Un lago de yeso – Torbellinos
Caballos con ceguera de la nieve
Regresan los delaware – Verificación
La diligencia fantasma – Las minas de cobre
Intrusos – El caballo mordido por la serpiente
El juez hablando de hechos geológicos
El muchacho muerto – Sobre la paralaje y los
equívocos a que conducen las cosas pasadas
Los ciboleros.

Se hallaban cruzando la margen occidental del lago seco cuando Glanton se detuvo. Volvió la espalda con una mano apoyada en el arzón de madera y miró hacia el sol que acababa de asomar sobre las calvas y moteadas montañas del este. El lecho del lago seco se veía uniforme y exento de huellas y las islas azules de las montañas sin base eran como templos flotantes en el vacío.

Toadvine y el chaval descansaron a caballo y contemplaron con los demás aquella desolación. Al fondo del lago surgió un mar frío y el agua invisible durante miles de años ondulaba plateada al viento matutino.

Parece una jauría de perros, dijo Toadvine.

Yo creo que son gansos.

De repente Bathcat y uno de los delaware volvieron grupas y fustigaron a gritos a sus caballos y la compañía hizo lo propio y empezaron todos a desfilar por la hondonada en dirección a la franja de maleza que marcaba la playa. Los hombres saltaban ya de sus caballos y los maneaban al instante con lazos que llevaban preparados. Cuando los animales estuvieron asegurados y ellos tendidos en el suelo al abrigo de las matas de gobernadora, listos para disparar, los jinetes ya estaban apareciendo por la parte más alejada del lecho seco, un tenue friso de arqueros montados que temblaban y vacilaban al calor creciente. Pasaron frente al sol y desaparecieron uno por uno y aparecieron otra vez y al sol eran negros y salían de aquel mar evaporado como fantasmas quemados, las patas de sus caballos levantando una espuma que no era real, y quedaron ocultos en el sol y ocultos en el lago y brillaron tenues y parecieron reunirse en un todo borroso y se separaron de nuevo y aumentaron por planos sucesivos en avatares siniestros y se fusionaron poco a poco y en el cielo que ya sugería el alba empezó a aparecer encima de ellos un aspecto infernal de sí mismos enormes e invertidos y las patas de los caballos que montaban increíblemente alargadas y pisoteando los altos y delgados cirros y los tremendos antiguerreros suspendidos de sus monturas inmensos y quiméricos y sus gritos salvajes resonando en aquel sustrato duro y llano como gritos de almas que se hubieran colado en el mundo de abajo por algún desgarro en la trama de las cosas.

Girarán hacia su derecha, gritó Glanton, y mientras eso decía así lo hicieron ellos, buscando el lado más favorable para sus arcos. Las flechas surcaron en parábola el cielo azul con el sol en las plumas y de repente ganaron velocidad y pasaron con un silbido menguante como un vuelo de patos salvajes. El primer rifle hizo fuego.

El chaval estaba tumbado boca abajo sujetando el enorme revólver Walker con las dos manos y disparando con pausa y esmero como si lo hubiera hecho ya en sueños. Los guerreros indios pasaban a menos de cien metros, unos cuarenta o cincuenta serían, y empezaron a desgranarse en los apretados estratos de calor y a dispersarse en silencio y perderse de vista al otro extremo del lago.

La compañía aprovechó para recargar sus armas.

Uno de los ponis yacía en la arena respirando regularmente y había otros en pie con flechas clavadas y aguantando con curioso estoicismo. Tate y Doc Irving fueron a atenderlos. Los demás se quedaron vigilando el lago seco.

Toadvine, Glanton y el juez salieron de las matas de gobernadora. Recogieron del suelo un mosquete de cañón rayado revestido de cuero crudo y con tachuelas de cabeza de latón de variadas formas incrustadas en la culata. El juez escudriñó la margen norte de la pálida playa por donde habían escapado los paganos. Le pasó el fusil a Toadvine y siguieron andando.

El muerto yacía en una charca arenosa. Estaba desnudo aparte de las botas y unos grandes calzones mexicanos. Las botas tenían puntera de borceguí y suelas de pelada y caña alta con los remates bajados y atados por las rodillas. La arena de la charca estaba oscura de sangre. Permanecieron al borde del lago seco aguantando el calor sin viento y Glanton lo hizo rodar empujando con su bota. Apareció el rostro, pintado, con arena pegada a las órbitas de los ojos, arena pegada a la grasa con que se había embadurnado el torso. Se podía ver el agujero que la bala del rifle de Toadvine le había abierto encima de la última costilla. Tenía el pelo largo y muy negro y empañado a causa del polvo y se le paseaban unos cuantos piojos. Había pinceladas de pintura blanca en sus mejillas y galones pintados encima de la nariz y figuras pintadas de rojo oscuro debajo de los ojos y en el mentón. Era viejo y tenía una vieja herida de lanza justo encima de la cadera y otra de sable en la mejilla izquierda que le llegaba al rabillo del ojo. Estas cicatrices estaban decoradas de punta a punta mediante imágenes tatuadas que, por mucho que el tiempo las hubiera oscurecido, carecían de referentes en el desierto circundante.

El juez se arrodilló cuchillo en mano y cortó la correa

de la cartuchera de piel de felino que el indio llevaba encima y la vació en el suelo. Contenía una visera hecha de un ala de cuervo, un rosario de pepitas, varios pedernales, un puñado de balas de plomo. Contenía también un cálculo sacado de las entrañas de alguna bestia y el juez se lo metió en el bolsillo tras examinarlo. Los otros efectos los esparció con la palma de la mano como si su disposición pudiera encerrar algún significado. Luego rajó los calzones del muerto. Atado junto a sus oscuros genitales había un saquito y el juez lo arrancó también y se lo guardó en el bolsillo del chaleco. Por último, agarró las oscuras guedejas y las levantó del suelo y arrancó el cuero cabelludo. Luego se levantaron y regresaron, dejándolo allí tendido escudriñando con sus ojos ya secos el calamitoso avance del sol.

Cabalgaron el día entero por un sequedal elevado donde crecían barrilla y mijo. Por la tarde llegaron a un terreno hundido donde los cascos de los caballos resonaban de tal manera que estos hacían extraños y derramaban la vista como animales de circo y aquella noche mientras dormían sobre el suelo vibrante los hombres, todos ellos, oyeron el estruendo opaco de una roca cayendo en alguna parte debajo de ellos a la espantosa oscuridad del interior del mundo.

Al día siguiente atravesaron un lago de yeso tan fino que los ponis no dejaron el menor rastro. Los jinetes llevaban el contorno de los ojos embadurnado de carbón animal y algunos habían tiznado de negro los ojos de sus monturas. El sol reflejado en el hondón les quemaba la parte inferior de la cara y tanto la sombra del caballo como la del jinete eran del más puro índigo sobre la superficie de polvo blanco. En el desierto que se extendía al norte borbotones de polvo se erguían oscilantes y barrenaban la tierra y algunos dijeron haber oído hablar de peregrinos arrebatados hacia lo alto como derviches en aquellas fútiles espirales para caer destrozados y sangrantes en el lecho del desierto quién sabe si para ver la cosa que los había destruido irse dando tumbos como un yinn ebrio y disolverse de nuevo en los elementos de donde había surgido. De aquel torbellino no salía voz alguna y el viajero yacente y quebrantado tal vez gritara y tal vez rabiara en su agonía, pero ¿contra qué? Y si algún futuro viajero encontrara en la arena el caparazón seco y renegrido de ese peregrino, ¿cómo adivinaría el mecanismo de su perdición?

Aquella noche se sentaron ante la lumbre como fantasmas con sus barbas y ropas polvorientas, arrobados, pirólatras. Los fuegos se apagaron y pequeños rescoldos correteaban por el llano y la arena se arrastró en la oscuridad durante toda la noche como un ejército de piojos en tránsito. Algunos caballos empezaron a chillar y al despuntar el día varios de ellos habían enloquecido de ceguera y hubo que sacrificarlos. Cuando partieron, el mexicano al que llamaban McGill montaba su tercer caballo en otros tantos días. No podría haber tiznado los ojos del poni que había montado al venir del lago a no ser abozalándolo como a un perro, y el caballo que montaba ahora era más salvaje aún y solo quedaban tres animales en la caballada.

Al mediodía los dos delaware que habían partido por su cuenta a una jornada de marcha de Janos los alcanzaron cuando descansaban en un pozo mineral. Traían consigo el caballo del veterano, todavía ensillado. Glanton fue a donde estaba el animal y cogió las riendas que colgaban y lo guió hacia la lumbre. Una vez allí sacó el rifle de su carcaj y se lo pasó a David Brown y luego empezó a mirar en el zurrón prendido del arzón de la silla y arrojó al fuego los magros efectos del veterano. Desató las cinchas y aflojó los otros arreos y fue apilando las cosas encima del fuego, mantas, silla, todo, hasta que el cuero y la lana grasienta empezaron a despedir un maloliente humo gris.

Reanudaron la marcha. Se dirigían al norte y los delaware se encargaron de interpretar las señales de humo en las cumbres lejanas y dos días después el humo cesó y no vieron más señales. Al llegar a las estribaciones de la montaña divisaron una vieja diligencia polvorienta con seis caballos enganchados que pacían hierba seca en un pliegue de los áridos peñascos.

Un destacamento atajó hacia la diligencia y los caballos sacudieron la cabeza y se espantaron y echaron a trotar. Los jinetes los arrearon hondonada abajo y al poco rato estaban girando en círculo como caballitos de papel en un móvil y el carruaje traqueteando detrás con una rueda rota. El negro se acercó a pie agitando su sombrero y llamó a voces y se aproximó a los caballos enyugados con el sombrero extendido ante él y habló a aquellos temblorosos animales hasta que pudo recoger las guías del suelo.

Glanton pasó junto a él y abrió la puerta de la diligencia. El interior del carruaje estaba salpicado de astillas de madera nueva y un hombre muerto se desplomó quedando colgado cabeza abajo. Había dentro otro hombre y un muchacho y estaban soterrados con sus armas en medio de un hedor que habría ahuyentado a un buitre de una carreta llena de vísceras. Glanton cogió las armas y la munición y se las pasó a los otros. Dos hombres subieron al techo de carga y cortaron las sogas y el toldo desgarrado y de sendas patadas bajaron un arcón y un viejo morral de correos y los forzaron. Glanton cortó las correas del morral con su cuchillo y volcó el contenido en la arena. Cartas remitidas a cualquier destino menos a aquel empezaron a desparramarse a la deriva barranco abajo. Había en el morral varios saquitos etiquetados que contenían muestras de mineral y Glanton los vació y con la bota esparció las muestras para examinarlas. Volvió a mirar en la diligencia y luego escupió y fue a examinar los caballos. Eran caballos americanos grandes pero muy deteriorados. Dio instrucciones para que soltaran a dos de ellos y luego hizo apartar al negro que esperaba junto al caballo de cabeza y agitó el sombrero. Los animales, desparejados y tirando de sus arneses, se precipitaron barranco abajo mientras la diligencia se balanceaba en sus ballestas de cuero y el muerto daba tumbos con medio cuerpo fuera de la puerta. Se difuminaron por el oeste en la llanura primero el sonido y luego la forma del grupo disolviéndose en el calor que desprendía la arena hasta que fueron solo una mota afanándose en aquel vacío alucinatorio y luego nada. Los jinetes siguieron adelante.

Toda la tarde cabalgaron en fila india por las montañas. Un pequeño halcón lanero gris los sobrevoló como si buscara el estandarte de la compañía y descendió hacia la llanura batiendo sus largas y puntiagudas alas. Cruzaron ciudades de arenisca en el crepúsculo de aquel día, dejando atrás castillo y torre del homenaje y atalaya labrada a viento y graneros de piedra al sol y a la sombra. Pisaron marga y terracota y escabrosidades de esquisto cuprífero y cruzaron una vaguada y salieron a un promontorio desde el cual se dominaba una caldera siniestra donde descansaban las ruinas abandonadas de Santa Rita del Cobre.

Vivaquearon allí sin agua y sin leña. Enviaron exploradores y Glanton se llegó hasta el borde del risco y se sentó a contemplar cómo la oscuridad se adueñaba de la sima para ver si allá abajo aparecía alguna luz. Los exploradores regresaron ya de noche y aún era oscuro por la mañana cuando la compañía montó y se puso en camino.

Bajaron a la caldera envueltos en un amanecer gris, cabalgando en fila india por las calles esquistosas entre viejas construcciones de adobe abandonadas desde hacía docenas de años cuando los apaches habían interceptado los convoyes de Chihuahua y puesto sitio a las minas. Los famélicos mexicanos habían partido a pie en su largo viaje hacia el sur pero ninguno llegó a su destino. Los americanos dejaron atrás escoria y escombros y las oscuras bocaminas y dejaron atrás la fundería alrededor de la cual había montículos de mineral y carros baqueteados por la intemperie y vagonetas blancas como el hueso a la luz del alba y siluetas metálicas de maquinaria abandonada. Cruzaron un arroyo pedregoso y siguieron por aquel terreno destripado hasta un otero en donde estaba el viejo presidio, un edificio de adobe grande y triangular con torreones en las esquinas. Había una única puerta en la pared que daba al este y al aproximarse vieron subir hacia el cielo el humo que habían percibido anteriormente en el aire.

Glanton golpeó la puerta con su garrote revestido de cuero como un viajero ante un hostal. Una luz azulada bañaba las colinas de las inmediaciones y los picos altos de más al norte recogían el único sol mientras toda la caldera estaba todavía en tinieblas. El eco de sus golpes rebotó en las imponentes paredes rajadas de roca y regresó. Los hombres esperaron montados. Glanton dio un puntapié a la puerta.

Salid de ahí si sois blancos, gritó.

¿Quién hay?, dijo una voz.

Glanton escupió.

¿Quién es?, dijeron.

Abrid, dijo Glanton.

Esperaron. Alguien descorrió cadenas al otro lado de la madera. La puerta crujió al abrirse hacia dentro y un hombre se plantó delante de ellos con el rifle apercibido. Glanton tocó a su caballo con las rodillas y este arrimó la cabeza a la puerta y la abrió del todo. La compañía entró.

Desmontaron en las grises tinieblas del recinto y ataron los caballos. Había allí varios carros viejos de suministros, algunos saqueados de sus ruedas por los viajeros. En una de las oficinas había un farol encendido y varios hombres estaban de pie en el umbral. Glanton cruzó el triángulo. Los hombres se apartaron. Pensábamos que eran indios, dijeron.

Eran cuatro supervivientes de un grupo de siete que había partido hacia las montañas en busca de metales preciosos. Llevaban tres días atrincherados en el viejo presidio tras huir del desierto perseguidos por los salvajes. Uno de ellos había recibido un disparo en la parte baja del pecho y estaba recostado en la pared de la oficina. Irving fue a echar un vistazo.

¿Qué han hecho por él?, dijo.

No hemos hecho nada.

¿Y qué quieren que haga yo?

No le hemos pedido que haga nada.

Mejor, dijo Irving, porque no hay nada que hacer.

Los miró con calma. Asquerosos, harapientos, medio locos. Cada noche hacían incursiones al arroyo en busca de leña y agua y habían estado alimentándose de un mulo que yacía destripado y pestilente al fondo del patio. Lo primero que pidieron fue whisky y lo segundo tabaco. Solo tenían dos caballos y a uno de ellos le había mordido una serpiente estando en el desierto y el pobre animal tenía la cabeza monstruosamente hinchada y grotesca como una ideación equina sacada de una tragedia ática. Le había mordido en la nariz y sus ojos sobresalían de la cabeza informe con una expresión de horror y el animal trotó entre gemidos hacia los caballos de la compañía, cabeceando y babeando y resollando por los atascados conductos de su garganta. La piel se le había abierto en la testuz y el hueso le asomaba ahora entre blanco y sonrosado y sus pequeñas orejas parecían espiches de papel remetidos a cada lado de una bola de masa peluda. Al verlo acercarse, los caballos americanos empezaron a rotar y a separarse a lo largo de la pared y el otro se lanzó hacia ellos a ciegas. Hubo golpes y hubo coces y los caballos empezaron a girar en torno al perímetro. Un pequeño semental de capa manchada que pertenecía a uno de los delaware se destacó de la remuda y golpeó dos veces al monstruo y luego giró y le hundió los dientes en el pescuezo. El caballo loco emitió un sonido que hizo salir a los hombres a la puerta.

¿Por qué no lo matáis?, dijo Irving.

Cuanto antes muera, antes se pudrirá, dijeron los otros.

Irving escupió. ¿Pensáis comeros la carne habiéndole mordido una serpiente?

Se miraron. No lo sabían.

Irving meneó la cabeza y salió. Glanton y el juez miraron a los intrusos y los intrusos miraron al suelo. Algunas vigas del techo estaban medio caídas y el piso de la habitación estaba lleno de barro y escombros. Este ruinoso panorama lo iluminó ahora el sol sesgado de la mañana y Glanton vio que agachado en un rincón había un muchacho mexicano o mestizo de unos doce años. Estaba desnudo aparte de unos calzones viejos y unas improvisadas sandalias de piel sin curtir. Devolvió a Glanton una mirada de medrosa insolencia.

¿Quién es ese niño?, dijo el juez.

Se encogieron de hombros, apartaron la vista.

Glanton escupió y meneó la cabeza.

Apostaron guardias en lo alto de la azotea y desensillaron los caballos y los sacaron a pacer y el juez se llevó una de las acémilas y vació los cuévanos y fue a explorar las galerías. Por la tarde se sentó en el recinto a partir muestras de mineral con un martillo, feldespato muy rico en óxido de cobre y pepitas de metal nativo en cuyas lobulaciones orgánicas pretendía encontrar datos sobre el origen de la tierra, y organizó una clase improvisada de geología para un pequeño grupo que se limitaba a asentir y escupir. Varios le citaron las Escrituras para rebatir su ordenación de las eras a partir del caos primigenio y otras suposiciones apóstatas. El juez sonrió.

Los libros mienten, dijo.

Dios no.

No, dijo el juez. Dios no. Y estas son sus palabras.

Les mostró un pedazo de roca.

Él habla por mediación de los árboles y las piedras.

Los harapientos intrusos se miraron asintiendo con la cabeza y no tardaron en darle la razón, a aquel hombre instruido, en todas sus conjeturas, cosa que el juez se ocupó de fomentar hasta que los hubo convertido en prosélitos del nuevo orden solo para después burlarse de ellos por ser tan tontos.

Aquella tarde el grueso de la compañía se acuarteló al raso sobre la arcilla seca del recinto. No había amanecido aún cuando la lluvia los obligó a entrar en los oscuros cubículos de la pared meridional. En la oficina del presidio habían encendido un llar bajo y el humo salía por el tejado ruinoso mientras Glanton y el juez y sus lugartenientes fumaban en pipa en torno al fuego y los intrusos permanecían aparte masticando el tabaco que les habían dado y escupiendo hacia la pared. El muchacho mestizo los miraba con sus ojos oscuros. Hacia el oeste en la dirección de las lomas pudieron oír aullidos de lobo que hicieron malfiarse a los intrusos y sonreírse a los cazadores. En una noche clamorosa de gañidos de coyote y gritos de búho el aullido de aquel viejo perro lobo era el único sonido que según ellos procedía de su forma verdadera, un lobo solitario, tal vez de hocico gris, colgado de la luna como una marioneta y alargando el hocico en su vagido.

La noche fue fría y el tiempo empeoró al arreciar el viento y la lluvia y las bestias salvajes de la región pronto se quedaron mudas. Un caballo asomó a la puerta su larga cara mojada y Glanton le miró y le habló y el caballo levantó la cabeza y enseñó los dientes y volvió a la noche lluviosa.

Los intrusos observaron aquello como observaban todo con ojos inquietos y uno de ellos se atrevió a decir que sería incapaz de hacer amistad con un caballo. Glanton escupió al fuego y miró al hombre que estaba allí sentado andrajoso y sin caballo y meneó la cabeza ante la asombrosa inventiva de la locura en todas sus formas y disfraces. La lluvia había menguado y en la quietud subsiguiente un largo trueno retumbó sobre sus cabezas y se extinguió entre las rocas y entonces la lluvia volvió con fuerza renovada, cayendo a cántaros por la negra abertura del techo y humeando y siseando en la lumbre. Uno de los hombres se levantó para arrimar los cabos podridos de unas vigas viejas y apilarlos sobre las llamas. El humo envolvió las pandeadas traviesas que no se habían venido aún abajo y una arcilla líquida empezó a filtrarse de la techumbre. Afuera la lluvia caía en cortinas de agua al son que tocaba el viento y el resplandor de la lumbre que salía por la puerta dibujaba una franja pálida en aquel mar somero a lo largo de la cual los caballos parecían espectadores atentos a algún acontecimiento inminente. De vez en cuando uno de los hombres se levantaba y salía y su sombra caía entre los animales y estos levantaban y bajaban la cabeza y escarbaban y seguían esperando bajo la lluvia.

Los que habían estado de guardia entraron en la oficina y se quedaron de pie humeando ante la lumbre. El negro se quedó en la puerta, ni dentro ni fuera. Habían visto al juez desnudo en lo alto de la muralla, inmenso y pálido en las revelaciones de los relámpagos, recorriendo a zancadas el perímetro y declamando al viejo estilo de la épica. Glanton observaba el fuego en silencio y los hombres se arrebujaron en sus mantas en los lugares más secos del suelo y pronto se quedaron dormidos.

Por la mañana había dejado de llover. El patio estaba encharcado y el caballo que había sido picado por la serpiente yacía muerto con la cabeza informe estirada en el lodo y los otros animales se habían agrupado en la esquina nordeste al pie del torreón y estaban cara a la pared. Hacia el norte las cumbres se veían blancas de nieve al sol recién aparecido y cuando Toadvine salió al aire libre el sol rozaba apenas la parte superior de los muros del recinto y el juez estaba en medio de aquella quietud vaporosa escarbándose los dientes con una espina como si acabara de comer.

Buenos días, dijo el juez.

Hola, dijo Toadvine.

Parece que va a aclarar.

No, si ya ha aclarado, dijo Toadvine.

El juez giró la cabeza y miró hacia el prístino cobalto del día visible. Un águila estaba cruzando el barranco con el sol muy blanco sobre su cabeza y en las plumas de su cola.

Pues sí, dijo el juez. Es verdad.

Los intrusos salieron y se dispersaron por el acantonamiento parpadeando como pájaros. Habían decidido de común acuerdo unirse a la compañía y cuando Glanton cruzó el patio con su caballo llevado de la mano el portavoz del grupo se adelantó para informarle de su decisión. Glanton no se dignó siquiera mirarle. Entró en el cuartel y recogió su silla y sus arreos. Mientras tanto, alguien había encontrado al muchacho.

Estaba boca abajo y desnudo en uno de los cubículos. Esparcidos por la arcilla del suelo había un gran número de osamentas viejas. Como si él, al igual que otros antes que él, hubiera encontrado casualmente la morada de algo hostil. Los intrusos formaron un corro silencioso en torno al cadáver. No tardaron en ponerse a hablar estúpidamente sobre los méritos y virtudes del muchacho muerto.

Los cazadores de cabelleras montaron en sus caballos y cruzaron el recinto hacia el portal ahora abierto al este para dar la bienvenida a la luz e invitarlos a viajar. Mientras ellos salían, los pobres diablos confinados en aquel lugar arrastraron al muchacho y lo dejaron en el barro. Tenía el cuello roto y al depositarlo en el suelo su cabeza cayó sobre el pecho y quedó extrañamente floja. Las colinas que había más allá del pozo de la mina se reflejaban grisáceas en los charcos del patio y la mula medio devorada yacía en el fango sin cuartos traseros como una estampa de los horrores de la guerra. Dentro del cuartel el hombre que había sido herido cantaba himnos religiosos cuando no maldecía a Dios. Los intrusos se quedaron de pie alrededor del muchacho con sus armas de fuego en posición de descanso como patética guardia de honor. Glanton les había dado media libra de pólvora de rifle y varios fulminantes y un pequeño lingote de plomo y mientras la compañía salía del recinto algunos se volvieron para mirarlos, tres hombres allí de pie sin expresión alguna. Nadie hizo adiós con el brazo. El moribundo estaba cantando tumbado junto a las cenizas y mientras partían les llegaron cánticos que recordaban de la infancia y siguieron oyéndolos mientras subían por el arroyo y cruzaban los enebros mojados aún de la lluvia. El moribundo cantaba con claridad y vehemencia y de buena gana los jinetes habrían aminorado el paso solo para oírle un rato más, pues también ellos poseían esas mismas cualidades.

Cabalgaron aquel día por colinas bajas sin otra vegetación que unos arbustos de hoja perenne. Por todas partes saltaban y se escondían ciervos en aquella pradera alta y los cazadores mataron varios sin desmontar y los destriparon y los subieron a sus caballos y por la tarde habían conseguido un séquito de media docena de lobos de diversos tamaños y tonos que trotaban detrás de ellos en fila india, mirando hacia atrás para cerciorarse de que cada cual ocupara su puesto.

Al atardecer se detuvieron para encender un fuego y asar los venados. La noche los tenía cercados y no había estrellas. Hacia el norte vieron otras fogatas arder rojas y taciturnas en las colinas invisibles. Comieron y reanudaron la marcha, dejando la lumbre sin apagar, y mientras subían hacia las montañas aquel fuego pareció mudar de emplazamiento, ahora aquí, ahora allá, alejándose o moviéndose inexplicablemente en el flanco de su avance. Como un fuego fatuo rezagado en el camino y que todos podían ver pero del que nadie hablaba. Pues esa voluntad de engañar intrínseca a las cosas luminosas puede también manifestarse retrospectivamente y así, mediante la argucia de una etapa conocida de un trayecto ya realizado, puede llevar a los hombres a destinos engañosos.

Mientras recorrían la mesa aquella noche vieron aproximarse hacia ellos casi como su propia imagen un grupo de jinetes destacados en la oscuridad por el resplandor intermitente de un relampagueo seco allá en el norte. Glanton se detuvo sin desmontar y la compañía hizo otro tanto. Los jinetes silenciosos siguieron avanzando. Cuando estuvieron a un centenar de metros se detuvieron también y todos se pusieron a especular en silencio acerca de aquel encuentro.

¿Quiénes sois?, gritó Glanton.

Amigos, somos amigos.

Cada grupo estaba contando los efectivos del otro.

¿De dónde vienen?, dijeron los desconocidos.

¿Adónde van?, dijo el juez.

Eran *ciboleros* procedentes del norte y traían sus caballos cargados de carne seca. Vestían pieles cosidas con ligamentos de animales y por su forma de estar sobre sus monturas se adivinaba que raramente iban a pie.

Portaban lanzas con las cuales cazaban los búfalos salvajes de la llanura y dichas armas estaban adornadas con borlas de plumas y paños de colores y algunos portaban arcos y otros fusiles de chispa con tapones empenachados en la boca del cañón. La carne seca iba empaquetada en pellejos de animal y aparte de las pocas armas que tenían eran tan ajenos a todo artilugio civilizado como los más toscos salvajes de aquella región.

Parlamentaron sin desmontar y los *ciboleros* encendieron cigarrillos y explicaron que se dirigían a los mercados de Mesilla. Los americanos habrían podido canjear algo de carne pero no llevaban consigo mercancía equivalente y la disposición al trueque les era extraña. Y así los dos grupos se separaron a medianoche, cada cual en la dirección por la que había venido el otro, buscando transformaciones sin fin en los trayectos de otros hombres como acontece a todo viajero.

X

Tobin – Escaramuza a orillas del Little Colorado
La katabasis – De cómo apareció el sabio
Glanton y el juez – Nuevo rumbo
El juez y los murciélagos – Guano – Los desertores
Salitre y carbón de palo – El malpaís
Huellas de cascos – El volcán – Azufre
El molde – La matanza de los aborígenes.

El rastro de los gileños desapareció en días sucesivos a medida que se adentraban en las montañas. Encendieron lumbres con madera de acarreo pálida como el hueso y contemplaron en silencio cómo las llamas hacían guiñadas en la brisa nocturna que ascendía de aquellas pedregosas cañadas. El chaval estaba sentado con las piernas cruzadas remendando una cincha con un punzón que le había pedido prestado al ex cura Tobin y el secularizado le miraba trabajar.

Ya habías cosido alguna vez, dijo Tobin.

El chaval se frotó la nariz pasándose con vigor la manga grasienta de su camisa y dio vuelta a la correa sobre su regazo. Qué va, dijo.

Pues se te da muy bien. Más que a mí. El Señor no reparte sus dones equitativamente.

El chaval levantó la vista y luego volvió a su labor.

Es verdad, dijo el ex cura. Mira a tu alrededor. Fíjate en el juez.

Ya lo he hecho.

Puede que no sea de tu agrado, es lógico. Pero ese hombre es mañoso en todo. No le he visto ponerse a hacer nada sin que se le diera muy bien.

El chaval pasó el hilo engrasado por el cuero y tiró de él.

Habla holandés, dijo el ex cura.

¿Holandés?

Sí.

El chaval miró al ex cura y siguió remendando.

Lo habla porque yo le he oído. Cerca del Llano nos topamos con un grupo de peregrinos locos y el viejo que iba en cabeza se puso a hablar en holandés como si estuviéramos todos en su país y el juez le respondió en el mismo idioma. Glanton por poco se cae del caballo. Ninguno sabíamos que hablaba holandés. ¿Sabes lo que dijo cuando le preguntaron que dónde lo había aprendido?

¿Qué dijo?

Que de un holandés.

El ex cura escupió. Yo, ni con diez holandeses habría podido aprenderlo. ¿Y tú?

El chaval negó con la cabeza.

No, dijo Tobin. Los dones del Todopoderoso son repartidos en una balanza que le es peculiar. Sus cálculos no son equitativos y estoy seguro de que él sería el primero en reconocerlo si uno se atreviera a plantearle la cuestión.

¿A quién?

Al Todopoderoso, hombre. El ex cura meneó la cabeza. Dirigió la vista hacia donde estaba el juez. Ese coloso sin pelo. Viéndole no pensarías que es capaz de bailar mejor que el mismísimo diablo, ¿verdad? Pues es un bailarín consumado, eso no se lo quita nadie. Y encima toca el violín. Es el mejor violinista que he oído nunca y no hay más que hablar. El mejor. Sabe buscar atajos, disparar un rifle, montar a caballo, seguir la pista de un ciervo. Ha recorrido medio mundo. Él y el gobernador estuvieron hablando hasta la mañana y ahora era París y luego Londres y eso en cinco idiomas distintos, valía la pena pagar entrada para verlo. Y eso que el gobernador es un hombre muy culto, pero el juez...

El ex cura meneó la cabeza. Oh, quizá sea ese el

modo en que el Señor muestra la poca importancia que concede a los hombres cultos. ¿Qué puede significar para quien todo lo sabe? Dios siente un amor desmedido por el hombre común y la sabiduría divina está presente en las cosas más pequeñas, de manera que acaso la voz del Todopoderoso habla con mayor hondura en aquellos que viven inmersos en el silencio.

Observó al chaval.

Ocurra lo que ocurra, dijo, Dios habla por boca de sus más humildes criaturas.

El chaval pensó que se refería a los pájaros o cosas que reptan pero el ex cura, que le observaba con la cabeza un poco ladeada, dijo: Nadie puede sustraerse a esa voz.

El chaval escupió al fuego y volvió a su remiendo.

Yo no oigo ninguna voz, dijo.

Cuando deje de sonar, dijo Tobin, sabrás que la has estado oyendo toda tu vida.

¿En serio?

Sí.

El chaval giró el cuero sobre su regazo. El ex cura le observó.

De noche, dijo Tobin, cuando los caballos pacen y la compañía duerme, ¿quién les oye pacer?

No les oye nadie, ya que están durmiendo.

Claro. Y si dejan de pacer, ¿quién es el que se despierta?

Todo el mundo.

Exacto, dijo el ex cura. Todo el mundo.

El chaval levantó la vista. ¿Y el juez? ¿Esa voz le habla también a él?

El juez, dijo Tobin. No respondió.

Yo ya le conocía, dijo el chaval. Le vi en Nacogdoches.

Tobin sonrió. No hay nadie en la compañía que no afirme haberse encontrado a ese pícaro redomado en alguna parte.

Tobin se frotó la barba contra el dorso de la mano. Nos salvó a todos, eso debo reconocerlo. Veníamos del Little Colorado y no nos quedaba una sola libra de pólvora. Ni una pizca. Y allí estaba él sentado en una roca en mitad del mayor desierto que hayas visto nunca. Subido a aquella roca como quien espera la diligencia. Brown pensó que era un espejismo. Le habría pegado un tiro si hubiera tenido algo con que disparar.

¿Y cómo es que os quedasteis sin pólvora?

La habíamos gastado toda con los salvajes. Aguantamos nueve días metidos en una cueva, perdimos casi todos los caballos. Éramos treinta y ocho hombres cuando partimos de Chihuahua y solo quedábamos catorce cuando el juez nos encontró. Hechos mierda, huyendo. Hasta el último de nosotros sabía que en aquella región dejada de la mano de Dios habría un barranco o un callejón sin salida o tal vez solo un montón de rocas y que allí nos tocaría resistir con nuestras armas vacías. El juez. Sí, al diablo lo que es del diablo.

El chaval se quedó con el hilván en la mano y el punzón en la otra. Miró al ex cura.

Habíamos estado en el llano toda la noche y parte de la mañana. Los delaware se detenían a cada momento y se apeaban para escuchar mejor. No había sitio donde esconderse. No sé qué diablos esperaban oír. Sabíamos que esos malditos estaban allí y eso para mí era información más que suficiente, no necesitaba más. Todos pensamos que no sobreviviríamos a aquella mañana. Estábamos todos pendientes del rastro que dejábamos a nuestra espalda, no sé hasta dónde se veía. Tal vez treinta kilómetros.

Fue hacia el meridiano de aquel día cuando nos topamos con el juez subido a su roca más solo que la una en mitad del páramo. Y es que no había otra roca que aquella. Irving dijo que el juez se la había llevado puesta. Yo le dije que era como un mojón para señalar su ubicación en mitad de la nada. Tenía al lado ese mismo rifle que usa ahora, todo engastado en plata alemana y el nombre que le había puesto incrustado en hilo de plata debajo de la quijera, en latín: «Et in Arcadia ego.» En alusión a su carácter letal. Es corriente que uno bautice a su escopeta. He conocido Dulceslabios y Oídme desde la Tumba y toda clase de nombres de mujer. Él es el primero y único que sé que le puso una inscripción sacada de los clásicos.

Y allí estaba. Sin caballo. Simplemente él y sus piernas cruzadas, sonriendo al ver que nos acercábamos. Como si nos hubiera estado esperando. Tenía una vieja mochila de lona y un viejo sobretodo de lana colgado del hombro. En la mochila había un par de pistolas y un buen surtido de monedas, de oro y plata. Ni siquiera tenía cantimplora. Era como... Parecía una aparición. Nos dijo que había viajado con una caravana y que había decidido seguir solo.

Davy quería dejarle allí. No le cayó bien su señoría y todavía no le cae bien. Glanton se limitó a observarlo. Habría hecho falta un día entero para saber qué opinaba de aquel personaje. Y aún hoy lo ignoro. Hay un secreto comercio entre ambos. Un convenio terrible. Qué sé yo. Te demostraré que llevo razón. Pidió que le trajeran las dos bestias de carga que nos quedaban y les cortó las cinchas y dejó caer los sacos y el juez montó y él y Glanton cabalgaron juntos y al momento estaban conversando como hermanos. El juez montaba a pelo como los indios y lo hacía con su mochila y su rifle apoyados en la cruz del animal y miraba a su alrededor con la mayor satisfacción del mundo, como si todo hubiera resultado como él había previsto y el día no hubiera podido salirle mejor.

Llevábamos poco rato cabalgando cuando él nos marcó un nuevo rumbo unos noventa grados al este. Señaló a una cordillera que estaría como a cincuenta kilómetros y nos dirigimos hacia allí y nadie preguntó con qué objeto. Glanton le había dado ya los detalles de la situación en la que se había metido por voluntad propia pero si le preocupaba en lo más mínimo estar desnudo de armas en medio del desierto con media nación apache pisándole los talones el juez se lo guardó para sí.

El ex cura hizo una pausa para encender de nuevo su pipa alargando la mano hacia el fuego para coger un carbón como hacían los exploradores indios y devolviéndolo después a las llamas como si allí estuviera mejor.

A ver, ¿qué crees tú que había en esas montañas?, ¿cómo se enteró él?, ¿cómo encontrarlo?, ¿cómo sacar partido de esa información?

Tobin pareció formularse las preguntas a sí mismo. Estaba contemplando el fuego y chupando su pipa. Llegamos a las estribaciones a media tarde y subimos por un arroyo seco y seguimos subiendo creo que hasta la medianoche y luego acampamos pero sin leña ni agua. Cuando se hizo de día los vimos a unos quince kilómetros de distancia en la llanura que se extendía al norte. Cabalgaban de cuatro y seis en fondo y no eran pocos y no tenían ninguna prisa.

Según dijeron los centinelas, el juez estuvo en vela toda la noche. Observando los murciélagos. Subía por la ladera y hacía anotaciones en un cuaderno que llevaba y luego volvía a bajar. Parece que estaba muy animado. Dos hombres habían desertado aquella noche y por tanto solo quedábamos doce y el juez trece. Yo me dedicaba a estudiarlo con calma, al juez. Entonces y ahora también. A ratos parecía un demente y a ratos no. De Glanton, en cambio, sé que está totalmente loco.

Partimos con la primera luz hacia un barranco arbolado. Estábamos en la vertiente norte y en la roca crecían sauces y alisos y cerezos, árboles pequeños. El juez paraba a hacer de botánico y luego nos alcanzaba. Lo juro por Dios. Iba metiendo hojas entre las páginas de su cuaderno. Yo nunca había visto nada igual, y todo el rato con los salvajes perfectamente visibles allá en el llano. A mí hasta me dio tortícolis de tanto mirarlos, y piensa que había un centenar de ellos.

Fuimos a salir a un terreno de pedernal donde todo eran enebros y continuamos sin más. No hubo ningún intento de despistar a sus rastreadores. Cabalgamos todo aquel día. No volvimos a ver a los salvajes porque se habían puesto al socaire de la montaña y estaban en las cuestas de más abajo. Tan pronto atardeció y los murciélagos empezaron a salir el juez alteró de nuevo el rumbo, montado en su caballo con la mano encima del sombrero mientras veía pasar a los animalitos. Acabamos desperdigados entre los enebros y hubo que parar para reagruparse y dejar descansar a los caballos. Nos sentamos casi de noche, nadie dijo nada. Cuando el juez volvió, Glanton y él conferenciaron en voz baja y luego nos pusimos en marcha.

Guiábamos a los caballos a pie. No había vereda, solamente rocas abruptas. Cuando llegamos a la cueva algunos pensaron que el juez era un papanatas si pretendía que nos escondiéramos allí. Pero no, era el nitro lo que buscaba. El nitro, entiendes. Dejamos todas nuestras pertenencias en la entrada de la cueva y llenamos nuestros cuévanos y mochilas y alforjas con tierra de la cueva y partimos al rayar el alba. Cuando llegamos a lo alto del promontorio que había más arriba y miramos hacia atrás vimos que los murciélagos entraban a chorro en aquella cueva, miles y miles de ellos, y siguieron haciéndolo durante cosa de una hora o más pero para entonces ya casi no podíamos verlos.

El juez. Lo dejamos en un collado, junto a un riachuelo de agua transparente. A él y uno de los delaware. Nos dijo que rodeáramos la montaña y que volviéramos a aquel lugar pasadas cuarenta y ocho horas. Descargamos todas las cosas en el suelo y nos llevamos los dos caballos y él y el delaware empezaron a tirar de los cuévanos y las alforjas riachuelo arriba. Me los quedé mirando y me dije que no volvería a ver nunca a aquel hombre.

Tobin miró al chaval. Nunca más. Pensé que Glanton le abandonaría. Seguimos adelante. Al día siguiente nos topamos en la montaña con los dos tipos que habían desertado. Colgaban boca abajo del mismo árbol. Los habían desollado, y te aseguro que eso no le favorece a nadie. Pero si los salvajes no lo habían adivinado aún, ahora lo sabían seguro. Que no teníamos ni una pizca de pólvora.

No íbamos a caballo sino que los guiábamos a pie, procurando que no resbalaran en las rocas, apretándoles el hocico si resoplaban. Pero en esos dos días el juez lixivió el guano de la cueva con agua del arroyo y ceniza de leña y lo hizo precipitar y luego construyó un horno de arcilla donde quemó carbón; de día apagaba el fuego y al caer la noche lo volvía a encender. Cuando los encontramos, él y el delaware estaban sentados en cueros en el riachuelo y primero pensamos que estaban borrachos pero a saber de qué. Toda la cresta de la montaña estaba repleta de apaches y él allí sentado. Se levantó al vernos llegar y fue hasta los sauces y volvió con un par de alforjas y en una había como ocho libras de cristales puros de salitre y en la otra unas tres libras de buen carbón de aliso. Había triturado el carbón en el hueco de una roca, se podría haber hecho tinta con aquel polvo. Cerró las bolsas y las puso a cada lado del arzón de la silla de Glanton y él y el indio fueron a por sus ropas, cosa que me alegró porque yo no había visto nunca un hombre adulto sin un pelo en el cuerpo y encima pesando ciento cincuenta kilos, que es lo que pesaba entonces y pesa ahora. Y puedo afirmarlo porque yo mismo sumé las pesas con mis propios ojos y sobrio en una balanza de pesar ganado en la ciudad de Chihuahua aquel mismo mes y año.

Fuimos montaña abajo sin batidores ni nada. A lo bestia. Estábamos muertos de sueño. Era de noche cuando ganamos el llano y una vez que los caballos descansaron hicimos recuento y montamos para seguir adelante. La luna estaba tres cuartos llena y creciendo y parecíamos jinetes de circo, tan silenciosos, los caballos como sobre cáscaras de huevo. No teníamos manera de saber dónde estaban los salvajes. El último indicio que habíamos tenido de su proximidad eran aquellos pobres imbéciles desollados en el árbol. Nos dirigimos al oeste a través del desierto. Doc Irving iba delante de mí y brillaba tanto que casi le podía contar los pelos de la cabeza.

Cabalgamos toda la noche y de amanecida cuando la luna ya estaba baja encontramos una jauría de lobos. Se escabulleron y volvieron al rato, haciendo tan poco ruido como el humo. Se desperdigaban y atajaban y rodeaban a los caballos. Con todo el descaro del mundo. Nosotros les arreábamos con las trabas y ellos se escabullían, no se oía otra cosa que su respiración, a no ser que lanzaran quejidos o dieran dentelladas. Glanton se detuvo y las alimañas giraron en redondo y se largaron y volvieron otra vez. Dos delaware desandaron un trecho torciendo un poco a la izquierda (son más valientes que yo) y allí encontraron la pieza. Era un antílope, un macho joven muerto la tarde anterior. Estaba medio consumido y nos lanzamos sobre él con los cuchillos y nos llevamos la poca carne que quedaba y nos la comimos cruda montados a caballo. Era la primera carne que probábamos en seis días. Teníamos unas ganas locas de probarla. Buscando piñones en la montaña como si fuéramos osos y lo contentos que nos poníamos si encontrábamos. A los lobos les dejamos poco más que los huesos, pero yo nunca mataría a un lobo y sé que hay otros que sienten como yo.

En todo este tiempo el juez apenas había abierto la boca. Amaneció y nos encontrábamos al borde de un extenso malpaís y su señoría fue a tomar posiciones sobre unas rocas volcánicas que había allí y empezó a soltarnos un discurso. Fue como un sermón, pero no un sermón cualquiera. Más allá de ese malpaís había un pico volcánico y el sol que acababa de salir lo teñía de muchos colores y unos pequeños pájaros oscuros flotaban en el viento y el viento agitaba el viejo sobretodo que el juez llevaba puesto y luego señaló a la solitaria montaña y se embarcó en una oración cuyo objeto todavía desconozco y concluyó diciéndonos que la madre tierra, como la llamó, era redonda como un huevo y contenía dentro de sí todas las cosas buenas. Luego llevó de las riendas al caballo que había estado montando por aquellas escorias negras y vidriosas, un terreno tan traicionero para el hombre como para la bestia, y nosotros detrás del juez como discípulos de una nueva fe.

El ex cura hizo una pausa y golpeó la pipa apagada contra el talón de su bota. Miró al juez que estaba con el torso desnudo hacia las llamas como tenía por costumbre. Se volvió y miró al chaval.

El malpaís. Era un laberinto. Subías a toda prisa un pequeño promontorio y de repente te veías rodeado de grietas tan profundas que no te atrevías a saltarlas. Los bordes de cristal negro y puntiagudo y abajo puntiagudas rocas de sílex. Guiábamos a los caballos con el máximo cuidado y aun así les sangraban los cascos. Nuestras botas estaban destrozadas. Trepando a aquellos viejos rellanos resquebrajados comprendías cómo habían ido las cosas, las rocas derretidas habían quedado arrugadas como un budín viejo, la tierra se había hundido hasta su núcleo líquido. Donde que nosotros sepamos está localizado el infierno. Pues la tierra es un globo en el vacío y en verdad no tiene un arriba y un abajo y en esta compañía hay hombres aparte de yo mismo que han visto pequeñas huellas de patas hendidas en la piedra tan claras como el ir y venir de una cervatilla, pero ¿qué cervatilla ha pisado jamás rocas derretidas? No pretendo refutar las Escrituras pero es posible que haya habido pecadores tan rematadamente malos que el fuego del infierno los expulsara de su seno y no me cuesta imaginar que en tiempos pasados fueron pequeños diablos los que traspasaron con sus horcas ese vómito incandescente a fin de recuperar aquellas almas que por error habían sido escupidas de su lugar de condenación hacia los confines del mundo. Sí. Es solo una idea, nada más. Pero en el orden del universo ha de haber un punto en donde los dos mundos se toquen. Y algo dejó aquellas marcas de pezuñas en la lava pues yo las vi con mis propios ojos.

El juez, bueno, el juez no apartaba la vista de aquel cono de muerte que se elevaba en pleno desierto como un enorme chancro. Nosotros le seguíamos solemnes como búhos y cuando volvió la cabeza se echó a reír al ver las caras que traíamos. Llegados al pie de la montaña lo echamos a suertes y enviamos dos hombres por delante con los caballos. Les vi alejarse. Uno de ellos está ahora mismo aquí y yo le vi alejarse con esos caballos por la escoria como si fuera un condenado a muerte.

Y no es que nosotros no estuviéramos condenados. Cuando levanté la vista él iba ya cuesta arriba, me refiero al juez, con su zurrón al hombro y el rifle a modo de alpenstock. Y lo mismo hicimos todos los demás. No habíamos cubierto la mitad de la ascensión cuando divisamos a los salvajes en la llanura. Seguimos trepando. Yo pensaba que, a malas, nos arrojaríamos al cráter, todo menos dejarnos atrapar por aquellos desalmados. Creo que era mediodía cuando por fin llegamos arriba. Estábamos rendidos. Y los salvajes a menos de quince kilómetros. Miré a mis compañeros y la verdad es que no se les veía muy aguerridos. Habían perdido toda dignidad. Tenían todos buen corazón, y lo tienen aún, y no me gustaba verlos así y pensé que el juez había caído sobre nosotros como una maldición. Pero resultó que yo estaba equivocado. Al menos en esa ocasión. Ahora tengo otra vez mis dudas.

El juez fue el primero en llegar al borde del cono pese a su enorme corpachón y se quedó mirando en derredor como si hubiera ido a contemplar la vista. Luego se sentó y empezó a descamar la roca con su cuchillo. Uno a uno fuimos llegando mientras él permanecía sentado de espaldas a aquella sima y nos dijo a todos que hiciéramos lo que él. Era azufre vivo. Una roncha de azufre todo alrededor del cráter, amarillo intenso con algunas escamas pequeñas de sílice que brillaban, pero en general puras flores de azufre. Nos pusimos a rascar las rocas y fuimos desmenuzando el azufre con los cuchillos hasta que reunimos un par de libras y entonces el juez cogió las alforjas y fue hasta un hueco en las rocas y derramó el carbón y el nitro y lo mezcló todo con la mano y luego echó encima el azufre.

Llegué a pensar que nos pediría que derramáramos nuestra sangre allí dentro como francmasones pero no hubo tal. El juez siguió amasando con las manos hasta dejarlo aquello bien seco y mientras tanto los salvajes en el llano cada vez más cerca y cuando volví la cabeza el juez estaba de pie, ese inmenso patán sin pelo, se había sacado la picha y estaba meando sobre la mezcla, meando con aires de desquite, y entonces nos exhortó a que hiciéramos otro tanto.

De todos modos estábamos medio locos. Nos pusimos en fila. Los delaware también. Todos salvo Glanton y había que ver la cara que ponía. Sacamos nuestros miembros y allá que empezamos a mear y el juez de rodillas amasando con los brazos desnudos y la orina le salpicaba y él venga a gritar que meáramos, joder, que meáramos por nuestras almas o es que no veíamos a los pieles rojas. Y a todo esto sin dejar de reír y convirtiendo aquella masa en un asqueroso mazacote negro, un batido diabólico a juzgar por lo mal que olía y no es que él fuera el pastelero del infierno, digo yo, y entonces sacó su cuchillo y empezó a allanar la cosa sobre las rocas que miraban al sur, extendiéndola a capas finas con la hoja del cuchillo y observando el sol por el rabillo del ojo y todo manchado y apestando a orines y azufre y sin dejar de sonreír y blandiendo el cuchillo con tal destreza que parecía como si no hubiera hecho otra cosa en su vida. Y cuando terminó se volvió a sentar y se limpió las manos en el pecho y observó a los salvajes y todos hicimos lo mismo.

Habían llegado al malpaís y tenían un rastreador siguiendo todos nuestros pasos por las rocas desnudas, volviendo cuando no había camino para avisar a los demás. Yo no sé qué rastro seguiría. El olor quizá. Al poco rato los oímos hablar un poco más abajo. Entonces nos vieron.

Solo Dios sabe lo que pensaron. Estaban desperdigados por la colada y uno de ellos señaló hacia arriba y todos miraron. Atónitos, sin duda. Imagínate ver a once hombres encaramados en el borde de aquel atolón escaldado como aves desorientadas. Se pusieron a parlamentar y nosotros pensamos que tal vez mandarían un grupo a buscar nuestros caballos pero no lo hicieron. Su codicia pudo con todo lo demás y empezaron a subir hacia el cono trepando como posesos por la lava para ver quién llegaba primero.

Teníamos, calculo yo, una hora. Observamos a los salvajes y observamos aquella masa infecta secarse en las rocas y observamos una nube que se dirigía hacia el sol. Poco a poco nos olvidamos de las rocas y hasta de los salvajes porque la nube parecía ir derecha al sol y habría necesitado casi una hora para cruzar por delante y esa era la última hora que nos quedaba de vida. Pues bien, el juez estaba sentado haciendo anotaciones en su cuaderno y vio la nube igual que todos los demás y dejó el cuaderno y observó y lo mismo hicimos todos. Nadie decía nada. No había nadie a quien maldecir ni nadie a quien rezar, solo mirábamos. Y la nube alcanzó una esquina del sol y siguió pasando y no hubo sombra sobre nosotros y el juez cogió su librillo y siguió con sus entradas como antes. Yo le observé. Poco después bajé a tocar con la mano un trozo de aquel mazacote. Despedía calor. Rodeé el borde del cráter y los salvajes subían por los cuatro costados pues no había una ruta que facilitara la ascensión en aquella pendiente pelada. Miré si había piedras que pudiéramos arrojarles pero no había ninguna más grande que un puño, solo gravilla y placas de escoria. Miré a Glanton y vi que estaba observando al juez y parecía haber perdido el juicio.

Entonces el juez cerró su cuaderno y cogió su camisa y la extendió sobre el hueco en la roca y nos dijo que le subiéramos la cosa aquella. Todos sacamos los cuchillos y nos pusimos a raspar y él nos previno de que no sacáramos chispas a aquellos pedernales. La amontonamos encima de su camisa y él se puso a cortarla y desmenuzarla con su cuchillo. Entonces gritó: Capitán Glanton.

Capitán Glanton. ¿Te imaginas? Pues eso dijo, y luego: Cargad ese cañón giratorio y veamos qué es lo que tenemos aquí.

Glanton se acercó con el rifle y llenó el cargador a tope y preparó los dos cañones y asentó dos balas y cebó el arma e hizo ademán de acercarse al borde. Pero no era eso lo que el juez quería.

Al fondo de esa cosa, dijo, y Glanton no puso ninguna pega. Bajó por el borde interior de la sima hasta llegar el final de aquel horroroso humero y agarró el arma y apuntó hacia abajo y amartilló y disparó.

Ni en un día entero de viaje oirás semejante ruido. Todavía me da temblequera. Disparó los dos cañones y nos miró a nosotros y luego al juez. El juez se limitó a hacer un gesto con la mano y siguió moliendo la masa y luego nos gritó a todos que llenásemos los cebadores y las cofias y así lo hicimos, por turnos, rodeando al juez como comulgantes. Y cuando todos hubimos pasado él llenó su cebador y sacó sus pistolas y se puso a cebarlas. El primero de los salvajes estaba ya a menos de doscientos metros cuesta abajo. Nos disponíamos a lanzarnos sobre ellos pero tampoco era eso lo que el juez quería. Hizo fuego hacia la caldera, espaciando los disparos, y agotó las cinco cámaras de cada pistola y nos dijo que no nos dejásemos ver mientras recargaba las armas. Todo aquel tiroteo había dado que pensar a los salvajes pues ellos creían que nos habíamos quedado sin pólvora. Y entonces el juez va y se acerca al borde y llevaba consigo una camisa de buena tela blanca que había sacado de su zurrón y la agitó para que la vieran los pieles rojas y les gritó algo en español.

Si le hubieras oído se te habrían saltado las lágrimas. Todos muertos excepto yo, gritó. Tened piedad. *Todos muertos*. Y venga a agitar la camisa. Dios, eso los hizo subir chillando por la cuesta y el juez se volvió a nosotros con esa sonrisa suya y nos dijo: Caballeros. Eso fue todo. Tenía las pistolas metidas en el cinto por la parte de atrás y cogió una con cada mano y el juez es ambidestro como una araña, sabe escribir con las dos manos y lo digo porque yo le he visto hacerlo, y se puso a matar indios. No hizo falta que nos animara a imitarle. Dios, qué carnicería. En la primera descarga matamos a una docena y no paramos. Antes de que el último pobre diablo llegara al pie de la cuesta ya había cincuenta y ocho salvajes muertos entre los cascajos. Patinaban por la pendiente como paja por una tolva, unos caían hacia acá, otros hacia allá, formando una cadena al pie de la montaña. Apoyamos nuestros rifles en el reborde de azufre y matamos a nueve más que corrían por la lava. Como en una caseta de tiro, ni más ni menos. Incluso hacíamos apuestas. El último al que disparamos estaba casi a un kilómetro de la boca de nuestras armas y encima corriendo a matar. Todos los tiros fueron certeros, ni un solo error con aquella pólvora misteriosa.

El ex cura se volvió y miró al chaval. Y esa fue la primera vez que vi al juez Holden. Es un caso a estudiar.

El chaval miró a Tobin. ¿Y de qué es juez?, dijo.

¿De qué es juez?

Sí. De qué es juez.

Tobin miró hacia la lumbre. Eh, muchacho, dijo. Baja la voz. Te va a oír. Ese hombre tiene orejas de zorro.

XI

En las montañas – Un viejo efraín
El delaware raptado – La batida – Otra validación
En el barranco – Las ruinas – Keet Seel[5] *– El escarpe*
Representaciones y cosas – El juez cuenta una historia
Un mulo perdido – Hoyas de mezcal
Escena nocturna con luna, flores, juez – La aldea
Glanton sobre cómo amansar animales
Camino estrecho.

Se adentraron en las montañas y el camino los llevó por bosques altos de pino, viento en los árboles, cantos aislados de pájaros. Los mulos sin herrar resbalaban en la hierba seca y las agujas de pino. Y en las cañadas azules de la ladera norte pequeños restos de nieve vieja. Siguieron los toboganes a través de un bosque de álamos temblones donde las hojas caídas parecían monedas doradas en la húmeda senda negra. Las frondas se agitaban como un mar de lentejuelas en los pálidos pasadizos y Glanton cogió una hoja por su pecíolo moviéndola como si fuera un pequeño abanico y la dejó caer y su perfección no se le escapó. Pasaron por un barranco estrecho donde las hojas estaban recubiertas de hielo y al atardecer cruzaron un puerto donde unas palomas salvajes se lanzaban en picado colándose por el paso a unos palmos del suelo, virando in extremis entre los caballos para precipitarse hacia el vacío azul de más abajo. Llegaron a un oscuro bosque de abeto y los pequeños ponis españoles aspiraron el aire enrarecido y al caer la noche justo cuando el caballo de Glanton estaba saltando un árbol caído un oso rubio y flaco surgió de la hondonada que

5. En la lengua de los indios navajo, «vasijas rotas». *(N. del T.)*

había más allá y los miró erguido con sus empañados ojos porcinos.

El caballo de Glanton se engrifó y Glanton se pegó a los hombros del animal y sacó su pistola. Uno de los delaware iba justo detrás de él y el caballo que montaba estaba reculando y él trataba de enderezarlo dándole de puñetazos en la cabeza, y el oso giró hacia ellos su largo hocico en un gesto pasmado, a todas luces estupefacto, con algo asqueroso colgándole de la quijada y las fauces teñidas de sangre. Glanton disparó. La bala se incrustó en el pecho del oso y el oso se inclinó emitiendo un extraño gemido y agarró al delaware y lo levantó del caballo. Glanton disparó de nuevo al espeso collarín de piel en el momento en que el oso giraba sobre sí mismo y el hombre suspendido de las mandíbulas del animal los miró, pegada la mejilla a la jeta del oso y un brazo alrededor de su pescuezo como un tránsfuga loco en un gesto de retadora camaradería. Por todo el bosque una algazara de gritos y los golpes de los hombres tratando de someter a los caballos que chillaban. Glanton amartilló el arma por tercera vez cuando el oso giró con el indio colgándole de las fauces como un muñeco y pasó por encima de Glanton en un mar de pelo melífero manchado de sangre y un hedor a carroña y el olor a raíces de la propia bestia. El disparo sonó más y más fuerte, pequeño núcleo de metal que corría hacia los distantes cinturones de materia girando mudo hacia el oeste por encima de ellos. Sonaron varios escopetazos y la bestia se metió en el bosque con su rehén dando unos saltos horribles y se perdió de vista en la penumbra de los árboles.

Los delaware siguieron su pista durante tres días mientras el grupo avanzaba. El primer día vieron sangre y vieron donde el animal había parado a descansar y donde sus heridas habían restañado y al día siguiente siguieron las huellas dejadas en el mantillo de un bosque y al otro día el rastro era ya muy tenue y cruzaba una mesa alta y luego desaparecía. Buscaron algún indicio hasta que oscureció y durmieron en los desnudos pedernales y al día siguiente se levantaron y contemplaron aquella región salvaje y pedregosa que se extendía al norte. El oso había raptado a su congénere como una fiera de cuento de hadas y la tierra se los había tragado a ambos sin esperanza de rescate, de indulto. Fueron a por sus caballos y regresaron. En aquel elevado yermo solo se movía el viento. No dijeron nada. Eran hombres de otra época por más que tuvieran nombres cristianos y habían vivido toda su vida en una tierra virgen igual que sus padres antes que ellos. Habían aprendido a guerrear guerreando, generaciones perseguidas desde la costa atlántica a través de todo un continente, de las cenizas de Gnadenhutten a las praderas y de allí hasta las sangrientas tierras del oeste. Si bien el mundo albergaba muchos misterios, los límites de ese mundo no eran nada misteriosos, pues carecía de medida o lindero y contenía en él criaturas más horribles aún y hombres de otros colores y seres que ningún hombre había visto, sin embargo nada de ello más extraño de lo que sus propios corazones lo eran dentro de ellos, pese a toda la soledad y todas las fieras.

Encontraron la senda del grupo con la primera luz y al anochecer del día siguiente los habían alcanzado. El poni del guerrero ausente estaba ensillado con los caballos de repuesto y bajaron las alforjas y se repartieron sus pertenencias y ya nadie volvió a mencionar el nombre del desaparecido. Por la noche el juez fue a sentarse con ellos junto a la lumbre y les interrogó y dibujó un mapa en el suelo y lo examinó. Luego se puso de pie y lo borró con sus botas y por la mañana se pusieron todos en camino como si nada hubiera pasado.

El camino les llevó entre robles y encinas enanos y por un terreno pedregoso en las vetas de cuyas pendientes crecían árboles negros. Cabalgaron a pleno sol entre la hierba alta y por la tarde llegaron a una escarpa que tal parecía el margen del mundo conocido. Hacia el nordeste la llanura de San Agustín llameaba en la luz cada vez más pálida, la tierra silenciosa difuminándose en su larga curvatura bajo el telar de humo de los depósitos subterráneos de carbón que ardían allí desde hacía mil años. Los caballos recorrieron cautelosos el filo de la escarpa y los jinetes miraron con variadas expresiones aquella tierra vetusta y desnuda.

En días sucesivos atravesarían una región en donde las piedras podían asarte la carne de las manos y donde todo era roca. Cabalgaron en estrecha enfilada por una senda que era una alfombra de bolas de excrementos de cabra secos y cabalgaron apartando la cara de la pared de roca y del aire abrasador que despedía, estarcidas en la piedra las encorvadas siluetas negras de los montadores con una definición a la vez austera e implacable como formas capaces de violar su convenio con la carne que las había creado y continuar autónomas su camino sobre la roca desnuda sin encomendarse a sol, hombre ni dios.

Descendieron de aquella región por una profunda garganta, repiqueteando sobre las piedras, claros de fresca sombra azul. En la arena reseca del lecho del arroyo huesos viejos y restos de vasijas pintadas y grabados en la roca sobre sus cabezas pictogramas de caballos y pumas y tortugas y españoles a caballo con casco y adarga y desdeñosos de la piedra y del silencio y hasta del tiempo. Alojados en grietas y fallas un centenar de metros más arriba había nidos de paja y echazones de inundaciones antiguas y los jinetes oyeron el murmullo del trueno en la anónima lejanía y prestaron atención al estrecho pedazo de cielo que veían en espera de que una repentina oscuridad anunciara lluvia inminente, zigzagueando entre los prietos flancos del cañón, las piedras blancas de cuyo río seco eran redondas y lisas como huevos arcanos.

Acamparon aquella noche en las ruinas de una cultura antigua, un pequeño valle donde había un cauce de agua clara y buena hierba de montaña. Las viviendas de barro y piedra quedaban tapiadas por un peñasco que sobresalía sobre ellas y todo el valle estaba surcado por restos de viejas acequias. En la arena suelta había multitud de fragmentos de cerámica y trozos de madera renegridos y huellas de venados y otros animales lo cruzaban y volvían a cruzar en todas direcciones.

El juez recorrió las ruinas al atardecer. Las antiguas habitaciones estaban aún negras de humo de leña y entre las cenizas y las mazorcas secas había viejos pedernales y cacharros rotos. Varias escalas podridas de madera apoyadas aún en las paredes de las viviendas. Vagó por los kivas[6] recogiendo pequeños artefactos y luego se sentó en un muro alto y estuvo escribiendo en su cuaderno hasta que oscureció.

La luna se elevó llena sobre el cañón y un silencio absoluto reinó en el pequeño valle. Tal vez eran sus propias sombras lo que mantenía alejados a los coyotes, pues no se los oía, como tampoco se oía viento ni pájaros en aquel paraje, tan solo el correr del riachuelo por la arena allí donde terminaba el trecho iluminado por las lumbres.

A lo largo del día el juez había hecho varias incursiones a las rocas de la garganta por la que habían pasado y ahora acababa de extender en el suelo parte de un toldo de carro y estaba clasificando sus hallazgos y ordenándolos frente a la lumbre. En su regazo tenía el cuaderno de piel y fue cogiendo cada cosa, pedernal o cerámica o herramienta o hueso, y dibujándolos aplica-

6. Aposentos grandes, normalmente subterráneos, utilizados para ceremonias religiosas en ciertas aldeas indias. *(N. del T.)*

damente en su libro. Dibujaba con gran naturalidad y no se le vio arrugar aquella frente pelada ni fruncir aquellos labios extrañamente infantiles. Las yemas de sus dedos recorrieron el contorno de un mimbre antiguo adherido a un fragmento de arcilla cocida y lo plasmó también en su cuaderno con bonitos sombreados y gran economía de trazos. Es dibujante como es otras muchas cosas, y su destreza queda siempre en evidencia. De vez en cuando dirige la vista al fuego o a sus compañeros de armas o a la noche. Para terminar colocó ante él el escarpe de una armadura fabricada en algún taller de Toledo tres siglos atrás, un pequeño *tapadero* metálico frágil y comido por el verdín. De esto hizo el juez un croquis de perfil y en perspectiva, rotulando las dimensiones con su pulcra letra, haciendo anotaciones al margen.

Glanton le observaba. Cuando hubo terminado cogió el escarpe y lo examinó una vez más atentamente y luego hizo con él una pelota de chapa y lo arrojó al fuego. Reunió los otros artefactos y los lanzó también a las llamas y sacudió el toldo y lo guardó doblado junto con el cuaderno entre sus bártulos. Luego se sentó con las manos ahuecadas en el regazo y aparentemente satisfecho con el mundo, como si se le hubiera consultado a él en el momento de su creación.

Un tal Webster oriundo de Tennessee había estado mirando al juez y le preguntó qué se proponía hacer con todas aquellas notas y bocetos y el juez sonrió y le dijo que su intención era borrarlo todo de la memoria del género humano. Webster sonrió y el juez soltó una carcajada. Webster le miró de soslayo y dijo: Está claro que alguna vez has sido dibujante, esos dibujos se parecen bastante al original. Pero nadie puede meter todo el mundo dentro de un libro. Como tampoco nada de lo que sale dibujado en un libro es como aparece.

Bien dicho, Marcus, le espetó el juez.

Pero a mí no me dibujes, dijo Webster. Yo no quiero estar en tu libro.

El mío o el de cualquier otro, dijo el juez. Lo que ha de ser no se desvía ni una pizca del libro en que está escrito. ¿Cómo podría? Sería un libro falso, y un libro falso no es libro ni es nada.

Eres muy diestro planteando enigmas y no voy a medirme contigo a palabras. Pero procura que mi abollada jeta no aparezca en ese cuaderno porque no me gustaría que lo fueras enseñando a desconocidos.

El juez sonrió. Esté o no esté en mi libro, cada hombre reside temporalmente en su prójimo y este en aquel y así sucesivamente en una infinita cadena de ser y de testigo hasta los más remotos confines del mundo.

Prefiero ser yo mi propio testigo, dijo Webster, pero los demás habían empezado ya a echarle en cara su engreimiento, y además quién quería ver su maldito retrato y acaso pensaba que habría peleas para verlo el día que lo descubrieran y que quizá acabarían embreando el retrato a falta del original. Hasta que el juez levantó la mano y pidió una tregua y les dijo que los sentimientos de Webster iban por otro camino, que no estaban motivados por la vanidad y que una vez había retratado a un viejo indio hueco sin darse cuenta de que así encadenaba al hombre a su propia representación. Y es que no podía dormir por miedo a que un enemigo se llevara el retrato y lo desfigurara y tan fiel era el retrato que no soportaba la idea de que alguien lo arrugara o se lo pudiera tocar y atravesó con él el desierto en busca del paradero del juez y le pidió consejo sobre cómo preservar aquel objeto y el juez se lo llevó a las montañas y enterraron el retrato en el fondo de una cueva donde todavía debía de estar, que el juez supiera.

Webster escupió al oír aquello y se secó la boca y observó de nuevo al juez. Ese hombre, dijo, no era más que un salvaje ignorante y pagano.

En efecto, dijo el juez.

No es mi caso.

Excelente, dijo el juez, alcanzando su portamanteo. Entonces no te importa que te dibuje...

Me niego a posar para un retrato, dijo Webster. Pero no es lo que tú dices.

La compañía guardaba silencio. Alguien se levantó para avivar el fuego y la luna subió y se hizo pequeña sobre las ruinas y el riachuelo que entreveraba la arena en el lecho del valle brilló como el metal forjado y salvo el sonido que aquel producía no se oía nada más.

Juez, ¿cómo eran los indios de estos andurriales?

El juez levantó la vista.

Indios muertos diría yo. ¿Y tú, juez?

No tan muertos.

Como albañiles no eran del todo malos. Los salvajes que ahora viven por estos pagos no tienen ni idea.

No tan muertos, repitió el juez. Luego les contó otra historia y es la que sigue.

En la región occidental de los Alleghanys, cuando todavía era una tierra virgen, vivía hace años un hombre que tenía una guarnicionería al pie de la carretera federal. Su oficio era guarnicionero y de ahí el taller, mas apenas le sacaba partido, ya que por aquel pasaje pasaban pocos viajeros a caballo. Tan es así que adoptó la costumbre de disfrazarse de indio y apostarse unos kilómetros más arriba de su taller esperando a que pasara algún transeúnte para pedirle dinero. Hasta entonces nunca había hecho daño a nadie.

Un día acertó a pasar un hombre y el guarnicionero salió de detrás de un árbol con sus abalorios y sus plumas y le pidió unas monedas. El hombre era joven y se negó y adivinando que el guarnicionero era blanco le habló de un modo que hizo enrojecer de vergüenza al falso indio hasta el punto de que invitó al joven a que lo acompañara hasta su casa.

El guarnicionero vivía en una cabaña de madera que había construido él mismo y tenía esposa y dos hijos todos los cuales le tenían por loco y solo esperaban la oportunidad de huir de él y de aquel paraje inhóspito adonde los había llevado. Así que acogieron con agrado al huésped y la mujer le dio de cenar. Pero mientras comía, el viejo empezó a insistir otra vez para sacarle algún dinero y dijo que eran pobres como en efecto lo eran y el viajero le escuchó y luego sacó dos monedas que el viejo no había visto jamás y el viejo las cogió y las examinó y se las enseñó a su hijo varón y el joven terminó de cenar y le dijo que podía quedarse con las dos.

Pero la ingratitud abunda más de lo que os imagináis y, como no estaba satisfecho, el guarnicionero empezó a preguntarle si no tendría por casualidad otra moneda de aquellas para su esposa. El viajero apartó su plato y se encaró al viejo y le soltó un discurso y en aquel discurso el viejo oyó cosas que ya sabía pero había olvidado y oyó cosas nuevas que ligaban con las primeras. El viajero concluyó diciéndole al viejo que estaba perdido tanto para Dios como para los hombres y que no dejaría de estarlo mientras no aceptara a su hermano en su corazón como si fuera él mismo y no acudiera en auxilio de sus semejantes en algún lugar desértico del ancho mundo.

Mientras terminaba su alocución pasó por el camino un negro tirando de un coche fúnebre que transportaba a uno de su raza y el coche estaba pintado de rosa y el negro iba vestido con prendas de colores como un payaso de feria y el joven señaló a aquel negro que pasaba y dijo que incluso un negro tan negro...

Aquí el juez hizo una pausa. Había estado mirando fijamente la lumbre y levantó la cabeza y echó una ojeada en derredor. Su narración tenía mucho de recital. No había perdido el hilo de su relato. Sonrió a los que le estaban escuchando.

Dijo que incluso un maldito negro como aquel no era menos hombre entre los hombres. Y entonces el hijo del guarnicionero se levantó y se puso a orar, señalando hacia el camino y reclamando que se le hiciera un sitio al negro. Con estas palabras. Que se le hiciera un sitio. Como es natural, a estas alturas negro y coche fúnebre habían pasado de largo.

Ante esto el viejo se arrepintió de nuevo y juró que el muchacho tenía razón y la madre que estaba junto a la lumbre no daba crédito a sus oídos y cuando el viajero anunció que había llegado el momento de partir ella tenía lágrimas en los ojos y la niña salió de detrás de la cama y se agarró a las piernas del joven.

El viejo se brindó a acompañarlo un trecho para desearle buen viaje y asesorarle sobre cuál dirección tomar y cuál no, pues apenas había postes indicadores en aquella parte del mundo.

Por el camino le habló de la vida en aquel lugar salvaje donde uno veía a gente a la que no volvía a ver nunca más y en esas llegaron al cruce y allí el viajero le dijo al viejo que ya le había acompañado bastante y le dio las gracias y se despidieron el uno del otro y el desconocido siguió su camino. Pero el guarnicionero parecía incapaz de resignarse a perder su compañía y le llamó y le acompañó un trecho más. Y al poco rato llegaron a un lugar donde el camino atravesaba un frondoso bosque y en aquel lugar sombrío el viejo mató al viajero. Le mató con una piedra y le cogió la ropa y el reloj y el dinero y lo enterró junto al camino en una tumba poco honda. Luego volvió a su casa.

De camino se desgarró la ropa y se hizo sangre con un pedernal y le explicó a su mujer que unos ladrones los habían asaltado y que habían asesinado al viajero y solamente él había podido escapar. La mujer rompió a llorar y al cabo de un rato hizo que la llevara al lugar de los hechos y cogió unas primaveras silvestres que allí crecían en abundancia y las puso sobre la tumba y volvió muchas veces a aquel paraje hasta que ya no pudo andar.

El guarnicionero vivió para ver crecido a su hijo y nunca más volvió a hacer daño a nadie. En su lecho de muerte le llamó y le contó lo que había hecho. Y el hijo dijo que le perdonaba si es que a él le correspondía hacerlo y el viejo dijo que así era y luego murió.

Pero el joven no lo lamentó pues estaba celoso del muerto y antes de marcharse fue a visitar la tumba y retiró las piedras y sacó los huesos y los esparció por el bosque y luego se fue. Se fue al oeste y él mismo se convertiría en un asesino.

La vieja aún vivía por entonces y como no tenía conocimiento de lo que había pasado pensó que los animales salvajes habrían desenterrado los huesos dejándolos esparcidos por allí. Puede que no encontrara todos los huesos pero los que sí encontró los devolvió a la sepultura y luego los cubrió y apiló las piedras encima y siguió llevando flores a aquel lugar. Siendo ya muy vieja decía a la gente que el que estaba allí enterrado era su hijo y para entonces tal vez era así.

Aquí el juez levantó la vista, risueño. Se produjo un silencio y en seguida empezaron todos a expresar a gritos sus discrepancias.

No era guarnicionero sino zapatero, gritó uno, y al final se demostró que él no lo había hecho.

Y otro: No vivía en ningún despoblado, tenía un taller en el centro mismo de Cumberland, Maryland.

Nunca se supo de quién eran aquellos huesos. La vieja estaba loca, eso lo sabía todo quisque.

El del ataúd era hermano mío y trabajaba con una troupe de comediantes de Cincinnati, Ohio, y lo mataron de un tiro por una mujer.

Y así sucesivamente hasta que el juez levantó las dos manos reclamando silencio. Un momento, dijo. Esta historia tiene un corolario. A aquel viajero cuyos huesos ya nos son familiares le esperaba una joven esposa que estaba gestando un hijo del viajero. Pues bien, ese hijo, la existencia de cuyo padre en este mundo es histórica e hipotética ya antes de que el hijo vea la luz, va por el mal camino. Toda su vida llevará ante sí el ídolo de una perfección que jamás podrá alcanzar. El padre fallecido le deja sin patrimonio, pues es sobre la muerte del padre sobre lo que el hijo tiene derechos y esa es su herencia, mucho más que sus bienes. No llegará a conocer las mezquindades que templaron al hombre en vida. No le verá bregar con quimeras de cosecha propia. No. El mundo que hereda da al hijo un testimonio falso. Es un hombre arruinado por un dios yerto y nunca encontrará su propio camino.

Lo que es verdad de un hombre, dijo el juez, es verdad de muchos. Los antiguos pobladores de esta región se llamaban anasazis. Abandonaron esta tierra hostigados por la sequía o la enfermedad o las bandas de forajidos, abandonaron estos parajes hace siglos y no queda constancia de ellos. Existen en esta tierra como rumores o fantasmas y se los venera mucho. Los utensilios, el arte, los edificios: estas cosas son la condenación de las razas posteriores. Pero no hay nada a lo que estas puedan agarrarse. Los antiguos desaparecieron como fantasmas y ahora los salvajes rondan por estos cañones al son de antiguas risas. En sus chozos escuchan a oscuras el miedo que se va filtrando de las rocas. Toda progresión de un orden superior a uno inferior está jalonada por las ruinas y el misterio y por un vestigio de rabia sin nombre. Bien. He aquí a los padres muertos. Su espíritu está enterrado en la piedra. Yace sobre esta tierra con el mismo peso y la misma ubicuidad. Pues quienquiera que construye un refugio con cañas y pieles de animal se suma en espíritu al destino colectivo de las bestias y volverá al barro primordial sin apenas un grito. Pero quien construye con piedra busca alterar la estructura del universo y así ocurrió con estos albañiles por más primitivas que puedan parecernos sus construcciones.

Nadie decía nada. El juez estaba medio desnudo y sudaba pese a que la noche era fría. Finalmente el ex cura Tobin levantó la vista.

A mí me parece, dijo, que tanto un hijo como otro están a la par en cuanto a desventajas. Por tanto, ¿cómo hay que criar a un hijo?

A edad temprana, dijo el juez, deberían encerrarlos en un foso con perros salvajes. Deberían obligarlos a descifrar mediante las oportunas pistas cuál de tres puertas no guarda leones salvajes. Deberían hacerlos correr desnudos por el desierto hasta que...

Ya basta, dijo Tobin. He formulado la pregunta con la máxima seriedad.

Y yo la respuesta, dijo el juez. Si Dios pretendiera interferir en la degeneración del género humano, ¿no lo habría hecho ya? Los lobos se matan selectivamente. ¿Qué otra especie podría hacerlo? ¿Acaso la raza humana no es más depredadora aún? El mundo nace y florece y muere pero en los asuntos de los hombres no hay mengua, el mediodía de su expresión señala el inicio de la noche. Su espíritu cae rendido en el apogeo de sus logros. Su meridiano es a un tiempo su declive y la tarde de su día. ¿Le gusta el juego? Muy bien, pues que apueste algo. Esto que ves aquí, estas ruinas que tanto asombran a las tribus de salvajes, ¿no crees que volverán a existir algún día? Sí. Y otro más. Con otras personas, otros hijos.

El juez echó una ojeada a su alrededor. Estaba sentado frente a la lumbre sin otra cosa que el pantalón y tenía las palmas de las manos apoyadas en las rodillas. Sus ojos eran dos rendijas vacías. Nadie en la compañía tenía la menor idea de lo que implicaba su manera de estar sentado, pero se parecía tanto a un icono que todos mostraron cautela y hablaron circunspectos entre ellos como si temieran despertar a algo que era preferible mantener dormido.

Al día siguiente perdieron un mulo mientras cabalgaban de anochecida por la cornisa occidental. El mulo resbaló por la pared del cañón y lo que llevaba en los cuévanos explotó sin sonido en el aire seco y sofocante y el mulo cayó a sol y a sombra, girando en el vacío hasta perderse de vista en una sima de espacio azul que lo eximió para siempre de la memoria de todos aquellos seres vivos que existen. Glanton descansó sin desmontar y contempló la profundidad adamantina que se abría a sus pies. Un cuervo había echado a volar desde los riscos y giraba y graznaba. En la luz aguda la pared de roca viva mostraba extraños contornos y los jinetes se veían muy pequeños sobre el promontorio incluso para sus propios ojos. Glanton miró brevemente hacia lo alto, como si en aquel perfecto cielo de porcelana hubiera algo que indagar, y luego arreó a su caballo chascando la lengua.

Cruzando las mesas altas en días sucesivos empezaron a encontrar hoyos calcinados en el suelo allí donde los indios habían cocido mezcal y pasaron por extraños bosques de maguey —el aloe o pita— con inmensos tallos en flor que medían más de diez metros de alto. Cuando ensillaban los caballos al amanecer escrutaban las pálidas montañas al norte y oeste por si había rastro de humo. No lo había. Los batidores habrían partido antes de que el sol empezara a salir y no regresarían hasta la noche, guiándose en el descoordenado desierto por la pálida luz de las estrellas o en la negrura más absoluta donde la compañía descansaba entre las rocas sin lumbre ni pan ni camaradería como una pandilla de simios. Acuclillados en silencio comiendo carne cruda que los delaware habían matado con flechas en el llano y durmiendo entre los huesos. Una luna en forma de lóbulo salvó el perfil negro de las montañas y difuminó las estrellas por el este y en la cresta más cercana los blancos capullos de unas yucas bailaron al viento y por la noche llegaron murciélagos de algún infierno del mundo y agitando sus alas membranosas como oscuros colibríes satánicos libaron la boca de dichas flores. Un poco más lejos y ligeramente elevado sobre un resalto de piedra arenisca estaba el juez, pálido y desnudo. Levantó una mano y los murciélagos se retiraron confusos y bajó la mano y siguió como estaba y poco después vinieron a chupar el néctar otra vez.

Glanton no estaba dispuesto a dar marcha atrás. Sus cálculos respecto al enemigo incluían toda clase de dobleces. Siempre hablaba de emboscadas. Incluso él, siendo tan orgulloso, no acababa de creerse que un grupo de diecinueve hombres hubiera ahuyentado a todo ser humano de un área de veinticinco mil kilómetros cuadrados. Cuando dos días después los batidores regresaron una tarde e informaron de que habían visto los poblados apaches abandonados Glanton no quiso correr riesgos. Acamparon en la mesa y encendieron fuegos para despistar y pasaron la noche con los rifles a punto tumbados en aquel brezal abrupto. Por la mañana fueron a por los caballos y descendieron a un valle donde se veían algunas chozas de cañas y restos de viejas lumbres. Echaron pie a tierra y registraron los chamizos, frágiles estructuras hechas de arbolejos y hierbas hundidos en el suelo y curvados en su parte superior para darles una forma abovedada, encima de los cuales quedaban trozos de piel o mantas viejas. Por todo el suelo había huesos y fragmentos de pedernal o de cuarcita y encontraron trozos de vasijas y cestas viejas y morteros de piedra rotos y pilas de vainas secas de mezquite y una muñeca de paja y un primitivo violín de una sola cuerda que estaba aplastado y un pedazo de collar hecho de pepitas de melón.

La puerta de los chamizos les llegaba a la cintura y miraba al este y pocas de aquellas viviendas eran lo bastante altas para poder estar de pie dentro. El último chamizo que Glanton y David Brown registraron estaba defendido por un perro grande y bravío. Brown desenfundó su pistola pero Glanton le retuvo. Dobló una rodilla y habló al animal. El perro se agazapó al fondo de la choza, enseñando los dientes y moviendo la cabeza de un lado a otro con las orejas pegadas al cráneo.

Te va a morder, dijo Brown.

Tráeme un trozo de cecina.

Se acuclilló y le habló al perro. El perro le observaba.

No querrás amansar a ese cabrón, dijo Brown.

Puedo amansar cualquier bicho que coma. Trae esa cecina.

Cuando Brown volvió con la carne seca el perro estaba lanzando nerviosas miradas. Al salir del cañón rumbo al oeste el perro trotaba cojeando un poco detrás del caballo de Glanton.

Dejaron atrás el valle siguiendo un viejo rastro en la piedra y cruzaron un puerto con los mulos encaramados como cabras a los bordes. Glanton guiaba a su caballo a pie y animaba a los otros a seguirle y aun así la noche les sorprendió en aquel paraje, escalonados a lo largo de una falla en la pared del congosto. Glanton los condujo sin dejar de maldecir a través de la más negra oscuridad pero el camino se había vuelto tan estrecho y el terreno tan traicionero que se vieron obligados a parar. Los delaware regresaron a pie tras haber dejado sus caballos en lo alto del paso, y Glanton los amenazó con matarlos a todos si eran atacados en aquel sitio.

Pasaron la noche cada cual a los pies de su caballo

entre dos fuertes desniveles, uno hacia las alturas y otro hacia el abismo. Glanton estaba sentado en cabeza de la columna con las pistolas delante. Observaba al perro. Reemprendieron la marcha por la mañana y al poco rato encontraron al resto de los batidores y sus caballos y los mandaron de nuevo a explorar. No abandonaron las montañas en todo el día y si Glanton durmió nadie le vio hacerlo.

Los delaware calculaban que el pueblo había sido abandonado hacia diez días y que los gileños se habían dispersado en pequeños grupos hacia todas las direcciones posibles. No había camino que seguir. La compañía siguió adelante en fila india. Los batidores estuvieron ausentes durante dos días. Al tercero llegaron al campamento con sus caballos al borde de la muerte. Aquella mañana habían visto fuegos en lo alto de una mesa azulada a ochenta kilómetros en dirección sur.

XII

Cruzando la frontera – Tormentas
Hielo y relámpagos – Los argonautas asesinados
El azimut – Cita – Asambleas
La matanza de los gileños – Muerte de Juan Miguel
Cadáveres en el lago – El jefe – Un niño apache
En el desierto – Fuegos nocturnos – El virote
Intervención quirúrgica – El juez corta una cabellera
Un hacendado – *Gallego – Ciudad de Chihuahua.*

Durante las dos semanas siguientes cabalgaron de noche y no encendieron fuego. Habían arrancado las herraduras a sus caballos y rellenado de arcilla los agujeros de los clavos, y los que aún tenían tabaco usaban sus petacas para escupir dentro y dormían en cuevas y directamente sobre la piedra. Hacían pasar a los caballos por las huellas dejadas al desmontar y enterraban sus heces como los gatos y apenas hablaban entre ellos. Cruzando en plena noche aquellos áridos escollos de grava se los veía inverosímiles y privados de sustancia. Una conjetura que se presiente en la oscuridad por el crujir de los cueros y el tintineo del metal.

Habían degollado a los animales de carga y repartido la carne después de secarla y viajaban al socaire de las montañas hacia una amplia llanura de sosa con truenos secos hacia el sur y rumores de luz. Bajo una luna gibosa caballo y jinete maneados a sus sombras sobre el terreno azul níveo y con cada centelleo a medida que la tormenta avanzaba aquellas mismas formas se alzaban detrás de ellos con horrible superfluidad como un tercer aspecto de su presencia extraído a martillo negro y salvaje en el ámbito desnudo. Siguieron adelante. Iban como hombres investidos de un propósito cuyo origen los precedía, como legatarios naturales de un orden a la vez imperativo y remoto. Pues aunque todos y cada uno de ellos eran distintos entre sí, conjuntamente formaban una cosa que no existía antes y había en aquella su alma comunitaria vacíos apenas concebibles, como esas regiones dejadas en blanco de los mapas antiguos en donde habitan monstruos y donde no hay del mundo conocido otra cosa que vientos conjeturales.

Cruzaron el del Norte y siguieron rumbo al sur hacia una región todavía más hostil. Se agazapaban todo el día como búhos bajo la tacaña sombra de las acacias y observaban el mundo que se tostaba a su alrededor. En el horizonte aparecieron tolvaneras como el humo de fuegos lejanos pero seres vivos no había ninguno. Observaban el sol en su redondel y al atardecer atravesaron la llanura ahora más fresca donde el cielo se teñía de sangre por el oeste. Llegados a un pozo en el desierto desmontaron y bebieron mano a mano con sus caballos y volvieron a montar y siguieron adelante. Los pequeños lobos del desierto aullaban en la oscuridad y el perro de Glanton trotaba bajo la panza del caballo, precisas como embastes sus pisadas entre los cascos.

Aquella noche sufrieron el azote de una plaga de granizo caída de un cielo sin mácula y los caballos se espantaron y gimieron y los hombres desmontaron y se acomodaron en el suelo con la cabeza cubierta por la silla de montar mientras los pedriscos saltaban en la arena como pequeños huevos lucientes urdidos por un alquimista en la oscuridad del desierto. Tras ensillar de nuevo los caballos y ponerse en camino recorrieron varios kilómetros de hielo empedrado mientras una luna polar aparecía cual ojo de gato ciego sobre el confín del mundo. Por la noche distinguieron las luces de un poblado en la llanura pero no cambiaron de rumbo.

Hacia la mañana divisaron fuegos en el horizonte. Glanton envió a los delaware. El lucero del alba ardía ya pálido en el este. A su regreso se reunieron con Glanton y el juez y los hermanos Brown y hablaron y gesticularon. Finalmente volvieron todos a montar y siguieron adelante.

Cinco carros humeaban en el lecho del desierto y los jinetes echaron pie a tierra y pasaron en silencio entre los cadáveres de los argonautas, aquellos buenos peregrinos anónimos entre las piedras con sus terribles heridas, las vísceras saliéndoles de los costados y sus torsos desnudos erizados de flechas. A juzgar por sus barbas algunos eran hombres y sin embargo tenían extrañas heridas menstruales entre las piernas sin que hubiera presencia de genitales masculinos pues estos les habían sido cortados y colgaban oscuros y extraños de sus bocas abiertas. Con aquellas pelucas ensangrentadas yacían mirando con ojos de mono al hermano sol que ahora salía por el este.

Los carros no eran más que rescoldos armados sobre las formas renegridas de las llantas y los ejes al rojo vivo temblaban en el lecho de las brasas. Los jinetes se acuclillaron frente al fuego e hirvieron agua y bebieron café y asaron carne y se tumbaron a dormir entre los muertos.

Cuando la compañía se puso en camino al anochecer siguieron como antes hacia el sur. Las huellas de los asesinos iban hacia el oeste pero eran hombres blancos que asaltaban a los viajeros en aquel desierto y enmascaraban su faena para que pareciera cosa de salvajes. Las ideas de azar y de destino obsesionan a quienes se embarcan en empresas temerarias. La senda de los argonautas terminaba como se ha dicho en cenizas y el ex cura preguntó si en la convergencia de dichos vectores en el susodicho desierto donde los corazones y el empeño de una nación pequeña han sido aniquilados y barridos por otra algunos no verían en eso la mano de un dios cínico que hubiera orquestado con semejante austeridad y semejante fingida sorpresa una concordancia tan letal. El envío de testigos por un tercer y distinto itinerario podía ser también interpretado en el sentido de un desafío a toda eventualidad, pero el juez, que se había adelantado en su caballo para reunirse con los que teorizaban, dijo que en todo aquello se manifestaba la naturaleza misma del testigo y que su proximidad no era una cosa tercera sino primordial, pues ¿se podía decir de algo que ocurriera sin haber sido observado?

Los delaware se adelantaron con la llegada del crepúsculo y el mexicano John McGill encabezaba la columna, apeándose de vez en cuando de su caballo para tumbarse boca abajo y buscar la silueta de los batidores en el desierto y montar de nuevo sin necesidad de detener a su caballo ni al resto de la compañía. Se movían como animales migratorios bajo una estrella a la deriva y las huellas que dejaban a su paso reflejaban en su leve encorvadura los movimientos de la tierra misma. Hacia el oeste los bancos de nubes descansaban sobre las montañas como la oscura urdimbre del firmamento y las constelaciones de las galaxias flotaban en un aura inmensa sobre las cabezas de los jinetes.

Dos mañanas después los delaware volvieron de su tempranero reconocimiento y explicaron que los gileños acampaban en la orilla de un lago poco profundo a menos de cuatro horas en dirección sur. Les acompañaban mujeres y niños y eran muchos. Cuando Glanton se levantó de aquella asamblea vagó solo por el desierto y estuvo largo rato contemplando la oscuridad de tierra adentro.

Se ocuparon del armamento, sacando las cargas de sus armas y volviéndolas a cargar. Hablaban entre ellos en voz baja pese a que el desierto los rodeaba como un gran plato árido que temblaba al calor. Por la tarde un destacamento se llevó los caballos a abrevar y los trajo de nuevo y al anochecer Glanton y sus lugartenientes fueron con los delaware a examinar la posición del enemigo.

Habían clavado un palo en el suelo de una cuesta al norte del campamento y cuando el ángulo de la Osa Mayor hubo tomado aquella misma inclinación Toadvine y el tasmanio pusieron a la compañía en movimiento y siguieron a los otros rumbo al sur atenazados por las cuerdas del más cruel destino.

Llegaron al extremo septentrional del lago en las frías horas previas al alba y se desviaron hacia la orilla. El agua era muy negra y a lo largo de la playa había un montante de espuma y pudieron oír a unos patos que parloteaban en el centro del lago. Los rescoldos de las fogatas estaban algo más abajo y formaban una curva abierta como las luces de un puerto en la lejanía. Frente a ellos en aquella orilla solitaria un solitario jinete descansaba sin desmontar. Era uno de los delaware y en silencio volvió grupas y todos le siguieron a campo abierto cruzando el breñal.

El grupo esperaba entre unos sauces como a medio kilómetro de las fogatas del enemigo. Habían cubierto las cabezas de sus caballos y las bestias encapuchadas aguardaban rígidas y ceremoniosas detrás de ellos. Los recién llegados desmontaron y encapucharon también a sus caballos y se sentaron en el suelo para escuchar a Glanton.

Tenemos una hora, tal vez más. Cuando entremos, cada cual a lo suyo. No dejéis ni a un perro con vida si podéis evitarlo.

¿Cuántos son ellos, John?

¿Has aprendido a susurrar en un aserradero?

Hay suficientes para todos, dijo el juez.

No malgastéis pólvora ni balas contra nada que no pueda disparar. Si no matamos a todos esos salvajes merecemos que nos azoten y nos manden de vuelta a casa.

En eso consistió toda la asamblea. La hora que siguió fue una hora muy larga. Guiaron a los caballos encapuchados hasta abajo y contemplaron el campamento, pero en realidad estaban atentos al horizonte por el lado este. Cantó un pájaro. Glanton se volvió hacia su caballo y le quitó la manta como un halconero en la alborada. Se había levantado viento y el caballo alzó la cabeza y olfateó el aire. Los otros hombres le imitaron, dejando las mantas allá donde caían. Montaron, pistola en mano, cachiporras de cuero y piedra de río en torno a las muñecas como accesorios de un primitivo juego ecuestre. Glanton los miró y luego metió piernas a su montura.

Mientras trotaban hacia la playa blanca de sal un viejo que estaba acuclillado en las matas se levantó y se encaró a ellos. Los perros que esperaban para pelearse por sus excrementos empezaron a gañir. En el lago los patos fueron levantando el vuelo de a uno y de a dos. Alguien tumbó al viejo de un mazazo y los jinetes picaron espuelas y enfilaron el campamento detrás de los perros blandiendo sus porras y los perros aullando como en un cuadro de una cacería infernal, diecinueve partisanos lanzados sobre la acampada en donde dormían más de un millar de almas.

Glanton arremetió con caballo y todo contra la primera de las tiendas pisoteando a sus ocupantes. De las puertas bajas empezaban a salir siluetas. Los jinetes cruzaron el poblado a galope tendido y giraron y atacaron de nuevo. Un guerrero se interpuso en su camino y blandió una lanza y Glanton lo dejó seco de un tiro. Otros tres echaron a correr y él mató a los dos primeros con disparos tan seguidos que ambos cayeron a la vez y el tercero pareció desintegrarse mientras corría, herido por media docena de balas.

En aquel primer minuto la matanza se había generalizado. Las mujeres chillaban y niños desnudos y un hombre viejo se adelantaron agitando unos pantalones blancos. Los jinetes pasaron entre ellos y los asesinaron con porras o cuchillos. Un centenar de perros aullaban atados y otros corrían como posesos entre las chozas dando dentelladas entre ellos y a los que estaban atados, y aquel pandemónium y aquel clamor no disminuyeron desde el momento en que los jinetes habían irrumpido en el poblado. Algunas chozas estaban ya en llamas y todo un desfile de refugiados había empezado a correr hacia el norte por la playa lanzando alaridos y con los jinetes entre ellos como pastores aporreando primero a los rezagados.

Cuando Glanton y sus jefes cruzaron de vuelta el campamento la gente huía bajo los cascos de los caballos y los caballos corcoveaban y algunos de los hombres iban a pie entre las chozas armados de antorchas y sacando a las víctimas por la fuerza, empapados de sangre, acuchillando a los moribundos y decapitando a quienes imploraban clemencia. Había en el campamento unos cuantos esclavos mexicanos los cuales corrían hacia los jinetes gritando en español para acabar con la crisma rota o muertos, y un delaware surgió de entre el humo con un niño desnudo en cada mano y se agachó junto a un foso de estiércol y agarrándolos de los talones primero uno y luego el otro les aplastó la cabeza contra las piedras del borde de forma que los sesos salieron disparados por la fontanela en un vómito sanguinolento y humanos incinerados venían gritando como lunáticos y los jinetes los exterminaban con sus enormes cuchillos y una mujer corrió a abrazarse a las ensangrentadas manos del caballo de Glanton.

Para entonces un pequeño grupo de guerreros había conseguido hacerse con varios caballos de la manada desperdigada y marchaban hacia el poblado disparando una lluvia de flechas entre las chozas en llamas. Glanton sacó el rifle de su funda y disparó a los dos caballos de cabeza y enfundó de nuevo el rifle y sacó su pistola y empezó a disparar justo entre las orejas de su montura. Los jinetes indios se debatían entre los caballos tumbados y se agruparon y giraron en círculo y fueron abatidos uno por uno hasta que la docena de supervivientes dio media vuelta y huyó hacia el lago dejando atrás la columna de refugiados para desaparecer en medio de una estela de cenizas de sosa.

Glanton volvió grupas. Los muertos cubrían el médano como las víctimas de una catástrofe marítima y estaban esparcidos por la parte anterior de la playa en un delirio de sangre y entrañas. Algunos jinetes remolcaban cuerpos de las aguas del lago y la espuma que bañaba ligeramente la orilla era de un rosa pálido a la luz que ya medraba. Se movían entre los muertos recolectando con sus cuchillos los largos mechones negros y dejando a las víctimas peladas y extrañas en sus ensangrentadas cofias. Los caballos sueltos de la manada trotaron por el pestilente arenal y desaparecieron entre el humo y al cabo de un rato aparecieron de nuevo. Algunos hombres caminaban por las rojas aguas tirando tajos a a los muertos y los había que se acoplaban a los cuerpos aporreados de jóvenes muertas o agonizantes en la playa. Un delaware pasó con una colección de cabezas cual insólito vendedor camino de algún mercado, enroscados los cabellos a la muñeca y las cabezas colgando y chocando entre sí. Glanton sabía que todo lo que allí ocurría iba a tener su impugnación en el desierto y pasó entre sus hombres metiéndoles prisa.

McGill surgió de entre las fogatas y se quedó mirando inexpresivo toda la escena. Le habían espetado con una lanza y sostenía la vara con ambas manos. Estaba hecha de un tallo de sotol y la punta de una vieja espada de caballería atada al mango y le salía por los riñones. El chaval salió del agua y se le acercó y el mexicano se sentó con cuidado en la arena.

Aparta, le dijo Glanton.

McGill se volvió para mirar a Glanton y mientras lo hacía Glanton levantó su pistola y le disparó un tiro entre los ojos. Volvió a enfundar el arma y sujetó el rifle derecho sobre la silla de montar y lo aseguró con la rodilla mientras vertía pólvora en los dos cañones. Alguien le gritó algo. El caballo tembló y se repropió y Glanton le habló en voz baja y envolvió dos balas en taco y las introdujo. Estaba observando un cerro en lo alto del cual se había agrupado un pequeño grupo de apaches a caballo.

Estaban a unos cuatrocientos metros de distancia, eran cinco o seis, sus gritos llegaban débiles y extraviados. Glanton se acomodó el rifle en el pliegue del brazo y cebó uno de los cilindros e hizo pivotar los cañones y luego cebó el otro, sin dejar de mirar a los apaches. Webster se apartó de su caballo y desenfundó el rifle y extrajo la baqueta de sus abrazaderas e hincó una rodilla en tierra, con la baqueta apoyada en la arena y la caña del rifle descansando en la mano que lo sujetaba. El rifle tenía gatillo doble y Webster amartilló el de atrás y apoyó la cara en la zapatilla. Calculó la deriva del viento y calculó el efecto del sol sobre el costado del alza plateada y levantó el rifle e hizo fuego. Glanton permaneció inmóvil. El estampido se desinfló en el vacío circundante y el humo gris se disipó. El cabecilla del grupo de apaches seguía montado. Luego empezó a ladearse y cayó muerto al suelo.

Glanton salió disparado lanzando un grito de guerra. Cuatro hombres le siguieron. Los guerreros en lo alto del cerro habían desmontado y estaban levantando al caído. Glanton giró en su silla sin quitar los ojos de los indios y le pasó el rifle al hombre que tenía más cerca. Este era Sam Tate y cogió el rifle y enfrenó de tal manera a su caballo que casi lo hizo caer. Glanton y otros tres siguieron adelante y Tate retiró la baqueta para apoyar el arma en ella y se agachó e hizo fuego. El caballo que llevaba al jefe herido se tambaleó, siguió corriendo. Tate rotó los cañones y disparó la segunda carga y el caballo mordió el polvo. Los apaches se detuvieron lanzando alaridos. Glanton se inclinó al frente y susurró al oído de su caballo. Los indios subieron a su jefe a otra montura y montando dos en un mismo caballo partieron de nuevo al galope. Glanton había desenfundado su pistola e hizo señas con ella a los hombres que le seguían y uno detuvo su caballo y saltó a tierra y se tumbó boca abajo y sacó y amartilló su pistola y retiró la manecilla de carga y la clavó en la arena y sosteniendo el arma con ambas manos y la barbilla pegada a tierra apuntó por el cañón. Los caballos estaban a unos doscientos metros y se movían rápido. Al segundo tiro el poni que llevaba al jefe se puso de manos y el jinete que iba a su lado consiguió hacerse con las riendas. Estaban tratado de rescatar al jefe de lomos del caballo herido a media zancada cuando el animal se desplomó.

Glanton fue el primero en llegar al jefe moribundo y como un enfermero estrafalario y maloliente se arrodilló con aquella cabeza extranjera y bárbara apoyada entre sus piernas, ahuyentando a los salvajes con su revólver. Ellos giraron en círculo y agitaron sus arcos y le dispararon algunas flechas y luego volvieron grupas y siguieron su camino. Del pecho del hombre borboteaba sangre y sus ojos miraban vacíos hacia lo alto, vidriosos, con los capilares a punto de reventar. En cada uno de aquellos oscuros pozos había un pequeño sol perfecto.

Glanton regresó al campamento precediendo a su pequeña columna con la cabeza del jefe colgando de su cinto por los cabellos. Los hombres estaban haciendo ristras de cabelleras con tiras de cuero y a algunos de los cadáveres les habían arrancado pedazos enteros de espalda para fabricar con ellos cintos y arneses. El mexicano McGill había sido escalpado y los cráneos empezaban a oscurecerse bajo el sol. La mayoría de las chozas eran ya cenizas y como habían encontrado monedas de oro varios de los hombres removían los rescoldos a puntapiés en busca de más. Glanton los maldijo y les metió prisa, agarrando una lanza y colocando la cabeza en lo alto de la misma donde quedó sonriendo impúdica cual animal de feria, yendo de acá para allá sin desmontar, gritándoles que reunieran la caballada y se pusieran en marcha. Al girar en su caballo vio al juez sentado en el suelo. El juez se había quitado el sombrero y estaba bebiendo agua de un frasco de badana. Miró a Glanton.

No es él.

¿El qué?

El juez señaló con la cabeza. Eso.

Glanton giró la lanza y la cabeza giró también hacia él sus largos mechones oscuros.

Entonces ¿quién es si no es él?

El juez meneó la cabeza. Ese no es Gómez. Señaló de nuevo. Este caballero es de pura sangre. Gómez es mexicano.

No del todo.

Nadie es del todo mexicano. Es como ser del todo mestizo. Pero no es Gómez, porque yo le he visto y ese no es.

¿Podría pasar por Gómez?

No.

Glanton miró hacia el norte. Luego miró al juez. No habrás visto a mi perro, ¿verdad?, dijo.

El juez negó con la cabeza. ¿Tienes intención de conducir ese ganado?

Hasta que tenga que abandonarlo.

Quizá no falta mucho.

Quizá.

¿Cuánto crees que tardarán esos cafres en reagruparse?

Glanton escupió. No era una pregunta y no la respondió. ¿Dónde está tu caballo?, dijo.

Se ha ido.

Pues si quieres seguir con nosotros será mejor que te busques otro. Miró la cabeza en lo alto de la lanza. Tú eras un maldito jefe, dijo, no hay duda. Picó a su caballo y se alejó por la orilla. Los delaware chapoteaban en el lago buscando cuerpos hundidos con los pies. Se quedó allí un rato y luego giró en su caballo y atravesó el campamento saqueado. Montaba con cautela, las pistolas pegadas a los muslos. Siguió las huellas que habían dejado en el desierto al venir al poblado. Cuando regresó traía consigo la cabellera del viejo que había salido de los arbustos al amanecer.

No había pasado una hora que ya estaban en marcha rumbo al sur dejando atrás en la vapuleada orilla del lago un revoltijo de sangre y sal y cenizas y arreando ante ellos a medio millar de caballos y mulos. El juez cabalgaba en cabeza de la columna y llevaba sobre la silla un extraño niño moreno cubierto de ceniza. Parte del pelo se le había quemado y el niño iba mudo y estoico viendo avanzar la tierra ante él con sus enormes ojos negros como una criatura raptada. De camino los hombres se fueron volviendo negros al sol debido a la sangre que cubría sus ropas y sus caras y luego palidecieron poco a poco en el polvo que levantaban hasta adoptar de nuevo el color de la tierra que estaban atravesando.

Cabalgaron todo el día con Glanton cerrando la columna. A eso del mediodía el perro los alcanzó. Tenía el pecho manchado de sangre y Glanton lo llevó sobre el arzón de la silla hasta que se hubo recuperado. Durante toda la tarde el perro trotó a la sombra del caballo y de anochecida lo hizo más alejado donde las siluetas altas de los caballos patinaban por el chaparral sobre sus patas de araña.

Una delgada línea de polvo se extendía hacia el norte y siguieron adelante y los delaware desmontaron y pegaron la oreja al suelo y luego montaron y se pusieron todos en marcha otra vez.

Cuando se detuvieron, Glanton ordenó encender fuego y atender a los heridos. Una de las yeguas había parido en el desierto y aquella frágil criatura pronto fue espetada en una vara de paloverde colgada sobre las brasas mientras los delaware se pasaban una calabaza que contenía la leche cuajada extraída de su estómago. Desde un otero situado al oeste del campamento se podían ver las fogatas del enemigo quince millas más al norte. Los hombres se aposentaron en sus cueros tiesos de sangre e hicieron recuento de las cabelleras y procedieron a atarlas a unos palos, los cabellos de un negro azulado, mates e incrustados de sangre. David Brown pasó entre aquellos ojerosos carniceros sentados ante la lumbre pero no pudo encontrar ningún médico voluntario. Tenía una flecha clavada en el muslo, con plumas y todo, y nadie quería tocársela. Menos aún Doc Irving, y es que Brown le trataba de sepulturero y matasanos y ambos guardaban las distancias.

Chicos, dijo Brown, me curaría yo mismo pero no puedo agarrar bien la flecha.

El juez le miró sonriente.

¿Lo harías tú, Holden?

No, Davy, yo no. Pero te diré lo que voy a hacer.

Qué.

Extenderte una póliza de vida contra todo accidente salvo el lazo de la horca.

Eres un cerdo.

El juez sofocó la risa. Brown le fulminó con la mirada. ¿Es que nadie va a echar una mano?

No hubo respuesta.

Que os den por culo a todos, dijo.

Se sentó con la pierna mala estirada en el suelo y se

la miró, más ensangrentado que la mayoría. Agarró el astil y apretó con fuerza. El sudor se acumuló en su frente. Quedó aguantándose la pierna y blasfemando por lo bajo. No todos le miraban. El chaval se levantó. Yo lo intentaré, dijo.

Buen chico, dijo Brown.

Fue a por su silla para tener donde apoyarse. Volvió la pierna hacia la lumbre buscando un poco de luz y se la agarró y dijo algo al chico arrodillado a su vera. Agárrala fuerte, muchacho. Y empuja sin miedo. Luego se puso el cinto entre sus dientes y se recostó.

El chaval asió el astil a ras del muslo de Brown y empujó con todo su peso. Brown se aferró al suelo con ambas manos y echó hacia atrás la cabeza y sus dientes brillaron húmedos a la luz de la lumbre. El chaval repitió la operación. Las venas del cuello del hombre se hincharon como cuerdas y maldijo a toda la familia del chico. Al cuarto intento la punta de la flecha traspasó la carne del muslo y el suelo se manchó de sangre. El chaval se sentó sobre los talones y se pasó la manga de la camisa por la frente.

Brown soltó el cinturón que sostenía con los dientes. ¿Ha salido?, dijo.

Sí.

¿La punta? ¿Es la punta? Vamos, habla.

El chaval sacó su cuchillo, cortó con destreza la punta ensangrentada y se la enseñó. Brown la sostuvo sonriente hacia la luz. Era de cobre batido y se había torcido allí donde empalmaba con el astil pero no se había soltado.

Eres un chico valiente, todavía llegarás a matasanos. Ahora saca eso.

El chaval retiró suavemente el astil de la flecha y Brown se dobló en el suelo haciendo un melodramático movimiento femenino y jadeó entre dientes con un horrible silbido. Estuvo así un rato y luego se incorporó y le cogió el astil al chaval y lo arrojó al fuego y se levantó para ir a hacer su cama.

Cuando el chaval volvió a su manta el ex cura se inclinó hacia él y le susurró al oído.

Tonto, dijo. Dios no te va a querer tanto toda la vida.

El chaval le miró.

¿No sabes que él se te habría llevado consigo? Lo que oyes, muchacho. Como una novia al altar.

Se levantaron y se pusieron en camino poco después de medianoche. Glanton había ordenado avivar el fuego y partieron con las llamas iluminando todo el terreno y las sombras de los matorrales del desierto rodando sobre la arena y los jinetes hollando sus delgadas sombras fluctuantes hasta que penetraron por completo en la oscuridad que tanto les favorecía.

Los caballos y los mulos estaban desperdigados desierto adentro y los fueron reagrupando poco a poco a medida que avanzaban hacia el sur. Fucilazos sin origen recortaban sombrías cordilleras en la noche del confín del mundo y los caballos semisalvajes de la pradera trotaban temblorosos bajo aquella luz azulada como caballos sacados del abismo.

La aurora humeaba y los jinetes harapientos y ensangrentados parecían menos un grupo de vencedores que la retaguardia de un ejército maltrecho en plena retirada por los meridianos del caos y de la noche vieja, los caballos dando traspiés, los hombres tambaleándose dormidos en las sillas de montar. El día les mostró la misma región árida y el humo de sus fogatas de la noche anterior se elevaba delgado y sin viento más al norte. El polvo blanquecino del enemigo que iba a acosarlos hasta las puertas de la ciudad no parecía estar más próximo y el grupo siguió adelante bajo un calor más bochornoso cada vez empujando a los caballos enloquecidos.

A media mañana abrevaron en una poza de agua estancada por la que habían pasado ya trescientos animales. Los jinetes los fustigaron para sacarlos del agua y desmontaron para beber de sus sombreros y luego continuaron por el lecho seco del arroyo, repiqueteando en el suelo pedregoso, rocas y cantos rodados secos y luego otra vez el desierto rojo y arenoso y a su alrededor las sempiternas montañas escasamente cubiertas de hierba donde crecían ocotes y sotoles y las seculares pitas floridas como fantasmagorías en una tierra febril. Al atardecer mandaron jinetes al oeste para que encendieran fuego en la pradera y la compañía descansó a oscuras y durmió mientras los murciélagos iban y venían sobre sus cabezas entre las estrellas. Cuando reanudaron la marcha todavía era oscuro y los caballos estaban al borde del desfallecimiento. Con el día comprobaron que los paganos les habían ganado terreno. Se enfrentaron por primera vez al rayar el alba del día siguiente y los resistieron durante ocho días con sus noches en la llanura y entre las rocas de la montaña y desde muros y azoteas de haciendas abandonadas y no perdieron un solo hombre.

La tercera noche se parapetaron tras viejos muros de adobe desmoronados con las fogatas del enemigo a un kilómetro de distancia en el desierto. El juez estaba sentado con el niño apache frente a la lumbre y el niño lo miraba todo con sus ojos de baya oscura y algunos hombres jugaban con él y le hacían reír y le daban cecina y el niño masticaba observando muy serio las figuras que pasaban por delante de él. Lo taparon con una manta y por la mañana el juez estaba columpiándolo sobre una rodilla mientras los demás ensillaban los caballos. Toadvine le vio con el niño al pasar con su silla pero cuando volvió diez minutos después tirando de la brida de su caballo el niño yacía muerto y el juez le había cortado la cabellera. Toadvine apoyó el cañón de su pistola en la gran cúpula pelada del juez.

Eres un cabrón, Holden.

Retíralo o dispara. Vamos, decídete.

Toadvine se guardó la pistola. El juez sonrió y restregó la pelambre contra la pernera de su pantalón y se levantó. Diez minutos más tarde estaban de nuevo en el llano huyendo de los apaches a galope tendido.

La tarde del quinto día cruzaron al paso una laguna seca con los caballos por delante y los indios detrás a tiro de fusil y gritándoles cosas en español. De vez en cuando uno de la compañía se apeaba con el rifle y una varilla de limpiar y los indios salían disparados como codornices, situándose detrás de sus ponis. Hacia el este, temblando en la calima, había una hacienda de paredes blancas de las cuales emergían unos árboles delgados y verdes y rígidos como un decorado de diorama. Una hora más tarde pasaban con los caballos —serían ahora un centenar de cabezas— junto a aquellas paredes siguiendo un camino trillado que conducía a un manantial. Un joven llegó a caballo y les dio formalmente la bienvenida en español. Nadie respondió. El joven miró arroyo abajo donde los campos estaban entreverados de acequias y los jornaleros en sus polvorientas ropas blancas habíanse quedado parados azadón en mano entre el algodón nuevo o el maíz que les llegaba por la cintura. Miró después hacia el noroeste. Los apaches, unos setenta u ochenta, habían rebasado el primero de una hilera de *jacales* y venían en fila india por el sendero hacia la sombra de los árboles.

Los peones que estaban en los campos los vieron casi al mismo tiempo. Arrojaron sus herramientas y se echaron a correr, unos con las manos en la cabeza, otros chillando. El joven caballero miró a los americanos y miró de nuevo a los salvajes que se aproximaban. Gritó algo en español. Los americanos sacaron a los caballos de la fuente y enfilaron la alameda. La última imagen que tuvieron de él fue sacándose una pequeña pistola de la bota y girando para plantar cara a los indios.

Aquella tarde cruzaron el pueblo de Gallego con los apaches detrás. La calle era un arroyo de fango patrullado por cerdos y horribles perros sin pelo. El pueblo parecía desierto. El maíz tierno de los sembrados había sido lavado por las lluvias recientes y se veía blanco y luminoso, el sol lo volvía casi transparente. Cabalgaron durante buena parte de la noche y al día siguiente los indios seguían allí.

Combatieron de nuevo en Encinillas y combatieron en los desfiladeros camino de El Sauz y después en los montes bajos desde los que se veían ya hacia el sur las agujas de las iglesias de la ciudad. El 21 de julio de 1849 entraban en la ciudad de Chihuahua en olor de heroísmo, precedidos en las calles polvorientas por los caballos de arlequín entre un pandemónium de dientes y ojos en blanco. Los niños correteaban entre los cascos de los caballos mientras los vencedores, en sus apelmazados harapos, sonreían bajo la mugre y el polvo y la sangre incrustada enarbolando las cabezas disecadas de los enemigos en medio de aquella fantasía de música y de flores.

XIII

En los baños – Comerciantes – Trofeos de guerra
El banquete – Trías – El baile – Al norte – Coyame
La frontera – Los Huecos – Matanza de los tiguas
Carrizal – Una fuente en el desierto – Los médanos
Una encuesta sobre dentición – Nacori – La cantina
Encuentro desesperado – Hacia las montañas
Una aldea diezmada – Lanceros a caballo
Escaramuza – Persiguiendo a los supervivientes
La llanura de Chihuahua – Carnicería de los soldados
Un sepelio – Chihuahua – Rumbo al oeste.

Nuevos jinetes engrosaban sus filas a medida que avanzaban, muchachos a lomos de mulas y viejos con sombreros galoneados y una delegación se hizo cargo de los caballos y mulos capturados y los arreó por las calles angostas hacia el ruedo en donde se iban a quedar. Los maltrechos combatientes apretaron el paso, algunos sosteniendo en alto copas que les habían puesto en las manos, saludando con sus putrescentes sombreros a las damas apretujadas en los balcones e izando las bamboleantes cabezas cuyas facciones habían venido a marchitarse en extrañas expresiones de somnoliento fastidio, apretujados de tal manera entre los ciudadanos que casi parecían la vanguardia de un alzamiento de miserables y a todo eso precedidos por un par de tamborileros uno tonto y los dos descalzos y por un trompetista que marchaba con un brazo sobre la cabeza en un gesto marcial y tocando sin parar. De este modo cruzaron los portales del palacio del gobernador, salvando los gastados escalones de piedra que daban al patio en donde los rugosos cascos de los caballos sin herrar se asentaban en los adoquines con un curioso martilleo tortuguil.

Centenares de mirones se apiñaron para presenciar

el recuento de las cabelleras. Soldados con fusiles mantenían a raya a la muchedumbre y las muchachas miraban con sus enormes ojos negros a los mercenarios americanos y algunos niños se adelantaban para tocar con sus manos los espeluznantes trofeos. Había ciento veintiocho cabelleras y ocho cabezas y el lugarteniente del gobernador con su séquito bajó al patio para darles la bienvenida y admirar el trabajo realizado. Se les prometió que cobrarían íntegramente en oro durante la cena que se iba a celebrar en su honor aquella noche en el hotel Riddle & Stephens y a esto los americanos lanzaron vítores y volvieron a montar. Ancianas envueltas en rebozos negros corrían a besar sus apestosas camisas, a bendecirlos levantando sus pequeñas manos morenas, y los jinetes volvieron grupas en sus demacradas monturas y se abrieron paso entre la multitud que gritaba para salir por fin a la calle.

Fueron hasta los baños públicos donde se chapuzaron de uno en uno en las aguas, cada cual más pálido que el anterior y todos ellos tatuados, marcados, llenos de costurones, las grandes cicatrices inauguradas Dios sabe dónde y por qué bárbaros cirujanos como rastros de gigantescos ciempiés en los torsos y los abdómenes, algunos deformes, sin uno o varios dedos, algún ojo, frentes y brazos estampados con letras y números como artículos para inventariar. Ciudadanos de ambos sexos estaban pegados a las paredes viendo cómo el agua se volvía turbia de sangre e inmundicia y nadie podía dejar de mirar al juez que se había desvestido el último y ahora recorría el perímetro de los baños con un cigarro en la boca y un porte regio, probando el agua con el dedo gordo del pie, de tamaño sorprendentemente pequeño. Relucía como la luna de tan pálido que era y ni un solo pelo visible en aquel corpachón suyo, como tampoco en ningún resquicio ni en los grandes cañones de su nariz ni tampoco en el pecho ni las orejas y ni rastro de vello sobre los ojos o en los párpados. La inmensa cúpula reluciente de su cráneo desnudo parecía un gorro de baño encasquetado sobre la por lo demás morena piel de su cara y cuello. A medida que la mole se fue introduciendo en el baño, las aguas subieron perceptiblemente y cuando quedó sumergido hasta los ojos miró a su alrededor con inmenso deleite, ligeramente arrugados los ojos como si sonriera bajo el agua como un manatí gordo que asomara a una ciénaga mientras anclado sobre su menuda oreja el cigarro seguía quemando suavemente a ras de agua.

Entretanto, unos mercaderes habían desplegado su género sobre el embaldosado de arcilla, trajes de tela y corte europeos y camisas de seda de colores y gorros de castor bien carmenados y buenas botas de cuero español, bastones y látigos con contera de plata y sillas de montar repujadas en plata y pipas labradas y cachorrillos y un surtido de espadas toledanas con empuñadura de marfil y la hoja bellamente cincelada, y los barberos estaban colocando sus sillones para recibirlos, pregonando los nombres de clientes famosos a los que habían atendido, y toda esta gente emprendedora garantizaba a los hombres de la compañía las mayores facilidades de pago.

Cuando cruzaron la plaza ataviados con sus trajes nuevos, algunos con las mangas que no les llegaban mucho más allá de los codos, estaban colgando las cabelleras del armazón de hierro del mirador a modo de decorado para una celebración bárbara. Las cabezas habían sido puestas en lo alto de las farolas desde donde contemplaban con sus hundidos ojos paganos los cueros secos de sus congéneres y sus antepasados desplegados a lo largo de la fachada de piedra de la catedral y crujiendo un poco con la brisa. Más tarde, cuando encendieron las farolas, el suave resplandor vertical dio a las cabezas una apariencia de máscaras trágicas y a los pocos días quedarían moteadas de blanco y totalmente llagadas de los excrementos de los pájaros que se posaban en ellas.

Este Ángel Trías que era gobernador había estudiado de joven en el extranjero y leído a los clásicos y ahora estudiaba lenguas. Era asimismo tan hombre como el que más y a los guerreros que había contratado para la protección del Estado parecía inspirarles cierta simpatía. Cuando el lugarteniente invitó a Glanton y sus oficiales a cenar, Glanton replicó que él y sus hombres comían en la misma mesa. El lugarteniente admitió la objeción con una sonrisa y Trías había hecho lo mismo después. Llegaron en orden, afeitados y pelados y con su flamante vestuario, los delaware extrañamente austeros y amenazadores en sus chaqués, y se colocaron alrededor de la mesa que les había sido preparada. Se ofrecieron cigarros y vasos de jerez y el gobernador que aguardaba a la cabecera de la mesa les dio la bienvenida e impartió órdenes a su chambelán para que se les atendiera en todas sus necesidades. De ello se encargaban soldados que iban a por más vasos, servían el vino, encendían cigarros de una vela en candelero de plata pensado nada más que para ese fin. El juez llegó el último, embutido en un traje de lino sin blanquear que le habían hecho a medida aquella misma tarde, en cuya fabricación se habían agotado rollos enteros de tela así como cuadrillas de sastres. Iban metidos sus pies en bien abetunadas botas grises de cabritilla y en la mano llevaba un panamá que procedía de otros dos panamás más pequeños empalmados uno al otro con tal meticulosidad que las puntadas prácticamente no se notaban.

Trías había tomado ya asiento cuando el juez hizo su aparición pero tan pronto el gobernador le vio se levantó de nuevo y se estrecharon cordialmente la mano y el gobernador le hizo sentar a su derecha y en seguida se pusieron a hablar en una lengua que nadie más en toda aquella estancia hablaba si exceptuamos algún que otro epíteto infame importado de las tierras del norte. El ex cura ocupaba un asiento delante del chaval y levantó las cejas e hizo una seña hacia la cabecera de la mesa volviendo los ojos en aquella dirección. El chaval, que llevaba el primer cuello almidonado de su vida y su primer corbatín, estaba mudo como un maniquí de sastrería.

La cena había alcanzado ya su apogeo y había un doble ir y venir de platos, pescado y aves y buey y caza de la región y un lechón asado y entremeses y bizcochos borrachos y helados y botellas de vino y brandy de los viñedos de El Paso. Hubo variados brindis patrióticos: los edecanes del gobernador brindaron por Washington y Franklin y los americanos respondieron nombrando otros de sus héroes nacionales, ajenos por igual a la diplomacia y al panteón de la república hermana. Se pusieron a comer y continuaron haciéndolo hasta agotar primero el banquete y luego toda la despensa del hotel. Fueron enviados emisarios a toda la ciudad en busca de más material solo para que este se agotara también y hubo que mandar a por más hasta que el cocinero del Riddle formó una barricada en la puerta con su propio cuerpo y los soldados se limitaron a verter sobre la mesa bandejas de pasteles, cortezas de tocino fritas, tablas de quesos: todo lo que encontraban.

El gobernador había dado unos golpecitos a su copa antes de levantarse para hablar en su bien fraseado inglés pero los mercenarios eructaban ebrios y miraban lascivamente a su alrededor mientras pedían más licores y algunos no dejaban de brindar a grito pelado, brindis que degeneraron en ruegos obscenos dirigidos a las putas de diversas ciudades sureñas. El tesorero fue presentado entre vítores, rechiflas y copas levantadas.

Glanton se hizo cargo de la larga bolsa de loneta estampada con la cartela del Estado e interrumpiendo sin más al gobernador se levantó y derramó todo el oro sobre la mesa y en medio de un ruidoso dispendio dividió la pila de monedas con la hoja de su cuchillo de forma que cada hombre recibiera la paga acordada sin más ceremonia. Una especie de banda improvisada había iniciado una lúgubre tonada en el salón de baile contiguo donde unas cuantas damas a las que habían hecho venir estaban ya sentadas en bancos adosados a la pared y se abanicaban al parecer sin alarma.

Los americanos desembocaron en el salón de baile de a uno y de a dos y en grupos, sillas retiradas, sillas empujadas y volcadas de cualquier manera. Habían encendido apliques de pared con reflectores de estaño y los celebrantes allí congregados arrojaban sombras en conflicto. Los cazadores de cabelleras miraron sonrientes a las damas, hoscos en sus ropas encogidas, sorbiéndose los dientes, armados de cuchillos y pistolas y con la mirada frenética. El juez estaba entrevistándose con la banda y al poco rato empezó a sonar una cuadrilla. Bandazos y pisotones se sucedieron entonces mientras el juez, afable, galante, guiaba primero a una y luego a otra de las damas con llana delicadeza. Hacia la medianoche el gobernador se había excusado y miembros de la banda habían empezado a retirarse. Un arpista callejero ciego se había subido de puro miedo a la mesa del banquete entre huesos y bandejas y una caterva de putas de aspecto chillón habíase infiltrado en el baile. Pronto se generalizaron los pistoletazos, y el señor Riddle, cónsul estadounidense interino en la ciudad, bajó para reprender a los juerguistas pero se le aconsejó que se marchara. Estallaron peleas. Los hombres empezaban a romper muebles, blandían patas de sillas, candelabros. Dos putas fueron lanzadas contra un aparador y cayeron al suelo en un estrépito de cristales rotos. Jackson, con las pistolas desenfundadas, se lanzó a la calle jurando meterle una bala en el culo a Jesucristo, aquel hijoputa blanco y patilargo. Al alba podía verse en el suelo a borrachines insensatos que roncaban entre charcos de sangre medio seca. Bathcat y el arpista estaban dormidos encima de la mesa el uno en brazos del otro. Un ejército de ladrones iba de puntillas explorando los bolsillos de los que dormían y en mitad de la calle una hoguera sucinta ardía sin llama tras haber consumido buena parte del mobiliario del hotel.

Dichas escenas y escenas como estas se repitieron noche tras noche. Los ciudadanos dirigieron ruegos al gobernador pero el gobernador era como el aprendiz de brujo que podía persuadir al diablillo a que cumpliera su voluntad pero no impedir que siguiera haciendo de las suyas. Los baños se habían convertido en burdeles y ya no había empleados. La fuente de piedra que había en el centro de la plaza se llenaba por la noche de hombres desnudos y ebrios. Las cantinas eran evacuadas como si hubiera un incendio cada vez que aparecía alguno de la compañía y los americanos se encontraban con tabernas fantasma sobre cuyas mesas quedaban vasos y ceniceros de arcilla con cigarros encendidos aún. Entraban y salían a caballo de los sitios y cuando el oro empezó a menguar obligaron a los tenderos a aceptar recibos garabateados en un idioma extranjero por estantes enteros de mercancías. Las tiendas empezaron a cerrar. Aparecieron frases escritas con carbón en las paredes enjalbegadas. *Mejor los indios.* Al anochecer, las calles quedaban desiertas y no había ya *paseos* y las muchachas de la ciudad eran encerradas a cal y canto y ya no aparecían más.

El día 15 de agosto se marcharon. Una semana después un grupo de conductores de ganado dijo haber visto a la compañía cercando el pueblo de Coyame ciento veinte kilómetros al nordeste.

Los habitantes de Coyame habían sido sometidos durante varios años a una contribución anual por Gómez y su banda. Cuando Glanton y los suyos entraron a caballo fueron recibidos casi como santos. Las mujeres corrían junto a ellos para tocarles las botas y todo el mundo les hacía regalos de manera que al final cada hombre llevaba sobre el fuste de su silla un fárrago de melones y pasteles y pollos espetados. Cuando partieron tres días después las calles estaban vacías, ni siquiera un perro los siguió hasta las afueras.

Viajaron hacia al nordeste hasta la localidad de Presidio ya en la frontera de Tejas y cruzaron con los caballos y recorrieron las calles chorreando. Un territorio en el que Glanton se exponía a ser arrestado. Partió a solas hacia el desierto y se detuvo sin desmontar y él y el caballo y el perro contemplaron el ondulado chaparral y las minúsculas colinas esteparias y las montañas y el breñal llano que se perdía en la distancia donde seiscientos kilómetros al este estaban la mujer y el hijo a quienes no volvería a ver más. Su sombra fue alargándose ante él sobre el lecho de arena. No quiso seguir. Se había quitado el sombrero para que el viento de la tarde le refrescara y finalmente se lo volvió a poner y volvió grupas para regresar a Presidio.

Recorrieron la frontera durante semanas en busca de indicios de los apaches. Desplegados por aquella llanura avanzaban en constante elisión, agentes tonsurados de lo real repartiéndose el mundo que encontraban a su paso, dejando lo que había sido y ya no volvería a ser extinguido por igual a sus espaldas. Jinetes espectrales, pálidos de polvo, anónimos bajo el calor almenado. Por encima de todo parecían ir totalmente a la ventura, primordiales, efímeros, desprovistos de todo orden. Seres surgidos de la roca absoluta y abocados al anonimato y alojados en sus propios espejismos para errar famélicos y condenados y mudos como las gorgonas por los yermos brutales de Gondwanalandia en una época anterior a la nomenclatura cuando cada uno era el todo.

Mataban animales salvajes y se llevaban de los pueblos y estancias por los que pasaban lo necesario para su avituallamiento. Una noche ya a las puertas de El Paso miraron hacia el norte donde los gileños pasaban el invierno y supieron que no irían hacia allí. Acamparon aquella noche en Los Huecos, un grupo de cisternas naturales de piedra en pleno desierto. Las rocas que rodeaban todos los lugares resguardados estaban cubiertas de pinturas antiguas y el juez en seguida se puso a copiar en su cuaderno las que eran más auténticas para llevárselas con él. Eran pinturas de hombres y animales y escenas de caza, y había curiosas aves y mapas arcanos y construcciones de tan singular visión que por sí solas justificaban todos los temores del hombre y las cosas que hay en él. De estos grabados —algunos de colores todavía vivos— los había a cientos y sin embargo el juez iba de uno a otro con determinación, buscando los que necesitaba. Cuando hubo terminado y siendo que aún había luz regresó a cierto saliente de piedra y se sentó un rato y examinó de nuevo la obra que allí había. Luego se levantó y con un pedazo de sílex raspó uno de los dibujos, dejando apenas un espacio pelado en la piedra. Luego cerró su cuaderno y volvió al campamento. Por la mañana partieron hacia el sur. Hablaban poco, pero tampoco discutían entre ellos. Antes de tres días caerían sobre una banda de pacíficos tiguas acampados a orillas del río y no dejarían ni uno solo con vida.

La víspera de aquel día se acuclillaron alrededor de una lumbre que siseaba bajo la llovizna y cargaron balas y cortaron pedazos de taco como si el destino de los aborígenes hubiera sido determinado por una autoridad totalmente distinta. Como si tales destinos estuvieran prefigurados en la roca misma para quienes fueran capaces de interpretarla. Nadie pronunció una palabra en su favor. Toadvine y el chaval hablaron en privado y al partir al mediodía siguiente se situaron a la altura de Bathcat. Cabalgaron en silencio. Esos hijoputas no hacen daño a nadie, dijo Toadvine. El tasmanio le miró. Miró atentamente las letras que llevaba tatuadas en la frente y el pelo lacio y grasiento que caía de su cráneo desorejado. Miró el collar de dientes de oro suspendido sobre su pecho. Siguieron adelante.

Llegaron a las proximidades de aquellos pobres pabellones con la última luz del día, subiendo a favor del viento por la orilla meridional del río y oliendo ya el humo de lumbres y vianda. Cuando los primeros perros ladraron Glanton espoleó a su caballo y salieron todos de los árboles y cruzaron el seco breñal con los caballos sacando sus largos cuellos del polvo, anhelantes como perros de caza, y a todo eso los jinetes azuzándolos a golpes de cuarta hacia donde las formas de las mujeres al erguirse de sus tareas dibujaron momentáneas siluetas, rígidas y chatas a contraluz, antes de dar crédito a la realidad de aquel pandemónium polvoriento que se les echaba encima. Se quedaron paralizadas, descalzas, en sus típicos vestidos de algodón crudo. Agarrando cucharones, niños desnudos. A la primera descarga una docena de ellos se desplomó al suelo.

Los demás habían echado a correr, viejos con las manos en alto, niños brincando y parpadeando en medio del tiroteo. Algunos jóvenes salían corriendo con arcos y flechas y eran abatidos y los jinetes fueron por todo el poblado destrozando las cabañas de zarzos y aporreando a sus inquilinos.

Había anochecido hacía rato y la luna estaba alta cuando un grupo de mujeres que habían ido río arriba a secar pescado regresaron a la aldea y recorrieron las ruinas lanzando gritos. Todavía ardían algunas lumbres y los perros correteaban furtivos entre los muertos. Una vieja arrodillada en las renegridas piedras delante de su tienda introdujo unas zarzas en los rescoldos y sopló hasta inventar una llama de las cenizas y empezó a enderezar los cacharros que estaban volcados. A su alrededor los muertos yacían con los cráneos como pólipos húmedos y azulados o como melones luminescentes al fresco de una meseta lunar. En días sucesivos los frágiles jeroglíficos de sangre oscura inscritos en aquellas arenas se agrietarían y desmenuzarían de modo que en el decurso de unos soles todo rastro de la destrucción de aquel pueblo quedaría borrado. El viento del desierto salaría las ruinas y no quedaría nada, ni fantasma ni amanuense, para contar al peregrino que en este lugar vivía gente y en este mismo lugar fueron asesinados.

Los americanos entraron en el pueblo de Carrizal a media tarde del segundo día siguiente, orlados sus caballos con las pestilentes cabelleras de los tiguas. Esta población había quedado prácticamente en ruinas. Muchas de las casas estaban vacías y el presidio se había derrumbado sobre la misma tierra de que estuvo hecho y hasta sus habitantes parecían embobados en virtud de viejos terrores. Observaron con ojos oscuros y solemnes el paso de aquella ensangrentada flota. Los jinetes parecían venidos de un mundo de leyenda y dejaban a su paso una extraña mácula en la retina a modo de imagen continua y el aire que perturbaban era eléctrico y alterado. Pasaron junto a los ruinosos muros del cementerio donde los muertos estaban inhumados en unos nichos y todo el recinto lleno de huesos y cráneos y vasijas rotas como un osario más antiguo. Otras gentes harapientas aparecieron en las calles de polvo y se los quedaron mirando.

Aquella noche acamparon en una colina junto a un manantial de agua caliente entre vestigios de mampostería española y se desvistieron y bajaron como acólitos al agua mientras unas sanguijuelas enormes se alejaban por la arena. Cuando partieron a la mañana siguiente, todavía era oscuro. Se veían cadenas de relámpagos silenciosos más al sur, las montañas destacándose azules y áridas en el vacío. El día despuntó sobre una humosa extensión de desierto cubierta de nubes donde los jinetes pudieron contar cinco diferentes tormentas espaciadas en los confines de la redonda tierra. Cabalgaban sobre pura arena y los caballos tenían tal dificultad para avanzar que los hombres hubieron de apearse y guiarlos a pie, deslomándose por los empinados eskeres en donde el viento batía la piedra pómez de las crestas como si fuera espuma de olas marinas y la arena era ondulada y frágil y no había allí otra cosa que algunos huesos bruñidos. Estuvieron todo el día en las dunas y al atardecer, mientras bajaban de los últimos *médanos* hacia el llano entre matas de gatuña y espinas de Cristo, componían un ojeroso y apergaminado conjunto de hombres y bestias. Unas arpías alzaron ruidoso vuelo de una mula muerta y viraron al oeste en dirección al sol mientras la compañía se adentraba a pie en la llanura.

Dos noches después vivaqueando en un desfiladero pudieron ver a sus pies las luces distantes de la ciudad. Junto a la pared de esquisto del lado de sotavento mientras el fuego iba y venía con la brisa observaron las farolas que guiñaban en el lecho azul de la noche a casi cincuenta kilómetros de distancia. El juez pasó por delante de ellos. El fuego despedía chispas que el viento se llevaba en volandas. Se sentó entre las escarbadas placas de pizarra que allí había y así permanecieron como seres de una era antigua viendo extinguirse una a una las farolas en la lejanía hasta que la ciudad quedó reducida a un pequeño núcleo de luz que podía haber sido un árbol en llamas o un campamento aislado de viajeros o quizá un fuego imponderable.

Al salir por los portones de madera del palacio del gobernador dos soldados que allí había y que los contaban a medida que iban pasando se adelantaron y agarraron de la cabezada el caballo de Toadvine. Glanton pasó por su derecha y siguió. Toadvine se irguió sobre los estribos.

¡Glanton!

Los jinetes traquetearon hacia la calle. Glanton miró hacia atrás una vez sobrepasada la puerta. Los soldados estaban hablando con Toadvine en español y uno le apuntaba con una escopeta.

Yo no le he quitado la dentadura a nadie, dijo Glanton.

Voy a matar a estos dos tíos aquí mismo.

Glanton escupió. Miró calle abajo y miró después a Toadvine. Luego desmontó y volvió al patio tirando del caballo. *Vámonos,* dijo. Miró a Toadvine. Baja del caballo.

Salieron escoltados de la ciudad dos días después. Más de un centenar de soldados flanqueándolos por el camino, incómodos en sus vestimentas y armas variadas, tirando de las riendas con violencia y arreando a los caballos a golpe de bota para trasponer el vado donde los caballos americanos habían parado a beber. Al pie de la montaña más arriba del acueducto se hicieron a un lado y los americanos pasaron en fila india y empezaron a serpentear entre rocas y nopales y fueron empequeñeciéndose entre las sombras hasta desaparecer.

Se dirigieron al oeste adentrándose en las montañas. Pasaban por aldeas y se quitaban el sombrero para saludar a gente a la que asesinarían antes de que terminara el mes. Pueblos de barro que parecían haber sufrido una plaga con sus cosechas pudriéndose en los campos y el poco ganado que no se habían llevado los indios errando de cualquier manera sin nadie que lo agrupara ni lo atendiera y muchas aldeas vaciadas casi por entero de habitantes varones donde mujeres y niños se agazapaban aterrorizados en sus chozas hasta que el ruido de los cascos del último caballo se perdía en la distancia.

En el pueblo de Nacori había una cantina y la compañía desmontó y fueron entrando todos y ocupando las mesas. Tobin se ofreció a vigilar los caballos. Se paseaba arriba y abajo de la calle. Nadie le hizo el menor caso. Aquella gente había visto americanos en abundancia, polvorientas caravanas de americanos que llevaban meses fuera de su país y estaban medio enloquecidos por la enormidad de su presencia en aquel inmenso desierto sangriento, requisando harina y carne o abandonándose a su latente inclinación a violar a las chicas de ojos endrinos de aquella región. Sería como una hora después del mediodía y algunos trabajadores y comerciantes estaban cruzando ya la calle en dirección a la cantina. Al pasar junto al caballo de Glanton el perro de Glanton se levantó con el pelo erizado. Ellos se desviaron un poco y siguieron adelante. En el mismo momento una delegación de perros del pueblo había empezado a cruzar la plaza, todos pendientes del perro de Glanton. Entonces un malabarista que encabezaba un cortejo fúnebre dobló la esquina de la calle y cogiendo un cohete de los varios que llevaba bajo el brazo lo acercó al cigarrillo que sostenía en la boca y lo lanzó hacia la plaza donde hizo explosión. Los perros se espantaron y dieron media vuelta excepto dos que siguieron calle adentro. Entre los caballos mexicanos apersogados a la barra que había frente a la cantina varios soltaron coces y el resto empezó a moverse nervioso. El perro de Glanton no quitaba ojo de encima a los hombres que se aproximaban a la puerta. Los caballos americanos ni siquiera movieron las orejas. Los dos perros que habían cruzado por delante del cortejo se apartaron de los caballos que coceaban y fueron hacia la cantina. Dos cohetes más explotaron en la calle y ahora el resto de la procesión estaba doblando la esquina, un violinista y uno que tocaba la corneta interpretaban un aire rápido y alegre. Los perros quedaron atrapados entre el cortejo fúnebre y los caballos de los mercenarios y se detuvieron y agacharon las orejas y empezaron a trotar y a apartarse. Finalmente se decidieron a cruzar la calle detrás de los que llevaban el féretro. Todo esto debería haber alertado a los trabajadores que entraban en la cantina. Ahora estaban de espaldas a la puerta sosteniendo los sombreros a la altura del pecho. Los portadores pasaron con unas andas a hombros y los espectadores pudieron ver entre las flores vestida al efecto una joven de rostro grisáceo que iba dando bandazos. Detrás venía el ataúd, de cuero crudo teñido con negro de humo, portado por unos mozos vestidos de negro y con todo el aspecto de una embarcación primitiva. Más atrás venía una pequeña comitiva fúnebre, algunos de los hombres bebiendo, las viejas llorando embutidas en polvorientos chales negros y siendo ayudadas a salvar los baches y niños que portaban flores y miraban tímidamente a los que observaban parados en la calle.

Dentro de la cantina los americanos apenas habían tomado asiento cuando un insulto pronunciado a media voz desde una mesa cercana hizo que tres o cuatro de ellos se pusieran de pie. El chaval habló a los de la mesa en su mal español y exigió saber cuál de aquellos dipsómanos taciturnos había hablado. Antes de que nadie se atribuyera la culpa el primero de los cohetes del funeral explotó como ya se ha dicho y la compañía entera de americanos se abalanzó hacia la puerta. Un borracho de una mesa se levantó blandiendo un cuchillo y se precipitó sobre ellos. Sus amigos le gritaron pero él no hizo caso.

John Dorsey y Henderson Smith, dos chicos de

Misuri, fueron los primeros en salir. Los siguieron Charlie Brown y el juez. El juez podía ver porque era más alto y levantó una mano hacia los que tenía detrás. Las andas estaban pasando en ese preciso momento. El violinista y el de la corneta iban haciéndose inclinaciones de cabeza y sus pasos encajaban con el estilo marcial de la tonada que estaban tocando. Es un funeral, dijo el juez. Mientras hablaba, el borracho del cuchillo que se tambaleaba ahora en el zaguán hundió la hoja en la espalda de un tal Grimley. Solo el juez lo vio. Grimley apoyó una mano en el bastidor de madera basta. Me han matado, dijo. El juez sacó la pistola que llevaba al cinto y apuntó por encima de los otros y le metió una bala al borracho en mitad de la cabeza.

Los americanos de afuera estaban casi todos mirando fijamente el cañón de la pistola del juez cuando este había disparado y la mayoría de ellos se tiró al suelo. Dorsey se apartó a tiempo y luego se puso de pie y chocó con los trabajadores que estaban rindiendo respetos al cortejo. Iban a ponerse otra vez los sombreros cuando el juez disparó. El muerto cayó de espaldas hacia la cantina echando sangre por la cabeza. Cuando Grimley se dio la vuelta vieron que el mango de madera del cuchillo sobresalía de su camisa ensangrentada.

Otras armas blancas habían hecho su aparición. Dorsey luchaba cuerpo a cuerpo con los mexicanos y Henderson Smith había sacado su cuchillo de caza y casi cercenado con él el brazo de un hombre y la víctima tenía la mano cubierta de oscura sangre arterial pues intentaba cerrar con ella la herida. El juez ayudó a Dorsey a levantarse y retrocedieron hacia el interior de la cantina mientras los mexicanos hacían amagos y les tiraban cuchilladas. De dentro llegaba el sonido ininterrumpido de los pistoletazos y la puerta se estaba llenando de humo. El juez se dio la vuelta en el umbral y pasó sobre los cadáveres allí desparramados. En el interior las pistolas vomitaban fuego sin interrupción y la veintena de mexicanos que había en la cantina yacían ahora tendidos de cualquier manera, acribillados entre sillas y mesas volcadas con esquirlas recién levantadas de la madera y las paredes de adobe mostraban las picaduras de las gruesas balas cónicas. Los supervivientes trataban de salir a la luz del día y el primero de ellos encontró al juez allí y le embistió con su cuchillo. Pero el juez era como un gato grande y esquivó al mexicano y le agarró el brazo y se lo rompió y levantó al hombre asiéndolo de la cabeza. Lo puso contra la pared y le sonrió pero el hombre había empezado a sangrar por las orejas y la sangre corría por los dedos del juez y por sus manos y cuando el juez lo soltó vio que algo raro le pasaba a la cabeza del hombre, que resbaló hasta el suelo y ya no pudo levantarse. Mientras tanto, los que estaban detrás de él se habían topado con fuego de batería y la entrada de la cantina estaba atestada de muertos y moribundos cuando de pronto se produjo un gran silencio vibrante. El juez estaba de pie con la espalda contra la pared. El humo era como una niebla a la deriva y los hombres se quedaron inmóviles bajo la mortaja. En mitad de la estancia Toadvine y el chaval estaban espalda contra espalda con las pistolas a la altura del pecho como dos duelistas. El juez fue hasta la puerta taponada de cuerpos y gritó algo al ex cura que estaba entre los caballos con el revólver desenfundado.

Los fugitivos, cura, los fugitivos.

No deberían haber matado gente en público en un pueblo tan grande pero ya no había nada que hacer. Tres hombres corrían por la calle y otros dos cruzaban la plaza a pie. Si había más no se los veía. Tobin salió de entre los caballos y sujetó el pistolón con ambas manos y empezó a disparar, el arma dando saltos y reculadas y los que corrían bamboleándose para caer de cabeza al suelo. Tobin mató a los dos que había en la plaza y asestó su pistola y disparó a los que huían por la calle. El último cayó en un portal y Tobin desenfundó la segunda pistola y pasó al otro lado del caballo y miró calle arriba y hacia la plaza por si veía moverse a alguien entre las casas. El juez volvió adentro. Los americanos se miraban entre sí y a los cadáveres con expresiones de asombro. Miraron a Glanton. Sus ojos cortaron la estancia llena de humo. Su sombrero descansaba sobre una mesa. Fue a por él y se lo puso en la cabeza y se lo ajustó por delante y por detrás. Miró en derredor. Los hombres estaban recargando sus pistolas vacías. A los caballos, chicos, dijo. Todavía queda mucho que hacer.

Cuando dejaron la cantina diez minutos después las calles estaban desiertas. Habían escalpado hasta al último muerto, resbalando en el suelo antes de arcilla apisonada y ahora un fango color de vino. Había veintiocho mexicanos dentro de la taberna y ocho más en la calle contando a los cinco que había matado el ex cura. Montaron. Grimley estaba sentado contra la pared del edificio hecho un guiñapo. No levantó la vista. Tenía la pistola sobre el regazo y la mirada perdida calle abajo y el grupo dio media vuelta y se alejó por el lado norte de la plaza y se perdió de vista.

Pasaron treinta minutos antes de que nadie apareciera en la calle. Hablaban en susurros. Al acercarse a la cantina uno de los hombres que estaba dentro apareció en el umbral como un espectro ensangrentado. Le habían cortado la cabellera y la sangre se le metía en los ojos y tenía un enorme agujero en el pecho del que entraba y salía una espuma rosada. Uno de los ciudadanos le puso una mano en el hombro.

¿A dónde vas?, dijo.

A casa, dijo el otro.

El siguiente pueblo donde entraron estaba a dos días de camino metido en unas sierras. No llegaron a saber cómo se llamaba. Una serie de chozas de barro en mitad de la desnuda altiplanicie. Al hacer su aparición a caballo la gente se puso a correr como animales acorralados. Sus gritos o tal vez su visible fragilidad parecieron suscitar algo dentro de Glanton. Brown le observó. Metió piernas al caballo y sacó su pistola y aquel somnoliento pueblo fue convertido en el acto en un degolladero. Muchos habían corrido hacia la iglesia y estaban aferrados al altar y de dicho refugio fueron sacados a rastras uno por uno y uno por uno asesinados y escalpados en el presbiterio. Cuando la compañía volvió a pasar por el pueblo cuatro días más tarde los muertos todavía estaban en las calles y servían de alimento a zopilotes y cerdos. Los carroñeros observaron en silencio mientras los jinetes pasaban como figurantes en un sueño. Cuando el último se hubo perdido de vista, se pusieron a comer otra vez.

Cruzaron las montañas sin descansar. Siguieron un estrecho sendero a través de un sombrío bosque de pinos de día y de noche y en silencio salvo por el crujir de los arreos y la respiración de los caballos. Una vaina de luna yacía del revés sobre los picos dentados. Todavía de noche llegaron a un pueblo de montaña donde no había farola ni sereno ni perro. En el gris amanecer se sentaron contra una pared esperando que se hiciera de día. Cantó un gallo. Se cerró una puerta. Una vieja se acercó entre la niebla del callejón dejando atrás las tapias argamasadas de una porqueriza cargada con un balancín y dos jarros. Se levantaron. Hacía frío y el aliento formaba penachos alrededor de los hombres. Bajaron las defensas del corral y sacaron a los caballos. Montaron en la calle. Se detuvieron. Los animales escarbaban y hacían caracoles en el frío. Glanton había tirado de las riendas y sacado su pistola.

Una tropa de soldados a caballo pasó por detrás de un muro en el extremo norte del pueblo y enfiló la calle. Llevaban chacós altos adornados por delante con chapa de metal y penachos de crin y llevaban guerreras verdes ribeteadas de escarlata y fajines escarlata e iban armados con lanzas y mosquetes y sus monturas bellamente enjaezadas y entraron en la calle haciendo gambetas y escarceos, caballistas a lomos de caballos, jóvenes de buen ver todos ellos. La compañía miró a Glanton. Él enfundó la pistola y sacó su rifle. El capitán de los lanceros había levantado su sable ordenando el alto. Un instante después la estrecha calle se llenaba de humo y una docena de soldados estaban en tierra muertos o agonizando. Los caballos se empinaban y relinchaban y chocaban unos con otros y los hombres eran desarzonados y se levantaban tratando de sujetar a sus monturas. Una segunda descarga descalabró sus filas. La confusión era absoluta. Los americanos sacaron sus pistolas y picaron espuelas.

El capitán mexicano sangraba de una herida en el pecho y se irguió sobre los estribos para recibir la carga blandiendo su sable. Glanton le disparó a la cabeza y de una patada lo tiró del caballo y mató sucesivamente a los tres hombres que tenía detrás. Un soldado caído había cogido una lanza y corría hacia Glanton y uno de los jinetes se adelantó en medio de la confusión y le rebanó el cuello y siguió adelante. En la humedad matinal el humo sulfuroso flotaba en la calle como una mortaja gris y los vistosos lanceros caían bajo los caballos en aquella peligrosa neblina como soldados asesinados en un sueño, desorbitados los ojos y tiesos y mudos.

En la retaguardia algunos habían conseguido hacer girar a sus caballos y volver calle arriba y los americanos estaban golpeando a los caballos sueltos con los cañones de sus pistolas y los caballos se arremolinaban despidiendo estribos hacia los lados y berreaban con aquellas bocas alargadas y pisoteaban a los que yacían muertos. Los repelieron y azuzaron a sus caballos hasta el final de la calle donde esta se estrechaba y subieron monte arriba disparando a los lanceros que huían por la vereda dejando atrás una lluvia de pequeñas piedras.

Glanton envió tras ellos un destacamento de cinco hombres y él y el juez y Bathcat regresaron. El resto de la compañía estaba ya subiendo y dieron media vuelta y saquearon los cadáveres que parecían miembros de una banda de música y destrozaron los mosquetes golpeándolos contra la pared y rompieron sus sables y sus lanzas. Al partir se encontraron con los cinco que bajaban. Los lanceros habían dejado la senda dispersándose por el bosque. Dos noches después acampando en un cerro desde donde se dominaba la amplia llanura central divisaron un punto de luz en aquel desierto, como el reflejo de una estrella solitaria en un lago de negrura absoluta.

Conferenciaron. Las llamas de su hoguera giraban y se arremolinaban en aquella mesa de piedra y estudiaron la consumada negrura que se abría a sus pies y caía como la faz abrupta y desencajada del mundo.

¿A qué distancia creéis que están?, dijo Glanton.

Holden meneó la cabeza. Nos llevan medio día de ventaja. No son más que doce, catorce a lo sumo. No mandarán a nadie por delante.

¿A cuánto estamos de Chihuahua?

Cuatro días. Quizá tres. ¿Dónde está Davy?

Glanton se volvió. ¿Cuánto hay hasta Chihuahua, David?

Brown estaba en pie de espaldas al fuego. Asintió con la cabeza. Si son ellos, podrían llegar allí en cosa de tres días.

¿Crees que podríamos adelantarles?

No sé. Eso depende de si piensan que vamos tras ellos.

Glanton se volvió y escupió a la lumbre. El juez levantó un brazo pálido y desnudo y buscó algo en el pliegue del mismo con los dedos. Si conseguimos salir de esta montaña antes de que se haga de día, dijo, creo que podemos alcanzarlos. Si no, sería mejor dirigirse a Sonora.

Puede que vengan de allí.

Entonces es mejor ir a por ellos.

Podríamos llevar las cabelleras a Ures.

El fuego barrió el suelo y se alzó otra vez. Hay que ir a por ellos, dijo el juez.

Ganaron el llano de madrugada como el juez había dicho y aquella misma noche vieron la lumbre de los mexicanos reflejada en el cielo más allá de la curva de la tierra. Todo el día siguiente cabalgaron, y cabalgaron también toda la noche, dando bandazos como una agrupación de espásticos mientras dormían en las sillas de montar. La mañana del tercer día vieron la silueta de los jinetes recortada contra el sol en la llanura y de anochecida pudieron contarlos mientras se afanaban por aquel desolado yermo mineral. Cuando el sol salió, las murallas de la ciudad aparecieron pálidas y delgadas treinta kilómetros hacia el este. Descansaron sin desmontar. Los lanceros iban en fila india por el camino varios kilómetros más al sur. No tenía ningún sentido detenerse, como tampoco lo tenía seguir adelante, pero puesto que cabalgaban siguieron cabalgando y los americanos se pusieron en marcha una vez más.

Durante un buen trecho avanzaron casi en paralelo hacia las puertas de la ciudad, los dos grupos ensangrentados y harapientos, los caballos dando tumbos. Glanton les gritó que se rindieran pero los mexicanos no se detuvieron. Desenfudó el rifle. Se arrastraban por el camino como brutos. Detuvo su caballo y el caballo se quedó con las patas abiertas y los flancos subiendo y bajando y Glanton asestó el rifle e hizo fuego.

La mayoría ni siquiera iban armados. Eran nueve y

se detuvieron y giraron y luego cargaron por aquel terreno que alternaba roca y matojos y fueron liquidados en cuestión de un minuto.

Los caballos fueron conducidos de vuelta al camino y despojados de las sillas y las guarniciones. Los cuerpos de los muertos fueron desvestidos y sus uniformes incinerados junto con las sillas y demás avíos y los americanos cavaron un hoyo en el camino y los sepultaron en una fosa común, cadáveres desnudos con sus heridas como las víctimas de un experimento quirúrgico tendidos en el fondo del hoyo mirando sin ver al cielo del desierto mientras les echaban tierra encima. Pisotearon el lugar con los cascos de sus caballos hasta que apenas quedó rastro de la sepultura y las llaves de fusil, hojas de sable y argollas de brida fueron sacados de las cenizas y enterrados a cierta distancia y los caballos sin jinete ahuyentados hacia el desierto y al anochecer el viento se llevó las cenizas y el viento sopló ya entrada la noche y aventó los últimos leños humeantes y arrastró una última y frágil corriente de pavesas fugitivas como chispa de pedernal hacia la unánime oscuridad del mundo.

Entraron en la ciudad ojerosos e inmundos y apestando a la sangre de los ciudadanos para cuya protección habían sido contratados. Las cabelleras de los aldeanos muertos fueron aseguradas a las ventanas de la casa del gobernador y los partisanos cobraron de las ya exhaustas arcas y la *sociedad* fue desmantelada y la recompensa abolida. Partieron de la ciudad y antes de transcurrida una semana la cabeza de Glanton ya tenía precio: ocho mil pesos. Tomaron el camino que iba al norte como habría hecho cualquier grupo que se dirigiera a El Paso pero antes de perder de vista la ciudad hicieron girar al oeste a sus trágicas monturas y pusieron rumbo arrebatados y casi cándidos hacia el rojo fenecimiento de aquel día, hacia las tierras vespertinas y el pandemónium del sol en lontananza.

XIV

Tormentas de montaña
Tierras quemadas, tierras despobladas – *Jesús María*
La posada – *Tenderos* – *Una bodega* – *El violinista*
El cura – *Las Ánimas* – *La procesión*
Cazando las almas – *Glanton sufre un acceso*
Perros en venta – *El juez prestidigitador*
La bandera – *Un tiroteo* – *Éxodo* – *La recua*
Sangre y mercurio – *En el vado* – *Jackson, repuesto*
La selva – *Un herbolario* – *El juez recoge especímenes*
Su punto de vista de científico – *Ures* – *El populacho*
Los pordioseros – *Un fandango* – *Perros parias*
Glanton y el juez.

Muy al norte la lluvia había sacado zarcillos negros a los cúmulos como trazas de negro de humo caídas en el vaso de una mariposa y por la noche pudieron oír el rumor de la lluvia a varios kilómetros de distancia en la pradera. Escalaron una pendiente escabrosa y los relámpagos definían las temblorosas montañas distantes y los relámpagos hacían vibrar las piedras y copetes de un fuego azul se pegaban a los caballos como espíritus incandescentes que no se dejaban ahuyentar. Luces de fundición corrían por el metal de los arneses, luces azules y líquidas también en los cañones de las armas. Liebres enloquecidas echaban a correr y se detenían en el resplandor azulado y allá arriba entre los sonoros peñascos unos milanos se atrincheraban en sus plumas o abrían medio ojo amarillo a la tormenta que descargaba a sus pies.

Cabalgaron bajo la lluvia durante días y cabalgaron con lluvia y granizo y todavía más lluvia. A la luz gris de la tormenta cruzaron una llanura anegada donde las larguiruchas formas de los caballos se reflejaban en el agua entre nubes y montañas y los jinetes cabalgaban desfallecidos y acertadamente escépticos respecto de las ciudades que rielaban a orillas de aquel vasto mar por donde andaban milagrosos. Subieron a través de prados ondulantes donde los pájaros huían asustados gorjeando en el viento y un ratonero alzó pesadamente el vuelo entre unos huesos haciendo fup fup fup con sus alas como un juguete pendiendo de un cordel y en el largo ocaso rojo las cortinas de agua allá en el llano parecían balsas de marea de sangre primordial.

Cruzaron un prado alfombrado de flores silvestres, acres de dorada hierba cana y de zinia y de genciana púrpura y enredaderas silvestres de campanilla azul y una extensa llanura de variados capullos que se extendía como un estampado de zaraza hasta las prietas cornisas periféricas azules de calina y las diamantinas sierras surgiendo de la nada como lomos de bestias marinas en una aurora devoniana. Llovía otra vez y marchaban encogidos en chubasqueros cortados de pellejas grasas a medio curtir y encapuchados así con estas pieles primitivas haciendo frente a la lluvia gris y pertinaz parecían guardianes de alguna oscura secta enviados a hacer proselitismo entre las bestias de la tierra. La región que se extendía ante ellos estaba inmersa en nubes y tiniebla. El sol se puso y no hizo luna y hacia el oeste las montañas no dejaban de estremecerse en un crepitar de cuadros y llameaban hasta ser devueltas a la oscuridad y la lluvia siseaba en el ciego país nocturno. Subieron hacia las estribaciones entre pinos y roca viva y subieron entre enebros y píceas y los raros aloes gigantes y los altos tallos de las yucas con sus pálidos pétalos silenciosos y sobrenaturales entre los árboles de hoja perenne.

Por la noche siguieron un torrente de montaña en una garganta virgen atascada de rocas musgosas y pasaron bajo oscuras grutas de donde goteaba y salpicaba un agua que sabía a hierro y vieron los filamentos plateados de unas cascadas que se dividían en la pared de cerros distantes y parecían signos y portentos de los cielos mismos, tan oscura era la tierra de sus orígenes. Cruzaron un bosque destruido por el fuego y cabalgaron por una región de rocas hendidas donde unos enormes bloques yacían partidos en dos con sus lisas caras descentradas y en las pendientes de aquel terreno ferroso viejos senderos abiertos por el fuego y esqueletos renegridos de árboles asesinados en las tormentas. Al día siguiente empezaron a ver acebos y robles, bosques de frondosas muy parecidos a los que habían abandonado en su juventud. En las oquedades de la pendiente norte el granizo estaba asentado como tectitas entre las hojas y las noches eran frías. Viajaron por aquellas tierras altas adentrándose aún más en las montañas donde las tormentas tenían su guarida, una región estruendosa donde llamas blancas corrían por los picos y la tierra despedía el olor a quemado del pedernal roto. De noche los lobos les llamaban desde los oscuros bosques del orbe inferior como si fueran amigos del hombre y el perro de Glanton trotaba gimiendo entre las patas en perpetua articulación de los caballos.

Nueve días después de partir de Chihuahua traspasaron una cañada e iniciaron el descenso por una pista tallada en la imponente pared de un farallón situado a mil metros sobre las nubes. Un gran mamut de piedra observaba al acecho desde aquella escarpa gris. Fueron pasando en fila india. Cruzaron un túnel labrado en la roca y al salir vieron los tejados de una población asentada en un congosto.

Descendieron por pedregosos toboganes y cruzaron lechos de arroyos donde pequeñas truchas se erguían sobre sus desvaídas aletas para estudiar los hocicos de los caballos que bebían. Cortinas de niebla que olían y sabían a metal llegaban del congosto y los envolvían para luego perderse en el bosque. Atravesaron el vado y siguieron el rastro y a las tres de la tarde entraban en el viejo pueblo de piedra de Jesús María bajo una llovizna persistente.

Avanzaron repicando sobre los mojados adoquines a los que las hojas habían quedado pegadas y cruzaron un puente de piedra y enfilaron la calle bajo los chorreantes aleros de los edificios con balcones y enseguida una torrentera que atravesaba el pueblo. Habían practicado pequeños bocartes en las rocas pulimentadas del río y en las colinas que dominaban el pueblo había un sinfín de túneles y andamiajes y desmontes y relaves. La abigarrada aparición de los jinetes fue anunciada por unos cuantos perros calados que sesteaban en los portales y la compañía torció por una calle estrecha y se detuvo enfrente de una posada.

Glanton dio unos golpes a la puerta y la puerta se entreabrió y apareció un muchacho. Salió después una mujer y los miró y volvió a entrar. Finalmente un hombre fue a abrirles la verja. Estaba un poco borracho y esperó en el portal mientras los jinetes entraban uno detrás de otro al pequeño patio inundado y cuando todos estuvieron dentro cerró la verja.

En la mañana sin lluvia salieron a la calle, andrajosos, pestilentes, adornados de partes humanas como los caníbales. Llevaban las enormes pistolas metidas en el cinto y las pieles cochambrosas con que iban vestidos estaban sucias de la sangre y el humo y la pólvora. Había salido el sol y las ancianas que arrodilladas con bayeta y cubo limpiaban las piedras frente a los comercios se volvían para mirarlos y los tenderos les daban unos cautelosos buenos días mientras sacaban su género. Los americanos eran extraña clientela para aquella clase de tiendas. Se quedaban en el umbral mirando las jaulas de mimbre con pinzones dentro y los descarados loros verdes que se aguantaban en una pata y graznaban desasosegados. Había ristras de fruta seca y de pimientos y artículos de hojalata que colgaban como campanillas y había pieles de cerdo llenas de pulque balanceándose de las vigas como marranos cebados en el corral de un matarife. Pidieron unos vasos. En ese momento un violinista fue a aposentarse en un umbral de piedra y se puso a tocar una canción morisca y cuantos pasaban por allí camino de sus recados matinales no dejaban de mirar a aquellos pálidos y rancios gigantes.

A mediodía encontraron una bodega regentada por un tal Frank Carroll, un garito de techo bajo antaño cuadra cuyas puertas permanecían abiertas hacia la calle para dejar entrar un poco de luz. El violinista los había seguido con lo que parecía ser una gran tristeza y tomó posiciones junto a la puerta, lo que le permitía ver cómo bebían los extranjeros y cómo dejaban sus doblones de oro sobre el mostrador. En el portal había un viejo tomando el sol y el viejo se inclinó hacia el ruidoso interior con una trompetilla de cuerno de cabra, asintiendo como en señal de aquiescencia pese a que no se habló en ningún idioma que él pudiera entender.

El juez había reparado en el músico y dio una voz y le lanzó una moneda que repicó en las piedras de la calle. El violinista la examinó como si pudiera no valer nada y se la guardó entre la ropa y se ajustó el instrumento bajo la barbilla y atacó una tonada que ya era antigua entre los charlatanes de España de doscientos años atrás. El juez salió al vano iluminado por el sol y ejecutó una serie de pasos con extraña precisión y se habría dicho que el violinista y él eran ministriles extranjeros que habían coincidido casualmente en aquella ciudad medieval. El juez se quitó el sombrero y dedicó una reverencia a dos damas que habían dado un rodeo para evitar el garito y luego hizo alocadas piruetas sobre sus pies menudos y vertió un poco de pulque de su vaso en la trompetilla del viejo. Este tapó rápidamente el cuerno con la yema del pulgar y lo sostuvo ante él con mucho cuidado barrenándose la oreja con un dedo. Después bebió.

Al anochecer las calles se llenaron de lunáticos entontecidos que se tambaleaban y maldecían y disparaban a las campanas de la iglesia en una cencerrada impía hasta que salió el cura portando ante él al Cristo crucificado y exhortándolos con latinajos. El hombre fue apaleado y zarandeado obscenamente y le tiraron monedas de oro con él en el suelo aferrado a su cruz. Cuando se levantó no quiso coger las monedas hasta que unos niños corrieron a reunirlas y entonces les ordenó que se las entregaran mientras los bárbaros vociferaban y brindaban por él.

La gente fue desfilando, la calle quedó vacía. Algunos americanos se habían metido en las frías aguas del torrente y estaban chapoteando y subieron empapados a la calle y quedaron sombríos y humeantes y apocalípticos a la media luz de las farolas. Hacía frío y recorrieron la adoquinada población despidiendo vapor como ogros de cuento y se había puesto a llover otra vez.

El día siguiente era la festividad de las Ánimas y hubo una procesión por las calles con una carreta tirada por caballos que portaba un Cristo de tosca factura en un catafalco viejo y manchado. Detrás iba el grupo de acólitos laicos, el cura iba delante haciendo sonar una campanilla. Una cofradía descalza vestida de negro marchaba al final portando cetros de hierbas. El Cristo pasó bamboleándose, pobre figura de paja con la cabeza y los pies tallados. Lucía una corona de escaramujo y unas gotas de sangre pintadas en la frente y lágrimas de color azul en sus cuarteadas mejillas de madera. Los lugareños se arrodillaban y santiguaban y los había que se aproximaban para tocar el manto de la figura y besarle los dedos. La comitiva fue pasando y los niños sentados en los portales comían calaveras de pastel y observaban el desfile y la lluvia en la calle.

El juez estaba a solas en la cantina. También él estaba viendo llover con los ojos menudos de su enorme rostro pelado. Se había llenado los bolsillos de calaveras de caramelo y estaba sentado junto a la puerta ofreciéndolas a los niños que pasaban bajo los aleros pero ellos se alejaban asustados como potrillos.

Por la tarde grupos de lugareños bajaron del cementerio por el lado de la colina y ya de anochecida con velas o fanales aparecieron de nuevo y subieron a la iglesia para rezar. Era casi imposible no cruzarse con grupos de americanos temulentos y aquellos roñosos visitantes se quitaban el sombrero con torpeza y se tambaleaban y reían y hacían proposiciones obscenas a las chicas. Carroll había cerrado su sórdido bar al atardecer pero lo volvió a abrir para que no le desfondaran las puertas. Era ya de noche cuando llegó un grupo de jinetes que se dirigía a California, todo ellos al borde de la extenuación. Pero antes de transcurrida una hora partían de nuevo. A medianoche, cuando se decía que las almas de los muertos rondaban por allí, los cazadores de cabelleras volvían a estar en la calle chillando y disparando a pesar de la lluvia y de la muerte y aquello se prolongó esporádicamente hasta el amanecer.

Al mediodía siguiente Glanton tuvo una especie de acceso debido a su embriaguez y se precipitó desgreñado y loco a un pequeño patio y empezó a abrir fuego con sus pistolas. Por la tarde estaba atado a su cama como un demente y el juez le hacía compañía y le refrescaba la frente con trapos húmedos y le hablaba en voz baja. Mientras, otras voces se oían en las empinadas laderas. Había desaparecido una niña y grupos de ciudadanos habían salido a registrar los pozos de mina. Al poco rato Glanton se durmió y el juez se levantó y salió a la calle.

Estaba gris y llovía, caían hojas. Un mozalbete harapiento salió de un portal junto a un canalón de madera y le tironeó del brazo. Llevaba dos cachorros en la pechera de la camisa y los ofreció al juez por si quería comprarlos, agarrando a uno de ellos por el pescuezo.

El juez estaba mirando calle arriba. Al bajar la vista y ver al niño el niño le ofreció el otro perro. Colgaban los dos flácidos. *Se venden perros,* dijo.

¿Cuánto quieres?, dijo el juez.

El niño miró alternativamente a los cachorros. Quizá para escoger el que más se ajustara al carácter del juez, como si semejante perro pudiera existir. Adelantó el que sostenía con la mano izquierda. *Cincuenta centavos,* dijo.

El cachorrillo se retorció y trató de volver al interior de la mano como un animal se mete en la madriguera, imparciales sus ojos azul claro, temeroso por igual del frío y de la lluvia y del juez.

Ambos, dijo Holden. Buscó monedas en sus bolsillos.

El vendedor de perros pensó que le estaba regateando y volvió a examinar los cachorros para mejor determinar su valor, pero el juez había sacado ya de sus sucias ropas una pequeña moneda de oro con la que se habría podido comprar una tonelada de aquellos perros. Adelantó la mano con la moneda en la palma y con la otra agarró los cachorros que sujetaba el niño sosteniéndolos en una mano como un par de calcetines. Hizo un gesto con la moneda.

Ándale, dijo.

El chico miró el oro.

El juez cerró el puño y lo volvió a abrir. La moneda no estaba. Agitó los dedos en el vacío y buscó detrás de la oreja del niño y sacó la moneda y se la dio. El chico la sostuvo con las dos manos como si fuera un pequeño copón y luego miró al juez. Pero el juez había echado a andar con los cachorros colgando. Fue por el puente de piedra y miró hacia la corriente crecida y levantó los cachorros y los lanzó al agua.

Al otro lado el puente daba a una callejuela paralela al río. Y allí estaba el tasmanio orinando al agua desde un murete de piedra. Cuando vio que el juez lanzaba los perros al agua sacó su pistola y dio una voz.

Los perros desaparecieron en la espuma. Fueron arrastrados uno detrás del otro por un raudal de agua verde sobre las losas de roca pulida hasta una poza que había más abajo. El tasmanio levantó y amartilló el arma. En las transparentes aguas de la poza giraban hojas de sauce como albures de jade. La pistola dio una sacudida en su mano y uno de los perros saltó en el agua y el tasmanio la armó de nuevo y volvió a disparar y una mancha rosa se difuminó. Amartilló y disparó la pistola por tercera vez y el otro perro reventó también y se hundió.

El juez siguió andando por el puente. Cuando el niño llegó corriendo y miró hacia abajo todavía tenía la moneda en la mano. El tasmanio estaba en la calle de enfrente con la picha en una mano y el revólver en la otra. El humo había flotado aguas arriba y en la poza ya no había nada.

Glanton despertó a media tarde y consiguió librarse de sus ligaduras. La primera noticia que tuvieron de él fue que había rajado la bandera mexicana que ondeaba delante del cuartel y que la había atado al rabo de una mula. Luego había montado en la mula y la había hecho cruzar la plaza arrastrando por el polvo la sagrada *bandera.*

Dio una vuelta por las calles y salió de nuevo a la plaza, maltratando duramente los flancos del animal. Al volver grupas sonó un disparo y la mula cayó muerta en el acto debajo de él con una bala de fusil en el cerebro. Glanton giró en redondo y se puso en pie disparando como un loco. Una anciana cayó sin chistar a las piedras. El juez y Tobin y Doc Irving llegaron del bar de Frank Carroll a la carrera y se arrodillaron a la sombra de una pared y empezaron a disparar a las ventanas superiores. Otra media docena de americanos dobló la esquina por el lado opuesto de la plaza y en un intercambio de tiros dos de ellos cayeron a tierra. Escorias de plomo rebotaban en las piedras y el humo quedó flotando en el aire húmedo de las calles. Glanton y John Gunn habían conseguido llegar al cobertizo contiguo a la posada donde estaban los caballos y empezaron a sacar a los animales. Tres miembros más de la compañía entraron corriendo y empezaron a sacar arreos del edificio y ensillar a los caballos. El tiroteo en la calle era ahora continuo, dos americanos estaban muertos y otros tirados en el suelo gritando. Cuando la compañía partió treinta minutos más tarde hubo de pasar bajo una lluvia de balas y piedras y botellas y dejaron a seis de ellos atrás.

Una hora después Carroll y otro americano llamado Sanford que residía en el pueblo los alcanzaron. Los ciudadanos habían incendiado la taberna. Después de bautizar a los americanos heridos el ex cura se apartó mientras los mataban de sendos tiros a la cabeza.

Al atardecer encontraron subiendo por la cara occidental de la montaña una recua de ciento veintidós mulos que transportaban matraces de mercurio para las minas. Oyeron los gritos y latigazos de los arrieros en los toboganes un poco más abajo y vieron a las bestias afanarse como cabras por una línea de falla en la roca viva. Mala suerte. A veintiséis días del mar y menos de dos horas de las minas. Los mulos resollaban y tanteaban en el talud y los muleros, harapientos en sus coloreados vestidos, los arreaban. Cuando el primero de ellos vio a los jinetes allá arriba se irguió sobre los estribos y miró hacia atrás. La columna de mulos siguió serpenteando por la vereda unos mil metros más y cuando se agrupaban o se detenían podían verse otras secciones del convoy en distintos toboganes, grupos de ocho y diez mulas, mirando ahora a un lado ahora a otro, cada cual con la cola roída por la que iba detrás y el mercurio palpitando pesadamente dentro de los matraces de gutapercha como si contuvieran bestias secretas, cosas a pares que se agitaban y respiraban inquietas dentro de los panzudos talegos. El arriero gritó y miró sendero arriba. Glanton le había alcanzado. El hombre saludó cordialmente al americano. Glanton pasó de largo sin hablar, tomando el lado superior de aquel estrecho pedregoso y empujando peligrosamente al mulo del arriero hacia las piedras sueltas del camino. El hombre puso mala cara y giró y dio una voz hacia los de abajo. Los otros jinetes le arrinconaron también al pasar, los ojos pequeños y las caras negras como fogoneros debido al humo del tiroteo. Se apeó del mulo y agarró la escopeta que llevaba bajo el alero de la silla. David Brown estaba pasando en ese momento, pistola en mano, del lado izquierdo de su caballo. Levantó el arma por encima del fuste de la silla y mató al hombre de un tiro en el pecho. El arriero cayó sentado y Brown le disparó otra vez haciéndolo precipitarse al abismo.

El resto de la compañía apenas se molestó en mirar qué es lo que había pasado. Todos ellos estaban disparando a quemarropa a los muleros. Caían de sus monturas y quedaban tendidos en el sendero o resbalaban pendiente abajo y desaparecían de la vista. Los que estaban más abajo hicieron girar a sus mulas y trataron de escapar y las agotadas acémilas empezaron a encaramarse frenéticamente a la escarpada pared del risco como ratas enormes. Los jinetes se abrían paso entre las bestias y la roca y las empujaban metódicamente al precipicio, los animales cayendo silenciosamente como mártires, girando en el aire vacío para explotar en las rocas de más abajo entre estallidos de sangre y argento vivo a medida que los matraces se rompían y el mercurio rodaba en el aire formando lienzos y lóbulos y pequeños satélites trémulos y todas esas formas se agrupaban abajo y corrían por el cauce pedregoso de los arroyos a modo de irrupción de algún nuevo experimento alquímico urdido en la secreta oscuridad del corazón de la tierra, el ciervo de los antiguos fugitivo en la ladera de la montaña, luminosos y raudos en los regueros secos de las tormentas y moldeando las anfractuosidades de la roca y brincando de saliente en saliente siempre cuesta abajo, esplendorosos y ágiles como anguilas.

Los muleros se desviaron del camino al llegar a un recodo en que el precipicio era casi transitable y continuaron y cayeron con estrépito entre enebros y pinos enanos en medio de una confusión de gritos mientras los jinetes se llevaban a las mulas rezagadas y descendían a lo loco por la vereda de roca como si también ellos estuvieran a merced de algo terrible. Carroll y Sanford se habían distanciado de la compañía y cuando llegaron al bancal por donde el último de los arrieros había desaparecido tiraron de las riendas y miraron hacia atrás. La vereda estaba desierta a excepción de varios mulateros muertos. En la curva que describía el risco pudieron ver las formas reventadas de un centenar de mulas que habían sido despedidas escarpa abajo y pudieron ver los aspectos brillantes del mercurio encharcados a la luz del crepúsculo. Los caballos piafaron y arquearon sus pescuezos. Los jinetes desviaron la vista hacia la espantosa sima que se abría a sus pies y se miraron unos a otros pero no les hizo falta parlamentar, tiraron de los bocados de sus caballos y los espolearon montaña abajo.

Al atardecer dieron alcance a la compañía. Habían desmontado al otro lado de un río y el chaval y un delaware arreaban a los caballos para sacarlos del borde del agua. Llevaron sus animales al vado y cruzaron con el agua rozando las panzas de los caballos y estos tanteando las piedras y mirando espantados de soslayo la catarata que atronaba aguas arriba cayendo de un bosque oscuro a la hirviente poza de más abajo. Cuando salieron del vado el juez se adelantó y agarró con la mano la quijada del caballo de Carroll.

¿Dónde está el negro?, dijo.

Carroll miró al juez. Estaban casi a la misma altura y Carroll a caballo. No lo sé, dijo.

El juez miró a Glanton. Glanton escupió.

¿Cuántos hombres has visto en la plaza?

No he tenido tiempo de contarlos. Creo que eran tres o cuatro.

¿Pero el negro no?

A él no le vi.

Sanford se adelantó en su caballo. No había ningún negro en la plaza, dijo. Vi cómo mataban a los muchachos y eran todos tan blancos como tú y como yo.

El juez soltó el caballo de Carroll y fue a buscar el suyo propio. Dos delaware se separaron del grupo. Cuando partieron sendero arriba era casi de noche y la compañía se había adentrado en el bosque y apostado centinelas en el vado y no encendieron fuego.

Nadie bajó por el camino. La primera parte de la noche fue muy oscura pero el primer relevo vio que empezaba a clarear en el vado y la luna salió sobre el cañón y vieron bajar un oso y pararse en la otra orilla y olisquear el aire y dar media vuelta. El juez y los delaware volvieron al rayar el alba. Traían al negro. Iba desnudo y envuelto en una manta. Ni siquiera llevaba botas. Montaba uno de los mulos de la recua y estaba tiritando de frío. Lo único que había podido salvar era su pistola. La llevaba contra el pecho debajo de la manta porque no tenía otro sitio mejor.

El camino que bajaba de las montañas hacia el mar occidental los condujo por verdes gargantas pobladas de enredaderas donde periquitos y vistosos guacamayos miraban de reojo y graznaban. El sendero seguía un río y el río venía crecido y lodoso y había muchos vados y la compañía cruzaba y volvía a cruzar el río a cada momento. Blanquecinas cascadas pendían de la escabrosa pared de la montaña, apartándose de la roca resbaladiza entre grandes exhalaciones de vapor. En ocho días no se cruzaron con ningún jinete. Al noveno vieron un viejo que intentaba apartarse del camino un poco más abajo, dando de bastonazos a un par de burros para meterlos en el bosque. Cuando llegaron a la altura de aquel punto se detuvieron y Glanton penetró en el bosque donde las hojas húmedas estaban removidas y encontró al viejo sentado entre los arbustos y más solo que un gnomo. Los burros alzaron la cabeza y luego la bajaron para seguir paciendo. El viejo le observó.

¿Por qué se esconde?, dijo Glanton.

El viejo no respondió nada.

¿De dónde viene?

El viejo parecía reacio a aceptar siquiera la posibilidad de un diálogo. Siguió agachado en la hojarasca con los brazos cruzados. Glanton se inclinó para escupir. Hizo un gesto con la barbilla hacia los burros.

¿Qué tiene allá?

El viejo encogió los hombros. *Hierbas*, dijo.

Glanton miró a los animales y miró al viejo. Luego se volvió por donde había venido para reunirse con el grupo.

¿Por qué me busca?, le gritó el viejo.

Siguieron adelante. En el valle había águilas y otras aves y muchos ciervos y había también orquídeas silvestres y bejucos de bambú. Aquí el río era grande y corría sobre enormes cantos rodados y de la enmarañada selva caían saltos de agua por todas partes. El juez cabalgaba en cabeza de la columna con uno de los delaware y había cargado su rifle con semillas duras de nopal y al atardecer aderezó con mano diestra los pájaros que había cazado, frotando las pieles con pólvora y rellenándolas con pelotas de hierba seca, y luego los guardó en sus alforjas. Metía hojas de árboles y plantas entre las páginas de su libro y cazaba mariposas de montaña persiguiéndolas de puntillas con la camisa extendida entre las manos, hablándoles en susurros, no menos objeto de estudio él también. Toadvine lo miró mientras el juez hacía anotaciones, arrimando el libro al fuego para tener más luz, y le preguntó qué pretendía con todo aquello.

La pluma del juez dejó de arañar el papel. Miró a Toadvine. Luego continuó escribiendo.

Toadvine escupió al fuego.

El juez siguió escribiendo y luego cerró el cuaderno y lo dejó a un lado, juntó las manos y las pasó por encima de la nariz y de la boca hasta dejarlas sobre sus rodillas con las palmas hacia abajo.

Todo aquello que existe, dijo. Todo cuanto existe sin yo saberlo existe sin mi aquiescencia.

Dirigió la vista hacia el bosque oscuro en que hacían vivaque. Señaló con la cabeza a los especímenes que había reunido. Estas criaturas anónimas, dijo, pueden parecer insignificantes en la inmensidad del mundo. Y sin embargo hasta la más pequeña miga puede devorarnos. La cosa más insignificante debajo de esa roca ajena al saber del hombre. Solo la naturaleza puede esclavizarnos y solo cuando la existencia de toda entidad última haya sido descubierta y expuesta en su desnudez ante el hombre podrá este considerarse soberano de la tierra.

¿Qué es un soberano?

Un amo. Amo o patrón.

Entonces ¿por qué no dices amo?

Porque es un amo muy especial. El soberano manda incluso allí donde hay otros que mandan. Su autoridad suprema anula toda jurisdicción local.

Toadvine escupió.

El juez apoyó las manos en el suelo. Miró a su inquiridor. Esta es mi pertenencia, dijo. Y sin embargo hay aquí multitud de zonas aisladas de vida autónoma. Autónoma. Para que yo la posea nada debe ocurrir en ella al margen de mi providencia.

Toadvine estaba sentado con las botas cruzadas. Nadie puede hacerse conocedor de todo cuanto hay en la tierra, dijo.

El juez inclinó su enorme cabeza. El hombre que cree que los secretos del mundo están ocultos para siempre vive inmerso en el misterio y el miedo. La superstición acabará con él. La lluvia erosionará los actos de su vida. Pero el hombre que se impone la tarea de reconocer el hilo conductor del orden de entre el tapiz habrá asumido por esa sola decisión la responsabilidad del mundo y es solo mediante esa asunción que producirá el modo de dictar los términos de su propio destino.

No sé qué tiene eso que ver con cazar pájaros.

La libertad de los pájaros es un insulto. Yo los metería a todos en el zoológico.

Menudo alboroto.

El juez sonrió. Sí, dijo. Incluso así.

Por la noche pasó una caravana. Caballos y mulos llevaban la cabeza envuelta en sarapes y eran conducidos en silencio por la oscuridad, los jinetes recomendándose cautela con dedos aplicados a los labios. El juez los vio pasar desde lo alto de un gran canto rodado.

Por la mañana reanudaron la marcha. Vadearon el fangoso río Yaqui y atravesaron campos de girasoles altos como un hombre a caballo, las caras secas mirando al oeste. La región empezó a abrirse y al poco rato vieron maizales en las faldas de las colinas y algunos claros en donde había cabañas de zarza y naranjos y tamarindos. Seres humanos no vieron ninguno. El 2 de diciembre de 1849 entraban en la ciudad de Ures, capital del estado de Sonora.

Apenas habían recorrido al trote media ciudad que ya les seguía una chusma distinta en variedad y sordidez a todas cuantas habían encontrado hasta entonces, mendigos y apoderados de mendigos y putas y alcahuetes y buhoneros y niños inmundos y delegaciones enteras de ciegos y lisiados e insolentes, todos ellos gritando *por Dios* y algunos montados a horcajadas de porteadores apiñándose detrás de los otros y gran número de personas de toda edad y toda condición que simplemente sentían curiosidad. Mujeres de fama local haraganeaban en los balcones con las caras pringadas de índigo y almagre, chillonas como las nalgas de ciertos monos, y miraban protegidas por sus abanicos con una suerte de coquetería espeluznante como travestidos de manicomio. El juez y Glanton encabezaban la pequeña columna hablando entre sí. Los caballos asentaban el paso nerviosos y si los jinetes rozaban con sus espuelas alguna mano furtiva que se agarraba a las cinchas la mano era retirada sin chistar.

Aquella noche se hospedaron a las afueras de la ciudad en un albergue regentado por un alemán que les entregó el edificio entero y no hizo más acto de presencia, ni para cobrar ni para prestar servicio. Glanton erró por las altas y polvorientas habitaciones con techo de junco y al final encontró una vieja criada que se había escondido en lo que debía de pasar por cocina aunque nada tenía de culinario aparte de un brasero y unos cuantos tarros de arcilla. Le hizo calentar agua para bañarse todos y le puso en la mano un puñado de monedas de plata y le encargó que les preparara una mesa. La vieja miró las monedas sin moverse de allí hasta que él la ahuyentó con un gesto y ella se fue pasillo abajo como un pajarito con las monedas en la mano. Se perdió en el hueco de escalera dando voces y al poco rato había unas cuantas mujeres atareadas.

Cuando Glanton regresó al zaguán había allí cuatro o cinco caballos. Los arreó con el sombrero y fue hasta la puerta y contempló la silenciosa caterva de espectadores.

Mozos de cuadra, dijo en voz alta. *Venga. Pronto.*

Dos muchachos avanzaron hacia la puerta y otros más les imitaron. Glanton hizo un gesto al más alto de ellos y le puso una mano sobre la cabeza y le hizo darse la vuelta y mirar a los otros.

Este hombre es el jefe, dijo. El jefe aguardó solemne, cortando el espacio con la mirada. Glanton le giró otra vez la cabeza y le miró.

Te encargo de todo, ¿entiendes? Caballos, sillas, todo.

Sí. Entiendo.

Bueno. Ándale. Hay caballos en la casa.

El jefe se volvió y gritó los nombres de sus amigos y seis o siete se adelantaron y entraron en el albergue. Cuando Glanton se alejó por el pasillo estaban conduciendo a aquellos animales —conocidos algunos como asesinos de hombres— hacia la puerta, regañándolos pese a que el menor de los chicos apenas era más alto que las patas del animal que custodiaba. Glanton fue hasta la parte posterior del edificio y buscó al ex cura para darse el gusto de enviarlo a por putas y bebida pero no le encontró por ningún lado. Tratando de buscar un pequeño destacamento en cuyo regreso se pudiera confiar razonablemente se decidió por Doc Irving y Shelby, les dio un puñado de monedas a cada uno y volvió a la cocina.

Al anochecer había media docena de cabritos asándose espetados en el patio que había detrás del albergue, figuras renegridas que brillaban en la luz humosa. El juez se paseaba por el recinto con su traje de hilo y dirigía a los chefs agitando su cigarro, siendo seguido a su vez por una banda de cuerda formada por seis músicos, todos ellos viejos y serios, que en todo momento permanecían unos tres pasos detrás de él y eso sin dejar de tocar. Un odre de pulque colgaba de un trípode en mitad del patio e Irving había vuelto con unas veinte o treinta prostitutas de todas edades y tallas, y frente a la puerta del edificio había un verdadero convoy de carros y carretas vigilados por vivanderos improvisados pregonando cada cual sus productos y rodeados de una cambiante galería de lugareños y por docenas de caballos para la venta y apenas amansados que relinchaban y se engrifaban y vacas y cerdos y ovejas todos juntos y con expresiones desoladas lo mismo que sus dueños hasta que la población que Glanton y el juez habían querido evitar a toda costa estaba casi al completo delante de sus narices en un carnaval respaldado por ese espíritu de fiesta y de fealdad propio de todo festejo en aquella parte del mundo. La hoguera que ardía en el patio había alcanzado tales alturas que desde la calle la parte posterior del recinto parecía estar en llamas y a todo esto iban llegando nuevos comerciantes con su mercadería y nuevos espectadores junto con grupos de taciturnos indios yaqui en taparrabos que se ofrecían como mano de obra.

A medianoche había fuegos en la calle y había baile y embriaguez y la casa entera resonaba con los gritos agudos de las putas y en el patio humeante ahora en penumbra se habían infiltrado jaurías de perros rivales de lo que se derivó una espantosa pelea por unos chamuscados huesos de cabrito y allí estalló el primer tiroteo de la noche y los perros aullaban y se arrastraban heridos hasta que Glanton en persona salió al patio y los mató con su cuchillo, una escena horripilante a media luz, los perros totalmente mudos salvo por el castañeteo de sus dientes, reptando por el suelo como focas u otras bestias y acurrucándose contra los muros mientras Glanton les hendía el cráneo uno por uno con la faca con canto de cobre que llevaba al cinto. Acababa de entrar en la casa, cuando nuevos perros empezaron a gruñir junto a los asadores.

Con la primera luz la mayoría de los fanales del albergue se habían apagado y las habitaciones eran un coro de ronquidos etílicos. Los vivanderos habían partido con sus carretas y los cercos renegridos de las lumbres parecían cráteres de bombas en mitad de la calle. Los leños que aún ardían fueron apilados para alimentar la única fogata, alrededor de la cual había viejos y muchachos fumando e intercambiando historias. Mientras las montañas del este empezaban a perfilarse de entre la aurora también aquellas figuras se dispersaron. En el patio los perros supervivientes habían esparcido los huesos por todos los rincones y los perros muertos yacían en el polvo en oscuros detritos de su propia sangre seca y unos gallos estaban cantando. Cuando el juez y Glanton aparecieron en la puerta con sus trajes, el juez de blanco y Glanton de negro, no había allí más que uno de los pequeños palafreneros durmiendo en los escalones.

Joven, dijo el juez.

El muchacho se levantó de un salto.

¿Eres de los mozos de cuadra?

Sí señor. Para servirle.

Nuestros caballos, dijo. Le iba a explicar cuáles eran pero el chico ya corría hacia allá.

Hacía frío y soplaba viento. El sol no había salido aún. El juez se quedó en el dintel y Glanton paseó arriba y abajo estudiando el terreno. A los diez minutos el muchacho y otro más aparecieron tirando de la brida a los dos caballos ensillados y almohazados que trotaban alegres por la calle, los muchachos a todo correr, descalzos, y los caballos echando vaho por el hocico y moviendo la cabeza de un lado al otro con brío.

XV

Nuevo contrato – Sloat – Matanza en el Nacozari
Encuentro con Elías – Perseguidos hacia el norte
Lotería – Shelby y el chaval – Un caballo lisiado
Nortada – Emboscada – In extremis
Guerra en la llanura – Descenso
El árbol incendiado – Siguiendo la pista
Los trofeos – El chaval se reintegra a la tropa
El juez – Sacrificio en el desierto
Los batidores no vuelven – El octeto
Santa Cruz – La milicia – Nieve – Un hospicio
La cuadra.

El 5 de diciembre partían hacia el norte en la fría tiniebla previa al amanecer llevando consigo un contrato firmado por el gobernador del estado de Sonora por la entrega de cabelleras apaches. Las calles estaban desiertas y en silencio. Carroll y Sanford habían desertado y con ellos cabalgaba ahora un muchacho llamado Sloat que semanas atrás había sido abandonado allí enfermo y a punto de morir por una de las caravanas del oro que se dirigían a la costa. Cuando Glanton preguntó a Sloat si era pariente del comodoro del mismo nombre, el muchacho escupió y dijo No, ni él pariente mío. Cabalgaba casi en cabeza de la columna y sin duda pensaba que no volvería más a aquel lugar, pero si daba gracias a algún dios lo hacía en un momento inoportuno porque la región no había dicho aún la última palabra.

Siguieron al norte por el gran desierto de Sonora y en aquel cauterizado páramo vagaron durante semanas persiguiendo rumores y sombras. Algunas bandas poco numerosas de bandidos chiricahuas presuntamente avistadas por boyeros en algún rancho desolado. Unos cuantos peones salteados y asesinados. A las dos semanas de partir exterminaron un pueblo a orillas del río Nacozari y dos días después yendo a Ures con las cabelleras se toparon en la llanura al oeste de Baviácora con un destacamento de la caballería del Estado al mando del general Elías. Se produjo una escaramuza en la que murieron tres del grupo de Glanton y otros siete fueron heridos, cuatro de los cuales no pudieron montar.

Aquella noche las fogatas del ejército se veían a quince kilómetros en dirección sur. Pasaron la noche en vela y a oscuras y los heridos pedían agua y en la quietud anterior a la primera luz los fuegos seguían ardiendo a lo lejos. Los delaware llegaron a caballo al salir el sol y se sentaron en el suelo con Glanton y Brown y el juez. A la luz que crecía por levante los fuegos se iban difuminando como un mal sueño y la región apareció desnuda y chispeante en el aire puro. Elías marchaba sobre ellos con más de quinientos soldados.

Se levantaron y empezaron a ensillar. Glanton fue a por un carcaj hecho de piel de ocelote y contó las flechas que había en su interior de forma que hubiera una para cada hombre e hizo trizas un pedazo de franela roja y anudó estas a la base de cuatro astiles y luego devolvió al carcaj las flechas que había contado.

Se sentó en el suelo con el carcaj derecho entre las rodillas mientras los hombres iban pasando. Cuando el chaval examinó las flechas para escoger una vio que el juez le observaba y se detuvo. Miró a Glanton. Soltó la flecha que había asido y eligió otra y esa fue la que sacó. Llevaba la tela roja. Miró nuevamente al juez y el juez no le estaba mirando y fue a ocupar su puesto junto a Tate y Webster. Por último se les sumó un tejano llamado Harlan que había sacado la última flecha y se quedaron allí los cuatro mientras el resto de la compañía ensillaba los caballos.

De los heridos dos eran delaware y uno mexicano.

El cuarto era Dick Shelby y estaba sentado aparte observando los preparativos de la partida. Los delaware que quedaban consultaron entre ellos y uno se acercó a los cuatro americanos y los miró por turnos detenidamente. Cuando llegó al último dio media vuelta y cogió la flecha de Webster. Webster miró hacia Glanton de pie junto a su caballo. Luego el delaware cogió la flecha de Harlan. Glanton se dio la vuelta y apoyando la frente en las costillas del caballo le aseguró las cinchas y luego montó. Se ajustó el sombrero. Nadie dijo palabra. Harlan y Webster fueron a por sus animales. Glanton esperó acaballado mientras la compañía desfilaba frente a él y dio media vuelta y los siguió hacia el llano.

El delaware había ido a buscar su caballo y lo trajo todavía maneado por los hoyos que los hombres habían dejado en la arena al dormir. De los indios heridos uno guardaba silencio y respiraba con esfuerzo y los ojos cerrados. El otro cantaba rítmicamente. El delaware dejó caer las riendas y sacó su maza de guerra y se puso a horcajadas del hombre y levantó la maza y le aplastó el cráneo de un solo golpe. El herido se sacudió con un pequeño espasmo y luego quedó inmóvil. El otro fue despachado por el mismo sistema y después el delaware le levantó la pata a su caballo, soltó la maniota, metió la maniota y la maza dentro de su talego y montó e hizo girar al caballo. Miró a los dos que estaban de pie. Tenía la cara y el pecho salpicados de sangre. Metió talones a su caballo y partió.

Tate se acuclilló en la arena con las manos colgando al frente. Miró al chaval.

¿Quién se ocupa del mexicano?, dijo.

El chaval no respondió. Miraron a Shelby. Los estaba observando.

Tate tenía unos cuantos guijarros en la mano y los dejó caer uno por uno a la arena. Miró al chaval.

Vete si quieres, dijo el chaval.

Miró a los delaware muertos en sus mantas. Podrías no hacerlo, dijo.

Eso a ti no te importa.

Puede que Glanton vuelva.

Puede.

Tate miró hacia donde estaba el mexicano y luego otra vez al chaval. Pero yo he dado mi palabra.

El chaval no dijo nada.

¿Sabes lo que les van a hacer?

El chaval escupió. Me lo imagino, dijo.

Lo dudo.

He dicho que podías irte. Tú haz lo que quieras.

Tate se levantó y miró hacia el sur pero el desierto se mostraba en toda su diafanidad deshabitado de cualquier ejército. Encogió los hombros de frío. Indios, dijo. A ellos les da lo mismo. Cruzó el campamento y fue a por su caballo y lo llevó a pie y montó. Miró al mexicano que resollaba flojito con una espuma rosada en los labios. Miró al chaval y picó al poni y se alejó entre las tacañas acacias.

El chaval se quedó sentado en la arena y miró hacia el sur. Al mexicano le habían perforado los pulmones de un tiro y acabaría muriendo pero Shelby tenía la cadera destrozada por una bala y estaba lúcido. Estaba observando al chaval. Venía de una importante familia de Kentucky y había estudiado en el Transylvania College y como otros muchos jóvenes de su clase había ido al oeste por causa de una mujer. Shelby miró al chaval y miró al enorme sol que hervía en el límite del desierto. Cualquier jugador o salteador de caminos habría sabido que el primero que hablara perdía, pero Shelby ya lo había perdido todo.

Oye, dijo, ¿por qué no acabas de una vez?

El chaval le miró.

Si tuviera una pistola te mataría, dijo Shelby.

El chaval no respondió.

Lo sabes, ¿verdad?
No tienes pistola, dijo el chaval.
Miró de nuevo al sol. Algo que se movía, quizá las primeras líneas de calor. Ni una mota de polvo tan temprano. Cuando volvió a mirar a Shelby, Shelby estaba llorando.
Si te dejo aquí no me lo agradecerás, dijo.
Entonces lárgate, hijo de puta.
El chaval siguió sentado. Del norte soplaba un poco de brisa y unas palomas habían empezado a chillar en los sayones que tenían a su espalda.
Si lo que quieres es que me vaya me voy.
Shelby no dijo nada.
El chaval hizo un surco en la arena con el tacón de su bota. Tú decides.
¿Vas a dejarme una pistola?
Sabes que no puedo.
No eres mejor que él, ¿eh?
El chaval no respondió.
¿Y si vuelve?
Glanton.
Sí, Glanton.
Y qué si vuelve.
Me matará.
No habrás perdido nada.
Qué hijoputa eres.
El chaval se levantó.
Me vas a esconder o no.
¿A esconder?
Sí.
El chaval escupió. No puedes esconderte, dijo. ¿Dónde te vas a esconder?
¿Volverá Glanton?
No sé.
Este es un sitio horrible para morir.
Dime uno que no lo sea.

Shelby se enjugó los ojos con el dorso de la muñeca. ¿Los ves?, dijo.

Todavía no.

¿Me llevas hasta esas matas?

El chaval volvió la cabeza y miró a Shelby. Miró una vez más tierra adentro y luego cruzó la hondonada y se agachó detrás de Shelby y le cogió por las axilas y lo levantó. La cabeza de Shelby cayó hacia atrás y entonces levantó la vista y trató de agarrar la culata de la pistola que el chaval llevaba al cinto. El chaval le asió del brazo. Se retiró un poco y luego lo dejó suelto. Cuando volvió por la hondonada llevando su caballo de la brida el otro se había puesto a llorar otra vez. Se sacó la pistola del cinto y la guardó con los bártulos que llevaba atados al fuste de la silla y bajó su cantimplora y fue hacia Shelby.

Shelby miraba hacia el otro lado. El chaval le llenó la cantimplora y volvió a colocar el tapón que colgaba de su cordel y lo afianzó con el canto de la mano. Luego se puso de pie y miró hacia el sur.

Por allá vienen, dijo.

Shelby se apoyó en un codo.

El chaval le miró y contempló la débil e informe articulación en el horizonte sur. Shelby se recostó. Se puso a mirar al cielo. Del norte se acercaban nubarrones y se había levantado viento. Unas hojas corretearon desde los helechos que había al borde de la arena y luego volvieron a su sitio. El chaval fue hasta donde esperaba el caballo y cogió la pistola y se la metió en el cinto y colgó la cantimplora del borrén de la silla y montó y miró una vez más al herido. Luego se alejó a caballo.

Trotaba hacia el norte por la llanura cuando vio a otro jinete a poco más de un kilómetro de distancia. No supo distinguir quién era y aminoró el paso. Al momento vio que el jinete guiaba su caballo a pie y al momento pudo ver que el caballo no andaba bien.

Era Tate. Estaba sentado al borde del camino viendo acercarse al chaval. El caballo se aguantaba sobre tres patas. Tate no dijo nada. Se quitó el sombrero, miró en su interior y se lo volvió a poner. El chaval había girado en su silla y miraba hacia el sur. Después miró a Tate.

¿Puede andar?

No mucho.

Se apeó y levantó la pata del caballo. La ranilla del casco estaba hendida y ensangrentada y las paletillas del animal temblaban. Le bajó la pata. Hacía un par de horas que había salido el sol y ahora se veía polvo en el horizonte. Miró a Tate.

¿Qué quieres hacer?

No lo sé. Seguir a pie un trecho. A ver si se le pasa.

Lo dudo.

Ya.

Podríamos montarlo por turnos.

También podrías seguir tú solo.

Por descontado.

Tate le miró. Vete si quieres, dijo.

El chaval escupió. Vamos, dijo.

Me sabe mal abandonar la silla. Y me sabe mal abandonar al caballo.

El chaval cogió las riendas del suyo que colgaban. Quizá cambies de opinión sobre lo que te sabe mal y lo que no, dijo.

Partieron a pie guiando de la brida a los animales. El caballo herido hacía ademán de pararse todo el rato. Tate lo animaba a seguir. Vamos, tonto, le decía. Esos salvajes te van a gustar tan poco como a mí.

A mediodía el sol era un pálido borrón y un viento frío soplaba del norte. Hombre y animal iban inclinados a su encuentro. El viento iba cargado de arena y se cubrieron la cara con los sombreros y siguieron andando.

La broza seca del desierto revoloteaba en la arena migrante. Pasó una hora y no había rastro visible del grupo de jinetes que los precedía. El cielo estaba gris y de una sola pieza en todas direcciones hasta donde alcanzaba la vista y el viento no menguaba. Al rato empezó a nevar.

El chaval había bajado su manta e iba envuelto en ella. Volvió la cabeza y se puso de espaldas al viento y el caballo se inclinó para apoyar su mejilla en la de él. Tenía las pestañas espolvoreadas de nieve. Tate se detuvo al llegar a su altura y ambos se quedaron mirando a favor del viento hacia donde iba la nieve. No veían más allá de un palmo.

Esto es un infierno, dijo.

¿Tu caballo podría ir delante?

Qué va. Apenas hago que me siga.

Si equivocamos el rumbo, seguramente nos daremos de narices con los españoles.

Nunca he visto que hiciera tanto frío tan de repente.

¿Qué quieres hacer?

Lo mejor es continuar.

Podríamos ir hacia el monte. Mientras sigamos montaña arriba sabremos que no estamos girando en círculo.

Nos quedaremos aislados. Nunca encontraremos a Glanton.

Ya estamos aislados.

Tate se volvió y miró sin expresión hacia el norte y hacia la ventisca. Vamos, dijo. No podemos quedarnos aquí.

Siguieron a pie. El suelo estaba ya blanco. Se turnaron para montar el caballo bueno y guiar al lisiado. Treparon durante horas por un largo barranco pedregoso y la nieve no disminuía. Empezaron a encontrar piñones y robles enanos y la nieve en aquellos prados de montaña pronto alcanzó un palmo de alto y los caballos soplaban y humeaban como máquinas de vapor y hacía más frío y anochecía.

Estaban envueltos en sus mantas durmiendo en la nieve cuando los batidores de la avanzadilla de Elías los encontraron. Habían seguido durante toda la noche la única pista que había, afanándose en avanzar para no perder de vista aquellas huellas que se iban llenando de nieve. Eran cinco hombres y llegaron en la oscuridad a través de la espesura y casi se tropezaron con los que dormían, dos montículos en la nieve, uno de los cuales se abrió y del cual una figura se incorporó de repente como una nidada horripilante.

Había dejado de nevar. El chaval los distinguió con claridad a ellos y sus animales sobre el suelo pálido, los hombres a media zancada y los caballos resoplando frío. Tenía las botas en una mano y la pistola en la otra y se levantó de la manta y apuntó e hizo fuego hacia el pecho del hombre más próximo a él y giró y empezó a correr. Resbaló y cayó sobre una rodilla. Un fusil disparó a su espalda. Se levantó de nuevo y corrió por una oscura chavasca de piñones y se desvió hacia el repecho. Sonaron más disparos detrás de él y cuando se volvió pudo ver un hombre que bajaba entre los árboles. El hombre se detuvo y levantó los codos y el chaval saltó de cabeza. La bala de fusil se perdió entre las ramas. El chaval rodó de costado y amartilló su pistola. El cañón debía de estar lleno de nieve, porque cuando disparó un cerco de luz anaranjada salió por la boca y el disparo produjo un extraño sonido. Palpó el arma para ver si había estallado pero no era así. Ya no podía ver al hombre y se incorporó para seguir corriendo. Al pie del repecho se detuvo jadeando en el aire frío y se calzó las botas y miró hacia los árboles. Nada se movía. Se levantó y siguió adelante después de meterse la pistola por el cinto.

Salió el sol y el chaval agazapado al pie de un promontorio contemplando la región que se extendía al sur. Estuvo así durante más de una hora. Un grupo de ciervos subió paciendo por la otra orilla del arroyo buscando comida y paciendo se alejó. Al poco rato se puso de pie y siguió recorriendo el cerro.

Anduvo todo el día por aquellos montes agrestes, comiendo puñados de nieve de las ramas de hoja perenne. Siguió caminos de caza a través de los abetos y al atardecer bordeó un yacimiento aluvial desde donde vio al suroeste el desierto oblicuo salpicado de formas de nieve que reproducían toscamente la faja de nubes que ya avanzaba hacia el sur. El hielo se adhería a las rocas y una miríada de carámbanos brillaba de un rojo sangre entre las coníferas a la luz reflejada por el sol que se ponía al otro lado de la pradera. Se sentó de espaldas a una roca y notó el calor del sol en la cara y lo vio encharcarse y desvanecerse y llevarse con él todo aquel cielo rosado y rosa y carmesí. Un viento helado se levantó y los enebros se ensombrecieron de pronto en contraste con la nieve. Después todo fue quietud y frío.

Se puso otra vez en marcha, apresurando el paso por la roca pizarrosa. Caminó toda la noche. Las estrellas se desplazaban en sentido contrario a las manecillas del reloj y la Osa Mayor giraba y las Pléyades guiñaban en el techo mismo de la bóveda. Caminó hasta que los dedos de los pies se le durmieron y le castañetearon dentro de las botas. La cornisa se adentraba en la montaña orillando una profunda garganta y él no veía modo de bajar de aquellas alturas. Se sentó y se quitó las botas con esfuerzo y se abrazó los pies helados uno después de otro. No se le calentaban y la mandíbula no paraba de temblarle de frío y cuando quiso calzarse de nuevo tenía los pies como un par de palos. Cuando hubo conseguido meterlos en las botas y se levantó y pateó el suelo comprendió que no podía detenerse otra vez hasta que saliera el sol.

Cada vez hacía más frío y la noche se cernía ante él. Siguió en la oscuridad los desnudos espinazos de roca que el viento había despejado de nieve. Las estrellas brillaban con una fijeza sin párpados y se fueron aproximando con la noche y cerca ya del alba se tambaleaba entre los basaltos de la arista más cercana al cielo, una árida extensión de roca tan inmersa en aquella vistosa morada que las estrellas le rozaban los pies y lascas migratorias de materia incandescente cruzaban y volvían a cruzar en torno a él en sus trayectorias desorientadas. Con la primera luz salió a un promontorio y recibió allí antes que ningún otro ser vivo en aquella comarca el calor del sol en su ascensión.

Durmió acurrucado entre las piedras con la pistola pegada al pecho. Los pies le ardían al descongelarse y se despertó y estuvo contemplando aquel cielo de un azul porcelana donde muy arriba dos halcones negros giraban lentamente alrededor del sol, perfectamente simétricos como pájaros de papel en lo alto de un palo.

Caminó todo el día hacia el norte y a la luz larga del crepúsculo divisó desde aquella cornisa una colisión de remotos y silentes ejércitos en la llanura. Los oscuros caballitos giraban en círculo y el paisaje cambiaba con la luz más pálida y al fondo las montañas meditaban en silueta cada vez más oscura. A lo lejos los jinetes cabalgaban y resistían y una tenue acumulación de humo pasó sobre ellos y siguieron adelante por la sombra más compacta ya del valle, dejando tras ellos las formas de hombres mortales que habían perdido sus vidas en aquel sitio. Vio acaecer todo aquello allá abajo, mudo e incoherente y en armonía, hasta que los beligerantes se perdieron en el repentino caer de la noche sobre el desierto. Toda la tierra quedó fría y azul y sin definición y el sol brilló únicamente sobre las rocas en donde se encontraba. Al rato de reanudar la marcha la oscuridad lo envolvió también a él y empezó a soplar viento y en los límites de poniente los relámpagos deshilachados volvieron a hacer repetido acto de presencia. Caminó siguiendo la escarpa hasta que encontró una brecha en la pared, un cañón que se adentraba en las montañas. Se quedó mirando aquel abismo donde las copas de los árboles retorcidos siseaban al viento y luego empezó a bajar.

La nieve formaba bolsas profundas en la pendiente y se debatió por ellas apoyándose en las rocas desnudas para mantener el equilibrio hasta que las manos se le entumecieron de frío. Cruzó con precaución un deslizadero de grava y bajó por el otro lado entre escollos y arbolillos nudosos. Las caídas eran constantes, trataba de agarrarse a algo en la oscuridad, se levantaba y se palpaba el cinto en busca de la pistola. Así pasó la noche entera. Cuando llegó a los bancales oyó un arroyo que corría allá abajo por la garganta y caminó tambaleándose con las manos en los sobacos como un fugitivo embutido en una camisa de fuerza. Arribó a un aguazal arenoso y lo siguió cuesta abajo para llegar finalmente al desierto, donde quedó tiritando de frío y buscando alguna estrella en el cielo cubierto.

En el llano donde ahora se encontraba la nieve había desaparecido, venteada o derretida. Tormentas sucesivas venían del norte y los truenos retumbaban a lo lejos y el aire era frío y olía a piedra mojada. Se encaminó resueltamente por el hondón, árido salvo por algún que otro montecillo de hierba y unas palmillas que se erguían solitarias y silenciosas bajo el sol en descenso como otros seres que se hubieran apostado allí. Hacia el este las montañas formaban un zócalo negro en el desierto y delante de él había barrancos o promontorios que se extendían como formidables y sombríos farallones sobre el lecho desértico. Siguió andando estoicamente, medio congelado, insensibles los pies. Hacía casi dos días que no probaba bocado y había descansado muy poco. Se orientó en el terreno aprovechando los periódicos destellos de los relámpagos y siguió adelante y de este modo dobló un oscuro saliente de roca a su derecha y se detuvo, tiritando y soplándose las manos yertas y como garras. A lo lejos ardía una lumbre en la pradera, una llama solitaria deshilachada por el viento que se renovaba y languidecía y esparcía chispas hacia la tormenta como escoria al rojo vivo de una fragua irreal rugiendo en el páramo. Se sentó a observarla. Era difícil decir a qué distancia estaba. Se tumbó boca abajo para estudiar el terreno a la luz del cielo a fin de ver quiénes eran los que estaban allí pero no había cielo ni luz. Estuvo mirando un buen rato pero no vio moverse nada.

Cuando reanudó la marcha, el fuego pareció retroceder. Una tropa de figuras pasó entre él y el resplandor. Luego otra vez. Quizá lobos. Siguió adelante.

Era un árbol y ardía en mitad del desierto. Un árbol heráldico que la última tormenta había dejado en llamas. El peregrino solitario había hecho un largo camino para llegar hasta aquel punto y se arrodilló en la arena caliente y extendió sus manos entumecidas mientras alrededor de aquel círculo se congregaban humildes tropas auxiliares encandiladas por aquel falso día, pequeños búhos que se agazapaban en silencio y cambiaban el peso de pata y también tarántulas y solpugas y vinagrones y las crueles migales y lagartos de collar con la boca negra del chowchow, mortales para el hombre, y pequeños basiliscos del desierto que evacuan sangre por los ojos y pequeñas víboras de las arenas parecidas a deidades agradables, silenciosas e iguales en Yeddah como en Babilonia. Una constelación de ojos ígneos que bordeaba el círculo de luz unidos en precaria tregua ante aquella antorcha solitaria cuyo brillo había devuelto las estrellas a sus respectivas órbitas.

Cuando salió el sol el chaval estaba dormido bajo el esqueleto todavía humeante de una rama renegrida. La tormenta había avanzado hacia el sur y el cielo nuevo era puro y azul y la espiral de humo del árbol quemado se elevaba verticalmente en el quieto amanecer como un esbelto gnomon señalando la hora con su peculiar sombra palpitante sobre la faz de un territorio que carecía de otra referencia. Todos los animales que habían velado con él por la noche se habían ido y a su alrededor no había más que las formas coralinas de la fulgurita en sus chamuscados surcos fundidos en la arena donde relámpagos en bola habían corrido por el suelo entre silbidos y un hedor a azufre.

Sentado a lo sastre en el ojo de aquel yermo convertido en cráter vio desdibujarse las márgenes del mundo en una conjetura espejeante que circundó el desierto. Al poco rato se levantó y fue hasta el borde del hondón y remontó el cauce seco de un arroyo, siguiendo las pequeñas huellas demoníacas de unas jabalinas hasta que las encontró bebiendo en una charca. Los venablos huyeron bufando por el chaparral y él se tendió en la arena pisoteada y húmeda y bebió y descansó y volvió a beber.

Por la tarde echó a andar por la vaguada con el peso del agua bamboleándose en sus tripas. Tres horas después pisaba el arco de un rastro de caballos que venía del sur allí donde había pasado el grupo. Siguió el borde de las huellas e identificó los distintos jinetes y calculó cuántos eran y le pareció que cabalgaban a medio galope. Siguió la pista durante varios kilómetros y dedujo por la alternancia de huellas superpuestas que todos aquellos jinetes habían pasado juntos y dedujo por las piedras removidas y los hoyos de los cascos que habían pernoctado allí. Hizo visera con la mano y miró tierra adentro en busca de polvo o rumores de Elías. Nada. Siguió adelante. Un kilómetro más allá llegó a una extraña masa carbonizada en el camino que parecía el cadáver quemado de alguna bestia impía. La rodeó. Huellas de lobos y coyotes habían cruzado las pisadas de caballo y de botas, breves idas y venidas que iban hasta el borde de aquella forma incinerada y se alejaban otra vez.

Eran los restos de las cabelleras arrancadas a orillas del Nacozari y las habían quemado sin remisión en una verde y hedionda hoguera para que no quedara nada de los poblanos salvo aquel grumo de sus vidas pretéritas. La incineración se había efectuado sobre un montículo y el chaval estudió hasta el último palmo de terreno pero no había nada que ver. Avanzó siguiendo las huellas, huellas que sugerían persecución en la oscuridad, siguiéndolas a través del crepúsculo. El sol se puso y arreció el frío, pero no era nada comparado con el frío en las montañas. El ayuno le había debilitado y se sentó en la arena para descansar y despertó retorcido en el suelo. La luna había salido, la mitad de ella cual barca de juguete posada en el hueco de las negras montañas de papel que había al este. Se levantó y se puso en camino. Aullaban coyotes y los pies empezaron a fallarle. Una hora después se encontró con un caballo.

Estaba en mitad del camino y se apartó hacia lo oscuro y quedó quieto otra vez. El chaval se detuvo empuñando la pistola. El caballo pasó de largo, forma oscura, con jinete o sin, era imposible decirlo. Dio la vuelta y regresó.

Le habló. Pudo oír el rumor de su respiración pulmonar y lo oyó moverse y cuando regresó pudo olerlo también. Lo estuvo siguiendo de un lado a otro durante casi una hora, hablándole, silbando, tendiéndole las manos. Cuando estuvo lo bastante cerca para tocarlo agarró su crin y el caballo siguió trotando con él corriendo al lado agarrado a la crin y finalmente le rodeó una mano con las dos piernas y lo hizo caer al suelo hecho un ovillo.

Él fue el primero en levantarse. El caballo forcejeaba por alzarse y pensó que se habría lastimado en la caída pero no era así. Le pasó el cinto alrededor del hocico y lo montó y el caballo se irguió y quedó temblando debajo de él con las patas separadas. Le palmeó la cruz varias veces y le habló y el caballo echó a andar con paso vacilante.

Pensó que sería uno de los caballos de carga comprados en Ures. El caballo se paró y él lo animó a seguir pero no había manera. Le clavó los talones de las botas debajo de las rodillas y el caballo se posó sobre sus cuartos traseros y se puso a trotar de lado. Desató el cinto que le había puesto en el hocico y lo picó con el pie y le dio un azote con el cinturón y el caballo se echó a andar en seguida. Agarró un buen puñado de crin en una mano y se ajustó la pistola en la cintura y siguió adelante, subido al lomo desnudo del animal, cuyas vértebras se articulaban palpables y discretas bajo la capa.

Cabalgando así se les unió otro caballo venido del desierto y se puso a andar junto a ellos y allí seguía cuando amaneció. Por la noche un grupo más numeroso se había sumado a las huellas de los jinetes y ahora la pista era una amplia calzada que remontaba el valle en dirección norte. Al salir el sol se inclinó con la cara pegada a la paletilla de su montura y estudió las huellas. Eran ponis indios sin errar y había un centenar de ellos. Y no se habían unido a los jinetes sino estos a aquellos. Siguió adelante. El pequeño caballo que los acompañaba desde la noche se había alejado unas leguas y ahora les seguía ojo avizor y el caballo que montaba estaba nervioso y enfermo por falta de agua.

A mediodía el animal empezó a desfallecer. Intentó persuadirlo de que dejara la pista e ir a por el otro caballo pero no había manera de apartarlo del curso que se había marcado. Chupó un guijarro y examinó los alrededores. Entonces vio jinetes delante de él. Primero no estaban y luego sí. Comprendió que era su proximidad lo que había inquietado a los dos caballos y siguió adelante observando ora a los caballos ora el horizonte. La jaca que montaba empezó a temblar y apretó el paso y al poco rato pudo ver que los jinetes llevaban sombrero. Picó a su caballo y cuando llegó a su altura el grupo se había detenido y estaban todos sentados en el suelo observando su llegada.

Tenían mal aspecto. Estaban exhaustos, ojerosos y sucios de sangre y habían vendado sus heridas con ropa blanca que ahora estaba mugrienta y ensangrentada y sus ropas incrustadas de sangre seca y de negro de pólvora. Los ojos de Glanton en sus cuencas oscuras eran dos centroides de asesinato y él y sus jinetes harapientos miraron funestos al chaval como si no fuera de los suyos pese a que se parecían tanto en la miseria de sus circunstancias. El chaval se bajó del caballo y quedó entre ellos flaco y acartonado y con la mirada ida. Alguien le tiró una cantimplora.

Habían perdido cuatro hombres. Los otros estaban explorando el camino. Elías se había adentrado en las montañas durante la noche y todo el día siguiente y se había lanzado sobre ellos por la nieve en la oscuridad del llano sesenta kilómetros más al sur. Los había perseguido hacia el norte a través del desierto como si fueran reses y ellos habían seguido deliberadamente el rastro del grupo a fin de despistar a sus perseguidores. No sabían qué ventaja llevaban a los mexicanos y no sabían cuánta ventaja les llevaban los apaches.

Bebió de la cantimplora y los miró a todos. De los que faltaban no tenía modo de saber quiénes habían ido con los batidores y quiénes habían muerto en el desierto. El caballo que le trajo Toadvine era el que Sloat había montado al salir de Ures. Cuando partieron media hora más tarde dos de los caballos no pudieron levantarse y fueron abandonados. Montaba una desvencijada silla sin cuero en el caballo del muerto e iba encorvado y dando tumbos y pronto sus brazos y sus piernas colgaban de cualquier manera y él sacudiéndose en sueños como una marioneta a caballo. Al despertar vio que el ex cura cabalgaba a su lado. Se durmió otra vez. Cuando despertó más tarde era el juez quien estaba junto a él. También había perdido su sombrero y cabalgaba con una corona de matojos del desierto en torno a la cabeza como un egregio bardo de las salinas y miraba al refugiado con aquella sonrisa de siempre, como si el mundo hubiera sido agradable aunque solo fuera para él.

Cabalgaron todo el resto del día por colinas bajas y ondulantes cubiertas de chollas y espino blanco. De vez en cuando uno de los caballos de reserva se detenía y quedaba vacilante en el sendero y se iba empequeñeciendo a sus espaldas. Descendieron por una larga pendiente orientada al norte en la fría tarde azul y por una árida explanada donde solo crecían ocotillos y rodales de grama y acamparon en el llano y el viento no dejó de soplar toda la noche y pudieron ver otros fuegos hacia el norte en el desierto. El juez fue a echar un vistazo a los caballos y eligió de la lastimosa manada el animal que peor aspecto tenía y se lo llevó. Pasó con él por delante de la lumbre y pidió que alguien se lo sujetara. Nadie se levantó. El ex cura se inclinó hacia el chaval.

No le hagas caso.

El juez llamó de nuevo desde la oscuridad y el ex cura apoyó una mano en el brazo del chico a modo de advertencia. Pero el chaval se levantó y escupió al fuego. Volvió la cabeza y miró al ex cura detenidamente.

¿Crees que le tengo miedo?

El ex cura no respondió y el chaval se alejó hacia lo oscuro en donde el juez esperaba.

Estaba junto al caballo. Solo sus dientes brillaban a

la luz de la lumbre. Se llevaron al animal un poco más allá y el chaval sujetó la reata trenzada mientras el juez agarraba una piedra redonda que debía de pesar cien libras y aplastaba el cráneo del animal de un certero golpe. Las orejas escupieron sangre y el animal cayó a tierra con tal fuerza que una de sus manos se partió bajo su peso con un chasquido.

Despellejaron los cuartos traseros del caballo sin destriparlo y los hombres cortaron filetes y los asaron al fuego y cortaron en tiras el resto de la carne y la colgaron a ahumar. Los batidores no llegaban y apostaron vigías y todos se dispusieron a dormir con las armas cerca del pecho.

A media mañana del día siguiente atravesaron un hondón alcalino en donde una asamblea de cabezas humanas se había convocado. La compañía se detuvo y Glanton y el juez se adelantaron a caballo. Eran ocho cabezas en total y todas ellas llevaban sombrero y formaban un círculo mirando hacia afuera. Glanton y el juez las rodearon y el juez desmontó y empujó una de las cabezas con la bota. Como si quisiera cerciorarse de que no había nadie enterrado debajo. Las otras cabezas miraban ciegas desde sus ojos marchitos como individuos de alguna secta virtuosa que hubiera hecho votos de silencio y de muerte.

Los jinetes miraron hacia el norte. Siguieron adelante. Pasado un pequeño promontorio estaban los pecios renegridos de un par de carros y los torsos desnudos del grupo. El viento había trasladado las cenizas y los ejes de hierro marcaban las formas de los carros como la sobrequilla lo hace con el costillaje de los barcos en el lecho marino. Los cadáveres habían sido parcialmente devorados y unos grajos alzaron el vuelo al acercarse los jinetes y un par de busardos corretearon por la arena con las alas desplegadas como coristas sucias, sacudiendo obscenamente sus cabezas de carne hervida.

Siguieron adelante. Cruzaron un estuario desecado de la planicie y por la tarde atravesaron una serie de angostos desfiladeros en una región de colinas suaves. Olieron el humo de las lumbres de piñón y antes de que oscureciera entraban en la población de Santa Cruz.

Como todos los presidios a lo largo de la frontera, este pueblo había mermado respecto a su trazado inicial y muchas casas y edificios estaban en ruinas. La llegada de los jinetes había sido anunciada a gritos y el camino estaba flanqueado de habitantes que los miraban con dureza, las viejas en sus rebozos negros y los hombres armados con espingardas y miqueletes o armas fabricadas con restos ensamblados de cualquier manera en culatas de álamo a las que habían dado forma con hachas como las armas de una caseta de tiro. Las había incluso que por no tener no tenían ni cerrojo y que se disparaban metiendo un cigarrillo por el oído del cañón, con lo cual las piedras de río que hacían las veces de munición salían zumbando por el aire en trayectorias excéntricas y peculiares como las de los meteoritos. Los americanos siguieron avanzando. Nevaba otra vez y un viento frío se colaba por la callejuela. Incluso en su penoso estado dirigían miradas de inequívoco desprecio a aquella milicia falstafiana.

Se apearon de los caballos en la escuálida alameda mientras el viento castigaba los árboles y los pájaros que anidaban en el crepúsculo gris chillaban y se asían de las ramas y la nieve barría la placita a remolinos y amortajaba las siluetas de los edificios de barro y enmudecía los gritos de los vendedores que los habían seguido. Glanton y el mexicano con quien había partido regresaron. La compañía montó y desfiló calle abajo hasta llegar a una vieja puerta de madera que daba a un patio. El patio estaba espolvoreado de nieve y en él había aves de corral y otros animales —cabras, un burro— que arañaban y escarbaban a ciegas cuando los jinetes entraron.

En una esquina había un trípode de palos renegridos y una gran mancha de sangre que la nieve había cubierto en parte y había tomado un matiz rosa claro en el crepúsculo. Un hombre salió de la casa y habló con Glanton y habló también con el mexicano y luego les hizo una seña para que se pusieran a cubierto.

Se sentaron en el suelo de una habitación larga de techo alto y vigas teñidas de humo mientras una mujer y una niña les traían cuencos de un guisado de cabra y una bandeja de arcilla repleta de tortillas azuladas y después les sirvieron alubias y café y gachas de avena con pedacitos de azúcar moreno de peloncillo sin refinar. Afuera había oscurecido y seguía nevando. No había lumbre en la habitación y la comida humeaba. Cuando hubieron comido se pusieron a fumar y las mujeres recogieron los cuencos y al cabo de un rato entró un chico con un farol y les enseñó el camino.

Cruzaron el patio entre los caballos que venteaban y el chico abrió la puerta de madera basta de un cobertizo de adobe y sostuvo el farol en alto. Trajeron las sillas de montar y las mantas. En el patio los caballos pateaban de frío.

Bajo el cobertizo había una yegua con un potro mamantón y el chico la habría sacado de allí pero ellos le dijeron que la dejara donde estaba. Trajeron paja de un pesebre y la esparcieron por el suelo y el chico les sostuvo el farol mientras preparaban un lecho. El establo olía a arcilla y paja y estiércol, y a la sucia luz amarilla que arrojaba la lámpara su aliento humeaba de frío. Cuando hubieron colocado las mantas, el chico bajó la lámpara y salió al patio y cerró la puerta dejándolos en una profunda y absoluta oscuridad.

Nadie se movió. En aquel establo glacial el cerrarse de la puerta había evocado tal vez en algunos de ellos el recuerdo de otras hosterías y no precisamente de su elección. La yegua olfateaba inquieta y el potrillo iba de un lado a otro. Al rato fueron despojándose todos de sus ropas, los chubasqueros de pelleja y los sarapes y chalecos de lana burda, y uno por uno propagaron a su alrededor una ruidosa crepitación de chispas y se vio que hasta el último de ellos vestía una mortaja del más pálido fuego. Los brazos en alto al sacarse las prendas se veían luminosos y todos y cada uno de aquellos oscuros individuos estaban envueltos en audibles formas de luz como si siempre hubiera sido así. La yegua resoplaba de miedo en su rincón viendo resplandecer súbitamente a aquellos seres imbuidos de oscuridad y el potrillo giró y escondió la cara en el flanco de su madre.

XVI

El valle de Santa Cruz – San Bernardino
Toros salvajes – Tumacacori – La misión
El ermitaño – Tubac – Los batidores perdidos
San Xavier del Bac – El presidio de Tucson
Carroñeros – Los chiricahuas – Encuentro peligroso
Mangas Colorado – El teniente Couts
Reclutamiento en la plaza – Un salvaje
Asesinato de Owens – En la cantina
El señor Bell es examinado – El juez habla de pruebas
Perros monstruosos – Un fandango
El juez y el meteorito.

Cuando partieron de madrugada el frío era más intenso aún. No había nadie en la calle y tampoco huellas en la nieve fresca. A las afueras del pueblo vieron que unos lobos habían cruzado el camino.

Salieron bordeando un pequeño río cubierto de hielo, ciénaga helada donde unos patos iban y venían murmurando. Aquella tarde recorrieron un valle exuberante donde la hierba marchita del invierno llegaba a las panzas de los caballos. Campos desiertos en los que la cosecha se había podrido y huertas donde las manzanas, los membrillos y las granadas se habían secado y caído al suelo. Encontraron ciervos apriscados en los prados y encontraron huellas de reses y aquella noche mientras asaban al fuego las costillas y los perniles de una hembra de gamo joven oyeron mugir unos toros en la oscuridad.

Al día siguiente pasaron por las ruinas de la antigua hacienda de San Bernardino. En aquel predio vieron toros salvajes tan viejos que ostentaban en sus ancas hierros españoles y varios de ellos cargaron contra la pequeña columna y fueron muertos a tiros y dejados allí hasta que uno salió de un grupito de acacias y sepultó sus cuernos en las costillas del caballo que montaba James Miller. Este había sacado el pie del estribo al ver venir al toro y el impacto casi había dado con él en tierra. El caballo gritó y coceó pero el toro tenía las patas bien ancladas en tierra y levantó al animal con jinete y todo antes de que Miller pudiera sacar su pistola y cuando apoyó la boca del arma en la testuz de la bestia e hizo fuego y aquel grotesco conjunto se derrumbó al suelo, Miller se apartó de la escena con cara de disgusto y la pistola humeando en su mano. El caballo hacía esfuerzos por levantarse y él volvió y le pegó un tiro y se metió la pistola por el cinto y empezó a aflojar las cinchas. El caballo había quedado boca arriba encima del toro muerto y le costó un buen rato recuperar la silla. Los otros jinetes observaban a cierta distancia y alguien arreó al último caballo de reserva que quedaba pero aparte de eso nadie se brindó a echarle una mano.

Siguieron el curso del río Santa Cruz, serpenteando entre álamos inmensos que crecían del río. No volvieron a ver rastro de los apaches y tampoco encontraron indicios de los batidores. Al día siguiente pasaron por la vieja misión de San José de Tumacacori y el juez se desvió para ir a ver la iglesia que estaba a un kilómetro del camino. Había disertado brevemente sobre la historia y la arquitectura de la misión y quienes le escuchaban no podían creer que él no hubiera estado nunca allí. Tres hombres partieron con el juez y Glanton los vio alejarse con un oscuro presentimiento. Él y los demás siguieron cabalgando un trecho y luego Glanton se detuvo y dio media vuelta.

La vieja iglesia estaba en ruinas y la puerta abierta hacia el recinto amurallado. Cuando Glanton y sus hombres cruzaron el casi desmoronado portal cuatro caballos sin jinete estaban entre los frutales y las parras marchitas. Glanton llevaba la cantonera del rifle apoyada en el muslo. Su perro no se separaba del caballo y juntos frisaron con cautela las pandeadas paredes de la iglesia. Iban a entrar por la puerta a caballo pero al llegar allí alguien les disparó desde dentro y mientras unas palomas salían volando ellos desmontaron y se pusieron a cubierto de sus monturas con los rifles apercibidos. Glanton miró a los otros e hizo andar a su caballo hasta un punto desde donde pudiera ver el interior de la iglesia. Parte de una pared había cedido así como casi todo el tejado y había un hombre tendido en el suelo. Glanton guió su caballo hacia la sacristía y se detuvo a mirar con los demás.

El hombre tendido en el suelo agonizaba e iba completamente vestido con prendas caseras de piel de oveja, incluidas las botas y una extraña gorra. Le dieron la vuelta sobre las agrietadas baldosas y sus mandíbulas se movieron dejando sobre su labio inferior un hilo de saliva sanguinolenta. Tenía los ojos empañados y había en ellos una expresión de miedo y había también algo más. John Prewett apoyó la cantonera de su rifle en el suelo y sacó su cebador para recargar el arma. He visto correr a otro, dijo. Eran dos.

El que estaba en el suelo empezó a moverse. Tenía un brazo apoyado en la ingle y ese brazo fue lo que movió un poco para señalar. Si a ellos o a la altura desde la que había caído o a su destino final en la eternidad, no lo supieron. Luego murió.

Glanton escudriñó las ruinas. ¿De dónde ha salido este hijoputa?, dijo.

Prewett señaló con la cabeza hacia el derruido parapeto. Estaba allá abajo. Yo no sabía quién era. Ni lo sé ahora. Le pegué un tiro en cuanto le vi.

Glanton miró al juez.

Yo creo que era un tarado, dijo el juez.

Glanton guió al caballo hasta una puerta pequeña

que daba a un patio. Estaba allí sentado cuando los otros sacaron al segundo ermitaño. Jackson venía empujándole con el cañón de su rifle. Era un hombre menudo, no joven. El que habían matado era hermano suyo. Habían desertado de un barco junto a la costa y llegado a aquel lugar hacía ya mucho tiempo. Estaba aterrorizado y no hablaba inglés y apenas español. El juez se dirigió a él en alemán. Llevaban varios años allí. El hermano había perdido el juicio y el que estaba ante ellos vestido con pieles y unos curiosos borceguíes no estaba del todo cuerdo. Lo dejaron allí. Mientras se alejaban a caballo empezó a corretear por el patio dando voces. Al parecer, no sabía que su hermano estaba muerto dentro de la iglesia.

El juez alcanzó a Glanton y cabalgaron pie con pie hasta llegar al camino.

Glanton escupió. Deberíamos haber matado a ese otro, dijo.

El juez sonrió.

No me gusta ver blancos en ese estado, dijo Glanton. Holandeses o lo que sea. No me gusta.

Cabalgaron hacia el norte siguiendo el río. El bosque estaba desnudo y las hojas caídas mostraban pequeñas escamas de hielo y las escuálidas ramas moteadas de los álamos se veían rígidas contra el acolchado cielo del desierto. Al atardecer pasaron por Tubac, pueblo abandonado, el trigo seco en los campos de invierno y la hierba creciendo en las calles. Un ciego observaba la plaza desde una galería y al pasar ellos levantó la cabeza y escuchó.

Se adentraron en el desierto para hacer un alto. No soplaba viento y aquel silencio era muy del gusto de cualquier fugitivo como lo era el campo abierto y no había montañas cerca donde algún enemigo pudiera esconderse. Ensillaron y partieron antes de que saliera el sol, cabalgando todos a la par con las armas a punto.

Cada cual escrutaba el terreno por su cuenta y los movimientos de las criaturas más minúsculas eran registrados en su percepción colectiva, los filamentos invisibles de su vigilancia federándolos entre sí, y avanzaron por aquel paisaje con una única resonancia. Vieron haciendas abandonadas y tumbas junto al camino y a media mañana habían encontrado el rastro de los apaches, venía del oeste y avanzaba ante ellos por la arena blanda del lecho del río. Los jinetes descabalgaron y cogieron muestras de arena removida al borde de las huellas y las tamizaron entre los dedos y calibraron su humedad a la luz del sol y las dejaron caer y miraron río arriba entre los árboles pelados. Volvieron a montar y siguieron adelante.

Encontraron a los batidores colgando boca abajo de las ramas de un paloverde carbonizado. Estaban espetados por los tendones de Aquiles mediante cuñas afiladas de madera verde y pendían grises y desnudos sobre las pavesas resultantes de haber estado asándose hasta tener la cabeza chamuscada mientras los sesos les hervían dentro del cráneo y de sus orificios nasales salía vapor. Tenían la lengua fuera y atravesada por palos puntiagudos y les habían cercenado las orejas y sus torsos habían sido abiertos con pedernal de forma que las entrañas les colgaban por fuera. Algunos hombres se aproximaron con cuchillos y cortaron las ligaduras y los dejaron sobre las cenizas. Los dos cuerpos más oscuros eran los últimos delaware de la compañía y los otros dos eran el tasmanio y un hombre del este llamado Gilchrist. No habían encontrado por parte de sus bárbaros anfitriones ni favor ni discriminación, sino que habían sufrido y muerto con absoluta imparcialidad.

Aquella noche pasaron por la misión de San Xavier del Bac, la iglesia solemne y severa a la luz de las estrellas. No ladró un solo perro. Las chozas de los papagos parecían desocupadas. El aire era frío y diáfano y toda la región estaba sumida en una oscuridad que ni los búhos siquiera reclamaban para sí. Un meteoro verde surgió a sus espaldas remontando el lecho del valle y cruzó el vacío hasta desvanecerse.

Pasando al amanecer por las afueras del presidio de Tucson vieron las ruinas de varias haciendas y vieron junto al camino nuevas señales que anunciaban el lugar de un asesinato. En el llano había una pequeña estancia cuyos edificios humeaban todavía y sobre los segmentos de una valla construida con costillas de cactus había varios buitres que observaban muy juntos la prometida salida del sol, levantando primero una pata, luego otra, y desplegando unas alas como capas. Vieron huesos de gorrinos que habían muerto en un recinto tapiado y en un melonar vieron un lobo encogido entre sus finos codos mirándolos pasar. El pueblo dibujaba una delgada línea de muros pálidos más hacia el norte y agruparon los caballos en un esker de grava y contemplaron la región y las desnudas cordilleras que había al fondo. Las piedras del desierto parecían atadas entre sí por sombras y soplaba viento de allí donde el sol palpitaba a ras de tierra, en los confines del levante. Arrearon sus caballos y salieron a la planicie como hacía el rastro de los apaches, un centenar de jinetes y dos días de ventaja.

Cabalgaron con los rifles sobre las rodillas, marchando de frente y en abanico. El orto resplandecía ante ellos en el suelo del desierto y unas palomas torcaces alzaron el vuelo de a una y a pares y se alejaron del chaparral lanzando gritos anémicos. Un kilómetro más adelante pudieron ver a los indios acampados al pie del muro meridional. Sus animales pacían entre los sauces de la cuenca del río intermitente al oeste del pueblo y lo que de lejos parecían rocas o desperdicios no era sino una sórdida colección de alpendes y cabañas hechos de varas y cueros y lonas de carro.

Siguieron adelante. Varios perros habían empezado a ladrar. El perro de Glanton corría nervioso venteando de acá para allá y del campamento había partido una delegación de jinetes.

Eran chiricahuas, unos veinte o veinticinco. Hacía mucho frío incluso con el sol ya alto, pero ellos montaban medio desnudos, sin otra cosa encima que botas y retales y aquellos emplumados yelmos de cuero en la cabeza, salvajes de la edad de piedra embadurnados de oscuros blasones pintados a la arcilla, grasientos, pestilentes, con los caballos pintados pero pálidos de polvo y corveteando y resoplando el frío. Portaban lanzas y arcos y algunos tenían mosquetes y sus cabellos eran largos y negros y sus ojos, más negros aún, escrutaron a los americanos estudiando sus armas con la esclerótica inyectada en sangre y opaca. Sin cruzar palabra se infiltraron con sus caballos entre el grupo en una suerte de ritual como si ciertos puntos del suelo debieran ser pisados en una determinada secuencia, como en un juego infantil mas con el temor a alguna terrible prenda.

El jefe de aquellos guerreros paniaguados era un hombre bajo y moreno embutido en un uniforme militar mexicano de desecho y llevaba una espada y llevaba uno de los colts Whitneyville que habían pertenecido a los batidores metido en un tahalí abigarrado. Descansó sin desmontar delante de Glanton y evaluó la posición de los otros jinetes y luego preguntó en buen español a dónde se dirigían. Acababa de abrir la boca cuando el caballo de Glanton adelantó la quijada y agarró de la oreja al caballo del jefe. Manó sangre. El caballo chilló y se encabritó y el apache trató de no caer y no bien había desenvainado su espada se vio cara a cara con la negra lemniscata que era el doble cañón del rifle de Glanton. Glanton propinó dos manotazos al hocico de su caballo y este sacudió la cabeza con un ojo semicerrado y la boca chorreando sangre. El apache hizo girar a su poni y cuando Glanton volvió la cabeza vio que sus hombres estaban en punto muerto con los salvajes, ellos y sus armas imbricados en una construcción tensa y frágil como esos rompecabezas donde el emplazamiento de cada pieza depende de la posición de todas las demás y a la inversa, de manera que ninguna puede moverse sin que la estructura entera corra peligro de desmoronarse.

El jefe fue el primero en hablar. Señaló hacia la oreja sangrante de su montura y soltó un colérico alegato en apache, evitando mirar a Glanton. El juez se adelantó en su caballo.

Vaya tranquilo, dijo. *Un accidente, nada más.*

Mire, dijo el apache. *Mire la oreja de mi caballo.*

Sujetó la cabeza del animal para mostrarla pero el caballo se zafó y al sacudir la oreja de un lado a otro salpicó de sangre a los jinetes. Sangre de caballo o de lo que fuera, un temblor recorrió aquella precaria arquitectura y los ponis se quedaron rígidos y convulsos en la rojez del sol saliente y el desierto zumbó bajo sus patas como un tambor. Los frágiles términos de aquella tregua no ratificada fueron radicalmente violados cuando el juez se irguió sobre los estribos y levantó un brazo y gritó una salutación hacia el tendido.

Otros ocho o diez guerreros venían a caballo de la muralla. Su jefe era un hombre colosal dotado de una cabeza colosal y vestía un sobretodo cortado a la altura de las rodillas para dejar pasar las cañas de sus mocasines y vestía una camisa a cuadros y un pañuelo rojo al cuello. No llevaba armas pero los hombres que lo flanqueaban iban armados con rifles de cañón corto y portaban también las pistolas de arzón y otros avíos de los batidores asesinados. Al acercarse los otros salvajes les dejaron paso. El indio cuyo caballo había sido mordido les señaló la oreja en cuestión pero el jefe se limitó a asentir afablemente con la cabeza. Situó su montura en ángulo respecto al juez y el caballo arqueó el pescuezo y el indio era un jinete experto. *Buenos días,* dijo. *¿De dónde vienen?*

El juez sonrió y se tocó la marchita guirnalda de su frente, olvidando a buen seguro que no llevaba sombrero. Presentó a su jefe Glanton con gran formalidad. Hubo intercambio de saludos. El hombre se llamaba Mangas y era cordial y hablaba bien el español. Cuando el indio del caballo herido volvió a reclamar la atención el hombre desmontó y agarró la cabeza del animal y se la examinó. Era patizambo a pesar de su estatura y curiosamente proporcionado. Miró a los americanos y miró a los otros jinetes y les hizo una señal.

Ándale, dijo. Se volvió a Glanton. *Son amistosos. Están un poco borrachos, nada más.*

Los apaches habían empezado a separarse de los americanos como quien se desengancha de un arbusto espinoso. Los americanos aguardaban con los rifles en vertical y Mangas se llevó el caballo herido y le volvió la cabeza hacia arriba valiéndose únicamente de las manos para sujetarla mientras el animal ponía los ojos en blanco. Tras una breve discusión quedó claro que fuera cual fuese la valoración de los daños, el único género con que se los podía indemnizar era el whisky.

Glanton escupió y miró al otro de arriba abajo. *No hay whisky*, dijo.

Se hizo el silencio. Los apaches se miraron entre sí. Miraron las alforjas y las cantimploras. *¿Cómo?*, dijo Mangas.

Que no hay whisky, dijo Glanton.

Mangas soltó la cabezada de cuero crudo. Sus hombres le observaban. Miró hacia el pueblo amurallado y luego miró al juez. ¿No whisky?, dijo.

No whisky.

Su rostro, entre los ceñudos de los demás, era impasible. Miró a los americanos, a sus pertrechos. Realmente no parecían hombres capaces de llevar whisky que no hubieran bebido. El juez y Glanton no se movían de sitio y no ofrecieron otra vía de posible negociación.

Hay whisky en Tucson, dijo Mangas.

Sin duda, dijo el juez. *Y soldados también.* Se adelantó en su caballo con el rifle en una mano y las riendas en la otra. Glanton avanzó. El caballo que estaba detrás de él se movió también. Entonces Glanton se detuvo.

¿Tiene oro?, dijo.

Sí.

¿Cuánto?

Bastante.

Glanton miró primero al juez y luego nuevamente a Mangas. *Bueno*, dijo. *Tres días. Aquí mismo. Un barril de whisky.*

¿Un barril?

Un barril. Metió piernas al caballo y los apaches se apartaron y Glanton y el juez y los que les seguían desfilaron hacia las puertas de la sórdida población de adobe que ahora parecía arder en la llanura al sol naciente del invierno.

El teniente que mandaba la pequeña guarnición se llamaba Couts. Había estado en la costa con las tropas del comandante Graham y a su regreso cuatro días después había encontrado Tucson sometido a un asedio informal por parte de los apaches. Estaban borrachos de un brebaje que ellos mismos destilaban y había habido tiroteos dos noches seguidas y un clamor insistente exigiendo whisky. La guarnición disponía de un cuarto de culebrina de doce libras y munición de mosquete montada sobre el muro de contención y Couts contaba con que los indios se retirarían cuando se terminara el alcohol. Era muy educado y se dirigía a Glanton llamándole capitán. Ninguno de los andrajosos partisanos se había dignado desmontar. Contemplaron la ruinosa fortaleza. Un burro con los ojos vendados y atado a una pértiga daba vueltas y más vueltas a una machacadera y la barra de tracción crujía en sus garruchas. Gallinas y otras aves más pequeñas escarbaban en la base del molino. La pértiga estaba a más de un metro del suelo pero aun así las aves agachaban la cabeza cada vez que les pasaba por encima. En el polvo de la plaza había varios hombres que parecían dormidos. Blancos, indios, mexicanos. Unos cubiertos con mantas y otros no. Al fondo de la plaza estaba el poste de flagelación cuya base se había oscurecido de tantas meadas de perro. El teniente siguió la dirección de su mirada. Glanton se había echado atrás el sombrero y miró hacia abajo.

¿Dónde se puede echar un trago en esta pocilga?, dijo.

Eran las primeras palabras que pronunciaba alguno de ellos. Couts los miró con calma. Ojerosos y perturbados y negros del sol. Las líneas y poros de la piel incrustados de pólvora a fuerza de limpiar los cañones de sus armas. Hasta los propios caballos parecían animales distintos de los que él conocía, adornados como iban de pelo y dientes y piel humanos. Aparte de las armas y las hebillas y algunas piezas de metal en las guarniciones, nada hacía pensar que los recién llegados tuvieran relación alguna con la invención de la rueda.

Hay varios sitios, dijo el teniente. Pero ninguno ha abierto todavía.

Y piensan seguir cerrados, dijo Glanton. Avanzó a caballo. No volvió a abrir la boca y de los otros ninguno había dicho palabra. Al cruzar la plaza algunos vagabundos levantaron la cabeza de sus mantas y los vieron pasar.

La cantina a la que entraron era una habitación cuadrada y el dueño se puso a servirles en ropa interior. Se sentaron en un banco junto a una mesa de madera y bebieron taciturnos en la penumbra.

¿De dónde son ustedes?, dijo el dueño.

Glanton y el juez salieron con la intención de reclutar a alguien de entre la chusma tirada por la plaza. Algunos se habían sentado y pestañeaban al sol. Armado con un cuchillo de caza, un hombre retaba al que quisiera medirse con él para comprobar quién tenía el mejor acero. El juez pasó entre aquellas gentes con una sonrisa.

Capitán, ¿qué lleváis en esas valijas?

Glanton volvió la cabeza. El juez y él llevaban sus maletines de grupa al hombro. El que había hablado tenía la espalda apoyada en un poste y el codo en una rodilla doblada.

¿En estas alforjas?, dijo Glanton.

En esas.

Oro y plata hasta arriba, dijo Glanton. Y así era.

El holgazán sonrió mostrando los dientes y escupió.

Por eso quiere ir a California, dijo otro. Como ya tiene un saco lleno de oro...

El juez sonrió benévolo a aquel par de bribones. Aquí vais a pillar frío, dijo. ¿Quién se apunta para ir a los yacimientos?

Un hombre se levantó y se alejó unos pasos y meó en la calle.

A lo mejor el salvaje quiere ir con vosotros, dijo un tercero. Él y Cloyce son dos buenos elementos.

Hace tiempo que hablan de ir a California.

Glanton y el juez fueron a buscarlos. Una rudimentaria tienda de campaña hecha de un toldo viejo. Un rótulo que decía: Vean al Salvaje por 25 centavos. Detrás de una lona de carro había una burda jaula de paloverde en cuyo interior se agazapaba un imbécil desnudo. El piso de la jaula estaba alfombrado de porquería y comida pisoteada y las moscas lo invadían todo. El idiota era menudo y deforme y tenía la cara sucia de heces y se puso a mear hacia ellos con cansina hostilidad mientras mordía un zurullo en silencio.

El propietario llegó de la parte de atrás haciéndoles gestos con la cabeza. Aquí no puede entrar nadie. El local está cerrado.

Glanton echó un vistazo al lóbrego recinto. La tienda olía a aceite y humo y excrementos. El juez se agachó para examinar al idiota.

¿Esa cosa es tuya?, dijo Glanton.

Sí.

Glanton escupió. Un hombre nos ha dicho que querías ir a California.

Bueno, dijo el propietario. Sí. Es verdad.

¿Qué piensas hacer con eso?

Llevarlo conmigo.

¿Y cómo piensas transportarlo?

Tengo un poni y una carreta. Para transportarlo.

¿Cómo andas de dinero?

El juez se incorporó. Le presento al capitán Glanton, dijo. Manda una expedición que se dirige a California. Está dispuesto a aceptar algunos pasajeros bajo protección de la compañía siempre y cuando puedan equiparse por su cuenta.

Oh, bueno. Sí, tengo algo de dinero. ¿De cuánto estamos hablando?

¿Cuánto dinero tienes?, dijo Glanton.

Bien. Suficiente, me parece a mí. Yo diría que lo justo.

Glanton le miró detenidamente. Te diré lo que voy a hacer, dijo. ¿De veras quieres ir a California o solo hablas por hablar?

¿A California?, dijo el hombre. Pues claro.

Te llevaré por cien dólares, si pagas por adelantado.

Los ojos del propietario fueron de Glanton al juez y de vuelta a Glanton. Ojalá tuviera tanto, dijo.

Estaremos aquí un par de días, dijo Glanton. Tú nos buscas algunos voluntarios más y así ajustamos un poco el precio.

El capitán los tratará bien, dijo el juez. De eso puede estar seguro.

Sí señor, dijo el propietario.

Al pasar junto a la jaula Glanton miró de nuevo al idiota. ¿Les dejas ver esta cosa a las mujeres?, dijo.

Bueno, dijo el propietario. Nunca me lo ha pedido ninguna.

A eso del mediodía la compañía se había trasladado a una casa de comidas. Había tres o cuatro hombres dentro cuando ellos entraron y al verlos se levantaron y se fueron. Detrás del edificio había un horno de barro y la cama de un carro destrozado con unos cuantos cacharros y un puchero encima. Una anciana cubierta por un chal gris estaba cortando costillas de buey con un hacha bajo la atenta mirada de dos perros. Un hombre alto y enjuto con un mandil manchado de sangre entró por la puerta de atrás y miró a la compañía. Se inclinó y puso las dos manos sobre la mesa.

Caballeros, dijo, no nos importa servir a gente de color. Todo lo contrario. Pero les pedimos que se sienten en esa otra mesa. Es por aquí.

Se echó atrás y extendió una mano en un extraño gesto de hospitalidad. Sus huéspedes se miraron unos a otros.

¿De qué diablos está hablando?

Síganme, dijo el hombre.

Toadvine miró hacia donde Jackson estaba sentado. Varios hombres miraron a Glanton. Tenía las manos apoyadas al frente y la cabeza un poco ladeada como si fuera a bendecir la mesa. El juez solo sonreía, cruzado de brazos. Estaban todos un poco bebidos.

Se piensa que somos negros.

Guardaron silencio. La vieja que estaba en el patio

había empezado a canturrear una dolorosa tonada y el hombre seguía con la mano extendida. En el vano de la puerta estaban las alforjas y las cartucheras y las armas de la compañía.

Glanton levantó la cabeza. Miró al hombre.

¿Cómo se llama?, dijo.

Me llamo Owens. Soy el dueño de esto.

Señor Owens, si no fuera usted un maldito estúpido podría echar una ojeada a estos hombres y sabría como hay Dios que ninguno de ellos se va a levantar de donde está para ir a otra mesa.

Entonces no puedo servirles.

Eso ya es asunto suyo. Pregúntale a la vieja lo que hay, Tommy.

Harlan estaba sentado al extremo de la mesa y se inclinó para gritar a la mujer de afuera y preguntarle en español qué tenía de comer.

La mujer miró hacia la casa. *Huesos,* dijo.

Huesos, dijo Harlan.

Dile que los traiga, Tommy.

No les traerá nada a menos que yo se lo diga. Soy el dueño.

Harlan ya estaba gritando hacia la puerta.

Sé a ciencia cierta que ese hombre de allá es negro, dijo Owens.

Jackson le miró.

Brown se volvió al dueño.

¿Tiene una pistola?, dijo.

¿Pistola?

Sí, una pistola. Tiene o no.

No, yo no tengo pistola.

Brown sacó de su cinto un pequeño Colt de cinco tiros y se lo lanzó por la mesa. Owens lo paró y se lo quedó mirando.

Ya tiene pistola. Ahora mate al negro.

Oiga, espere un momento, dijo Owens.

Dispare, dijo Brown.

Jackson estaba ya de pie y se había sacado del cinto uno de sus pistolones. Owens le apuntó con el colt. Baje eso, dijo.

Déjate de dar órdenes y mata a ese cabrón.

Baje eso. Maldita sea. Díganle que no me apunte.

Mátalo.

Amartilló la pistola.

Jackson hizo fuego. Simplemente pasó la mano izquierda sobre el revólver que sostenía en un gesto breve como una chispa y accionó el percutor. El pistolón brincó en su mano y dos puñados de los sesos de Owens salieron por la parte posterior de su cráneo y cayeron al suelo con un ruido fofo. Owens se desplomó y quedó tumbado de bruces con un ojo abierto y la sangre manando de la destrucción que mostraba la parte posterior de su cabeza. Jackson se sentó. Brown se puso de pie y recuperó su pistola y bajó el percutor y se la metió por el cinto. Eres el negro más bestia que me he tirado en cara, dijo. Consigue unos platos, Charlie. Dudo que esa vieja esté todavía ahí afuera.

Estaban bebiendo en una cantina a una treintena de metros de allí cuando el teniente entró en el local con media docena de hombres armados. La cantina consistía en una sola habitación y en el techo había un agujero por donde un tronco de luz solar caía sobre el piso de barro y los que cruzaban la estancia procuraban rodear aquella columna de luz como si pudiera estar al rojo vivo. Eran unos vecinos aguerridos y fueron hasta la barra y volvieron en sus harapos y sus pieles como hombres de las cavernas enfrascados en un trueque innombrable. El teniente rodeó aquel hediondo solárium y se plantó delante de Glanton.

Capitán, vamos a tener que arrestar al responsable de la muerte del señor Owens.

Glanton alzó la vista. ¿Quién es Owens?, dijo.

El señor Owens es el caballero que regentaba la casa de comidas. Lo han matado a tiros.

Lo lamento, dijo Glanton. Siéntese.

Couts hizo caso omiso. Capitán, no pretenderá negar que uno de sus hombres le ha matado, ¿verdad?

Ni más ni menos, dijo Glanton.

Capitán, eso no cuela.

El juez surgió de la oscuridad. Buenas tardes, teniente, dijo. ¿Estos hombres son los testigos?

Couts miró a su cabo. No, dijo. No son testigos. Diablos, capitán, se les ha visto entrar en el local y se les ha visto salir después del disparo. ¿Me va a negar que usted y sus hombres han comido allí?

Categóricamente, dijo Glanton.

Pues le juro que puedo demostrarlo.

Haga el favor de dirigirse a mí, dijo el juez. Represento al capitán Glanton en todos los asuntos legales. Creo que debería usted saber en primer lugar que el capitán no piensa permitir que le llamen embustero y yo me lo pensaría dos veces antes de habérmelas con él por un asunto de honor. En segundo lugar he estado todo el día con el capitán y le aseguro que ni él ni ninguno de sus hombres han puesto el pie en ese local al que usted alude.

El teniente pareció perplejo ante lo escueto de aquellas negativas. Miró al juez y luego a Glanton y de nuevo al juez. Que me aspen, dijo. Luego dio media vuelta y se abrió paso entre los hombres.

Glanton inclinó su silla y apoyó la espalda en la pared. Había reclutado a dos hombres de entre los indigentes del pueblo, una pareja nada prometedora que ahora miraba boquiabierta desde un extremo del banco con los sombreros en la mano. La mirada de Glanton pasó sobre ellos para posarse en el dueño del imbécil que estaba sentado en un aparte y le observaba.

¿Tú bebes?, dijo Glanton.

¿Por qué lo pregunta?

Glanton sacó el aire despacio por la nariz.

Sí, dijo el propietario. Bebo.

Sobre la mesa había un balde colectivo de madera con un cazo de hojalata dentro y estaba lleno en una tercera parte de whisky de carretero sacado de un tonel. Glanton señaló hacia allí con la cabeza.

Yo no pienso acercártelo.

El propietario del idiota se levantó y cogió su vaso y se aproximó a la mesa. Agarró el cazo y llenó el vaso y devolvió el cazo al balde. Hizo un gesto y levantó el vaso y bebió hasta apurarlo.

Se agradece.

¿Dónde está tu mono?

El hombre miró al juez. Miró de nuevo a Glanton.

No lo llevo mucho de paseo.

¿De dónde lo sacaste?

Me lo regalaron. Mamá se murió. No había nadie que cuidara de él. A mí me lo enviaron. Desde Joplin, Misuri. Lo metieron en una caja y lo facturaron. Tardó cinco semanas en llegar. Y él ni se inmutó. Abrí la caja y allí estaba.

Toma otro trago.

El hombre cogió el cazo y se sirvió de nuevo.

Palabra. Como si tal cosa. Encargué que le hicieran un traje de pelo pero se lo comió.

A ese memo lo habrá visto ya todo el pueblo...

Sí. Ahí está. Necesito ir a California. Podría cobrar cincuenta centavos por exhibirlo.

Y también puede ser que te unten de brea y te emplumen.

Ya me pasó una vez. En Arkansas. Decían que le había dado algo. Que lo había drogado. Lo sacaron de la jaula y esperaron a que se pusiera mejor pero naturalmente no fue así. Hicieron venir a un predicador expresamente para que rezase por él. Al final me lo devolvieron. De no ser por él yo habría llegado a ser alguien importante.

Si no he entendido mal, dijo el juez, el imbécil es hermano tuyo.

Sí señor, dijo el hombre. Es la pura verdad.

El juez alargó el brazo y agarró la cabeza del hombre entre sus manos y se puso a examinarla. Los ojos del otro iban de acá para allá y se había agarrado a las muñecas del juez. El juez le sujetaba la cabeza con su mano inmensa como un peligroso curandero. El hombre se puso de puntillas quizá para acomodarse mejor a las investigaciones del juez y cuando este le soltó dio un paso atrás y miró a Glanton con unos ojos que se veían blancos en la penumbra. Los nuevos lo observaban todo con la boca abierta y el juez miró al hombre con un ojo entornado y lo estudió a fondo y volvió a agarrarle la cabeza, sosteniéndole la frente mientras con la parte carnosa del pulgar le sondeaba la nuca. Cuando el juez se dio por satisfecho el hombre retrocedió un paso y cayó encima del banco y los reclutas empezaron a menearse y a resoplar y crocitar. El propietario del idiota miró a su alrededor, deteniéndose en cada rostro como si no le bastara con uno. Se puso de pie y fue hacia el extremo del banco. Cuando estaba a medio cruzar la habitación el juez le llamó.

¿Siempre ha sido así, el idiota?, dijo.

Sí señor. Ya nació así.

Se dispuso a salir. Glanton dejó su vaso vacío delante de él y levantó los ojos. ¿Y tú?, dijo. Pero el hombre abrió la puerta y se perdió en la cegadora luz del exterior.

El teniente volvió más tarde. El juez y él se sentaron juntos y el juez repasó con él algunos temas legales. El teniente asentía con la cabeza, fruncidos los labios. El juez le tradujo del latín ciertos términos de jurisprudencia. Mencionó casos civiles y militares. Citó a Coke y Blackstone, a Anaximandro y Tales.

Por la mañana hubo más incidentes. Habían raptado a una joven mexicana. Sus ropas habían sido encontradas al pie de la muralla norte, rasgadas y sucias de sangre, y parecía que la hubieran arrojado desde arriba. En el desierto había señales de un cuerpo arrastrado. Un zapato. El padre de la niña estaba de rodillas estrechando contra su pecho un harapo ensangrentado y nadie pudo convencerle de que se levantara y nadie de que se marchara. Aquella noche encendieron fogatas en las calles y mataron un buey y Glanton y sus hombres recibieron como invitados a una abigarrada colección de civiles y soldados e indios sumisos o como les llamaban sus hermanos del otro lado de las puertas de la ciudad, *tontos*. Espitaron un barrilete de whisky y al poco rato los hombres se tambaleaban entre el humo. Un comerciante local llegó con una traílla de perros, uno de los cuales tenía seis patas y otro dos y un tercero cuatro ojos en la cabeza. Le propuso a Glanton que se los comprara y Glanton le ahuyentó con un gesto y amenazó con matar a aquellos monstruos.

El buey fue despellejado hasta los huesos y los propios huesos retirados y trajeron vigas de las casas en ruinas y las apilaron sobre la hoguera. Muchos de los hombres de Glanton estaban ya desnudos y dando tumbos y el juez los puso a bailar mientras tocaba una especie de violín rudimentario que había encargado hacer y las pieles nauseabundas de las que se habían despojado humeaban y se ennegrecían entre las llamas y las chispas rojas se elevaban como las almas de la patulea que habían albergado.

A medianoche los ciudadanos habían desaparecido y había hombres desnudos y armados aporreando puertas y exigiendo licor y mujeres. Con la primera luz, cuando las fogatas se habían reducido a montones de ascuas y unas cuantas chispas viajaban en volandas del viento por las frías calles, perros salvajes trotaron en torno a la lumbre arrancando de ella los restos de carne renegrida y en los portales había hombres desnudos acurrucados de frío y roncando.

A mediodía se ponían en camino otra vez, vagando con los ojos colorados, equipados en su mayor parte con camisas y pantalones nuevos. Recogieron los caballos restantes en la herrería y el herrador les ofreció una copa. Era un hombre menudo y recio de nombre Pacheco y tenía por yunque un enorme meteorito de hierro en forma de muela grande y el juez apostó a que podía levantarlo y apostó después a que podía sostenerlo sobre su cabeza. Varios hombres se abrieron paso para tocar el hierro y moverlo de un lado a otro, pero el juez no quiso perder la oportunidad de explayarse sobre la naturaleza férrica de los cuerpos celestes y sus poderes y sus atributos. Dos líneas fueron trazadas en la tierra a una distancia de tres metros y hubo una nueva ronda de apuestas, monedas de media docena de países tanto en oro como en plata e incluso varios boletos o documentos de propiedad de minas próximas a Tubac. El juez agarró aquella enorme escoria que había vagado durante milenios por ignotos rincones del universo y la levantó sobre su cabeza y se quedó tambaleando y luego avanzó. Salvó la línea por un palmo y el juez no compartió con nadie las especias amontonadas en el jirel que había a los pies del herrero, puesto que ni siquiera Glanton había salido fiador de aquella tercera prueba.

XVII

Saliendo de Tucson – Una cubería original
Intercambio – Bosques de cirio gigante
Glanton ante la lumbre – La tropa de García
El paraselene – Fuego divino
El ex cura hablando de astronomía
El juez sobre los extraterrestres,
el orden, la teleología en el cosmos
Truco con monedas – El perro de Glanton
Animales muertos – Las arenas – Una crucifixión
El juez hablando de la guerra – El cura no dice nada
Tierras quebradas, tierras desamparadas
El atlas de Tinajas – Un hueso de piedra
El Colorado – Argonautas – Los yumas
Los barqueros – Hacia el campamento yuma.

Partieron con el crepúsculo. El cabo que estaba en la garita de sobre el portal salió y les gritó el alto pero no se detuvieron. Eran veintiún hombres y un perro y una pequeña carreta a bordo de la cual el idiota y su jaula habían sido atados como para una travesía por mar. Atado detrás de la jaula iba el barrilete de whisky que habían vaciado la noche anterior. El barrilete había sido desmontado y enarcado de nuevo por un hombre a quien Glanton había nombrado tonelero interino de la expedición y ahora contenía en su interior un odre hecho con la tripa de una oveja en el que habría unos tres cuartos de galón de whisky. El odre iba encajado en el bitoque por la parte de dentro y el resto del barrilete estaba lleno de agua. Así pertrechados cruzaron la verja y las murallas hacia la pradera que vibraba a la luz estriada del crepúsculo. La carreta crujía y se sacudía y el idiota se aferraba a los barrotes de su jaula y graznaba al sol con voz ronca.

Glanton iba en cabeza de la columna sobre su flamante silla de montar Ringgold guarnecida de hierro que había cambiado por alguna cosa y llevaba un sombrero nuevo que era negro y le sentaba bien. Los reclutas, en número de cinco, sonrieron entre ellos y miraron al centinela. David Brown cerraba la marcha y dejaba allí a su hermano lo que a la postre sería para siempre y su humor era tan agrio que podría haber disparado al centinela sin mediar provocación alguna. Cuando el centinela dio una segunda voz Brown giró empuñando el rifle y el otro fue lo bastante juicioso para ponerse a cubierto y ya no se le volvió a oír. En el largo crepúsculo los salvajes partieron para ir a su encuentro y se procedió a intercambiar el whisky sobre una manta de Saltillo extendida en el suelo. Glanton prestó poca atención a la ceremonia. Cuando los salvajes hubieron contado oro y plata a gusto del juez, Glanton pisó la manta y con el tacón de la bota juntó las monedas y luego se apartó y ordenó a Brown que recogiera la manta. Mangas y sus lugartenientes intercamiaron miradas sombrías pero los americanos montaron y emprendieron camino y nadie volvió la mirada atrás salvo los reclutas. Estaban al corriente de los detalles de la operación y uno de ellos se alineó con Brown y le preguntó si los apaches los seguirían.

De noche no, dijo Brown.

El recluta volvió la espalda y miró las siluetas que rodeaban el barrilete en aquel socavado yermo en penumbra.

¿Por qué?, dijo.

Brown escupió. Porque está oscuro, dijo.

Cabalgaron hacia el oeste siguiendo la base de un monte y pasaron por una mísera población tapizada de fragmentos de loza procedente de un horno que había habido allí en tiempos. El guardián del idiota cabalgaba al lado de la jaula y el idiota se aferraba a los barrotes y veía pasar el paisaje en silencio.

Aquella noche atravesaron bosques de cirios gigantes y se adentraron al oeste en las colinas. El cielo estaba cubierto y aquellas columnas estriadas que pasaban en la oscuridad eran como ruinas de vastos templos proporcionados y graves y el silencio era solo interrumpido por las voces de las lechuzas enanas que allí merodeaban. En aquel terreno abundaban chollas, algunas de cuyas matas se agarraban a los caballos con pinchos que habrían atravesado la suela de una bota y de las colinas empezó a levantarse un viento que sopló toda la noche con un silbido de víbora entre la interminable extensión de espinos. Siguieron adelante y la tierra se fue volviendo rala y aquella fue la primera de una serie de jornadas sin una gota de agua y allí fue donde acamparon. Aquella noche Glanton estuvo un buen rato contemplando los rescoldos del fuego. Sus hombres dormían pero muchas cosas habían cambiado. Demasiadas ausencias, ya fueran desertores o muertos. Los delaware, todos asesinados. Contempló el fuego y si vio allí portentos a él le daba lo mismo. Viviría lo suficiente para ver el mar occidental y puesto que en todo momento se sentía acabado le dominaba la indiferencia. Tanto si su historia era concomitante a hombres y naciones como si terminaba allí. Hacía tiempo que había desistido de sopesar las consecuencias y concediendo como lo hacía que el destino de los hombres está fijado se arrogaba no obstante la facultad de contener en sí mismo todo lo que alguna vez sería y todo lo que el mundo le depararía alguna vez y puesto que la carta de su destino estaba escrita en la piedra original él se atribuía la autoridad y así lo manifestaba y conduciría al sol inexorable a su definitiva extinción como si lo hubiera tutelado desde el inicio de los tiempos, antes de que existieran los caminos, antes de que existieran hombres o soles por los que pasar.

Enfrente de él tenía la detestable enormidad del

juez. Medio desnudo, garabateando en su cuaderno. Los pequeños lobos del desierto aullaban en el bosque espinoso que habían atravesado y en la llanura seca que había ante ellos otros les respondían y el viento abanicaba las ascuas que Glanton contemplaba. Los huesos de cholla ardiendo en su incandescente cestería vibraban como holoturias en llamas en la oscuridad fosfórica de las profundidades marinas. El idiota había sido acercado al fuego dentro de su jaula y ahora observaba incansable las llamas. Glanton levantó la cabeza y vio al chaval al otro lado de la lumbre, acuclillado sobre su manta observando al juez.

Dos días después encontraron una zarrapastrosa legión al mando del coronel García. Eran tropas de Sonora en busca de una banda de apaches comandados por Pablo y su número ascendía a un centenar. De aquellos jinetes unos iban sin sombrero y otros sin pantalón y algunos iban desnudos bajo sus capas y portaban armas de desecho, viejos fusiles y mosquetes Tower, unos con arcos y flechas o apenas unas cuerdas con las que estrangular al enemigo.

Glanton y sus hombres estudiaron a la tropa con glacial atonía. Los mexicanos se acercaron tendiendo las manos para pedir tabaco y Glanton y el coronel intercambiaron rudimentarias cortesías y luego Glanton se abrió paso entre la impertinente horda. Eran de otra nación, aquellos jinetes, y toda la tierra que se extendía al sur y de la cual procedían así como las tierras al este hacia las que se dirigían estaban muertas para él y tanto el terreno como sus posibles ocupantes le parecían remotos y discutibles en su sustancia. Esta sensación se propagó entre la compañía antes de que Glanton se hubiera apartado por completo de ellos y cada hombre giró en su caballo y así lo hicieron uno por uno y ni siquiera el juez dio una excusa para poner fin a aquel encuentro.

Cabalgaron hacia la oscuridad y el desierto blanqueado por la luna se extendió ante ellos frío y pálido y la luna descansaba en un cerco y en aquel cerco había una luna postiza con sus propios mares grises y nacarados. Acamparon en un terreno de aluvión donde unos muros de agregado seco señalaban el antiguo curso de un río y encendieron un fuego alrededor del cual se sentaron en silencio, los ojos del perro y del idiota y de algunos hombres brillando rojos como ascuas cuando volvían la cabeza. Las llamas oscilaban al viento y las brasas palidecían y se oscurecían y palidecían y se oscurecían como el pulso sanguíneo de un ser vivo eviscerado frente a ellos en el suelo y contemplaron el fuego, el fuego que contiene en sí mismo algo de los propios hombres en la medida en que el hombre es menos sin él y se aparta de sus orígenes y está como exiliado. Pues cada fuego es todos los fuegos, el primer fuego y el último que habrá nunca. El juez se levantó para cumplir alguna oscura misión y al cabo de un rato alguien preguntó al ex cura si era verdad que en un tiempo hubo dos lunas en el cielo y el ex cura miró a la falsa luna que tenían encima y dijo que era muy posible. Pero que sin duda el sabio Dios de las alturas, consternado por la proliferación de lunatismo en esta tierra, se habría humedecido un dedo y se habría inclinado desde el abismo para extinguirla de un pellizco. Y si se le hubiera ocurrido otro medio para que los pájaros encontraran su camino en la oscuridad quizá habría suprimido también la otra luna.

Se le planteó luego la pregunta de si en Marte o en otros planetas del vacío existían hombres o criaturas similares y el juez que había vuelto a la lumbre y estaba medio desnudo y sudando tomó la palabra y dijo que no los había y que en todo el universo no había más hombres que los de la tierra. Todos le escuchaban con atención, los que se habían vuelto para mirarle y los que no.

La verdad sobre el mundo, dijo, es que todo es posible. Si no lo hubierais visto desde el momento de nacer y despojado por tanto de su extrañeza os habría parecido lo que es, un juego de manos barato, un sueño febril, un éxtasis poblado de quimeras sin analogía ni precedente, una feria ambulante, un circo migratorio cuyo destino final después de muchos montajes en otros tantos campos enfangados es más calamitoso y abominable de lo que podemos imaginar.

El universo no es una cosa acotada y su orden interno no está limitado, en virtud de ninguna latitud de conceptos, a repetir en una de sus partes lo que ya existe en otra. Incluso en este mundo existen más cosas sin que nosotros tengamos conocimiento de ellas que en todo el universo y el orden que observamos en la creación es el que nosotros le hemos puesto, como un hilo en el laberinto, para no extraviarnos. Pues la existencia tiene su propio orden y eso no puede comprenderlo ninguna inteligencia humana, siendo que la propia inteligencia no es sino un hecho entre otros.

Brown escupió hacia el fuego. Ya estás otra vez con tus desvaríos, dijo.

El juez sonrió. Apoyó en el pecho las palmas de sus manos y aspiró el aire nocturno y se acercó y se puso en cuclillas y levantó una mano. Esta mano giró, y entre sus dedos había una moneda de oro.

¿Dónde está la moneda, Davy?

Yo te diré dónde te la puedes meter.

El juez hizo un pase rápido con la mano y la moneda titiló en el aire a la luz de la lumbre. Debía de estar atada a algún hilo sutil, crin de caballo quizá, pues rodeó el fuego y volvió al juez, que la cazó al vuelo y sonrió.

El arco de los cuerpos en rotación viene determinado por la longitud de su cuerda, dijo el juez. Lunas, monedas, hombres. Movió las manos como si estuviera liberando algo de su puño en una serie de elongaciones. Mira la moneda, Davy, dijo.

La lanzó al aire y la moneda trazó un arco en la luz del fuego y desapareció en la oscuridad. Miraron hacia la noche que la había engullido y miraron al juez y en ese acto de mirar, unos al juez y otros la noche, fueron un solo testigo.

La moneda, Davy, la moneda, susurró el juez. Estaba muy tieso y levantó una mano sonriendo al tendido.

La moneda regresó de la noche y cruzó el fuego con un ligero zumbido y la mano levantada del juez estaba vacía pero a continuación tenía la moneda. Se oyó un ruidito y el cobre estaba en su mano. Con todo algunos afirmaron que el juez había lanzado la moneda y que se había puesto otra igual en la palma de la mano y que el ruido lo había producido él con la lengua pues no en vano era un consumado malabarista además de pillo y acaso él mismo no había dicho al guardar la moneda lo que todo el mundo sabe, que hay monedas y monedas falsas. Por la mañana algunos registraron el lugar por donde había desaparecido la moneda pero si alguien la encontró fue para quedársela y al salir el sol montaron todos y reanudaron la marcha.

La carreta con la jaula del idiota daba tumbos en la retaguardia y el perro de Glanton trotaba ahora a su lado quién sabe si por algún instinto protector, como el que los niños suscitan en ciertos animales. Pero Glanton llamó al perro y al ver que no volvía recorrió en sentido inverso la pequeña columna y se inclinó y le propinó dos buenos azotes con su maniota y lo puso a correr delante de él.

Empezaron a encontrar cadenas y albardas, balancines, mulos muertos, carros. Arzones de silla carcomidos y sin cuero y blancos como el hueso, la madera con los bordes ligeramente chaflanados por los roedores. Atravesaron una región en donde el hierro no se oxidaba ni se empañaba el estaño. Bajo sus retazos de pelleja seca las corrugadas carcasas del ganado parecían los pecios de embarcaciones primitivas zozobradas en aquel vacío sin playa y pasaron lívidos y austeros junto a las negras formas disecadas de caballos y de mulas que algún viajero había vuelto a poner de pie. Estas bestias agostadas habían muerto en la arena con el pescuezo estirado por la angustia y ahora erectas y ciegas y al sesgo con tiras de cuero renegrido colgando de sus costillares estaban allí inclinadas gritando con sus largas bocas a los soles que se sucedían sobre ellas. Los jinetes siguieron adelante. Cruzaron un inmenso lago seco más allá del cual se alineaban volcanes apagados que parecían obra de insectos gigantes. Perdiéndose en la lejanía un lecho de lava vieja dejaba ver hacia el sur escorias irregulares. Bajo los cascos de los caballos la arena de alabastro formaba remolinos extrañamente simétricos como limaduras de hierro en un campo magnético y dichas formas se alzaban y se hundían de nuevo, resonando al caer sobre el terreno armónico y girando luego sobre sí mismas para desaparecer orilla abajo. Como si el sedimento mismo de las cosas contuviese todavía un residuo de receptividad. Como si en el tránsito de aquellos jinetes hubiera algo lo suficientemente horrible para quedar registrado en la máxima granulación de la realidad.

Sobre un promontorio situado al oeste de la playa vieron una burda cruz de madera en la que unos maricopas habían crucificado a un apache. El cadáver momificado colgaba de la cruceta, abierta la boca como un agujero en carne viva, una cosa de piel y hueso estragada por los vientos de piedra pómez que soplaban del lago y el pálido costillar visible bajo el poco pellejo todavía pegado al tórax. Siguieron adelante. Los caballos hollaban taciturnos aquel suelo extranjero y la tierra redonda rodaba debajo de ellos surcando el vacío aún mayor en que estaban inmersos. En la neutra austeridad de aquel territorio todos los fenómenos tenían adjudicada una extraña paridad y ni araña ni guija ni brizna de hierba podían reivindicar su primacía. La claridad misma de estas cosas contradecía su familiaridad, pues la mirada deduce el todo en base a un rasgo o una parte y aquí todo era igual de luminoso y todo atezado por igual de sombra y en la democracia óptica de tales paisajes toda preferencia se vuelve caprichosa y hombre y roca terminan por asumir parentescos insospechados.

Cada vez más flacos y demacrados bajo los soles blancos de aquellos días, sus ojos hundidos y secos eran como los de los noctámbulos cuando les sorprende el día. Encogidos bajo sus sombreros parecían fugitivos a una escala imponente, seres de los que el sol estuviera ávido. El propio juez se volvió callado y meditabundo. Hablaba de purificarse de las cosas que se atribuyen derechos sobre el hombre pero aquel conjunto que recogía sus observaciones no reclamaba derechos sobre nada. Cabalgaban y el viento empujaba delante de ellos el finísimo polvo gris y eran como un ejército de barbas grises, hombres grises, caballos grises. Hacia el norte las montañas miraban al sol en pliegues ondulados y los días eran frescos y las noches frías y se sentaban alrededor de la lumbre cada cual en su propio círculo de oscuridad dentro del círculo oscuro mientras el idiota observaba desde su jaula en el límite de la luz. El juez partió con el mango de un hacha la tibia de un antílope y el tuétano caliente goteó humeante sobre las piedras. Le observaron. El tema era la guerra.

El buen libro dice que quien a espada vive a espada morirá, dijo el negro.

El juez sonrió, reluciente de grasa la cara. ¿Qué hombre justo afirmaría lo contrario?, dijo.

Sí, el buen libro dice que la guerra es mala, dijo Irving. Pero no será porque en él no se hable de guerras y de sangre.

Da igual lo que los hombres opinen de la guerra, dijo el juez. La guerra sigue. Es cómo preguntar lo que opinan de la piedra. La guerra siempre ha estado ahí. Antes de que el hombre existiera, la guerra ya le esperaba. El oficio supremo a la espera de su supremo artífice. Así era entonces y así será siempre. Así y de ninguna otra forma.

Se volvió a Brown, a quien había oído mascullar algún reparo. Ah, Davy, dijo. Es a tu oficio al que aquí se hace honor. Yo creo que eso merece una pequeña reverencia. Que cada cual reconozca los méritos del otro.

¿Mi oficio?

Desde luego.

¿Cuál es mi oficio?

La guerra. Tu oficio es la guerra. ¿O no?

Y también el tuyo.

También. Sin duda alguna.

¿Qué me dices de esos cuadernos y esos huesos y demás?

Todos los demás oficios están contenidos en la guerra.

¿Es por eso que la guerra persiste?

No. Persiste porque los jóvenes la aman y los viejos la aman a través de aquellos. Los que han peleado y los que no.

Eso es lo que piensas tú.

El juez sonrió. Los hombres nacen para jugar. Para nada más. Cualquier niño sabe que el juego es más noble que el trabajo. Y sabe que el incentivo de un juego no es intrínseco al juego en sí sino que radica en el valor del envite. Los juegos de azar carecen de significado si no media una apuesta. Los deportes ponen en juego la destreza y la fortaleza de los adversarios y la humillación de la derrota y el orgullo de la victoria son en sí mismos apuesta suficiente porque son inherentes al mérito de los protagonistas y los determinan. Pero ya sea de azar o de excelencia, todo juego aspira a la categoría de guerra, pues en esta el envite lo devora todo, juego y jugadores.

Imaginad a dos hombres que se juegan sus propias vidas a las cartas. ¿Quién no ha oído una historia semejante? La carta más alta. Para un jugador así el universo entero no ha hecho más que arrastrarse hacia ese instante en que sabrá si va a morir a manos del otro o este a las de él. ¿Qué mejor ratificación podría existir de la valía de un hombre? Este realce del juego a su estado supremo no admite discusión alguna respecto de la idea de destino. La elección de un hombre sobre otro es una preferencia absoluta e irrevocable y es bien tonto quien crea que una decisión de ese calibre carece de autoridad o de significado. En los juegos donde lo que se apuesta es la aniquilación del vencido las decisiones están muy claras. El hombre que tiene en su mano tal disposición de naipes queda por ello mismo excluido de la existencia. Esta y no otra es la naturaleza de la guerra, cuya apuesta es a un tiempo el juego y la supremacía y la justificación. Vista así, la guerra es la forma más pura de adivinación. Es poner a prueba la voluntad de uno y la voluntad de otro dentro de esa voluntad más amplia que, por el hecho de vincularlos a ambos, se ve obligada a elegir. La guerra es el juego definitivo porque a la postre la guerra es un forzar la unidad de la existencia. La guerra es Dios.

Brown miró al juez. Holden, estás loco. Al final has perdido el seso.

El juez sonrió.

La fuerza no hace ley, dijo Irving. El hombre que vence en un combate no está moralmente vindicado.

La ley moral es un invento del género humano para privar de sus derechos al poderoso en favor del débil. La ley de la historia la trastoca a cada paso. No hay criterio definitivo que pueda demostrar la bondad o maldad de un juicio ético. Que un hombre caiga muerto en un duelo no prueba que sus opiniones fueran erróneas. Su misma implicación en ese duelo da fe de una nueva y más amplia perspectiva. El que los protagonistas acepten renunciar a una disputa que consideran tan trivial como de hecho es y apelen directamente al tribunal del absoluto histórico indica a las claras cuán poco importan las opiniones y cuánto en cambio las divergencias que los enfrentan. Pues la disputa es en efecto trivial, pero no así las voluntades independientes que de ella se derivan. La vanidad del hombre podrá ser infinita pero su saber sigue siendo imperfecto y por más que valore sus juicios llegará un momento en que tendrá que someterlos al arbitrio de una instancia superior. Y ahí no caben argumentos especiosos. Ahí toda consideración de igualdad y de rectitud y de derecho moral queda invalidada y sin fundamento y ahí las opiniones de los litigantes no cuentan para nada. Todo fallo de vida o de muerte, toda decisión sobre lo que será y lo que no será, supera cualquier planteamiento de lo que es justo. En los arbitrios de tal magnitud están contenidos todos los demás, sean morales, espirituales o naturales.

El juez miró en derredor buscando posibles controversias. ¿Y qué dice el cura?, dijo.

Tobin alzó la cabeza. El cura no dice nada.

El cura no dice nada, dijo el juez. Nihil dicit. Pero el cura dice algo, porque ha guardado los hábitos de su oficio y asumido las herramientas de esa vocación superior a que todo hombre hace honor. El cura prefiere ser un dios él mismo que servir a ese Dios.

Tobin meneó la cabeza. Eres un blasfemo, Holden. Y en realidad nunca fui cura, solo novicio de una orden.

Cura oficial o cura aprendiz, dijo el juez. Los hombres de Dios y los hombres de la guerra tienen extrañas afinidades.

Yo no pienso seguirte la corriente, dijo Tobin. No me pidas que lo haga.

Ay cura, dijo el juez. ¿Qué podría yo pedir que no me hayas dado ya?

Al día siguiente cruzaron a pie el malpaís, conduciendo los caballos por un lago de lava totalmente agrietado y de un negro rojizo como un lecho de sangre seca, enfilando aquel infierno de vidrio ambarino como los restos de una legión sombría que huyera a repelones de una tierra maldita, llevando en hombros la carreta para salvar las fisuras y los salientes mientras el idiota se aferraba a los barrotes y clamaba al sol con gritos roncos parecido a un ingobernable dios excéntrico raptado de una raza de degenerados. Cruzaron un escorial de lodos hendidos y de cenizas volcánicas tan imponderables como el fondo quemado del infierno y remontaron una sierra de denudadas colinas graníticas hasta un ceñudo promontorio donde el juez, triangulando a partir de puntos conocidos del paisaje, calculó de nuevo su trayectoria. Un cascajal se extendía hasta el horizonte. Hacia el sur más allá de las negras colinas volcánicas había una solitaria cresta albina, de arena o de yeso, parecida al pálido lomo de una bestia marina surgida de entre los oscuros archipiélagos. Siguieron andando. Tras un día de marcha alcanzaron los depósitos de piedra y el agua que buscaban y bebieron y baldearon agua de los depósitos más altos a los secos de abajo para abrevar a los caballos.

En todo aguadero del desierto hay osamentas pero aquella noche el juez se acercó al fuego con un hueso que ninguno de los presentes había visto jamás, un fémur enorme de alguna bestia extinguida hacía tiempo y que había encontrado en un peñasco erosionado, y estaba procediendo a medirlo con la cinta de sastre que llevaba consigo para luego dibujarlo en su cuaderno. Toda la compañía había oído disertar al juez sobre paleontología excepto los nuevos reclutas y estos le estaban observando y le planteaban las dudas que se les podían ocurrir. El juez respondía con cuidado, ampliándoles sus propias preguntas como si tuviera delante a aprendices de sabio. Ellos asentían y querían tocar aquel enorme hueso petrificado y sucio, quizá para palpar con sus dedos las inmensidades temporales de las que les hablaba el juez. El guardián bajó al idiota de su jaula y lo ató junto a la lumbre con una soga de crin trenzada que él no pudiera partir con los dientes y el idiota se quedó allí de pie tirando del collar y con las manos extendidas como si anhelara el contacto de las llamas. El perro de Glanton se levantó y se lo quedó mirando y el idiota se mecía y babeaba y sus ojos mortecinos se animaron de un brillo ficticio al reflejar el fuego. El juez sostuvo el fémur derecho a fin de ilustrar mejor sus analogías con los huesos más corrientes en aquella región y luego lo dejó caer a la arena y cerró el cuaderno.

No encierra ningún misterio, dijo.

Los reclutas parpadearon como bobos.

Vuestro máximo deseo es que os cuente algún misterio. El misterio es que no hay ningún misterio.

Se puso de pie y se alejó hacia lo oscuro. Sí, dijo el ex cura, observándole con la pipa fría entre los dientes. Ningún misterio. Como si él mismo no fuera uno, maldito engañabobos.

Tres días más tarde llegaban al Colorado. Parados al borde del río observaron las turbias aguas color de arcilla que bajaban del desierto en un hervor constante. Dos grullas que había en la orilla se alejaron aleteando y los caballos y los mulos se aventuraron en los alfaques con precaución y se pusieron a beber levantando de vez en cuando el hocico mojado para observar la corriente y la orilla opuesta.

Río arriba encontraron en un campamento los restos de una caravana de carros arrasada por el cólera. Los supervivientes iban y venían entre las lumbres de mediodía o miraban con ojos hundidos a los dragones harapientos que llegaban de los sauces. Sus enseres estaban esparcidos por la arena y las irrisorias pertenencias de los fallecidos estaban en un aparte para ser repartidas entre los demás. Había en el campamento algunos indios yumas. Los hombres llevaban el pelo cortado bastante largo o en pelucas apelmazadas con fango e iban de acá para allá con pesadas mazas colgando de la mano. Tanto ellos como las mujeres tenían la cara tatuada y las mujeres no vestían otra cosa que unas faldas de corteza de sauce trenzada y muchas de ellas eran preciosas y muchas más tenían marcas de sífilis.

Glanton recorrió aquella desolada cochera con el perro pisándole los talones y el rifle en la mano. Los yumas estaban pasando al otro lado del río los pocos mulos dejados por la caravana y Glanton los observó desde la orilla. Aguas abajo habían ahogado a una de las bestias y la remolcaban hasta la orilla para descuartizarla. Un anciano vestido con un sayo y luciendo una barba larga estaba sentado con los pies en el agua y las botas a un lado.

¿Dónde están sus caballos?, dijo Glanton.

Nos los comimos.

Glanton miró detenidamente el río.

¿Cómo piensa cruzar?

En la balsa.

Miró hacia donde el anciano le señalaba. ¿Qué les cobra por llevarlos al otro lado?, dijo.

Un dólar por cabeza.

Glanton volvió la cabeza y miró a los peregrinos

que había en la playa. El perro estaba bebiendo del río y él le dijo algo y el perro fue a sentarse a su lado.

La balsa dejó la ribera opuesta y fue a fondear aguas arriba a un desembarcadero en donde había un anclaje hecho de maderos de deriva. La balsa consistía en un par de viejas cajas de carro acopladas entre sí y calafateadas con brea. Un grupo de personas había acarreado sus bártulos y aguardaba en pie. Glanton remontó la orilla y fue a por su caballo.

El barquero era un tal Lincoln, médico del estado de Nueva York. Estaba supervisando la carga mientras los viajeros subían a bordo y se acomodaban con sus fardos junto a las barandillas de la barcaza mirando con incertidumbre el ancho cauce. Un mastín mestizo observaba la escena desde la orilla. Al aproximarse Glanton, erizó el pelo. El médico se dio la vuelta e hizo visera con la mano y Glanton se presentó. Se estrecharon la mano. Mucho gusto, capitán Glanton. Para servirle.

Glanton asintió con la cabeza. El médico dio instrucciones a los dos hombres que trabajaban para él y luego fue con Glanton río abajo por el camino de sirga, Glanton guiando al caballo de las riendas y el perro del médico unos diez pasos más atrás.

El grupo de Glanton había acampado en un arenal al que los sauces de la ribera daban un poco de sombra. Al ver que Glanton y el médico se aproximaban el idiota se levantó en su jaula y asió los barrotes y empezó a chillar como si quisiera advertir de algo al médico. Este dio un rodeo para evitar al monstruo, mirando siempre a su anfitrión, pero los lugartenientes de Glanton se habían adelantado y al poco rato el médico y el juez estaban platicando con exclusión de todos los demás.

Por la tarde Glanton y el juez y un destacamento de cinco cabalgaron río abajo hasta el campamento yuma. Pasaron por un bosque de sauces y sicomoros manchados de arcilla de las últimas crecidas y dejaron atrás viejas acequias y pequeños sembrados de invierno donde el viento agitaba las pequeñas farfollas de maíz y cruzaron el río por el vado de Algodones. Cuando los perros los anunciaron el sol ya se había puesto y por el oeste la tierra estaba roja y cabalgaron en fila india, tallados en camafeo por la luz vinosa, con el lado oscuro mirando al río. Entre los árboles ardían sin llama las lumbres del campamento y una delegación de indios a caballo salió a recibirlos.

Se detuvieron sin desmontar. Los yumas venían ataviados con todas sus ridículas insignias y por añadidura lo hacían con tal aplomo que los jinetes más pálidos hubieron de esforzarse por mantener la compostura. El jefe era un hombre llamado Caballo en Pelo y este viejo magnate llevaba un tabardo de lana con cinturón propio de un clima mucho más frío y debajo del mismo una blusa de mujer en seda con bordados y unos bombachos de casinete gris. Era pequeño y nervudo y había perdido un ojo a manos de un maricopa y dedicó a los americanos un extraño rictus priápico que en tiempos pudo haber sido sonrisa. A su derecha, un cacique menor llamado Pascual que iba embutido en una guerrera con alamares y los codos rotos y que llevaba en la nariz un hueso del que colgaban pequeños pendientes. El tercer hombre era un tal Pablo e iba vestido con una chaqueta escarlata con galones deslustrados y deslustradas charreteras de hilo de plata. Nada llevaba en los pies y nada en las piernas y lucía en la cara unos anteojos redondos de color verde. De esta guisa se situaron frente a los americanos y saludaron con austeros gestos de cabeza.

Brown escupió al suelo y Glanton meneó la cabeza.

Vaya terceto de cafres, dijo.

Solo el juez pareció mostrarles alguna deferencia y fue sensato al hacerlo, considerando probablemente que las cosas rara vez son lo que parecen.

Buenas tardes, dijo.

El magnate adelantó la barbilla, un gesto leve atenuado por una cierta ambigüedad. *Buenas tardes*, dijo. *¿De dónde vienen?*

XVIII

De vuelta al campamento – El idiota en libertad
Sarah Borginnis – Enfrentamiento
Un baño en el río – El chirrión quemado
James Robert en el campamento
Otro bautizo – Juez y tonto.

Partieron del campamento yuma en el crepúsculo matutino. El Cangrejo, la Virgen y el León corrían por la eclíptica en la noche del sur y hacia el norte la constelación de Casiopea ardía como una rúbrica de bruja en la negra faz del firmamento. En su larga charla nocturna habían acordado con los yumas apoderarse de la barcaza. Iban aguas arriba entre los árboles manchados por la crecida hablando quedo entre ellos como hombres que vuelven de una reunión social, de una boda o de un velorio.

A la luz del día las mujeres que estaban en el paso habían descubierto la jaula con el idiota dentro. Formaron allí un corro sin que pareciera chocarles su desnudez ni la inmundicia. Le hablaron canturreando y consultaron entre ellas y una que se llamaba Sarah Borginnis encabezó la comitiva para ir en busca del hermano. Era una mujer enorme con una cara grande y colorada y le puso de vuelta y media.

¿Y cómo es que te llamas?, dijo la mujer.

Cloyce Bell, señora.

¿Y él?

Se llama James Robert pero nadie le llama así.

Si vuestra madre le viera, ¿qué crees que diría?

No lo sé. Está muerta.

¿No te da vergüenza?

No señora.

A mí no me repliques.

No era mi intención. Si lo quiere, lléveselo. Se lo regalo. No puedo hacer más de lo que ya he hecho.

Me das pena. Se volvió a las otras mujeres.

Ayudadme todas. Hemos de bañarlo y buscarle algo con que vestirse. Que alguien vaya a buscar jabón.

Señora, dijo el hermano.

Vosotras llevadlo al río.

Toadvine y el chaval pasaron por allí cuando ellas iban arrastrando la carreta. Se apartaron del camino para verlas pasar. El idiota estaba agarrado a los barrotes y aulló al ver el agua mientras varias mujeres entonaban un himno.

¿Adónde lo llevan?, dijo Toadvine.

El chaval no lo sabía. Estaban empujando la carreta marcha atrás por la arena floja hasta el borde del río y bajaron y abrieron la jaula. La Borginnis se plantó delante del imbécil.

James Robert, sal de ahí.

Alargó el brazo y cogió al idiota de la mano. Él miró primero al agua y luego le tendió los brazos.

Las mujeres prorrumpieron en suspiros, varias se habían levantado las faldas hasta la cintura y estaban en el río para recibirle.

Sarah lo depositó en el agua mientras él se aferraba a su cuello. Cuando sus pies tocaron el suelo, giró hacia el agua. La Borginnis estaba sucia de heces pero no parecía darse cuenta. Miró hacia las que estaban en la orilla.

Quemad eso, dijo.

Alguien se llegó corriendo al fuego en busca de una tea y mientras James Robert era conducido hacia la corriente otras prendieron fuego a la jaula.

Él se les agarraba a las faldas, tendía una mano que parecía garra, sollozaba, babeaba.

Se ve a sí mismo ahí dentro, dijeron.

Claro. Imagínate, tener a este niño encerrado como si fuera un animal salvaje.

Las llamas de la carreta crepitaban en el aire seco y el ruido debió de llamar la atención del idiota, pues volvió hacia allí sus vacuos ojos negros. Lo sabe, dijeron. Todas estuvieron de acuerdo. La Borginnis avanzó con el vestido flotando a su alrededor y atrajo hacia sí al idiota y lo tomó en sus recios brazos aunque ya era un adulto. Lo sostuvo en alto, le canturreó. Sus pálidos cabellos flotaban en la superficie del agua.

Sus antiguos compañeros vieron esa noche al idiota junto al fuego de los inmigrantes envuelto en un vestido de lana burda. Su delgado pescuezo giraba con cautela en el cuello de una camisa demasiado grande. Le habían engrasado el pelo y se lo habían peinado de tal manera que parecía pintado encima del cráneo. Le llevaron dulces y él babeaba contemplando el fuego, para gran admiración de los otros. En la oscuridad el río corría sin fin y una luna color de pez se elevó al este sobre el desierto y su árida luz dibujó sombras al lado de ellos. Las lumbres se fueron apagando y el humo flotó gris y encerrado en la noche. Los pequeños chacales aullaban desde la otra orilla y los perros del campamento empezaron a agitarse y gruñir por lo bajo. La Borginnis llevó al idiota a su jergón bajo un toldo de carro y lo dejó en su ropa interior nueva y le arropó y le dio un beso de buenas noches y el campamento quedó en silencio. Cuando el idiota cruzó aquel azul anfiteatro fumante volvía a estar desnudo y se alejaba arrastrando los pies como un calípedes sin pelo. Se detuvo un momento para olfatear el aire y siguió andando. Evitó el desembarcadero y se metió entre los sauces de la orilla, gimoteando y apartando aquellas cosas de la noche con sus débiles brazos. Y ya estaba a solas al borde del agua. Ululó flojo y su voz salió de él como una ofrenda que también fuera necesaria, pues no hubo de ella ningún eco. Entró en el agua. La corriente le llegaba poco más arriba de la cintura cuando perdió pie y se fue abajo.

El juez estaba haciendo su ronda nocturna totalmente desnudo y pasó por aquel preciso lugar —siendo tales encuentros más corrientes de lo que suponemos o cuántos sobrevivirían a una travesía en plena noche— y se metió en el río y agarró al idiota que ya se ahogaba, sacándolo por los talones como una inmensa comadrona y palmeándole la espalda con vigor para que expulsara el agua. Una escena de parto o bautismo o ritual no recogida en ninguna liturgia conocida. Le escurrió el cabello y lo cogió, desnudo y sollozante, en brazos y lo llevó al campamento y lo dejó entre sus compañeros como le correspondía.

XIX

El obús – Los yumas atacan – Escaramuza
Glanton se hace con la balsa – El judas ahorcado
Los cofres – Delegación hacia la costa – San Diego
Organizando la intendencia – Brown en la herrería
Disputa – Webster y Toadvine liberados – El océano
Un altercado – Un hombre quemado vivo
Brown lo pasa mal – Historias de tesoros
La evasión – Asesinato en las montañas
Glanton se va de Yuma – El alcalde ahorcado
Rehenes – Regreso a Yuma
Médico y juez, negro y tonto – Amanecer en el río
Carretas sin ruedas – El asesinato de Jackson
Matanza en Yuma.

El médico se dirigía a California cuando la barcaza le cayó en las manos casi por azar. En los meses que siguieron había amasado una considerable fortuna en oro y plata y joyas. Él y los dos hombres que trabajaban para él vivían en la orilla occidental del río a media colina con vistas al embarcadero entre los contrafuertes de una fortificación inacabada hecha de barro y piedra. Además de los dos carros que había heredado de las tropas del comandante Graham contaba también con un obús de montaña —un pieza de bronce de doce libras con un ánima del diámetro de un platillo— y esta pieza de artillería descansaba inútil y sin cargar en su cureña de madera. En los raquíticos aposentos del médico este y Glanton y el juez estaban tomando té junto con Brown e Irving y Glanton le explicó al médico a grandes rasgos algunas de sus aventuras indias y le aconsejó firmemente que asegurara su posición. El médico puso reparos. Según él, no tenía problemas con los yumas. Glanton le dijo a la cara que todo aquel que se fiaba de un indio era un imbécil. El médico se acaloró pero se abstuvo de replicar. Intervino el juez. Preguntó al médico si consideraba que los peregrinos que había en la otra orilla estaban bajo su protección. El médico dijo que así lo creía. El juez habló sensatamente y preocupado y cuando Glanton y su destacamento volvieron colina abajo a su campamento contaban ya con la autorización del médico para fortificar la posición y cargar el obús y a tal efecto procedieron a colar todo el plomo que les quedaba, el equivalente a un sombrero lleno de balas de rifle.

Cargaron el obús aquella tarde con una libra de pólvora y la totalidad de la carga fundida y transportaron la pieza hasta un lugar desde el que se dominaba el río y el desembarcadero.

Dos días después los yumas atacaron el paso. Las barcazas estaban en la orilla oeste del río procediendo como habían convenido a descargar y los viajeros esperaban para llevarse sus enseres. Los salvajes salieron sin previo aviso de entre los sauces, a caballo y a pie, y se lanzaron a campo abierto camino del transbordador. En la colina de más arriba Brown y Long Webster giraron el obús y lo bloquearon y Brown arrimó un cigarro encendido al fogón.

Aun en aquel espacio abierto la explosión fue inmensa. Obús y soporte saltaron del suelo y recularon humeando por la arcilla apisonada. En la planicie que había al pie del fuerte se produjo una horrible destrucción y más de una docena de yumas yacían muertos o retorciéndose en la arena. Los supervivientes prorrumpieron en gritos y Glanton y sus jinetes salieron del ribazo arbolado y se lanzaron sobre ellos y los indios gritaron de rabia en vista de la traición. Sus caballos empezaron a encabritarse y los yumas los dominaron y lanzaron flechas a los dragones que se acercaban y fueron abatidos con una descarga cerrada de pistolas y los que habían desembarcado en el paso se desembarazaron de sus pertrechos y se arrodillaron y empezaron a disparar desde allí mientras mujeres y niños se tumbaban entre los baúles y las cajas. Los caballos yumas gritaban y se enarbolaban en la arena floja de la ribera, sus hocicos dilatados y sus ojos en blanco, y los supervivientes ganaron los sauces de donde habían salido dejando heridos y moribundos y muertos en el campo de batalla. Glanton y sus hombres no los persiguieron. Echaron pie a tierra y se pasearon metódicamente entre los caídos acabando a hombres y caballos por igual de un tiro en la cabeza y luego les cortaron las cabelleras mientras los pasajeros de la barcaza contemplaban la escena.

El médico observaba en silencio desde el parapeto bajo y vio cómo arrastraban los cuerpos por el desembarcadero y los tiraban al río a puntapiés. Giró y miró a Brown y Webster. Había devuelto el obús a su posición y Brown estaba sentado cómodamente sobre el cañón caliente fumando su cigarro y observando lo que sucedía abajo. El médico volvió a sus aposentos.

No apareció al día siguiente. Glanton se ocupó del transbordador. Gente que llevaba tres días esperando para cruzar a un dólar por cabeza se enteró ahora de que la tarifa había subido a cuatro dólares. Y que dicho importe no estaría en vigor más que unos pocos días. Pronto empezó a funcionar una especie de balsa de Procusto cuyas tarifas variaban en función del dinero de los pasajeros. Finalmente prescindieron de toda excusa y robaron sin más a los inmigrantes. Los viajeros eran apaleados y sus armas y bienes requisados y luego se los mandaba al desierto desamparados e indigentes. Cuando el médico bajó a reprenderlos se le pagó su parte de los beneficios y se lo mandó de vuelta a casa. Robaron caballos y violaron mujeres y los cadáveres empezaron a flotar río abajo más allá del campamento yuma. En vista de que estos ultrajes se multiplicaban, el médico se encerró en sus aposentos y ya no se le vio más.

Al mes siguiente llegó de Kentucky una compañía mandada por el general Patterson y desdeñando hacer tratos con Glanton construyeron una barcaza río abajo y cruzaron y siguieron su camino. Los yumas se adueñaron de la barcaza y pusieron a su cargo a un tal Gallaghan, pero a los pocos días fue quemada y el cuerpo decapitado de Gallaghan flotó anónimamente en el río con un buitre aposentado entre los omoplatos de riguroso negro clerical, viajero solitario hacia el mar.

La pascua de aquel año cayó el último día de marzo y al alba de aquel día el chaval y Toadvine y un chico llamado Billy Carr cruzaron el río para cortar varas de los sauces que crecían más arriba del campamento de inmigrantes. Al pasar por allí antes de que amaneciera encontraron levantado a un grupo de sonorenses y vieron colgar de una cimbra a un pobre judas hecho de paja y harapos en cuya cara de lienzo llevaba pintada una mueca que no reflejaba otra cosa por parte del ejecutante que una idea pueril del personaje y de su crimen. Los sonorenses estaban en pie y bebiendo desde la medianoche y habían encendido una hoguera en el suelo de marga donde estaba la horca y cuando los americanos pasaron cerca de su campamento les llamaron en español. Alguien había traído del fuego una caña larga con una estopa encendida en lo alto y estaba prendiendo fuego al judas. Sus remiendos habían sido atiborrados de mechas y petardos y cuando el fuego prendió la cosa empezó a reventar pedazo a pedazo en una lluvia de harapos en llamas y paja. Hasta que por último una bomba que llevaba metida en el pantalón explotó e hizo trizas el muñeco entre un hedor a hollín y azufre y los hombres lanzaron vítores y unos niños arrojaron las últimas piedras a los restos que colgaban del nudo del ahorcado. El chaval fue el último en pasar por el claro y los sonorenses le ofrecieron vino de un odre a voz en cuello pero él se arrebujó en su astrosa chaqueta y avivó el paso.

Mientras tanto, Glanton había esclavizado a algunos sonorenses y los tenía trabajando en la fortificación de la colina. Había además detenidas en su campamento una docena larga de chicas indias y mexicanas, algunas apenas niñas. Glanton supervisaba con cierto interés el levantamiento de los muros pero por lo demás dejaba que sus hombres manejaran la explotación del paso con absoluta libertad. No parecía tomar en cuenta la riqueza que estaban amasando, si bien cada día abría el cerrojo metálico con que estaba asegurado el cofre de madera y cuero que tenía en sus aposentos y levantaba la tapa y echaba en él sacos enteros de cosas valiosas, y eso que el cofre contenía ya miles de dólares en oro y plata y monedas, así como joyas, relojes, pistolas, oro en bruto dentro de bolsitas de cuero, plata en barras, cuchillos, vajillas, cuberterías, dientes.

El 2 de abril David Brown partió en compañía de Long Webster y Toadvine rumbo a San Diego en la antigua costa mexicana con la misión de conseguir suministros. Llevaban con ellos varios animales de carga y salieron al ponerse el sol, remontando la arboleda y girando hacia el río y guiando después a los caballos de costado por las dunas en el fresco crepúsculo azul.

Cruzaron el desierto en cinco días sin el menor incidente y atravesaron la sierra costera y guiaron a los mulos por la nieve del desfiladero y descendieron la ladera occidental llegando a la ciudad bajo una lenta llovizna. Sus vestiduras de pelleja les pesaban del agua acumulada y los animales estaban manchados por los sedimentos que habían rezumado de sus cuerpos y sus correajes. Se cruzaron en la calle fangosa con tropas de la caballería montada de Estados Unidos y a lo lejos oyeron las olas del mar vapuleando la costa gris y pedregosa.

Brown descolgó del borrén de su silla un morral de fibra lleno de monedas y los tres desmontaron y entraron a una tienda de licores y sin decir palabra vaciaron el saco encima del mostrador.

Había doblones acuñados en España y en Guadalajara y medios doblones y dólares de plata y pequeñas piezas de oro de medio dólar y monedas francesas de diez francos y águilas de oro y medias águilas y dólares con agujero y dólares acuñados en Carolina del Norte y en Georgia de una pureza de veintidós quilates. El tendero fue pesando las monedas en una balanza corriente, clasificadas por lotes según la acuñación, y descorchó y sirvió generosas raciones en cubiletes de estaño que llevaban marcado el nivel de una ración. Bebieron y dejaron los cubiletes y el tendero empujó la botella por los tablones mal ensamblados del mostrador.

Habían preparado una lista con las provisiones que necesitaban y una vez acordado el precio de la harina y el café y otros artículos de primera necesidad salieron a la calle cada cual con una botella en la mano. Recorrieron la pasarela de tablas y cruzaron por el barro y dejaron atrás varias hileras de chabolas y atravesaron una placita más allá de la cual pudieron ver el mar y unas tiendas de campaña y también una calle cuyas casas achaparradas estaban hechas de pieles y alineadas como curiosas falúas en el orillo de avenas de mar encima de la playa y se veían negras y relucientes bajo la lluvia.

Fue en una de estas donde Brown despertó a la mañana siguiente. Recordaba muy poco de la víspera y no había nadie más en la cabaña. El resto del dinero estaba en un saquito colgado de su cuello. Empujó la puerta de cuero con bastidor y salió a la neblinosa penumbra. No habían guardado ni dado de comer a sus animales y decidió volver a la tienda frente a la cual los tenían atados y se sentó en la acera y vio bajar la aurora de las colinas que había detrás de la ciudad.

A mediodía se presentó en la oficina del alcalde con los ojos rojos y apestando para exigir que pusieran en libertad a sus compañeros. El alcalde se escabulló por la parte posterior del edificio y al poco rato llegaron un cabo y dos soldados americanos que le aconsejaron se marchara de allí. Una hora más tarde estaba en la herrería. Se demoró un rato antes de entrar, escudriñando la penumbra hasta que empezó a distinguir los objetos que había dentro.

El herrero estaba en su banco de trabajo y Brown entró y le puso delante una caja de caoba con una chapa de latón claveteada a la tapa. Accionó las cerraduras y abrió la caja y sacó de sus compartimientos un par de cañones de escopeta y cogió la culata con la otra mano. Engarzó los cañones al cerrojo patentado y puso la escopeta derecha encima del banco y encajó la clavija acoplada a fin de bloquear la caña. Amartilló el arma presionando con ambos pulgares y volvió a bajar los gatillos. La escopeta era de fabricación inglesa y tenía cañones de damasco y llaves historiadas y una caja de caoba maciza. Levantó la vista. El herrero le estaba mirando.

¿Entiende de armas?, dijo Brown.

Un poco.

Quiero que me recorte estos cañones.

El herrero sostenía el arma con las dos manos. Entre los cañones había una pestaña central elevada con el nombre del fabricante incrustado en oro, Londres. En el cerrojo patentado había dos tiras de platino y tanto los mecanismos como los gatillos ostentaban volutas cinceladas profundamente en el acero y llevaba sendas perdices grabadas a cada lado del nombre del armero. Los cañones de color granate estaban soldados a partir de flejes triples y en el hierro y el acero batidos se apreciaban aguas como las marcas de una ignota serpiente antigua, rara y bella y letal a la vez, y la madera presentaba un granulado de un rojo intenso en la culata, cuyo mocho contenía una cajita de cebos montada en plata y accionada a resorte.

El herrero examinó la escopeta y luego miró a Brown. Miró el estuche. Iba forrado de pañeta verde y tenía pequeños compartimientos en los que había un cortatacos, un chifle de peltre, gratas de limpieza, un calepino de peltre patentado.

¿Que quiere qué?, dijo.

Recortar los cañones. Por aquí más o menos. Señaló con el dedo.

No puedo hacer eso.

Brown le miró.

¿No puede?

No señor.

Echó un vistazo al taller. Bien, dijo. Yo pensaba que cualquier imbécil podía cortar los cañones de una escopeta.

Se ha vuelto loco. ¿Para qué querría nadie cortar los cañones de un arma tan bonita?

¿Cómo ha dicho?

El hombre le entregó nervioso la escopeta. Sencillamente que no entiendo por qué quiere estropear un arma como esta. ¿Qué me cobraría por ella?

No está en venta. Así que me he vuelto loco, ¿eh?

Bueno, no lo decía en ese sentido.

¿Va a recortar los cañones o no?

No puedo hacerlo.

¿No puede o no quiere?

Elija usted.

Brown dejó la escopeta sobre el banco de trabajo. ¿Qué me cobraría por hacerlo?, dijo.

No lo haría por nada del mundo.

Si alguien se lo pidiera ¿cuál sería el precio?

No sé. Un dólar.

Brown sacó de su bolsillo un puñado de monedas. Dejó una pieza de oro de dos dólares y medio encima del banco. Muy bien, dijo. Le pagaré dos dólares y medio.

El herrero miró la moneda nervioso. No quiero su dinero, dijo. No puede pagarme para que arruine esa escopeta.

Acabo de pagarle.

No señor.

Ahí lo tiene. Una de dos, o se pone a serrar o falta a su palabra. En cuyo caso, va a saber lo que es bueno.

El herrero no le quitaba ojo de encima. Empezó a retroceder del banco y luego dio media vuelta y corrió.

Cuando llegó el sargento de la guardia, Brown tenía la escopeta fijada en el torno y estaba atacando los cañones con una segueta. El sargento se colocó donde pudiera verle la cara. ¿Qué busca?, dijo Brown.

Este hombre dice que le ha amenazado con matarle.

¿Qué hombre?

Este. El sargento hizo un gesto hacia la puerta del alpende.

Brown continuó serrando. ¿A eso lo llama hombre?, dijo.

Yo no le he dado permiso para entrar aquí y utilizar mis herramientas, dijo el herrero.

¿Qué responde?, dijo el sargento.

¿Qué respondo a qué?

¿Qué responde a estas acusaciones?

Ese tipo miente.

¿Usted no le amenazó?

En absoluto.

Y una mierda que no.

Yo no voy por ahí amenazando a nadie. Le he dicho que le desollaría vivo y eso vale como si lo hubiera dicho ante notario.

¿No lo llamaría una amenaza?

Brown levantó la vista. Amenaza no. Era una promesa.

Se puso a trabajar otra vez y tras unos cuantos vaivenes de la segueta los cañones cayeron a tierra. Dejó la sierra y retiró las mordazas del torno y separó los cañones de la caja de la escopeta y metió las dos piezas en el estuche y cerró la tapa y ajustó la cerradura.

¿Por qué discutían?, dijo el sargento.

Que yo sepa, no ha habido ninguna discusión.

Pregúntele de dónde ha sacado esa escopeta que acaba de echar a perder. La ha robado de alguna parte, me juego lo que sea.

¿Dónde consiguió esa escopeta?, dijo el sargento.

Brown se agachó para recoger los trozos cortados de cañón. Medían unos cincuenta centímetros de largo y los sostuvo por el extremo delgado. Rodeó el banco y pasó por delante del sargento. Se puso el estuche bajo el brazo y una vez en la puerta se volvió. El herrero no estaba en ninguna parte. Miró al sargento.

Me parece que ese hombre ha retirado sus acusaciones, dijo. Seguramente estaba borracho.

Cruzando la plaza hacia el pequeño cabildo de adobe se encontró con Toadvine y Webster recién puestos en libertad. Apestaban y tenían la mirada extraviada. Bajaron los tres a la playa y se sentaron a contemplar las largas olas grises y se fueron pasando la botella de Brown. Ninguno de ellos había visto antes el océano. Brown se acercó para rozar con la mano la capa de espuma que lamía la arena oscura. Levantó la mano y saboreó la sal en sus dedos y miró hacia ambos lados de la costa y volvieron a la ciudad siguiendo la playa.

Pasaron la tarde bebiendo en una bodega infecta regentada por un mexicano. Entraron unos soldados. Se produjo una reyerta. Toadvine se levantó, tambaleándose. Uno de los soldados fue a poner paz y al poco rato todos se sentaron de nuevo. Pero minutos después volviendo de la barra Brown derramó un jarro de aguardiente encima de un joven soldado y le prendió fuego con su cigarro. El joven salió corriendo de la bodega sin más ruido que el rumor de las llamas y las llamas eran azuladas y se podían ver a la luz del sol y bregó con ellas en la calle como un hombre acosado por abejas o por la locura y luego cayó al suelo y se acabó de quemar. Cuando llegaron hasta él con un cubo de agua el soldado estaba negro y encogido en el barro como una araña enorme.

Brown despertó en una pequeña celda esposado y muerto de sed. Lo primero que miró fue si tenía la bolsa de monedas. Seguía dentro de su camisa. Se levantó de la paja y aplicó un ojo a la mirilla. Era de día. Pidió a voces que viniera alguien. Se sentó y con las manos encadenadas contó las monedas y las devolvió a su bolsa.

Por la tarde un soldado le trajo la cena. El soldado se llamaba Petit y Brown le enseñó su collar de orejas y le enseñó las monedas. Petit dijo que no quería saber nada. Brown le explicó que tenía treinta mil dólares enterrados en el desierto. Le habló de la barcaza, usurpando el papel de Glanton. Le mostró otra vez las monedas y le habló de sus lugares de origen con gran familiaridad, complementando los informes del juez con datos improvisados. A partes iguales, dijo. Tú y yo.

Observó al recluta a través de los barrotes. Petit se enjugó la frente con la manga. Brown echó las monedas a la bolsa y se las pasó a Petit.

¿Crees que podemos fiarnos el uno del otro?, dijo.

El chico se quedó con la bolsa en la mano sin saber qué pensar. Intentó devolverle la bolsa entre los barrotes. Brown retrocedió y levantó las manos.

No seas tonto, dijo entre dientes. ¿Qué crees que habría dado yo por tener una oportunidad así a tu edad?

Cuando Petit se hubo ido se sentó en la paja y contempló el plato de metal con las alubias y las tortillas.

Al rato se puso a comer. Afuera llovía de nuevo y pudo oír jinetes pasando por la calle embarrada y pronto oscureció.

Partieron dos noches después. Tenían cada cual un pasable caballo de silla y un rifle y una manta y tenían una mula que llevaba provisiones de maíz y carne y dátiles. Se adentraron en las colinas y con la primera luz del día Brown levantó su rifle y mató al chico de un disparo en la nuca. El caballo salió disparado hacia adelante y el chico cayó de espaldas con la placa frontal reventada y los sesos al descubierto. Brown se detuvo y bajó de su montura y recuperó el saco de monedas y cogió el cuchillo del chico y también su rifle y su cebador y su chaqueta y le seccionó las orejas al chico y las colgó de su escapulario y luego montó y partió. La mula le siguió y al cabo de un rato también lo hizo el caballo que había montado el chico.

Cuando Toadvine y Webster llegaron al campamento en Yuma no tenían provisiones ni tenían los mulos con los que habían partido. Glanton cogió cinco hombres y partió al atardecer dejando al juez a cargo del transbordador. Llegaron a San Diego ya de noche y se dirigieron a la casa del alcalde. El alcalde salió a abrirles en camisa y gorro de dormir sosteniendo una vela. Glanton le empujó hacia el recibidor y envió a sus hombres a la parte de atrás, donde oyeron gritar a una mujer y unos golpes secos y luego silencio.

El alcalde tenía más de sesenta años y dio media vuelta para ir en ayuda de su esposa pero fue abatido con el cañón de una pistola. Se levantó sujetándose la cabeza. Glanton le empujó hacia la habitación de atrás. Llevaba en la mano una cuerda con el nudo preparado e hizo girar al alcalde y le pasó el nudo por la cabeza y lo tensó. La mujer estaba sentada en la cama y al verle empezó a gritar de nuevo. Tenía un ojo hinchado y casi cerrado y uno de los reclutas le pegó en la boca y la mujer cayó sobre la cama desarreglada y se llevó las manos a la cabeza. Glanton sostuvo la vela en alto y dio instrucciones a uno de los reclutas para que se subiera al otro a los hombros y el chico pasó la mano por una de las vigas hasta que encontró un espacio y pasó por él el extremo de la soga y lo dejó caer y tiraron de la cuerda y levantaron al alcalde, que forcejeaba mudo. No le habían atado las manos y el hombre trató frenéticamente de alcanzar la cuerda sobre su cabeza y subirse a ella para no quedar estrangulado y agitó las piernas y fue girando lentamente a la luz de la vela.

Válgame Dios, jadeó. *¿Qué quiere?*

Quiero mi dinero, dijo Glanton. Quiero mi dinero y mis mulas y quiero a David Brown.

¿Cómo?, resolló el alcalde.

Alguien había encendido una lámpara. La vieja se levantó y vio primero la sombra y después la forma de su marido colgando de la cuerda y empezó a reptar hacia él por la cama.

Dígame, jadeó el alcalde.

Alguien intentó agarrar a la mujer pero Glanton le hizo señas de que se apartara y ella saltó de la cama y se agarró a las rodillas de su esposo para izarlo. Estaba sollozando y rezaba pidiendo clemencia tanto a Glanton como a Dios.

Glanton se situó de forma que el alcalde pudiera verle la cara. Quiero mi dinero, dijo. Mi dinero y mis mulas y el hombre que envié acá. *El hombre que tiene usted. Mi compañero.*

No, no, jadeó el colgado. *Búsquele.* Aquí no hay ningún hombre.

¿Dónde está?

Aquí no.

Claro que sí. Está en el *juzgado*.

No, no. Virgen santa. Aquí no. Se ha ido. *Hace siete, ocho días.*

¿Dónde está el *juzgado?*

¿Cómo?

El juzgado. ¿Dónde está?

La vieja se soltó con un brazo lo bastante largo para señalar, pegada la cara a la pierna del esposo. *Allá,* dijo. *Allá.*

Salieron dos hombres, uno con el cabo de la vela y protegiendo la llama con la mano ahuecada ante él. A su regreso informaron de que la pequeña mazmorra del edificio contiguo estaba vacía.

Glanton estudió al alcalde. La vieja se tambaleaba visiblemente. Habían hecho un cote con la cuerda en torno al poste de la cama y Glanton aflojó la cuerda y alcalde y vieja cayeron al suelo.

Los dejaron atados y amordazados y partieron para ir a ver al tendero. Tres días después encontraban al alcalde y al tendero y a la esposa del alcalde atados y entre sus propios excrementos en una choza abandonada cerca del mar diez kilómetros al sur del poblado. Les habían dejado un balde de agua del que bebían como perros y habían estado gritando entre el estruendo de las olas en aquel sitio perdido hasta quedar mudos como las piedras.

Glanton y sus hombres estuvieron dos días con sus noches en las calles, locos de embriaguez. El sargento que mandaba la pequeña guarnición de tropas americanas se les encaró en un intercambio de alcohol la tarde del segundo día y él y los tres hombres que le acompañaban fueron vapuleados y despojados de sus armas. Al alba, cuando los soldados echaron abajo la puerta de la posada, no encontraron a nadie.

Glanton regresó a Yuma en solitario mientras sus hombres partían hacia los yacimientos de oro. En aquel yermo plagado de huesos se cruzó con partidas de caminantes que le llamaban a gritos y muertos allí donde habían caído y hombres que no tardarían en morir y grupos de personas formando corro en torno a un último carro o carreta y gritándoles a los mulos o los bueyes y arreándolos como si en aquellos frágiles cajones llevaran la mismísima carta de la Alianza y aquellos animales morirían y con ellos aquella gente y gritaban al solitario jinete para advertirle del peligro que le aguardaba en el paso y el caballista siguió adelante en sentido contrario a la marea de refugiados como un héroe solitario hacia no se sabe qué monstruo de guerra o de epidemia o de hambruna siempre con aquel gesto en su implacable mandíbula.

Cuando llegó a Yuma estaba borracho. Arrastraba detrás suyo de un cordel dos pequeños barriletes cargados de whisky y galletas. Descansó sin desmontar y miró hacia el río que era cancerbero de todas las encrucijadas de aquel mundo y su perro se le acercó y arrimó el hocico al estribo.

Una muchacha mexicana estaba en cuclillas y desnuda a la sombra de la pared. Le vio pasar a caballo y se cubrió los pechos con las manos. Llevaba un collar de cuero crudo y estaba encadenada a un poste y a su lado había un cuenco de arcilla con restos de carne renegrida. Glanton ató los barriletes al poste y entró sin apearse del caballo.

No había nadie. Siguió hasta el desembarcadero. Mientras estaba mirando al río el médico bajó trastabillando por el talud y se agarró a un pie de Glanton y empezó a suplicarle farfullando cosas sin sentido. No se aseaba desde hacía semanas y estaba roñoso y desgreñado y se aferraba a la pernera de Glanton y señalaba hacia las fortificaciones. Ese hombre, dijo. Ese hombre.

Glanton retiró su bota del estribo y empujo al médico con el pie y volvió grupas y regresó colina arriba. El juez estaba en el cerro silueteado contra el sol vespertino como un gran archimandrita calvo. Iba envuelto en una capa de tela con mucho vuelo debajo de la cual estaba desnudo. El negro Jackson salió de unos de los búnkeres de piedra vestido de idéntica guisa y se puso a su lado. Glanton remontó la cresta de la colina hasta sus aposentos.

Durante toda la noche se oyeron disparos intermitentes en la otra orilla así como risas e imprecaciones de borracho. Cuando despuntó el día no apareció nadie. La barcaza estaba atracada y un hombre bajó hasta el desembarcadero y sopló un cuerno y luego se marchó por donde había venido.

La barcaza estuvo parada durante todo el día. Por la tarde la borrachera y la jarana se habían reanudado y los chillidos de las muchachas llegaban de la otra orilla hasta los peregrinos acurrucados en su campamento. Alguien había dado whisky al idiota mezclado con zarzaparrilla y aquel ser que apenas sabía andar había empezado a bailar junto al fuego con saltos simiescos, moviéndose con gran seriedad y chupándose los flojos labios mojados.

Al amanecer el negro se llegó a pie hasta el desembarcadero y se puso a orinar en el río. Los pontones estaban río abajo arrimados a la orilla con unos centímetros de agua arenosa sobre las tablas del fondo. Arrebujado en su manto se subió a la bancada y quedó allí balanceándose. El agua corrió por las tablas en dirección a él. Se quedó allí mirando. El sol no había salido todavía y sobre la superficie del agua flotaba una capa de niebla. Unos patos aparecieron río abajo de entre los sauces. Giraron en círculo en la tumultuosa corriente y luego alzaron el vuelo hacia el centro del río y giraron y se desviaron aguas arriba. En el suelo de la barcaza había una moneda pequeña. Algún pasajero se la habría guardado quizá debajo de la lengua. Se agachó para cogerla. Se incorporó y la limpió de arena y la examinó y en ese instante una larga flecha de junco le atravesó la parte superior del abdomen y siguió volando y se hundió más lejos en el río y emergió a la superficie y empezó a girar y quedó a la deriva.

El negro dio media vuelta, sujetándose el hábito. Se apretaba la herida y con la otra mano buscaba entre sus ropas las armas que estaban allí y no estaban allí. Una segunda flecha pasó por su lado izquierdo y otras dos se alojaron de lleno en su pecho y en su ingle. Medían bastante más de un metro de largo y se combaban ligeramente como varitas ceremoniales con los movimientos que él hacía y el negro se agarró el muslo por donde brotaba la sangre arterial y dio un paso hacia la orilla y cayó de lado a la corriente.

El agua era poco profunda e intentaba con dificultad ponerse de pie cuando el primer yuma saltó a bordo de la barcaza. Completamente desnudo, el pelo teñido de naranja, la cara pintada de negro con una línea roja que la dividía desde el copete hasta el mentón. Descargó dos veces el pie sobre las tablas y abrió los brazos como un taumaturgo loco salido de un drama atávico y agarró por el hábito al negro que agonizaba en las aguas enrojecidas y lo izó y le aplastó la cabeza con su maza.

Subieron en masa hacia las fortificaciones en donde dormían los americanos y unos iban a caballo y otros a pie y todos ellos armados con arcos y mazas y las caras tiznadas de negro o pálidas de afeites y el cabello pegado con arcilla. El primer alojamiento al que entraron fue el de Lincoln. Cuando salieron de allí minutos después uno de ellos llevaba cogida del pelo la cabeza chorreante del médico y otros arrastraban a su perro, que se debatía con una correa alrededor del hocico haciendo cabriolas por la arcilla seca de la explanada. Entraron a una tienda hecha de vaqueta y varas de sauce y asesinaron uno detrás de otro a Gunn y Wilson y Henderson Smith mientras trataban de levantarse ebrios y partieron entre las toscas medias paredes en absoluto silencio, relucientes de pintura y grasa y sangre entre las franjas de luz con que el sol recién salido bañaba la parte más alta de la colina.

Cuando entraron en la habitación de Glanton este se incorporó al instante y miró a su alrededor con ojos desorbitados. Se alojaba en una pequeña pieza ocupada totalmente por una cama de cobre que había requisado a una familia de inmigrantes y se quedó allí sentado como un magnate feudal perturbado con sus armas colgadas de los remates en abundante panoplia. Caballo en Pelo se subió a la cama con él y se quedó allí de pie mientras uno de los asistentes le pasaba a su mano derecha un hacha corriente cuyo astil de nogal ostentaba motivos paganos y adornos de plumas de aves de presa. Glanton escupió.

Corta de una vez, fantoche piel roja, dijo, y el viejo levantó el hacha y hendió la cabeza de John Joel Glanton hasta la caña del pulmón.

Cuando entraron en los aposentos del juez encontraron al idiota y a una chica de unos doce años desnudos y encogidos en un rincón. Detrás de ellos estaba el juez, también desnudo. Sostenía el obús de bronce apuntado hacia ellos. La cureña de madera estaba en el suelo con las correas arrancadas de las gualderas. El juez sostenía el cañón debajo del brazo y un cigarro encendido a dos dedos del fogón. Los yumas chocaron entre sí al retroceder y el juez se puso el cigarro en la boca y cogió su portamanteo y salió por la puerta andando marcha atrás y bajó por el terraplén. El idiota, que solo le llegaba a la cintura, iba pegado a él y de esta forma penetraron en el bosque al pie de la colina y se perdieron de vista.

Los salvajes encendieron una hoguera en lo alto de la colina y la cebaron con los muebles de los blancos e izaron el cuerpo de Glanton y lo llevaron en volandas a la manera de un adalid asesinado y luego lo lanzaron a las llamas. El perro había sido atado a su cadáver y el perro prendió también como una estridente viuda inmolada para desaparecer crepitando en el arremolinado humo de la leña fresca. El cuerpo del médico fue arrastrado por los talones y levantado también y lanzado a la pira y su mastín entregado asimismo a las llamas. El perro se debatió y las correas con que estaba atado se habían roto sin duda al quemarse, porque salió reptando del fuego chamuscado y ciego y humeando y alguien lo mandó de nuevo a la hoguera con una pala. Los otros ocho cadáveres fueron amontonados sobre las llamas, donde chisporrotearon hediondos y el humo espeso se alejó hacia el río. La cabeza del médico había sido montada sobre una tranca para su exhibición pero al final acabó también en la pira. Los yumas se repartieron armas y ropas y repartieron también el oro y la plata del cofre hecho añicos que habían arrastrado hasta el exterior. Todo lo demás fue apilado sobre la hoguera y mientras el sol subía y brillaba en sus rostros pintarrajeados se sentaron en el suelo cada cual con sus nuevas posesiones y contemplaron el fuego y fumaron sus pipas como habría hecho una troupe de mimos maquillados que hubiera ido a recuperar fuerzas a aquel desolado paraje lejos de las ciudades y de la chusma que los abucheaba del otro lado de las candilejas, pensando en futuras ciudades y en la mísera fanfarria de trompetas y tambores y las toscas tablas en que sus destinos estaban grabados, pues aquella gente no estaba menos cautiva y escriturada y vieron arder ante ellos como una prefiguración de su propio fin colectivo los cráneos carbonizados de sus enemigos, brillantes como sangre entre los rescoldos.

XX

La huida – En el desierto
Perseguidos por los yumas
Resistencia – Álamo Mucho – Otro refugiado
El sitio – Haciendo puntería – Hogueras
El juez vive – Un trueque en el desierto
De cómo el ex cura acaba abogando por el asesinato
Adelante – Otro encuentro – Carrizo Creek
Un ataque – Entre los huesos
Jugando sobre seguro – Un exorcismo
Tobin sale herido – Asesoramiento
La matanza de los caballos
El juez hablando de agravios
Otra huida, otro desierto.

Toadvine y el chaval libraron un combate constante río arriba entre los helechos de la ribera con las flechas rebotando en los juncos que los rodeaban. Salieron de la salceda y treparon a las dunas y bajaron por el otro lado y reaparecieron, dos figuras oscuras afanándose por la arena, ora trotando ora agachándose, el estampido de la pistola opaco y seco en aquel descampado. Los yumas que estaban coronando las dunas eran cuatro y no les siguieron sino que se contentaron con localizarlos en el terreno a que se habían entregado por su cuenta y regresaron a su campamento.

El chaval llevaba una flecha clavada en la pierna, encajada en el hueso. Se detuvo y se sentó y partió el astil a unos centímetros de la herida y volvió a levantarse y siguieron andando. En lo alto del cerro se detuvieron para mirar atrás. Los yumas habían dejado las dunas y un humo oscuro ascendía por el risco que dominaba el río. Hacia el oeste todo eran colinas de arena donde uno podía esconderse pegado al suelo pero no había forma de esconderse del sol y solo el viento podía borrar las huellas.

¿Puedes andar?, dijo Toadvine.

No me queda más remedio.

¿Cuánta agua tienes?

No mucha.

¿Qué quieres hacer?

No sé.

Podríamos volver hasta al río y esperar, dijo Toadvine.

¿A qué?

Miró otra vez hacia el fuerte y miró el astil roto en la pierna del chaval y la sangre que brotaba. ¿Quieres probar a quitarte eso?

No.

¿Qué quieres hacer?

Seguir.

Corrigieron la dirección y tomaron la senda que seguían las caravanas y anduvieron toda la mañana y toda la tarde de aquel día. Al anochecer se habían quedado sin agua y siguieron caminando bajo la lenta rueda de las estrellas y durmieron tiritando entre las dunas y se levantaron al alba y reemprendieron camino. El chaval cojeaba con la pierna tiesa y un trozo de vara de carro a modo de muleta y por dos veces le dijo a Toadvine que siguiera solo pero Toadvine no quiso. Los aborígenes aparecieron antes del mediodía.

Los vieron reagruparse allá en el este como marionetas funestas sobre el tembloroso declive del horizonte. No llevaban caballos y parecían avanzar al trote y no había pasado una hora cuando ya estaban lanzando flechas contra los refugiados.

Siguieron caminando, el chaval con la pistola en mano, apartándose y esquivando las flechas que caían del sol, astiles relucientes contra el cielo lívido que escorzaban con un revoloteo atiplado para quedar clavados en tierra y vibrando. Partieron los astiles para que no pudieran servir de nuevo y avanzaron penosamente por la arena, de costado como los cangrejos, pero la lluvia de flechas era tan densa que hubieron de oponer resistencia. El chaval hincó los codos en el suelo y montó su revólver. Los yumas estaban a un centenar de metros y lanzaron un grito y Toadvine se agachó al lado del chaval. La pistola dio una sacudida y el humo gris flotó inmóvil en el aire y uno de los salvajes cayó como un actor por una trampilla. El chaval había amartillado de nuevo el arma pero Toadvine puso la mano sobre el cañón y el chaval le miró y bajó el percutor y luego se sentó para recargar la cámara vacía y se incorporó y recogió su muleta y siguieron andando. A sus espaldas se oía el clamor de los aborígenes agrupados en torno al que había caído muerto.

Aquella horda pintarrajeada los persiguió durante todo el día. Llevaban veinticuatro horas sin agua y el árido mural de arena y cielo empezaba a rielar y a dar vueltas y de vez en cuando una flecha partía sesgada de las dunas como un tallo copetudo de la mutante vegetación del desierto propagándose airadamente en el seco aire del desierto. No se detuvieron. Cuando llegaron a los pozos de Álamo Mucho el sol estaba bajo frente a ellos y había alguien sentado al borde del pilón. La figura se levantó y quedó velada por la temblorosa lente de aquel mundo y alzó una mano, no se sabía si en señal de bienvenida o de advertencia. Se protegieron los ojos y siguieron avanzando y aquel hombre les llamó a voces. Era el ex cura Tobin.

Estaba solo y desarmado. ¿Cuántos sois?, dijo.

Los que ves, dijo Toadvine.

¿Los demás están muertos? ¿Glanton, el juez?

No respondieron. Se deslizaron hasta el lecho del pozo donde quedaban unos centímetros de agua y se arrodillaron para beber.

El hoyo en que estaba excavado el pozo tendría unos tres metros de diámetro y se apostaron en torno a la pendiente interior de aquel saliente y vieron desplegarse a los indios por la llanura, desplazándose a un medio galope. Reunidos en pequeños grupos en los cuatro puntos cardinales empezaron a lanzar sus flechas sobre los defensores y los americanos anunciaban la llegada de los proyectiles como oficiales de artillería, tumbados en el labio expuesto del pozo y mirando desde el hoyo a los asaltantes de aquel sector, cerradas las manos a los costados y encogidas las piernas, tensos como felinos. El chaval se abstuvo de disparar y los salvajes del lado occidental, a los que favorecía la luz, pronto empezaron a aproximarse.

Alrededor del pozo había montículos de arena de antiguas excavaciones y probablemente los yumas trataban de llegar hasta allí. El chaval dejó su posición y fue hasta el lado occidental de la excavación y empezó a disparar a los que estaban de pie o agazapados como lobos en el hondón que espejeaba. El ex cura se arrodilló a su lado y miró hacia atrás y puso su sombrero entre el sol y el punto de mira de la pistola del chaval y el chaval apoyó la pistola con ambas manos en el borde de la zanja y abrió fuego. Al segundo disparo uno de los salvajes cayó al suelo y quedó inmóvil. El siguiente tiro hizo girar a otro sobre sí mismo y el salvaje cayó sentado y se levantó y dio unos pasos y se volvió a sentar. El ex cura le animaba tendido a su lado y el chaval amartilló la pistola y el ex cura ajustó la posición del sombrero para arrojar una sola sombra sobre el punto de mira y el ojo que apuntaba y el chaval disparó de nuevo. Había hecho puntería sobre el herido que había quedado sentado en tierra y su tiro lo dejó muerto. El ex cura silbó por lo bajo.

Menuda sangre fría, susurró. Pero esto va muy en serio y no sé si vas a tener arrojo suficiente.

Los yumas parecían paralizados por aquellos contratiempos y el chaval aprovechó para matar a otro de los suyos antes de que los salvajes se agruparan para retroceder, llevándose consigo a sus muertos, disparando una ráfaga de flechas y lanzando imprecaciones en su lengua paleolítica o invocaciones a dioses de la guerra o de la fortuna con cuyo apoyo contaban para batirse en retirada hasta que no fueron sino puntos en el hondón.

El chaval se echó al hombro el cebador y la cartuchera y se deslizó pendiente abajo hasta el fondo del pozo, donde cavó un segundo pilón con la pala vieja que allí había y en el agua que se filtró procedió a lavar los alesajes del barrilete y limpió el cañón e hizo pasar pedazos de su camisa por el ánima ayudándose de un palo hasta que salieron limpios. Luego volvió a ensamblar la pistola y finalmente dio unos golpecitos a la chaveta del cañón hasta que el barrilete quedó ajustado y dejó el arma a secar sobre la arena caliente.

Toadvine había bordeado la excavación hasta llegar a donde estaba Tobin y se quedaron observando la retirada de los salvajes por el hondón, que despedía un hálito de calor al último sol de la tarde.

Donde pone el ojo pone la bala, ¿eh?

Tobin asintió. Miró hacia el hoyo donde el chaval se había sentado para cargar la pistola, girando primero las cámaras llenas de pólvora y midiéndolas a ojo, asentando las balas con la rebaba hacia abajo.

¿Cuánta munición dirías que te queda?

Poca. Para unas cuantas salvas, no muchas.

El ex cura asintió. Anochecía y en la tierra roja del oeste los yumas se veían siluetеados frente al sol.

Toda la noche sus fogatas ardieron en la oscura faja circular del mundo y el chaval separó el cañón de la pistola y utilizándolo como catalejo barrió la orla de arena tibia y escrutó los fuegos para ver si había movimiento. Difícilmente hay en el mundo un lugar tan desértico en el que alguna criatura no grite en la noche, pero así sucedía aquí y estuvieron escuchando su propia respiración en la oscuridad y el frío y escucharon la sístole de los corazones de carne roja que llevaban dentro. Al despuntar el día los fuegos se habían apagado y unas puntas de humo se elevaban del llano en tres puntos distintos de la brújula y el enemigo había desaparecido. Cruzando el hondón seco desde el este avanzaba hacia ellos una silueta grande acompañada de otra pequeña. Toadvine y el ex cura miraron.

¿Tú qué crees que son?

El ex cura meneó la cabeza.

Toadvine juntó dos dedos y lanzó un silbido hacia el pozo. El chaval se incorporó pistola en mano. Trepó por el declive con la pierna tiesa. Los tres se tumbaron a mirar.

Eran el juez y el imbécil. Iban los dos desnudos y se aproximaban en el amanecer del desierto como seres de una especie poco más que tangencial al resto del mundo, sus siluetas repentinamente claras y luego fugitivas debido a la extrañeza de la misma luz. Como objetos cuya propia premonición vuelve ambiguos. Como cosas tan cargadas de significado que sus formas aparecen desdibujadas. Los que estaban junto al pozo contemplaron en silencio aquel tránsito desde el despuntar del día. Aunque no tenían ya la menor duda acerca de qué era lo que se les acercaba, ninguno de los tres osó nombrarlo. Siguieron adelante, el juez de un rosa pálido bajo su talco de polvo como algo que acaba de nacer y el imbécil mucho más oscuro, trastabillando juntos por el hondón en los confines del exilio como un rey procaz despojado de sus vestiduras y expulsado al desierto en compañía de su bufón para morir allí.

Quienes viajan por lugares desérticos encuentran en efecto criaturas que superan toda descripción. Los del pozo se levantaron para ver mejor a los que se acercaban. El imbécil trotaba para no distanciarse del juez. El juez iba tocado con una peluca hecha de lodo seco del río de la que sobresalían briznas de paja y hierba y el imbécil llevaba atado a la cabeza un pedazo de piel animal con la parte renegrida de sangre vuelta hacia fuera. El juez sostenía en la mano una taleguilla de lona e iba cubierto de carne como un penitente medieval. Subió hasta las excavaciones y los saludó y bajaron él y el idiota por el terraplén y se arrodillaron y se pusieron a beber.

Incluso el idiota, a quien había que dar la comida a mano. De rodillas junto al juez sorbió ruidosamente el agua mineral y miró con sus oscuros ojos de larva a los tres hombres acuclillados más arriba en el borde del hoyo y luego se dobló y siguió bebiendo.

El juez se despojó de sus bandoleras de carne curtida al sol, cuyas formas habían dejado la piel de debajo extrañamente moteada de blanco y rosa. Se quitó su pequeño gorro de lodo y se echó agua al cráneo quemado y a la cara y bebió otra vez y se sentó en la arena. Miró a sus viejos camaradas. Tenía la boca agrietada y la lengua hinchada.

Louis, dijo. ¿Qué me cobrarías por ese sombrero?

Toadvine escupió. No está en venta, dijo.

Todo está en venta, replicó el juez. ¿Qué pides a cambio?

Toadvine miró inquieto al ex cura. Miró al fondo del pozo. Necesito mi sombrero, dijo.

¿Cuánto quieres?

Toadvine señaló con el mentón hacia las ristras de carne. Supongo que querrás cambiarlo por un pedazo de esa carne.

Te equivocas, dijo el juez. Lo que hay aquí es para todos. ¿Cuánto por el sombrero?

¿Tú qué me darías?, dijo Toadvine.

El juez le miró. Te doy cien dólares, dijo.

Nadie habló. Acuclillado sobre las nalgas, el idiota parecía estar esperando también el resultado de aquel diálogo. Toadvine se quitó el sombrero y se lo miró. El pelo negro y lacio se le pegaba a las sienes. No te irá bien, dijo.

El juez le citó alguna cosa en latín. Sonrió. No te preocupes por eso, dijo.

Toadvine se puso el sombrero y se lo ajustó. Supongo que es lo que llevas en esa talega, dijo.

Supones correctamente, dijo el juez.

Toadvine dirigió la vista hacia el sol.

Te doy ciento veinticinco y no preguntaré de dónde lo has sacado, dijo el juez.

Veamos tus cartas.

El juez abrió la talega y volcó su contenido sobre la arena. Un cuchillo y como medio cubo de monedas de oro de diverso valor. El juez apartó el cuchillo y esparció las monedas con la palma de la mano y miró hacia arriba.

Toadvine se quitó el sombrero. Empezó a bajar al pozo. Él y el juez se agacharon a cada lado del tesoro y el juez separó las monedas acordadas, adelantándolas con el dorso de la mano a la manera de un croupier. Toadvine le pasó el sombrero y recogió las monedas y el juez cogió el cuchillo y cortó la cinta del sombrero por la parte de atrás y rasgó el ala y abrió la copa y se colocó el sombrero en la cabeza y miró hacia Tobin y el chaval.

Bajad, dijo. Venid a compartir la carne.

Ellos no se movieron. Toadvine había cogido ya un trozo y tiraba de él con los dientes. Hacía fresco en el pozo y el sol de la mañana solo alcanzaba el borde superior. El juez metió el resto de las monedas en la talega y dejó la talega aparte y se puso a beber otra vez. El imbécil había estado mirando su reflejo en la charca y vio beber al juez y vio que el agua volvía a quedar quieta. El juez se secó la boca y miró a los que estaban arriba.

¿Cómo estáis de armas?, dijo.

El chaval había puesto un pie en el borde mismo del hoyo pero lo retiró. Tobin no se movió. Estaba observando al juez.

Solo tenemos una pistola, Holden.

¿Tenemos?, dijo el juez.

El muchacho.

El chaval estaba otra vez de pie. El ex cura, a su lado.

El juez se levantó también en el fondo del pozo y se ajustó el sombrero y se puso la talega bajo el brazo como un inmenso leguleyo desnudo desquiciado por aquella región.

Mide bien tus consejos, cura, dijo. Estamos todos en esto. Ese sol de allá arriba es como el ojo de Dios y te aseguro que nos asaremos todos por igual en esta enorme plancha silícea.

Ni soy cura ni tengo consejos que dar, dijo Tobin. Aquí el muchacho va por libre.

El juez sonrió. Muy bien, dijo. Miró a Toadvine y sonrió de nuevo al ex cura. Entonces ¿qué?, dijo. ¿Vamos a beber aquí por turnos como bandas de monos rivales?

El ex cura miró al chaval. Estaban cara al sol. Se agachó a fin de hablar mejor con el juez.

¿Crees que existe un lista donde se pueden registrar los pozos del desierto?

Ah, cura, esas cosas deberías saberlas tú mejor que yo. En esto no tengo voz. Ya te lo dije, soy un hombre sencillo. Sabes que puedes bajar y beber y llenar tu cantimplora cuando quieras.

Tobin no se movió.

Pásame la cantimplora, dijo el chaval. Se había sacado la pistola del cinto y se la pasó al ex cura y cogió el frasco de cuero y bajó por el terraplén.

El juez le siguió con la mirada. El chaval rodeó el

lecho del pozo, en todo momento al alcance del juez, y se arrodilló frente al imbécil y sacó el tapón de la cantimplora y la sumergió en el pilón. Él y el imbécil miraron cómo el agua entraba por el cuello de la cantimplora y la vieron burbujear y cesar después. El chaval volvió a colocar el tapón y bebió de la charca y luego se sentó y miró a Toadvine.

¿Vienes con nosotros?

Toadvine miró al juez. No sé, dijo. Puede que allí me arresten. Si voy a California.

¿Arrestarte?

Toadvine no respondió. Estaba sentado en la arena y formó un trípode con tres dedos y los hundió en la arena y los hizo girar y los introdujo de nuevo de forma que quedaron seis agujeros en forma de estrella o de hexágono y luego lo borró todo. Alzó la vista.

Quién hubiera pensado que una vez aquí no tendríamos un país adonde ir.

El chaval se levantó y pasó la correa de la cantimplora por encima de su hombro. Tenía la pernera del pantalón negra de sangre y el cabo ensangrentado del astil le salía del muslo como una clavija donde colgar herramientas. Escupió y se secó la boca con el dorso de la mano y miró a Toadvine. No es ese tu problema, dijo. Luego cruzó el pozo y empezó a subir por el terraplén. El juez le siguió con la mirada y cuando el chaval llegó a donde daba el sol se dio la vuelta para mirar atrás y el juez sostenía la talega abierta entre sus muslos desnudos.

Quinientos dólares, dijo. Pólvora y balas incluidas.

El ex cura estaba al lado del chaval. Acaba con él, dijo entre dientes.

El chaval cogió la pistola pero el ex cura le agarró del brazo y le susurró algo y cuando el chaval se apartó Tobin levantó la voz, tal era su miedo.

No tendrás otra oportunidad, muchacho. Hazlo.

Está desnudo. No lleva armas. Santo Dios, ¿crees que podrás vencerle de otra manera? Hazlo, muchacho. Hazlo por el amor de Dios. Hazlo o te juro que vas a durar muy poco.

El juez sonrió, se tocó la sien. El cura, dijo. El cura ha estado demasiado al sol. Setecientos cincuenta y no subo más. Aquí el precio lo marca el vendedor.

El chaval se metió la pistola por el cinto. Luego, con el ex cura pegado a él, rodeó el cráter y partieron los dos hacia el oeste. Toadvine trepó al borde y los vio alejarse. Al poco rato no había nada que ver.

Aquel día anduvieron por un vasto pavimento de mosaico hecho de diminutos bloques de jaspe, cornalina, ágata. Un millar de acres donde el viento silbaba en los intersticios sin mortero. Hacia el este, atravesando el territorio montado en un caballo y tirando de otro, divisaron a David Brown. El caballo que guiaba iba ensillado y embridado y el chaval se paró con los pulgares metidos en el cinto y le vio llegar y mirarlos desde su montura.

Te creíamos en el *juzgado*, dijo Tobin.

Estuve allí, dijo Brown. Pero ya no. Los repasó de arriba abajo. Miró el pedazo de astil que sobresalía de la pierna del chaval y miró al ex cura a los ojos. ¿Dónde están vuestros pertrechos?, dijo.

Los estás mirando.

¿Habéis reñido con Glanton?

Glanton ha muerto.

Brown escupió dejando un punto blanco y seco en aquel grandioso campo chapeado. Desplazó con las mandíbulas la piedra pequeña que tenía en la boca para calmar la sed y se los quedó mirando. Los yumas, dijo.

Sí, dijo el ex cura.

¿Se los cargaron a todos?

Toadvine y el juez están allá abajo en el pozo.

El juez, dijo Brown.

Los caballos miraban fijamente al lecho de piedra en el que estaban parados.

¿Los demás están muertos? ¿Smith? ¿Dorsey? ¿El negro?

Todos, dijo Tobin.

Brown dirigió la vista hacia el este. ¿A cuánto está el pozo?

Hemos partido como una hora después del amanecer.

¿Va armado?

No.

Los miró detenidamente. El cura no miente, dijo.

Guardaron silencio. Se tocó el escapulario de orejas marchitas. Luego hizo girar al caballo que montaba y se puso en marcha, tirando del animal sin jinete. Se volvió para mirarlos. Luego se detuvo.

¿Le habéis visto muerto? ¿A Glanton?

Yo sí, gritó el ex cura. Pues así era.

Brown siguió adelante, ligeramente vuelto en la silla, el rifle sobre la rodilla. Siguió mirando a los peregrinos lo mismo que estos a él. Cuando jinete y caballos se hubieron empequeñecido en el hondón dieron media vuelta y siguieron andando.

Hacia el mediodía siguiente empezaron a encontrar de nuevo objetos abandonados por las caravanas, herraduras desechadas y trozos de arnés y huesos y cadáveres resecos de mulos con las almohadillas todavía enhebilladas. Recorrieron el desdibujado perímetro de un antiguo lago en cuya orilla había conchas rotas, frágiles y acanaladas como fragmentos de cerámica entre la arena, y al atardecer descendieron por una serie de dunas y de escombreras hasta el Carrizo, un pequeño riachuelo que manaba de las piedras y corría hacia el desierto para desaparecer otra vez. Miles de ovejas habían perecido aquí y los viajeros pasaron entre las carcasas amarillentas todavía con sus guiñapos de lana y se arrodillaron a beber entre las osamentas. Cuando el chaval levantó la cabeza del agua una bala de rifle arruinó su reflejo en la charca y los ecos del disparo rebotaron entre los repechos salpicados de esqueletos y se perdieron vibrantes en el desierto hasta extinguirse.

Giró sobre su vientre y se encaramó de costado, escudriñando el horizonte. Vio primero los caballos, hocico con hocico en una fisura entre las dunas que había al sur. Vio al juez vestido con los ropajes reforzados de sus antiguos socios. Sostenía la boca del arma en vertical mientras con la otra mano vertía pólvora dentro del ánima. El idiota, desnudo a excepción del sombrero, estaba agachado a sus pies en la arena.

El chaval corrió hacia una pequeña depresión en el terreno y se tumbó con la pistola en la mano y el reguero del manantial pasando a su lado. Buscó al ex cura con la mirada pero no le vio por ninguna parte. Entre la celosía de huesos podía ver al juez y a su pupilo en la colina a pleno sol y levantó la pistola y la apoyó en la horcajadura de una pelvis rancia y disparó. Vio saltar la arena en la cuesta que había detrás del juez y el juez se llevó el rifle a la cara y disparó y la bala pasó entre los huesos y las detonaciones se perdieron duna abajo.

El chaval permaneció tumbado con el corazón saliéndole por la boca. Amartilló la pistola una vez más y levantó la cabeza. El idiota seguía como antes y el juez caminaba tan tranquilo por la línea del horizonte buscando un punto de observación entre los huesos roídos por el viento. El chaval empezó a moverse también. Reptó hasta el riachuelo y se puso a beber, sosteniendo en alto pistola y cebador y aspirando el agua. Luego cruzó el riachuelo y bajó por un corredor entre dos dunas donde se observaban huellas de lobos. A su izquierda creyó oír al ex cura diciéndole algo y oyó correr el agua y se quedó a la escucha. Montó el arma al pelo y rotó el barrilete y recargó la cámara vacía y cebó y se levantó para mirar. La cresta por la que había avanzado el juez estaba desierta y al sur los dos caballos venían hacia él por las dunas. Amartilló la pistola y se agachó observando. Se acercaban por la pendiente árida, empujando el aire con la cabeza, batiéndolo con la cola. Entonces vio al idiota detrás de ellos como un oscuro pastor neolítico. A su derecha vio aparecer al juez entre las dunas y reconocer el terreno y perderse de vista otra vez. Los caballos siguieron avanzando y entonces oyó un ruido a su espalda y al volverse el ex cura estaba en el corredor hablándole entre dientes.

Mátalo, dijo.

El chaval giró en redondo en busca del juez pero el ex cura llamó de nuevo con aquel susurro ronco.

Al tonto. Mata al tonto.

Levantó la pistola. Los caballos pasaron uno detrás del otro por una brecha en la amarillenta empalizada y el idiota los siguió y se perdió de vista. El chaval miró hacia Tobin pero el ex cura ya no estaba. Avanzó por el corredor hasta llegar nuevamente al manantial, ligeramente removido por los caballos que estaban bebiendo más arriba. La pierna le había empezado a sangrar y se la empapó de agua fría y bebió y se pasó agua por la nuca. La sangre jaspeada que salía de su muslo formaba pequeñas sanguijuelas rojas en la corriente. Miró al sol.

El juez gritó hola, la voz venía del oeste. Como si nuevos jinetes hubieran llegado al riachuelo y el juez se dirigiera a ellos.

El chaval se quedó escuchando. No había más jinetes. Al poco rato el juez llamó de nuevo. Sal de ahí, dijo. Hay agua suficiente para todos.

El chaval se había pasado el cebador a la espalda para que no se le mojara y esperó con la pistola a punto. Más arriba los caballos habían dejado de beber. Luego volvieron a hacerlo.

Cuando pasó al otro lado del riachuelo encontró las huellas de manos y pies dejadas por el ex cura entre el rastro de gatos y zorros y pequeños cerdos del desierto. Penetró en un claro de aquel absurdo osario y se sentó a la escucha. Su vestimenta de piel pesaba rígida por el agua y la pierna le dolía mucho. Una cabeza de caballo apareció chorreando agua por el hocico a unos cuatro metros y se perdió de vista. Cuando el juez volvió a gritar, su voz sonó en un sitio nuevo. Llamaba para que hicieran las paces. El chaval se quedó mirando una pequeña caravana de hormigas que serpenteaba entre el costillar de una oveja. Mientras eso miraba sus ojos se toparon con los de una pequeña víbora enroscada bajo un faldón de pelleja. Se secó la boca y siguió avanzando. Las huellas del ex cura terminaban en un callejón sin salida y volvían atrás. Se tumbó a la escucha. Faltaban horas para que oscureciese. Al cabo de un rato oyó que el idiota sollozaba entre las osamentas.

Oyó soplar el viento del desierto y oyó su propia respiración. Cuando alzó la cabeza para mirar vio al ex cura tambaleándose entre los huesos y sosteniendo en alto una cruz que había hecho con unas tibias de carnero atadas con tiras de piel y esgrimía aquella cosa ante él como un zahorí loco en la desolación del desierto, hablando en voz alta y en una lengua extinta y extranjera a la vez.

El chaval se incorporó sujetando el revólver con las dos manos. Giró en redondo. Vio al juez y el juez estaba en otro sitio completamente distinto y tenía el rifle apoyado ya en el hombro. Cuando sonó el disparo Tobin giró en la dirección de donde había venido y se sentó sin soltar la cruz. El juez dejó el rifle y agarró otro. El chaval trató de equilibrar el cañón del arma y disparó y luego se tiró a la arena. La gruesa bala del rifle pasó sobre su cabeza como un asteroide y traqueteó y se abrió paso entre los huesos desplegados en la pequeña elevación de terreno que había más allá. Se puso de rodillas y buscó al juez pero el juez no estaba donde antes. Volvió a cargar la cámara vacía y empezó a arrastrarse sobre los codos hacia el lugar en donde había visto caer al ex cura, orientándose por el sol y parando de vez en cuando para escuchar. El suelo estaba hollado por las pisadas de los depredadores que venían del llano en busca de carroña y el viento que se colaba por las brechas traía consigo un hedor acre a trapo de cocina rancio y el único sonido era el del viento.

Encontró a Tobin arrodillado en el riachuelo limpiándose la herida con un trozo de tela arrancado de su camisa. La bala le había atravesado el cuello. Por muy poco no había tocado la arteria carótida pero aun así el ex cura no podía parar la hemorragia. Miró al chaval que estaba agazapado entre las calaveras y los costillares.

Tienes que matar a los caballos, dijo. Es tu única posibilidad de salir de aquí. De lo contrario te alcanzará.

Podríamos apoderarnos de los caballos.

No digas tonterías. ¿Qué otro cebo tiene Holden?

Podemos escapar tan pronto anochezca.

¿Acaso crees que no se hará nunca de día?

El chaval le miró. No para de sangrar, ¿eh?, dijo.

No.

¿Tú qué opinas?

Que tengo que parar la hemorragia.

La sangre se le escurría entre los dedos.

¿Dónde está el juez?, dijo el chaval.

Eso me pregunto yo.

Si le mato podemos coger los caballos.

No lo conseguirás nunca. No seas tonto. Mata a los caballos.

El chaval levantó la cabeza y miró hacia el riachuelo arenoso.

Vamos, muchacho.

El chaval miró al ex cura y los lentos borbotones de sangre caían al agua como capullos de rosa y allí se volvían pálidos. Se alejó riachuelo arriba.

Cuando llegó al punto en donde los caballos habían ido a beber vio que ya no estaban. La arena del lado por el que se habían ido estaba todavía húmeda. Reptó por la arena apoyándose en el pulpejo de las manos, con la pistola al frente. Pese a sus precauciones se topó, sin haberle visto, con el idiota que le observaba.

Estaba sentado inmóvil en un emparrado de huesos con la luz del sol estarcida sobre su cara ausente y observaba como un animal salvaje en mitad del bosque. El chaval le miró y luego pasó de largo siguiendo el rastro de los caballos. El cuello desarticulado giró lentamente y la quijada tonta babeó. Cuando volvió la vista atrás el idiota seguía mirándole. Tenía las muñecas apoyadas al frente en la arena y aunque su cara carecía de expresión se hubiera dicho que le abrumaba una gran aflicción.

Cuando vio a los caballos estos se encontraban en una elevación de terreno más arriba del riachuelo y miraban hacia poniente. Se agazapó estudiando el terreno. Luego avanzó por el lecho desecado y se sentó de espaldas a los salientes de hueso y montó el arma y descansó con los codos apoyados en las rodillas.

Los caballos le habían visto salir del lecho y le estaban observando. Cuando oyeron el ruido del percutor aguzaron las orejas y empezaron a andar hacia él. Disparó al pecho del que iba delante y el animal cayó de bruces y quedó respirando con dificultad y echando sangre por las ventanas de la nariz. El otro se detuvo sin saber qué hacer y el chaval montó de nuevo la pistola y disparó cuando el caballo giraba. Salió trotando por las dunas y el chaval disparó otra vez y las patas delanteras se doblaron y el caballo cayó hacia delante y rodó de costado. Levantó una vez la cabeza y luego quedó inmóvil.

Se puso a escuchar. Nada se movía. El primer caballo yacía tal como había caído, la arena oscureciéndose de sangre en torno a su cabeza. El humo se perdió arroyo abajo y perdió densidad y se desvaneció. Regresó por el lecho y se agazapó bajo las costillas de un mulo muerto y recargó la pistola y luego continuó hacia el riachuelo. No lo hizo por donde había venido y no vio otra vez al idiota. Cuando llegó al agua bebió y se empapó la pierna y se tumbó a escuchar como antes.

Tira la pistola ahora mismo, dijo el juez.

Se quedó de una pieza.

La voz no estaba ni a dos metros de él.

Sé lo que has hecho. El cura te ha sorbido el seso, lo consideraré un atenuante tanto del acto como de la intención. Igual haría con cualquier hombre que se hubiera equivocado. Pero queda el asunto de los daños a propiedad ajena. Tráeme esa pistola.

El chaval se quedó quieto. Oyó que el juez caminaba por el riachuelo. Se puso a contar en voz baja sin moverse y cuando el agua llegó turbia hasta él dejó de contar y soltó en la corriente una brizna de hierba seca y la empujó corriente abajo. Volvió a contar y llegado el mismo número la brizna apenas se había perdido entre los huesos. Se apartó del agua y miró al sol y empezó a retroceder hacia donde había dejado a Tobin.

Encontró las huellas del ex cura todavía húmedas donde se había apartado del riachuelo y su avance señalado por manchas de sangre. Siguió por la arena hasta al sitio en donde el ex cura había girado sobre sí mismo y ahora le hablaba en voz baja desde su cobijo.

¿Los has matado, muchacho?

Levantó una mano.

Sí. He oído los tres disparos. Al tonto también, ¿verdad?

El chaval no respondió.

Buen chico, dijo el ex cura. Se había envuelto el

cuello con la camisa y estaba desnudo hasta la cintura y miró hacia el sol agachado entre aquellas rancias estacas. Las sombras se alargaban sobre la arena y en esa sombra los huesos de las bestias que allí habían perecido formaban un curioso conglomerado de armaduras mutiladas sobre la arena. Tenían casi dos horas hasta que anocheciera y así lo dijo el ex cura. Permanecieron bajo el cuero apergaminado de un buey muerto y escucharon al juez que les hablaba a voces. Enumeró puntos de jurisprudencia, citó casos. Comentó sobre las leyes relativas a los derechos de propiedad en materia de bestias mansuetas y aludió a casos de muerte civil en la medida en que los consideraba pertinentes dada la corrupción de sangre por parte de los anteriores, y criminales, propietarios de los caballos que ahora yacían muertos. Luego habló de otras cosas. El ex cura se inclinó hacia el chaval. No le escuches, dijo.

No estoy escuchando.

Tápate los oídos.

Tápate tú los tuyos.

El ex cura se llevó las manos a las orejas y miró al chaval. Tenía los ojos brillantes debido a toda la sangre perdida y parecía poseído por una gran ansiedad. Hazlo, susurró. ¿Crees que me habla a mí?

El chaval volvió la cabeza. Vio el sol agazapado en la margen occidental del desierto y ya no dijeron nada hasta que se hizo de noche y entonces se levantaron y salieron a descubierto.

Dejando atrás el hondón se pusieron en camino a través de las dunas y se volvieron una última vez para contemplar el valle donde a la vista de todos, palpitando al viento junto al muro de contención, estaba la fogata del juez. No hablaron de qué clase de combustible habría utilizado para encenderla y antes de que saliera la luna se habían adentrado mucho en el desierto.

En aquella región había lobos y chacales y estuvieron gritando sin parar hasta que salió la luna y luego dejaron de hacerlo como si les sorprendiera verla. Al rato empezaron otra vez a chillar. Las heridas debilitaban a los peregrinos. Se tumbaron a descansar pero no por mucho tiempo y no sin otear hacia el este por si surgía alguna silueta en el horizonte y tiritaron en el viento del desierto que soplaba frío y estéril de algún impío cuadrante sin traer noticias de nada en particular. Cuando amaneció se llegaron a un otero que sobresalía del llano interminable y se acuclillaron en los esquistos sueltos para ver salir el sol. Hacía frío y el ex cura se acurrucaba en sus harapos y su collar ensangrentado. Durmieron sobre aquel pequeño promontorio y cuando despertaron era ya de día y el sol estaba alto. Se incorporaron y miraron a su alrededor. Acercándose a ellos por la llanura a media distancia divisaron la figura del juez, la figura del tonto.

XXI

Náufragos del desierto – Retirada – Un escondite
El viento toma partido – El juez regresa
Una alocución – Los dieguenos *– San Felipe*
Hospitalidad de los salvajes – En las montañas
Osos pardos – San Diego – El mar.

El chaval miró a Tobin pero el ex cura estaba impávido. Estaba ojeroso y postrado y nada parecía indicar que hubiera reparado en los viajeros que se aproximaban. Levantó ligeramente la cabeza y habló sin mirar al chaval.

Adelante, dijo. Sálvate tú.

El chaval cogió la cantimplora y la destapó y bebió agua y se la pasó a Tobin. El ex cura bebió y al cabo de un rato se levantaron los dos y giraron y se pusieron de nuevo en marcha.

Estaban muy mermados por sus heridas y el hambre y ofrecían un aspecto lamentable avanzando a trancas y barrancas. A eso del mediodía se habían quedado sin agua y se sentaron a contemplar la desolación que los rodeaba. Soplaba viento del norte. Tenían la boca muy seca. El desierto en el que estaban embarcados era un desierto absoluto y desprovisto de todo accidente y no había nada que pudiera señalar su avance. La tierra se perdía por igual en su curvatura hacia los cuatro puntos cardinales y de dichos límites estaban rodeados y de ellos eran lugar geométrico. Se levantaron y siguieron andando. El cielo era luminoso. No había otra pista que seguir más que los desperdicios dejados por otros viajeros, incluidos los huesos humanos expulsados de sus tumbas en las arenas festoneadas. Por la tarde el terreno empezó a empinarse y en la cresta de un esker bajo miraron hacia atrás y vieron al juez igual que antes a unos tres kilómetros en el llano. Siguieron andando.

La cercanía de un abrevadero estaba anunciada en aquel desierto por un número creciente de carcasas de animales muertos y así era ahora, como si los pozos estuvieran circundados por algún peligro letal para las bestias. Los viajeros miraron atrás. El juez quedaba oculto por el promontorio. Frente a ellos vieron los tablones blanquecinos de un carro y más adelante las formas de mulos y bueyes con el pellejo liso como una lona por la abrasión constante de la arena.

El chaval estuvo estudiando el panorama y luego retrocedió unos centenares de metros y se quedó mirando sus propias huellas someras en la arena. Miró la pendiente del esker que habían dejado atrás y se arrodilló y aplicó la mano al suelo y escuchó el tenue silbido silíceo del viento.

Cuando levantó la mano había una delgada arista de arena que el viento había arrastrado hacia ella y vio desvanecerse lentamente esta arista ante sus ojos.

Cuando regresó, el ex cura tenía un aspecto solemne y preocupado. El chaval se arrodilló y se lo quedó mirando.

Hemos de escondernos, dijo.

¿Escondernos?

Sí.

¿Y dónde piensas esconderte?

Aquí. Nos esconderemos aquí.

Eso es imposible, muchacho.

No.

¿Crees que no podrá seguir tu rastro?

El viento lo borrará. Ya lo ha hecho en esa pendiente de allá.

¿De veras?

No se ve nada.

El ex cura meneó la cabeza.

Vamos. Hemos de continuar.

No te puedes esconder.

Levanta.

El ex cura meneó la cabeza. Ah, muchacho, dijo.

Levanta, dijo el chaval.

Ve, márchate. Le animó con un gesto de la mano.

El chaval le habló. Holden no es nada. Tú mismo me lo dijiste. Los hombres están hechos del polvo de la tierra. Dijiste que no era una palá... pará...

Parábola.

Eso. Parábola. Que era la cruda realidad y que el juez era un hombre como cualquier otro.

Entonces enfréntate a él, dijo el ex cura. Hazlo si así lo crees.

Él con un rifle y yo con una pistola. Él con dos rifles. Levanta el culo.

Tobin se incorporó, tambaleante, se apoyó en el chaval. Partieron de nuevo, desviándose del rastro difuminado y dejando atrás el carro.

Pasaron junto al primero de los esqueletos y siguieron hasta un par de mulos que yacían muertos en sus arreos y el chaval se arrodilló y provisto de un pedazo de tabla empezó a excavar un refugio, vigilando el horizonte por el este mientras trabajaba. Luego se tumbaron al socaire de aquellos huesos pútridos como carroñeros saciados y esperaron la llegada del juez y el paso del juez si es que llegaba a pasar.

No hubieron de esperar mucho. Apareció sobre el promontorio e hizo una pausa breve antes de empezar a bajar, él y su babeante mayordomo. El terreno que se extendía ante él era ondulado y aunque se lo podía reconocer perfectamente desde el promontorio el juez no examinó la zona ni pareció haber perdido de vista a los fugitivos. Descendió la cuesta y echó a andar por el llano con el idiota delante atado por una traílla. Llevaba los dos rifles que habían pertenecido a Brown y llevaba cruzadas sobre el pecho dos cantimploras y llevaba asimismo un cebador y un cuerno y su portamanteo y una mochila de lona que seguramente había sido también de Brown. Cosa rara, llevaba un parasol hecho de jirones podridos de pelleja tensados sobre un armazón de costillas aseguradas mediante tiras de cincha. El mango había sido la pata delantera de algún animal y el juez que ya se acercaba apenas iba vestido con confetis, pues su indumento había sido rasgado aquí y allá para ajustarse a su físico. Con aquel tétrico paraguas y el idiota tirando de la traílla por su collar de cuero parecía un empresario degenerado huyendo de una feria y de la ira de los ciudadanos a quienes había embaucado.

Avanzaron por el páramo y el chaval tumbado boca abajo en el bañadero de arena los miró a través de las costillas de los mulos muertos. Distinguió sus propias huellas y las de Tobin viniendo por la arena, borrosas y redondeadas pero huellas al fin, y observó al juez y observó las huellas y escuchó la arena moverse en el suelo del desierto. El juez estaba como a un centenar de metros cuando se detuvo y examinó el terreno. El idiota quedó a gatas como un lémur desprovisto de pelo, inclinándose contra la traílla. Agitó la cabeza y olfateó el aire como si lo hubieran adiestrado para seguir rastros. Había perdido su sombrero, o quizá el juez había alzado el embargo, pues ahora llevaba unas curiosas babuchas burdamente confeccionadas con un trozo de cuero y ajustadas a las plantas de sus pies mediante envueltas de cáñamo rescatadas de un accidente en el desierto. El imbécil tiraba del collar y graznaba, los antebrazos colgando a la altura del pecho. Cuando sobrepasaron el carro y siguieron adelante el chaval supo que estaban más allá de donde él y Tobin se habían apartado del rastro. Miró las huellas: formas tenues que retrocedían por la arena hasta desvanecerse por completo. El ex cura le agarró del brazo y le avisó señalando hacia el juez que pasaba y el viento agitó los jirones de pellejo de la carcasa y juez e idiota pasaron de largo y se perdieron de vista.

Se quedaron quietos y en silencio. El ex cura se incorporó un poco y echó un vistazo. Luego miró al chaval. El chaval bajó el percutor de la pistola.

No volverás a tener una oportundiad como esta.

El chaval se guardó la pistola en el cinto y se puso de rodillas y echó un vistazo.

¿Y ahora qué?

El chaval no respondió.

Estará esperándonos en el siguiente pozo.

Que espere.

Podríamos volver al riachuelo.

¿Y qué haríamos?

Esperar a que pase algún grupo.

¿De dónde van a venir? No hay ninguna barcaza.

Pero hay animales que van a abrevar allí.

Tobin estaba mirando entre los huesos y los pellejos. Al ver que el chaval no decía nada levantó la vista. Volvamos allá, dijo.

Me quedan cuatro balas, dijo el chaval.

Se levantó y dirigió la vista hacia el terreno barrido por el viento y el ex cura se incorporó y miró también. Lo que vieron fue al juez que regresaba.

El chaval maldijo y se tumbó en el suelo. El ex cura se agachó. Se metieron en el bañadero y con la barbilla apoyada en la arena como lagartos vieron pasar de nuevo al juez por delante de ellos.

Con el tonto atraillado y su equipaje y el parasol inclinado contra el viento como una gran flor negra pasó entre los pecios y siguió hasta lo alto del esker de arena. Una vez arriba dio media vuelta y el imbécil se acuclilló junto a él y el juez bajó el parasol y dirigió la palabra al vacío que le rodeaba.

El cura te ha metido en esto, chico. Sé que tú no te esconderías. Sé también que no tienes madera de asesino común. He pasado dos veces frente a tu punto de mira y lo haré una tercera vez. ¿Por qué no te dejas ver?

Ni asesino, gritó el juez, ni partisano tampoco. En tu corazón hay un punto defectuoso. ¿Creías que no me daba cuenta? Tú fuiste el único que te amotinaste. Fuiste el único que guardaste en tu alma un poco de clemencia para con los paganos.

El imbécil se irguió y se llevó las manos a la cara y gimoteó extrañamente antes de volverse a sentar.

¿Crees que he matado a Brown y a Toadvine? Están vivos como tú y yo. Vivos y en posesión de los frutos por ellos elegidos. ¿Lo entiendes? Pregúntale al cura. El cura lo sabe. El cura no miente.

Levantó el parasol y se ajustó sus bultos. Quizá, gritó, quizá hayas visto este lugar en sueños. O que vendrías a morir aquí. Luego bajó del esker y pasó una vez más por el osario guiado por el tonto hasta quedar ambos temblorosos e insustanciales en el calor que despedía la arena y después desaparecieron por completo.

Habrían muerto si los indios no les hubieran encontrado. Durante la primera parte de la noche habían tenido a Sirio a su izquierda en el horizonte del suroeste y a la Ballena vadeando el vacío allá arriba y a Orión y Betelgeuse girando sobre sus cabezas y habían dormido acurrucados y tiritando en la oscuridad de la llanura para despertar con el cielo totalmente cambiado y las estrellas que les habían servido de guía ausentes del firmamento, como si su sueño hubiera comprendido estaciones enteras. En el amanecer castaño rojizo vieron a los salvajes semidesnudos agachados o de pie todos en hilera sobre un promontorio más al norte. Se levantaron y siguieron adelante, tan largas y estrechas sus sombras levantando con cómica cautela cada una de sus delgadas piernas articuladas. Al oeste las montañas se veían blancas contra el despuntar del día. Los aborígenes avanzaron por la arista de arena. Al poco rato el ex cura se sentó y el chaval se quedó de pie con la pistola en la mano y los salvajes bajaron de las dunas y a intervalos se fueron aproximando por el llano como trasgos pintados.

Eran *diegueños*. Iban armados con arcos cortos y rodearon a los viajeros y se arrodillaron y les dieron a beber agua de una calabaza. Habían visto otros peregrinos y en peores condiciones que aquellos. Vivían a duras penas de aquella tierra y sabían que nada salvo una persecución implacable podía dejar a un hombre en tan lamentable estado y cada día esperaban ver aquella cosa salir de su terrible incubación en la casa del sol y agruparse en el borde del mundo oriental y que fueran ejércitos, plagas, pestilencias o algo innombrable ellos seguían esperando con extraña ecuanimidad.

Condujeron a los refugiados al campamento que tenían en San Felipe, una serie de chozas de cañas de tosca factura donde se alojaba una población de inmundas e indigentes criaturas vestidas en su mayoría con las camisas de algodón de los argonautas que por allí habían pasado, camisas y nada más. Les pusieron delante un estofado caliente de lagartos y ratones servido en cuencos de arcilla y una especie de *piñole* hecho de saltamontes secos y machacados y se acuclillaron con gran solemnidad para verlos comer.

Uno de ellos alargó la mano y rozó la culata de la pistola que el chaval llevaba al cinto y la retiró otra vez. *Pistola,* dijo.

El chaval siguió comiendo.

Los salvajes asintieron a cabezadas.

Quiero mirar su pistola, dijo el hombre.

El chaval no respondió. Cuando el otro hizo ademán de coger el revólver el chaval le interceptó la mano y se la apartó. Al momento el hombre lo intentó de nuevo y el chaval volvió a apartarle la mano.

El hombre sonrió. Hizo un tercer intento. El chaval se puso el cuenco entre las piernas y sacó la pistola y la montó y apoyó la boca del cañón en la frente del hombre.

Se quedaron muy quietos. Los demás observaban sin perder detalle. Al poco rato el chaval bajó la pistola y la desamartilló y se metió el arma por el cinto y cogió el cuenco para seguir comiendo. El hombre señaló a la pistola y habló a sus amigos y ellos asintieron y se quedaron sentados como antes.

¿Qué les pasó a ustedes?

El chaval observó al hombre con sus ojos oscuros y hundidos por encima del cuenco.

El indio miró al ex cura.

¿Qué les pasó a ustedes?

El ex cura, con su negra y apelmazada gorguera, giró completamente el torso y miró al que había hablado. Luego miró al chaval. Estaba comiendo con los dedos y se los chupó y se los secó en la mugrienta pernera de su pantalón.

Los yumas, dijo.

Tragaron aire y chascaron las lenguas.

Son muy malos, dijo el portavoz.

Desde luego.

¿No tienen compañeros?

El chaval y el ex cura se miraron.

Sí, dijo el chaval. *Muchos.* Señaló vagamente hacia el este. *Llegarán. Muchos compañeros.*

Los indios recibieron la noticia sin inmutarse. Una mujer les trajo más *piñole* pero llevaban demasiados días sin comer para tener apetito y rechazaron el ofrecimiento.

Por la tarde se bañaron en el arroyo y durmieron en el suelo. Al despertar estaban siendo observados por un grupo de niños desnudos y unos cuantos perros. Cuando pasaron por el campamento vieron a los indios sentados en una repisa de roca contemplando incansablemente la tierra que se extendía al este por lo que de allá pudiera venir. Nadie les mencionó al juez y ellos no preguntaron. Fueron escoltados por los perros y los niños hasta el límite del campamento y tomaron el camino que subía por unas colinas bajas en donde el sol empezaba a ponerse.

Llegaron a Warner's Ranch la tarde siguiente y recobraron fuerzas en las termas sulfurosas que allí había. No se veía un alma. Siguieron adelante. Hacia el oeste la región era ondulada y herbosa y al fondo había montañas que llegaban hasta la costa. Aquella noche durmieron entre cedros enanos y por la mañana la hierba estaba helada y pudieron oír cantos de pájaros que parecían un ensalmo contra las plomizas playas del vacío de donde acababan de subir.

Todo aquel día remontaron un valle alto poblado de yucas y rodeado de picos graníticos. Por la tarde bandadas de águilas pasaron frente a ellos remontando el desfiladero y en las herbosas terrazas pudieron ver las siluetas enormes de unos osos paciendo como reses en un brezal alto. Quedaban bolsas de nieve al abrigo de los resaltos de piedra y por la noche nevó ligeramente. La niebla avanzaba en escollos por las pendientes cuando partieron tiritando al amanecer y vieron en la nieve reciente las huellas de los osos que habían bajado a oler el viento antes de que clareara.

Aquel día no hubo sol, solo una palidez en la bruma, y la región estaba blanca de escarcha y los arbustos eran como isómeros polares de sus propias formas. Carneros salvajes subían como espectros por aquellos barrancos pedregosos y el viento bajaba arremolinado y frío y gris de las brumas nevadas, una región humeante de vapores silvestres que se colaban por el paso como si allá arriba el mundo estuviera en llamas. Hablaban cada vez menos entre ellos y al final callaron por completo, como suele ocurrir cuando los viajeros se aproximan al término de un trayecto. Bebieron en los fríos arroyos de montaña y lavaron sus heridas y mataron una cierva joven junto a una fuente y comieron lo que pudieron y ahumaron tiras finas de carne para el viaje. Aunque no vieron más osos sí vieron indicios de su proximidad y salvaron varias pendientes antes de encontrar un sitio donde pernoctar a un par de kilómetros de su campamento de caza. Por la mañana cruzaron un lecho de aerolitos agrupados en el brezal como huevos osificados de algún pájaro primitivo. Caminaron por la línea de sombra al pie de la montaña dejándose calentar apenas por el sol y aquella tarde divisaron por primera vez el mar, a sus pies, azul y sereno bajo la capa de nubes.

El sendero serpenteaba colina abajo e iba a parar al camino carretero. Lo siguieron por donde las ruedas trabadas habían patinado y los calces de hierro habían arañado la roca y allá abajo el mar se oscureció hasta quedar negro y el sol se puso y todo el paisaje se volvió azul y frío. Durmieron a tiritonas bajo un saliente arbolado entre el ulular de los búhos y la fragancia de los enebros mientras las estrellas hervían en la noche insondable.

Atardecía cuando al día siguiente entraron en San Diego. El ex cura fue a buscar un médico para los dos pero el chaval se dedicó a errar por las calles de barro seco y pasadas las hileras de cabañas cruzó el guijarral y llegó a la playa.

Ramales de algas ambarinas formaban un musgo elástico en la línea de marea. Una foca muerta. Más allá de la rada interior una franja de arrecife dibujando una línea delgada como algo que hubiera zozobrado allí y sobre lo cual el mar echara los dientes. Se acuclilló en la arena y observó el sol en la superficie martilleada del agua. Islotes de nubes embarcados en otro mar de color salmón. Aves acuáticas en silueta. Playa abajo la resaca golpeaba sorda. Había allí un caballo con la mirada fija en las aguas oscuras y un potrillo que daba cabriolas y se alejaba trotando y volvía.

Se quedó sentado mientras el sol se hundía siseando en las olas. El caballo se recortaba oscuro contra el cielo. El oleaje tronaba en las tinieblas y el manto negro del mar subía y bajaba a la luz de las estrellas y las largas olas encrespadas saltaban pálidas de la noche y rompían en la playa.

Se levantó y volvió la cabeza hacia las luces de la ciudad. Las balsas de marea brillantes como cubilotes entre las rocas oscuras donde gateaban los fosforescentes cangrejos de mar. Al pasar por las barrilleras miró hacia atrás. El caballo no se había movido. Las luces de un barco guiñaron en las olas. El potro estaba pegado al caballo con la cabeza gacha y el caballo miraba hacia lo lejos, más allá del saber del hombre, allí donde las estrellas se ahogan y las ballenas transportan su alma inmensa por el negro mar inconsútil.

XXII

Bajo arresto – El juez va de visita
Interrogatorio del acusado
Soldado, cura, magistrado
Libertad bajo fianza – Ve a un cirujano
Le extraen el astil de la pierna – Delirio
Viaja a Los Ángeles – Una ejecución pública
Los ahorcados – *En busca del ex cura – Otro tonto*
El escapulario – A Sacramento
Un viajero en el oeste – Abandona a su grupo
Los hermanos penitentes – La carreta fúnebre
Otra matanza – La anciana entre las rocas.

De regreso, al dejar atrás el resplandor amarillo de las ventanas y los perros que ladraban, se topó con un destacamento de soldados pero le creyeron más mayor de lo que era y siguieron su camino. Entró en una taberna y se sentó en un rincón en penumbra mirando a los hombres sentados a las mesas. Nadie le preguntó qué había ido a buscar allí. Parecía estar esperando que fueran a por él y al poco rato entraron cuatro soldados y le arrestaron. Ni siquiera le preguntaron cómo se llamaba.

Una vez en la celda empezó a hablar con extraño apremio de cosas que pocos hombres han tenido oportunidad de ver en la vida y los carceleros dijeron que se le había aflojado una tuerca de tanta sangre como había visto correr. Una mañana despertó y vio al juez plantado delante de su jaula, sombrero en mano, sonriéndole. Iba vestido con un traje de hilo gris y llevaba unas botas nuevas y relucientes. Su chaqueta no estaba abrochada y en el chaleco lucía una cadena de reloj y un alfiler de corbata y llevaba en el cinturón una pinza revestida de cuero a la que iba prendida una pequeña Derringer engastada en plata y con la culata de palisandro. Miró hacia el pasillo del tosco edificio de barro y se cubrió y sonrió nuevamente al preso.

Bueno, dijo. ¿Cómo estás?

El chaval no respondió.

Querían saber por mí si siempre has estado igual de loco, dijo el juez. Creen que es cosa del país. El país, que los vuelve locos.

¿Dónde está Tobin?

Les he dicho que hasta este marzo pasado ese cretino todavía era un respetado doctor en teología por el Harvard College. Que había mantenido la cabeza sentada hasta que llegamos a los montes Aquarius. Fue el país que vino después lo que le privó del juicio. Y de sus ropas.

Toadvine y Brown. ¿Dónde están?

Donde tú los dejaste, en el desierto. Qué crueldad. Tus propios camaradas. El juez meneó la cabeza.

¿Qué piensan hacer conmigo?

Tengo entendido que quieren colgarte.

¿Qué les has contado?

Solo la verdad. Que tú eras el responsable. Tampoco es que tengamos todos los detalles pero tienen claro que fuiste tú y no otro quien provocó el calamitoso rumbo de los acontecimientos. Cuyo desenlace fue en la matanza perpetrada en el vado por los salvajes con quienes tú conspirabas. El medio y el fin no cuentan demasiado. Son especulaciones que no conducen a nada. Pero aunque te lleves a la tumba el borrador de tu plan homicida tu hacedor tendrá conocimiento del mismo en toda su infamia y como esto es así también lo sabrá hasta el más humilde de los hombres. Todo a su debido tiempo.

El que está loco eres tú, dijo el chaval.

El juez sonrió. No, dijo. Yo nunca. Pero ¿por qué te escondes ahí en las sombras? Ven aquí y hablemos, tú y yo.

El chaval se quedó de espaldas a la pared del fondo. Él mismo apenas una sombra.

Vamos, dijo el juez. Acérçate, tengo más cosas que decirte.

Miró hacia el corredor. No temas, dijo. Hablaré en voz baja. Lo que he de decir es solo para tus oídos. Deja que te vea. ¿Es que no sabes que te habría querido como a un hijo?

Metió la mano entre los barrotes. Ven, dijo. Deja que te toque.

El chaval permaneció con la espalda pegada a la pared.

Ven si no tienes miedo, dijo el juez.

Tú no me das miedo.

El juez sonrió. Habló en voz queda hacia el cubículo en penumbra. Te enrolaste, dijo, para un trabajo. Pero fuiste tu propio testigo de cargo. En tus propios actos estaba tu sentencia. Antepusiste tus opiniones a los juicios de la historia y rompiste con el grupo del que habías jurado formar parte y de este modo envenenaste todo el proyecto. Óyeme bien. En el desierto hablé para ti y solo para ti y tú hiciste oídos sordos. Si la guerra no es santa el hombre no es más que barro viejo. Incluso el cretino obró de buena fe dentro de sus limitaciones. Pues a ningún hombre se le exigía más de lo que tenía y lo que uno aportaba no se comparaba con la aportación del otro. Pero a todos se les pidió que vaciaran su corazón en el corazón colectivo y solo uno no quiso hacerlo. ¿Puedes decirme quién fue?

Tú, susurró el chaval. Tú fuiste ese uno.

El juez le observó desde los barrotes, meneó la cabeza. Lo que une a los hombres, dijo, no es compartir el pan sino los enemigos. Pero si yo hubiera sido tu enemigo, ¿con quién me habrías compartido? Dime. ¿Con el cura? ¿Dónde anda el cura? Mírame. Nuestra animadversión existía ya antes de que tú y yo nos conociéramos. Pero aun así podrías haberlo cambiado todo.

Tú, dijo el chaval. Fuiste tú.

Yo nunca, dijo el juez. Escúchame. ¿Crees que Glanton era tonto? ¿No comprendes que él te habría matado?

Mentira, dijo el chaval. Todo mentira.

Piénsalo bien, dijo el juez.

Glanton nunca participó de tus locuras.

El juez sonrió. Se sacó el reloj del chaleco, lo abrió y lo acercó a la luz escasa.

Aunque tú hubieras aguantado el tipo, dijo, ¿qué sentido tenía?

Levantó la vista. Cerró la caja y devolvió el instrumento a su persona. Es hora de marchar, dijo. Tengo asuntos pendientes.

El chaval cerró los ojos. Cuando los volvió a abrir el juez ya no estaba. Aquella noche llamó al cabo y se sentaron a cada lado de los barrotes y el chaval le habló de la multitud de monedas de oro y de plata escondidas en las montañas no muy lejos de aquel lugar. Estuvo hablando un buen rato. El cabo había dejado la vela en el suelo entre los dos y le miraba como quien mira a un niño locuaz y mentiroso. Cuando hubo terminado, el cabo se levantó y se llevó la vela y lo dejó a oscuras.

Dos días después era puesto en libertad. Un cura español había ido a bautizarle y le había arrojado agua a través de los barrotes como si estuviera ahuyentando a los espíritus. Al cabo de una hora cuando vinieron a sacarle estaba casi mareado de miedo. Lo llevaron a presencia del alcalde y el alcalde le habló como un padre en español y después lo soltaron a la calle.

El médico que encontró era un joven de una buena familia del este. Abrió la pernera del pantalón con unas tijeras y examinó el astil de la flecha y lo movió a un lado y a otro. A su alrededor se había formado una fístula blanda.

¿Sientes algún dolor?, dijo.

El chaval no respondió.

Presionó alrededor de la herida con el dedo pulgar. Dijo que podía operar y que le costaría cien dólares.

El chaval se levantó de la mesa y salió cojeando.

Al día siguiente mientras estaba sentado en la plaza se le acercó un chico y lo condujo de nuevo al cobertizo que había detrás del hotel y el médico le dijo que le operaría a la mañana siguiente.

Vendió la pistola a un inglés por cuarenta dólares y se despertó de madrugada en un solar metido bajo unos tablones. Estaba lloviendo y bajó por las desiertas calles mojadas y llamó a la tienda de comestibles hasta que salieron a abrirle. Cuando se presentó en el despacho del doctor estaba muy borracho y se quedó apoyado en la jamba de la puerta con una botella de whisky medio llena en la mano.

El ayudante del cirujano era un estudiante de Sinaloa que había aprendido el oficio aquí. Se produjo un altercado y el cirujano en persona hubo de acudir de la parte de atrás.

Tendrás que volver mañana, dijo.

No estaré más sobrio entonces.

El doctor le miró. Está bien, dijo. Dame la botella.

Entró y el aprendiz cerró la puerta.

No vas a necesitar el whisky, dijo el doctor. Dámelo.

¿Por qué no lo voy a necesitar?

Tenemos éter. No te hará falta el whisky.

¿Es más fuerte?

Mucho más. De todos modos, no puedo operar a alguien que está borracho como una cuba.

Miró al ayudante y luego miró al cirujano. Dejó la botella encima de la mesa.

Bien, dijo el cirujano. Quiero que vayas con Marcelo. Él te preparará un baño y te dará ropa limpia y luego te acompañará a una cama.

Se sacó el reloj del chaleco y miró la hora sosteniéndolo en la palma de su mano.

Las ocho y cuarto. Operaremos a la una. Descansa un poco. Si necesitas alguna cosa, no dudes en avisar.

El ayudante le acompañó hasta un edificio de adobe con paredes encaladas que había al fondo del patio. Una nave con cuatro camas de hierro, todas desocupadas. Se bañó en un gran caldero de cobre con roblones que parecía rescatado de un barco y se tumbó en el áspero colchón escuchando a unos niños que jugaban del otro lado de la pared. No durmió. Cuando fueron a buscarle todavía estaba borracho. Lo sacaron del edificio y lo hicieron tumbarse sobre una mesa de caballete en una pieza vacía contigua a la nave y el ayudante le aplicó un paño helado a la nariz y le dijo que inspirara profundamente.

En aquel sueño y otros sueños sucesivos el juez le visitó. ¿Quién si no? Gran mutante de paso lerdo, silencioso y sereno. Al margen de sus antecedentes el juez era una cosa distinta de la suma de los mismos y tampoco había manera de dividirlo y reintegrarlo a sus elementos originales porque no se habría dejado. A buen seguro quienquiera que indagase en su historia a través de genealogías y padrones acabaría a dos velas y aturdido al borde de un vacío sin término ni origen y por más ciencias de que pudiera echar mano para interpretar la materia primigenia que nos trae el polvo de los milenios no descubriría el menor indicio de ningún huevo atávico por el cual determinar sus comienzos. En aquella blanca habitación vacía apareció con el traje de marras y el sombrero en la mano y miró con sus ojillos de cerdo sin pestañas, ojos en los que aquel muchacho de solo dieciséis años sobre la tierra pudo leer tomos enteros de decisiones no imputables a los tribunales de los hombres y vio su propio nombre, que no habría podido descifrar en ninguna otra parte, anotado en los registros como cosa ya caduca, viajero conocido en jurisdicciones que solo existen en las pretensiones de ciertos mercenarios o en mapas anticuados.

En su delirio revolvió las sábanas de su jergón en busca de armas pero no había tal cosa. El juez sonreía. El tonto ya no estaba allí pero sí otro hombre, y a este hombre no podía verlo en su totalidad pero parecía un artesano y un obrero que trabajaba el metal. El juez le hacía sombra mientras el otro estaba trabajando en cuclillas pero era un forjador en frío que trabajaba con martillo y punzón, quizá acusado de algo y exiliado de los lares de los hombres, dando forma como su destino improbable en la larga noche de su devenir a una moneda para un amanecer que no llegaría nunca. Y es este falso acuñador con sus cinceles y sus buriles quien busca amistarse con el juez y trata de inventar en el crisol a partir de la escoria en bruto un rostro que sea aceptado, una imagen que convierta esta especie residual en moneda corriente en los mercados donde los hombres trocan. De esto es juez el juez y la noche no acaba nunca.

La luz cambió en la habitación, se cerró una puerta. Abrió los ojos. Tenía la pierna envuelta en tela de sábana y apoyada en alto sobre varias esteras de caña arrolladas. Estaba muerto de sed y la cabeza le explotaba y su pierna era como un espíritu maligno metido en su cama, tal era el dolor. Al poco rato el ayudante le trajo agua. No se volvió a dormir. El agua que bebió se le escurría por el cuerpo y empapaba la sábana y procuró quedarse quieto como para burlar al dolor y su cara estaba gris y demacrada y su pelo húmedo y apelmazado.

Una semana después ya cojeaba por la ciudad con unas muletas que le había proporcionado el doctor. Llamó a todas las puertas preguntando por el ex cura pero nadie le conocía.

En junio de aquel año se alojaba en Los Ángeles en un albergue que apenas era un asilo nocturno para indigentes junto con otros cuarenta hombres de diversas nacionalidades. La mañana del undécimo día se levantaron todos y fueron a presenciar una ejecución pública en la *cárcel.* Cuando él llegó apenas era de día y había ya tal multitud de espectadores frente a la puerta que no pudo ver bien lo que pasaba. Permaneció en las últimas filas mientras salía el sol y se pronunciaban discursos. De pronto, dos figuras atadas se destacaron verticalmente de entre los demás y subieron hasta lo alto de la verja y allí quedaron colgadas y allí murieron. La gente se pasaba botellas y los espectadores antes silenciosos se pusieron a charlar.

Cuando regresó al lugar aquella tarde ya no había nadie. Un guardia estaba apoyado en la garita mascando tabaco y los ahorcados seguían allí como efigies para espantar a los pájaros. Al acercarse un poco más vio que los ahorcados eran Toadvine y Brown.

Tenía muy poco dinero y pronto ya no tuvo nada pero frecuentaba todos los garitos de la ciudad, allí donde hubiera bebida o juego o gallos de pelea o trifulcas. Un joven reservado con un traje demasiado grande para él y las mismas botas destrozadas con las que había venido del desierto. De pie junto a la puerta de una taberna inmunda paseando la mirada bajo el ala del sombrero que llevaba puesto y la luz de un hachón dándole en un lado de la cara le tomaron por un prostituto y le invitaron a copas y luego lo llevaron a la trastienda. Dejó a su cliente sin sentido en un cuartucho en donde no había ninguna luz. Otros hombres lo encontraron durante sus propias sórdidas misiones y otros hombres le robaron el monedero y el reloj. Un poco más tarde alguien le quitó los zapatos.

No tenía noticias del cura y había dejado de preguntar. Una mañana a primera hora cuando volvía a su cuarto bajo una llovizna gris vio a alguien que gimoteaba en una ventana alta y subió la escalera y llamó a la puerta. Una mujer en quimono de seda le abrió y se lo quedó mirando. Detrás de ella ardía una vela sobre una mesa y junto a la ventana había un bobo sentado en un parque con un gato. El bobo se volvió para mirarle, no era el idiota del juez sino otro idiota. Cuando la mujer le preguntó qué quería él dio media vuelta sin contestar y bajó a la lluvia y al barro de la calle.

Con los dos últimos dólares que le quedaban compró a un soldado el escapulario de orejas paganas que Brown había lucido en el cadalso. Lo llevaba puesto a la mañana siguiente cuando un conductor independiente que venía del estado de Misuri le dio trabajo y lo llevaba también cuando partieron hacia Fremont a orillas del Sacramento con una caravana de carros y bestias de carga. El conductor no hizo el menor comentario sobre el collar, sintiera o no curiosidad.

Después de varios meses como empleado de la caravana dejó su puesto sin avisar. Fue de sitio en sitio. No evitaba la compañía de otros hombres. Se le trataba con cierta deferencia por haber sabido adaptarse a la vida más allá de lo que cabía esperar dada su juventud. Se había hecho con un caballo y un revólver, lo más elemental del equipo. Trabajó en distintos oficios. Tenía una biblia que había hallado en las minas y siempre la llevaba encima a pesar de que no sabía leer. Por su indumentaria frugal y oscura algunos le tomaban por una especie de predicador pero él no pretendía ser testigo de nada, ni de las cosas presentes ni de las futuras, él menos que cualquiera. Eran lugares remotos para las noticias, aquellos que visitaba, y en aquellos tiempos de incertidumbre los hombres brindaban por gobernantes ya depuestos y saludaban la coronación de reyes ya asesinados y bajo tierra. De estos fastos materiales tampoco aportaba datos y aunque era costumbre en aquel desierto detenerse ante cualquier viajero para intercambiar noticias, él parecía viajar sin noticia alguna, como si las cosas del mundo le resultaran demasiado degradantes para cambalachear con ellas, o quizá demasiado triviales.

Vio hombres asesinados con armas de fuego y con cuchillos y con sogas y vio batirse a muerte por mujeres cuya tarifa ellas mismas fijaban a dos dólares. Vio buques procedentes de la China amarrados con cadenas en los pequeños puertos y balas de té y de sedas y de especias abiertas a espada por menudos hombres amarillos que hablaban como los gatos. En aquella costa solitaria donde las empinadas rocas acunaban un mar oscuro y murmullante vio planear buitres, la envergadura de cuyas alas empequeñecía a las aves menores hasta el punto de que las águilas que chillaban más abajo parecían chorlitos o golondrinas. Vio montones de oro que apenas habrían cabido en un sombrero apostados a una sola carta y perdidos y vio osos y leones obligados a pelear a muerte con toros salvajes y estuvo dos veces en la ciudad de San Francisco y por dos veces la vio arder y nunca regresó, partiendo a caballo por la ruta del sur donde toda la noche la forma de la ciudad ardió reflejada en el cielo y ardió una vez más en las negras aguas del mar donde los delfines pasaban entre las llamas, incendio en el lago, entre maderos que caían y gritos de las víctimas. No volvió a ver más al ex cura. Del juez oía rumores en todas partes.

En la primavera del año en que cumplía los veintiocho partió con otros hacia el este por el desierto, uno de cinco hombres empleados para escoltar a un grupo de personas hasta sus hogares a medio cruzar el continente. A los siete días de viaje, llegados a un pozo en el desierto, los abandonó. No eran más que una partida de peregrinos de vuelta a casa, hombres y mujeres cubiertos ya de polvo y agotados por el viaje.

Dirigió su caballo rumbo al norte hacia los cerros

peñascosos que parecían arañar el borde del horizonte y cabalgó con las estrellas en descenso y con el sol ya alto. Era una región como no había visto anteriormente y no había senda que condujera a aquellas montañas y ninguna que saliera de ellas. Pero en lo más intrincado de los peñascos encontró hombres que parecían incapaces de soportar el silencio del mundo.

Los vio por primera vez al atardecer afanándose por el llano entre los ocotes en flor que ardían en la última claridad como candelabros cornudos. Los conducía un *pitero* que iba soplando una caña seguido de una ruidosa procesión de panderetas y matracas y hombres desnudos hasta la cintura con hábito y caperuza negros que se flagelaban con látigos de yuca trenzada y otros que llevaban sobre la espalda descubierta grandes fardos de cholla y uno que iba atado a una cuerda y era zarandeado por sus compañeros y un encapuchado que portaba una gruesa cruz de madera sobre el hombro. Todos ellos iban descalzos y dejaban un rastro de sangre entre las rocas y los seguía una tosca carreta en la que viajaba un esqueleto de madera tallada que iba dando tumbos y sostenía al frente un arco y una flecha. Compartía su carreta con un montón de piedras y progresaban a trancas y barrancas por las rocas del camino, tirados por cuerdas atadas a la cabeza y los tobillos de los portadores y acompañados por un grupo de mujeres que sostenían pequeñas flores del desierto o antorchas de sotol o fanales primitivos de hojalata perforada.

Esta atribulada secta atravesó lentamente el terreno al pie del risco donde estaba el viajero y avanzó por el abanico de piedras desprendidas de un barranco que había más arriba y en medio de un estrepitoso concierto de gemidos y de flautas pasó entre los muros de granito hacia la parte alta del valle y desapareció en la oscuridad que ya se cernía dejando únicamente un rastro de sangre, como los heraldos de una catástrofe innombrable.

Vivaqueó en una quebrada y él y el caballo se tumbaron juntos y el viento seco del desierto no dejó de soplar durante la noche y era un viento casi silencioso pues entre aquellas rocas no había resonancia. Al alba contemplaron la luz nueva en el este y luego él ensilló al caballo y lo guió sendero abajo atravesando una garganta donde encontró una cisterna metida en una pendiente de cantos rodados. El agua reposaba en sitio oscuro y las piedras estaban frecas y bebió y recogió agua con el sombrero para el caballo. Luego lo guió por la brida hacia la cresta y siguieron adelante, el hombre observando la planicie que se extendía al sur como al norte las montañas y el caballo chacoloteando detrás.

Al poco rato el caballo empezó a agitar la cabeza y en seguida ya no quiso andar. Él se quedó con el ronzal en la mano y estudió la región. Entonces vio a los peregrinos. Estaban desperdigados más abajo en un barranco, muertos y rodeados de sangre. Cogió su rifle y se agachó a la escucha. Llevó el caballo hasta la sombra de la pared de roca y lo ató y empezó a descender por las rocas.

Los penitentes yacían acuchillados y destripados entre las piedras en toda clase de posturas. Muchos de ellos estaban alrededor de la cruz caída, algunos mutilados y algunos sin cabeza. Quizá se habían congregado al pie de la cruz buscando protección pero el hoyo en donde la habían plantado y el montón de piedras que lo rodeaba mostraban que la cruz había sido derribada y el cristo, que ahora yacía con las cuerdas ciñéndole aún las muñecas y los tobillos, masacrado y despanzurrado.

El chaval se levantó y contempló el desolado espectáculo y entonces vio en un pequeño nicho en las rocas a una vieja arrodillada con la mirada baja y envuelta en un rebozo descolorido.

Pasó entre los cadáveres y se paró a su lado. Era

muy vieja y su rostro estaba gris y cuarteado y la arena se había acumulado en los pliegues de su vestido. Ella no levantó la vista. El chal que le cubría la cabeza estaba muy descolorido pero la tela conservaba como un motivo tejido figuras de estrellas y cuartos de luna y otras insignias de procedencia desconocida para él. Le habló en voz baja. Le dijo que era americano y que estaba muy lejos de su país de origen y que no tenía familia y que había viajado mucho y visto muchas cosas y que había estado en la guerra y pasado muchas penurias. Le dijo que la llevaría a un lugar seguro, entre paisanos de ella que le abrirían las puertas y que era lo mejor que podía hacer pues no podía dejarla en aquel lugar donde sin duda moriría.

Apoyó una rodilla en tierra descansando el rifle como si fuera un cetro. *Abuelita,* dijo. *¿No puedes oírme?*

Alargó la mano hacia el pequeño nicho y le tocó el brazo. La anciana se movió ligeramente, todo su cuerpo, liviano y rígido. No pesaba nada. No era más que una concha seca y llevaba muerta en aquel lugar varios años.

XXIII

En la llanura al norte de Tejas
Un viejo cazador de búfalos – Los rebaños milenarios
Recolectores de huesos – Una noche en la pradera
Los visitantes – Orejas de apache
Elrod toma la palabra – Asesinato
Llevándose al muerto – Fort Griffin – La colmena
Un número de circo – El juez – Un oso muerto
El juez habla de los viejos tiempos
Preparativos para la danza
El juez hablando de la guerra,
el destino, la supremacía del hombre
El salón de baile – La puta
El meadero y lo que allí había
Sie müssen schlafen aber Ich muss tanzen.

A finales del invierno de 1878 se encontraba en la llanura al norte de Tejas. Cruzó el río Brazos por el Double Mountain Fork una mañana en que el hielo cubría la ribera arenosa y cabalgó por un oscuro bosque enano de mezquites negros y retorcidos. Aquella noche montó el campamento en terreno alto donde un árbol abatido por el rayo le sirvió de cortavientos. No bien había encendido fuego cuando vio otro fuego en la oscuridad de la pradera. Como el suyo este se retorcía a merced del viento, como el suyo calentaba a un hombre solo.

Era un viejo cazador quien allí acampaba y el cazador le ofreció tabaco y le habló de búfalos y de los combates que había librado con ellos, acechando en un hoyo de un otero con los búfalos muertos en las proximidades y la manada que empezaba a congregarse y el cañón del rifle tan caliente que la grata chisporroteaba dentro del ánima y los animales a miles y decenas de miles y las pieles clavadas con estacas sobre kilómetros cuadrados de terreno y los equipos de desolladores relevándose las veinticuatro horas y venga tiros y más tiros durante semanas y meses de tal forma que las estrías se volvieron lisas y la culata empezó a soltarse de sus tornillos y tenían los hombros amarillos y azules hasta el codo y los carros se alejaban en hilera rechinando por la pradera hasta veinte y veintidós tiros de bueyes y toneladas y centenares de toneladas de pieles pétreas y la carne pudriéndose en el suelo y el aire hirviendo de moscas y de ratoneros y cuervos y la noche un apocalipsis de gruñidos y dentelladas con los lobos medio locos revolcándose en la carroña.

He visto carros Studebaker con tiros de seis y ocho bueyes camino de los terrenos de caza sin otra carga que plomo. Solo galena pura. A toneladas. Solo en esta región entre el Arkansas y el Conchos había ocho millones de cadáveres pues otras tantas pieles llevamos hasta la cabeza de vía. Hace dos años partimos de Griffin para una última cacería. Recorrimos toda la región. Seis semanas. Finalmente encontramos ocho búfalos y los matamos y volvimos. Han desaparecido. Todos los que Dios creó han desaparecido como si esa especie no hubiera existido jamás.

Las chispas viajaban en el viento. La pradera estaba en silencio. Más allá del fuego hacía frío y la noche era despejada y las estrellas caían. El viejo cazador se arropó en su manta. Me pregunto si habrá otros mundos como este, dijo. O si este es el único.

Cuando encontró a los buscadores de huesos llevaba cabalgando tres días por una región que desconocía. La llanura estaba reseca y como quemada y sus pequeños árboles negros y deformes y repletos de cuervos y por doquier astrosas jaurías de chacales y los huesos blanqueados por el sol de las manadas desaparecidas. Desmontó y guió el caballo a pie. Aquí y allá, en el arco que formaban las costillas, discos chatos de plomo renegrido como antiguos medallones de una cofradía de cazadores. A lo lejos los tiros de bueyes se movían despacio y los pesados carros crujían con un ruido seco. En estos carretones los buscadores arrojaban los huesos, rompiendo a patadas la arquitectura calcinada, partiendo los armazones a golpes de hacha. Los huesos traqueteaban en los carros, los buscadores levantaban un polvo blanquecino al andar. Los vio pasar, andrajosos, inmundos, los bueyes con mataduras y la mirada ida. Nadie le dirigió la palabra. En lontananza pudo ver una caravana que transportaba grandes cargamentos de huesos hacia el nordeste y más al norte otras cuadrillas de buscadores en plena faena.

Montó y siguió adelante. Los huesos se amontonaban en caballones de tres metros de alto y muchos más de largo o formaban grandes colinas cónicas con los emblemas de sus dueños en la parte superior. Alcanzó una de las carretas, un muchacho a horcajadas del buey de la rueda izquierda conducía con una guía simple y una fusta. Dos jóvenes subidos a un montículo de cráneos y huesos pélvicos le miraron con desfachatez.

Sus lumbres salpicaron el llano aquella noche y el chaval se sentó de espaldas al viento y bebió de una cantimplora del ejército y su cena consistió en un puñado de maíz seco. Por toda la región se sucedían los gemidos y ladridos de los lobos hambrientos y hacia el norte los relámpagos callados remedaban una lira rota sobre el oscuro confín del mundo. El aire olía a lluvia pero no llovió y las carretas pasaron en la noche cargadas de huesos como barcos oscuros y pudo oler los bueyes y oír su respiración. El acre olor de las osamentas lo invadía todo. Hacia la medianoche un grupo le saludó estando él en cuclillas frente a su lumbre.

Venid, dijo.

Salieron de la oscuridad, hoscos y maltrechos y vestidos con pieles. Portaban viejos fusiles militares salvo uno de ellos, que tenía un rifle de cazar búfalos, y no llevaban abrigo y uno de ellos calzaba unas botas hechas con los corvejones de algún animal arrancados de una pieza y las punteras estaban cerradas con sedal.

Buenas tardes, forastero, dijo en alto el mayor de los niños.

Los miró. Eran cuatro y un muchacho retrasado y se detuvieron al borde de la luz.

Venid, dijo.

Se acercaron despacio. Tres de ellos se pusieron en cuclillas y dos quedaron de pie.

¿Dónde está tu equipo?, dijo uno.

Ese no ha venido a buscar huesos.

No tendrás por ahí un poco de tabaco para mascar, ¿verdad?

Negó con la cabeza.

Supongo que tampoco tendrás whisky.

Ese no tiene whisky.

¿Adónde se dirige, señor?

¿Va hacia Griffin?

Los miró. Pues sí, dijo.

A buscar putas, seguro.

Ese no va de putas.

Está lleno de furcias en Griffin.

Bah, seguro que habrá estado allí más veces que tú.

¿Ha estado en Griffin, señor?

Aún no.

Está lleno de putas. Hasta en la sopa.

Dicen que a un día de viaje con el viento soplando de cara puedes pillar ladillas.

Se sientan en un árbol delante de un sitio que hay allí y si miras hacia arriba les ves las enaguas. Una noche llegué a contar hasta ocho en ese árbol. Sentadas como mapaches y fumando cigarrillos y llamándote a voces.

Dicen que es la ciudad más pecadora de todo el estado de Tejas.

En cuanto a asesinatos no hay un sitio mejor, para el que le interese ir.

Peleas a cuchillo. Todas las perrerías que uno pueda imaginar.

Los miró por turnos. Alcanzó un palo y avivó la lumbre y echó el palo a las llamas. ¿Es que os gusta todo eso?, dijo.

No hemos dicho tal cosa.

¿Os gusta beber whisky?

Habla por hablar. Ese no es un bebedor.

Pero si le has visto beber whisky no hace ni una hora.

También le he visto vomitarlo. ¿Qué son esas cosas que lleva alrededor del cuello?

Estiró el viejo escapulario que llevaba sobre el pecho y lo miró. Son orejas, dijo.

¿Qué?

Orejas.

¿Orejas de qué clase?

Tiró de la correa y las miró. Estaban totalmente negras y duras y secas y no tenían forma.

Humanas, dijo. Orejas humanas.

Eso no me lo trago, dijo el que tenía el rifle.

No le llames mentiroso, Elrod, podría matarte. Déjenos verlas si no le importa, señor.

Se sacó el escapulario por la cabeza y se lo pasó al chico que había hablado. Formaron un corro y palparon aquellos extraños colgantes.

Son de negro, ¿verdad?, dijeron.

Les rebana la oreja a los negros para que los reconozcan cuando se escapen.

¿Cuántas hay más o menos?

No sé. Antes había un centenar.

Levantaron el collar de modo que le diera la luz.

Orejas de negro, santo Dios.

No son de negro.

¿No?

No.

De qué, entonces.

De indios.

Y una mierda.

Elrod, estás avisado.

¿Cómo es que están tan negras si son de indio?

Se han puesto así ellas solas. Tan negras que ya no lo pueden estar más.

¿De dónde las ha sacado?

Mató a esos cerdos, ¿verdad, señor?

Haciendo de explorador en la pradera, ¿verdad?

Se las compré en California a un soldado que no tenía dinero para pagarse un trago.

Alargó el brazo y recuperó el escapulario.

Caracoles. Apuesto a que era explorador y se cargó a todos esos hijos de puta.

El que se llamaba Elrod señaló a los trofeos con el mentón y sorbió por la nariz. No sé para qué quiere esas cosas, dijo. Yo no las querría.

Los demás le miraron inquietos.

No sabe de dónde salen las orejas. Ese soldado al que se las quitó quizá dijo que eran de indio pero no es verdad.

El hombre guardó silencio.

Esas orejas podrían ser de caníbal o de cualquier otro negro extranjero. Me han dicho que en Nueva Orleans se pueden comprar cabezas enteras. Las traen por barco, las cabezas, y a cualquier hora del día las puedes comprar por cinco dólares.

Calla, Elrod.

El hombre se quedó con el collar en las manos. No

eran caníbales, dijo. Eran apaches. Yo conocí al hombre que las cortó. No solo eso, he cabalgado con él y le vi colgar de una soga.

Elrod miró a los otros y sonrió. Apaches, dijo. Apuesto a que esos pobres apaches no asustarían ni a una sandía, ¿eh, chicos?

El hombre levantó cansinamente la vista. No me estarás llamando embustero, ¿verdad, hijo?

Yo no soy su hijo.

¿Cuántos años tienes?

Eso no es asunto suyo.

Tiene quince.

Tú calla.

Se volvió al hombre. Ese no habla por mí, dijo.

Yo creo que sí. La primera vez que me hirieron yo tenía quince años.

A mí no me han herido nunca.

Todavía no has cumplido los dieciséis.

¿Es que va a dispararme?

Trato de evitarlo.

Vamos, Elrod.

Usted no dispara a nadie. Como no sea por la espalda o a alguien que está dormido.

Elrod, nos vamos.

En cuanto le he visto he sabido de qué palo iba.

Es mejor que te vayas.

Amenazarme con que me vas a disparar. Nadie lo ha hecho todavía.

Los otros cuatro estaban al límite del círculo de luz. El menor de ellos miraba a hurtadillas hacia el oscuro santuario de la noche.

Vete, dijo el hombre. Te están esperando.

Escupió a la lumbre del hombre y se secó la boca. Un convoy de carros pasaba hacia el norte por la pradera, pálidos y silenciosos los bueyes enyugados a la luz de las estrellas y los carros crujiendo débilmente seguidos de un farol de cristal rojo que parecía un ojo extranjero. Aquella región estaba repleta de niños violentos privados de sus padres por la guerra. Los compañeros de Elrod habían dado marcha atrás para ir a buscarle y eso probablemente le envalentonó aún más y es probable que dijera otras cosas al hombre pues cuando llegaron al fuego el hombre se había puesto de pie. Procurad que no se me acerque, dijo. Si le veo otra vez por aquí le mataré.

Cuando se hubieron marchado avivó el fuego, fue a por el caballo, le quitó las maniotas y lo ató y ensilló y luego extendió su manta un trecho más allá y se estiró para dormir.

El este no se había iluminado aún cuando despertó. El muchacho estaba de pie junto a las pavesas del fuego con el rifle en la mano. El caballo había resollado y volvió a resollar.

Sabía que te esconderías, dijo el muchacho en voz alta.

Apartó la manta y rodó de costado y montó la pistola y apuntó al cielo donde las estrellas ardían eternamente. Centró el punto de mira en la ranura fresada del armazón y sosteniendo el arma de esta forma apuntó con ambas manos describiendo un arco desde la oscuridad de los árboles hasta la forma más oscura del visitante.

Aquí me tienes, dijo.

El muchacho giró con el rifle e hizo fuego.

De todas formas, no habrías vivido mucho, dijo el hombre.

Amanecía gris cuando llegaron los otros. No traían caballos. Condujeron al retrasado hasta donde el joven yacía de espaldas con las manos juntas sobre el pecho.

No queremos líos, señor. Solo venimos a llevárnoslo.

Adelante.

Sabía que lo enterraríamos en esta pradera.

Vinieron de Kentucky, señor. Este chiquillo y su hermano. Sus padres están muertos los dos. Al abuelo lo asesinó un loco, lo enterraron en el bosque como a los perros. El pobre nunca ha tenido suerte en la vida y ahora no le queda nadie en el mundo.

Randall, mira bien al hombre que te ha convertido en huérfano.

El huérfano se lo quedó mirando inexpresivo con sus ropas demasiado grandes y empuñando un mosquete con la culata remendada. Tendría unos doce años y más que bobo parecía loco. Dos de sus compañeros estaban registrando los bolsillos del muerto.

¿Dónde está el rifle?

El hombre estaba de pie con la mano en el cinturón. Señaló hacia un árbol donde estaba apoyada el arma.

Fueron a buscarlo y se lo entregaron al hermano. Era un Sharp calibre cincuenta y el chiquillo, con el rifle y el mosquete, se quedó allí mirando de un lado a otro, extravagantemente armado.

Uno de los mayores le pasó el sombrero del muerto y luego habló al hombre. Pagó cuarenta dólares por ese rifle en Little Rock. En Griffin se pueden comprar por diez. No valen nada. ¿Nos vamos, Randall?

Randall no ayudó a llevar el cadáver porque era demasiado bajo. Cuando se alejaron por la pradera con el cuerpo del hermano a hombros los siguió portando el mosquete y el rifle del muerto y el sombrero del muerto. El hombre los vio partir. Allí no había nada. Se llevaban el cadáver por aquel yermo poblado de huesos hacia un horizonte desnudo. El huérfano se volvió una vez, le miró y se dio prisa en seguir a los demás.

Por la tarde atravesó el río Brazos por el paso McKenzie del Clear Fork y ahora caminaban él y el caballo uno al lado del otro hacia la ciudad en donde el fortuito conjunto de las farolas empezaba a formar en el largo crepúsculo rojo y en la oscuridad una falsa orilla de hospitalidad abrigada ante ellos sobre el llano bajo. Vieron enormes almiares de huesos, diques colosales compuestos de cráneos astados y los costillares curvos como viejos arcos de marfil allí amontonados tras alguna legendaria batalla, grandes riberos de costillas que se perdían en la noche de la llanura.

Entraron en el pueblo bajo una lluvia fina. El caballo relinchó y olisqueó tímidamente los jarretes de los otros animales emplazados frente a los burdeles iluminados por los que pasaban. Salía a la solitaria calle fangosa una música de violín y perros flacos cruzaban a su paso de sombra a sombra. Al final de las casas ató el caballo a una barra entre otros más y subió la poco empinada escalera hasta la luz empañada que salía del portal. Volvió la vista atrás una sola vez y miró la calle y las luces de las ventanas que se perdían en la oscuridad y el último resplandor en el oeste y las colinas bajas y oscuras de alrededor. Luego empujó la puerta y entró.

En el interior se había condensado una chusma más o menos agitada. Como si la tosca armadura de tablas erigida para contenerla ocupase una cloaca definitiva hacia la cual hubieran orientado sus pasos desde la pradera circundante. Un viejo con traje de tirolés arrastraba los pies por el entablado tendiendo su sombrero mientras una niña en bata corta accionaba un organillo y un oso vestido de crinolina evolucionaba de manera extraña sobre una tarima definida por velas de sebo puestas en hilera que chisporroteaban en sus charcos de grasa.

Se abrió paso hasta llegar al mostrador donde varios hombres en mangas de camisa sujetas por ligas servían cerveza o whisky. Detrás de ellos trabajaban niños yendo a por botellas y vasos a la trascocina. La barra estaba recubierta de cinc y el hombre apoyó los codos e hizo girar ante él una moneda de plata y luego la inmovilizó de un manotazo.

Hable o calle para siempre, dijo el mozo.

Whisky.

En seguida. Puso un vaso en la barra, descorchó una botella, sirvió como un octavo de pinta y cogió la moneda.

Se quedó mirando el whisky. Luego se quitó el sombrero y lo dejó sobre la barra y levantó el vaso y bebió muy pausadamente y dejó el vaso vacío en el mostrador. Se secó la boca y se volvió de espaldas a la barra y apoyó en ella los codos.

Observándole entre el humo que flotaba en la luz amarillenta estaba el juez.

Sentado a una mesa. Llevaba un sombrero redondo de ala estrecha y estaba rodeado de toda clase de hombres, vaqueros y boyeros y mayorales y carreteros y mineros y cazadores y soldados y buhoneros y jugadores y vagabundos y borrachos y ladrones y él estaba entre la hez de la tierra y los mendigos de toda la vida y estaba entre los vástagos fracasados de dinastías del este y en medio de aquella abigarrada asamblea el juez estaba y no estaba sentado con ellos, como si fuera una clase muy distinta de hombre, y parecía haber cambiado poco o nada en todos aquellos años.

Apartó la vista de aquella figura y se quedó mirando el vaso que sostenía vacío en las manos. Cuando levantó los ojos el mozo le estaba observando. Levantó el dedo índice y el otro le acercó el whisky.

Pagó, levantó el vaso y bebió. Había un espejo al fondo de la barra pero solo reflejaba humo y fantasmas. El organillo gemía y rechinaba y el oso evolucionaba pesadamente en el escenario con la lengua fuera.

Cuando se dio la vuelta, el juez estaba de pie hablando con otros hombres. El charlatán se abrió paso entre la multitud agitando las monedas en su sombrero. Putas de chillona indumentaria salían por una puerta que había al fondo del local y él las miró y miró al oso y cuando dirigió la vista hacia la sala el juez ya no estaba allí. Al parecer, el charlatán estaba en pleno altercado con unos hombres que estaban junto a la mesa. El charlatán gesticulaba con su sombrero. Uno de ellos señaló hacia la barra. Meneó la cabeza. En medio del alboroto sus voces eran incongruentes. El oso bailaba sobre la tarima como si en ello le fuera la vida y la niña le daba a la manivela y la sombra de la representación que el resplandor de las velas construía sobre la pared no habría encontrado referentes en cualquier mundo diurno. Vio que el charlatán se había puesto el sombrero tirolés y tenía las manos en jarras. Uno de los hombres se había sacado del cinto una pistola de caballería de cañón largo. Estaba apuntando hacia el escenario.

Unos se lanzaron al suelo, otros desenfundaron sus armas. El dueño del oso estaba parado como un feriante tenaz en una galería de tiro. El disparo fue atronador y a renglón seguido cesaron por completo los demás sonidos de la sala. La bala había atravesado al oso por la barriga. El animal soltó un gemido grave y empezó a bailar más rápido, sin romper el silencio más que con el batir de sus grandes patas sobre el entablado. La sangre le corría por la ingle. La niña atada al organillo estaba paralizada, la manivela a media subida. El hombre de la pistola disparó de nuevo y la pistola rebotó y rugió y otra vez el humo negro y el oso bramó y empezó a tambalearse como un borracho. Se tocaba el pecho y una ligera espuma de sangre le caía de la quijada. Luego se puso a farfullar y a llorar como un niño y dio unos cuantos pasos, siempre bailando, y se desplomó sobre la tarima.

Alguien había agarrado del brazo al causante de los disparos y la pistola iba de un lado a otro. El dueño del oso estaba estupefacto, estrujando el ala de su sombrero del viejo mundo.

Matad al puto oso, dijo el mozo.

La niña se había soltado del organillo y el instrumento cayó resollando al suelo. Corrió a arrodillarse junto al oso y empezó a mecerse con aquella enorme cabeza entre sus brazos sollozando sin parar. La mayoría de los clientes de la sala se habían levantado y estaban en el humeante espacio amarillo cruzados de brazos. Auténticas bandadas de putas se escabullían hacia la parte de atrás y una mujer subió al entarimado, pasó junto al oso y extendió las manos.

Se acabó, dijo. Se acabó.

¿Tú crees que sí, hijo?

Se dio la vuelta. El juez estaba junto a la barra y le miraba. Sonrió, se quitó el sombrero. La gran cúpula pelada de su cráneo brilló como un enorme huevo fosforescente.

Los últimos leales que quedan. Los últimos. Yo diría que están todos en el otro mundo menos tú y yo. ¿No te parece?

Intentó ver más allá del juez. Aquel corpachón le tapaba la vista. Oyó a la mujer anunciando que comenzaba el baile en el salón de la parte de atrás.

Y no han nacido aún los que tendrán buenos motivos para maldecir el alma del delfín, dijo el juez. Se volvió ligeramente. Hay tiempo de sobra para bailar.

A mí el baile no me interesa.

El juez sonrió.

El tirolés y otro hombre estaban inclinados sobre el oso. La niña sollozaba con la pechera del vestido oscura de sangre. El juez se inclinó sobre la barra y agarró una botella y la descorchó con la uña del pulgar. El corcho salió disparado como una bala hacia la oscuridad del techo. Se echó al gaznate un trago sustancioso y se apoyó en la barra. Tú estás aquí para bailar, dijo.

He de irme.

El juez puso cara de pena. ¿Irte?, dijo.

Asintió con la cabeza. Asió su sombrero, que descansaba sobre la barra, pero no lo levantó ni se movió de sitio.

Qué hombre no querría ser bailarín si pudiera, dijo el juez. Un gran invento, la danza.

La mujer estaba de rodillas y rodeaba a la niña con el brazo. Las velas chispeaban y el gran monte peludo del oso muerto en su crinolina yacía como un monstruo asesinado en pleno acto contra natura. El juez llenó hasta arriba el vaso que estaba vacío al lado del sombrero y lo empujó hacia adelante.

Bebe, dijo. Vamos. Puede que esta noche tu alma te sea reclamada.

Miró el vaso. El juez sonrió y señaló con la botella. Levantó el vaso y bebió.

El juez se lo quedó mirando. ¿Siempre tuviste la idea, dijo, de que si no hablabas nadie te reconocería?

Tú me has visto.

El juez no hizo caso. Te reconocí la primera vez que nos vimos y ya entonces me decepcionaste un poco. Ahora también. Aun así, al final te encuentro aquí conmigo.

Yo no estoy contigo.

El juez arqueó una ceja calva. ¿No?, dijo. Miró a su alrededor simulando perplejidad y como actor era pasable.

Yo no he venido en tu busca.

¿A qué, entonces?, dijo el juez.

¿Qué quiero de ti? He venido por lo mismo que cualquiera de estos.

¿Y cuál es ese motivo?

¿A qué motivo te refieres?

El que los ha traído aquí.

Para pasar un buen rato.

El juez le miró. Empezó a señalar a varios de los presentes y a preguntar si estaban allí para pasar un buen rato o si tenían la menor idea de por qué estaban allí.

No todo el mundo necesita tener una razón para ir a alguna parte.

En efecto, dijo el juez. No necesitan tener una razón. Pero su indiferencia no altera el orden de las cosas.

Miró al juez con deliberada cautela.

Lo expondré de otra forma, dijo el juez. Si es así que ni ellos mismos tienen un motivo y sin embargo están efectivamente aquí, ¿no será que es otro quien tiene motivos para que hayan venido? Y si esto es así, ¿sabes quién podría ser ese otro?

No. ¿Y tú?

Le conozco bien.

Llenó otra vez el vaso hasta el borde y bebió él de la botella y se secó la boca y se volvió contemplando la sala. Esto es una orquestación para un evento. Para un baile en realidad. Los participantes serán informados a su debido tiempo de sus papeles. Por el momento basta con que estén aquí. Como la danza es la cosa que nos ocupa y puesto que contiene en sí misma su propia organización, historia y final, no hay necesidad de que los bailarines comprendan también todas estas cosas. Sea cual sea el evento, la historia de todos no es la historia de cada cual como tampoco la suma de dichas historias y aquí nadie puede entender la razón de su presencia pues ninguno tiene manera de saber en qué consiste siquiera el evento. De hecho, si alguno lo supiera podría ser que decidiera ausentarse y verás que eso no forma parte del plan, si es que hay tal cosa.

Sonrió, sus grandes dientes brillaron. Bebió.

Un evento, una ceremonia. La orquestación que conlleva. La obertura aporta ciertas señales de firmeza. Incluye el asesinato de un oso grande. A nadie le parecerá extraño o insólito el desarrollo de la velada, ni siquiera a quienes dudan de la moralidad de los eventos así ordenados.

Pues bien, una ceremonia. Se podría argüir que no existen diversas categorías de ceremonia sino solo ceremonias de mayor o menor grado y siguiendo con esta argumentación diremos que aquí se trata de una ceremonia de cierta magnitud que comúnmente recibe el nombre de ritual. Todo ritual implica derramamiento de sangre. Los rituales que eluden este requerimiento son mera parodia. Es ahí donde se descubre la falsificación. No lo dudes. Esa sensación en el pecho que evoca el recuerdo infantil de la soledad, como cuando los demás se han ido y solo queda el juego con su solitario participante. Un juego solitario, sin competidor. Donde las únicas reglas dependen del azar. No mires a otro lado. No estamos hablando de misterios. Tú, precisamente, no eres extraño a esa sensación, al vacío y el desaliento. Es contra eso que empuñamos las armas, ¿verdad? ¿No es la sangre lo que liga el mortero? El juez se inclinó hacia él. ¿Qué crees que es la muerte, hombre? ¿De quién hablamos cuando hablamos de un hombre que fue y ya no es? ¿Se trata de enigmas indescifrables o no será que forman parte del ámbito de cada cual? ¿Qué es la muerte sino un instrumento? ¿Y cuál es su objeto? Mírame.

No me gustan las chifladuras.

Ni a mí. Ni a mí. Créeme. Míralos bien. Escoge a uno cualquiera. Ese de ahí. Mira. El que no lleva sombrero. Tú sabes lo que piensa del mundo. Puedes leerlo en su cara, en su porte. Pero cuando se queja de que la vida es un fiasco no está siendo sincero. Oculta que los hombres no son como a él le gustaría que fuesen. Que no lo han sido nunca ni lo serán jamás. Así ve él las cosas, su vida es blanco de tantas dificultades y difiere tanto de la arquitectura prometida que ese hombre es poco más que un nicho andante en cuyo interior cuesta mucho imaginarse al espíritu humano. ¿Puede decir, un hombre así, que no está siendo víctima de un maleficio? ¿Que no hay poder ni fuerza ni causa? ¿Qué clase de hereje dudaría por igual de la autoridad y del demandante? ¿Es capaz de creer que la miseria de su existencia no es algo impuesto? ¿Sin gravámenes, sin acreedores? ¿Que los dioses de la venganza y de la compasión duermen en sus respectivas criptas y que tanto si exigimos cuentas como la destrucción de todos los libros nuestros gritos no suscitan más que un mismo silencio y que es dicho silencio lo que prevalecerá? ¿A quién le está hablando, hombre? ¿No lo ves?

En efecto el hombre murmuraba para sí, mirando siniestramente de un lado a otro de la sala en donde al parecer no tenía amigos.

Cada hombre busca su propio destino y el de nadie más, dijo el juez. Lo quiera o no. Aunque uno pudiera descubrir su destino y elegir en consecuencia un rumbo opuesto solo llegaría fatalmente al mismo resultado y en el momento previsto, pues el destino de cada uno de nosotros es tan grande como el mundo en que habita y contiene en sí mismo todos sus opuestos. Este desierto en el que tantos y tantos hombres han perecido es inmenso y exige de cualquiera un corazón grande pero a la postre también está vacío. Es duro y estéril. Su naturaleza es la piedra.

Llenó el vaso. Bebe, dijo. La vida sigue. Tenemos baile cada noche y esta noche no será una excepción. El camino recto y el tortuoso son uno solo, y ya que estás aquí, ¿qué importan los años transcurridos desde que nos vimos por última vez? Los recuerdos de los hombres son inciertos y el pasado que fue difiere muy poco del pasado que no fue.

Cogió el vaso que el juez había vuelto a colmar y bebió y lo dejó sobre la barra. Miró al juez. He estado por todas partes, dijo. Este sitio solo es uno más.

El juez arrugó la frente. ¿Has apostado testigos?, dijo. ¿Para que te informen de la existencia continuada de esos lugares una vez los has abandonado?

Disparates.

¿Tú crees? ¿Dónde está el ayer? ¿Dónde están Glanton y Brown y dónde el cura? Se acercó un poco más. ¿Dónde está Shelby, a quien dejaste a merced de Elías en el desierto, y dónde está Tate, al que abandonaste en las montañas? ¿Dónde están las damas, ah, aquellas preciosas y tiernas damas con las que bailaste en el palacio del gobernador cuando eras un héroe ungido con la sangre de los enemigos de la república que habías elegido defender? ¿Y dónde está el violinista y dónde el baile?

Supongo que eso lo sabes tú.

Te diré una cosa. A medida que la guerra se vuelva ignominiosa y su nobleza sea puesta en tela de juicio los hombres honorables que reconocen la santidad de la sangre empezarán a ser excluidos de la danza, que es el derecho del guerrero, y en consecuencia la danza se convertirá en algo falso y los danzantes en falsos danzantes. Y sin embargo siempre habrá allí un verdadero bailarín y a ver si adivinas quién puede ser.

Tú no eres nada.

Eso es más cierto de lo que crees. Pero te voy a decir una cosa. Solo el hombre que se ha ofrecido enteramente a la sangre de la guerra, que ha estado en el fondo del hoyo y ha visto toda suerte de horrores y comprendido por fin que la guerra habla a lo más íntimo de su corazón, solo ese hombre es capaz de bailar.

Cualquier bestia puede.

El juez dejó la botella sobre el mostrador. Óyeme bien, dijo. En el escenario hay sitio para un único animal. Los demás están destinados a una noche que es eterna e innombrable. Las candilejas iluminarán su descenso uno por uno hacia la oscuridad. Los osos que bailan, los osos que no.

Se dejó llevar por el tropel de gente hacia la puerta del fondo. En la antesala había hombres jugando a las cartas, brumosos entre el humo. Una mujer iba recogiendo los vales a medida que los hombres pasaban al cobertizo que había en la parte posterior. La mujer le miró. Él no tenía vale. Le indicó una mesa donde una mujer vendía los vales y metía el dinero por la pequeña ranura de una caja fuerte metálica empujando con una piedra plana. Pagó el dólar, cogió la ficha estampillada, la entregó en la puerta y pasó.

Se encontró en una sala amplia con una plataforma para los músicos en un extremo y una gran estufa casera hecha de chapa de hierro en el otro. Había escuadrones enteros de prostitutas. Con sus sucias batas, sus medias verdes y sus bragas color melón, vagaban en la humosa luz de aceite como libertinas de ensueño, a la vez infantiles y lúbricas. Una de ellas, enana y morena, le cogió del brazo y le miró con una sonrisa.

Te he visto en seguida, dijo. Siempre elijo al que yo quiero.

Le hizo cruzar una puerta donde una mexicana vieja entregaba toallas y velas y subieron a oscuras como refugiados de alguna sórdida catástrofe la escalera de tablones que llevaba a las habitaciones de arriba.

Tumbado en aquel pequeño cubículo con los pantalones por las rodillas la observó. Vio que recogía su ropa y que se la volvía a poner y vio que acercaba la vela al espejo y se examinaba la cara. Ella giró la cabeza y le miró.

Vamos, dijo. He de irme.

Vete.

No puedes quedarte aquí. Venga. He de irme.

Se incorporó y pasó las piernas sobre el borde de la pequeña cama de hierro y se levantó y se subió los pantalones y se los abotonó y se abrochó el cinturón. El sombrero estaba en el suelo y lo recogió y lo sacudió contra su pierna antes de ponérselo.

Te convendría ir abajo y tomarte algo, dijo ella. Te pondrás bien.

Ya estoy bien ahora.

Salió. Al final del pasillo volvió la vista atrás. Luego bajó por la escalera. Ella había salido a la puerta. Sostenía la vela en una mano y con la otra se cepillaba el pelo hacia atrás y le miró mientras él se perdía en la oscuridad de la escalera y luego entró y cerró la puerta.

Estaba al borde de la pista de baile. Un corro de personas había tomado la pista y sonreían y se hablaban a voces cogidos de las manos. En el escenario había un violinista sentado en un taburete y un hombre iba de punta a punta gritando las figuras de la danza y haciendo los gestos y los pasos que pretendía enseñarles. En el patio ahora oscuro grupos de tonkawas miserables estaban parados en mitad del barro y sus rostros eran como extraños retratos dentro del bastidor formado por la luz de las ventanas. El violinista se levantó y encajó el instrumento bajo su mandíbula. Hubo un grito y la música empezó y el corro de danzantes se echó a girar pesadamente y con mucho arrastrar de pies. Salió por detrás.

La lluvia había cesado y el aire era frío. Se quedó de pie en el patio. Las estrellas surcaban el cielo, por miríadas y al azar, corriendo a lo largo de breves vectores desde sus orígenes en la noche hacia sus destinos en la nada y el polvo. En el salón de baile el violín chillaba y los bailarines ejecutaban sus pasos. En la calle unos hombres llamaban a la niña cuyo oso había muerto pues se había perdido. Iban por los solares oscuros armados de farolas y antorchas y gritaban su nombre.

Siguió acera abajo hacia el meadero. Se quedó afuera para escuchar las voces que se alejaban y contempló de nuevo las calladas trayectorias de las estrellas que morían del otro lado de las colinas. Luego abrió la puerta de madera basta del meadero y entró.

El juez estaba sentado en la taza. Estaba desnudo y se levantó sonriente y lo estrechó contra sus inmensas y terribles carnes y corrió el pestillo de madera de un manotazo.

En la taberna dos hombres que querían comprar la piel del oso estaban buscando al dueño. El animal yacía sobre el escenario en un inmenso charco de sangre. Todas las velas se habían extinguido salvo una, que se consumía en su propia grasa como una lámpara votiva. En el salón de baile un joven acompañaba al violinista siguiendo el compás con un par de cucharas que hacía chocar entre sus rodillas. Las putas se contoneaban medio desnudas, algunas con los pechos al aire. Detrás del local dos hombres bajaban por el entablado en dirección al meadero. Un tercero estaba allí de pie orinando en el fango.

¿Hay alguien dentro?, dijo el primer hombre.

El que se estaba aliviando no levantó la vista. Yo de vosotros no entraría, dijo.

¿Hay alguien dentro?

Yo no entraría.

Terminó y se abrochó el pantalón y se encaminó por la acera hacia las luces. El primer hombre le vio alejarse y luego abrió la puerta del meadero.

Dios del cielo, dijo.

¿Qué pasa?

No respondió. Pasó junto al otro y regresó por el entablado. El segundo hombre se quedó mirando su espalda. Luego abrió la puerta y miró al interior.

En la taberna habían puesto al oso sobre una lona de carro y se pedían voluntarios para echar una mano. El humo del tabaco rodeaba las lámparas de la antesala como una niebla maligna y los hombres envidaban y tiraban sus cartas murmurando por lo bajo.

Se produjo una pausa en el baile y un segundo violinista subió al escenario y los dos pulsaron sus cuerdas y giraron las pequeñas clavijas de madera hasta quedar satisfechos con la afinación. Muchos de los presentes se tambaleaban ebrios por la sala y algunos se habían despojado de camisas y chaquetas y estaban con el torso desnudo y sudando aunque en la sala hacía frío suficiente para empañar el aliento. Una puta enorme estaba dando palmas en el estrado y pedía a gritos que siguiera la música. No llevaba otra cosa que unos calzones de hombre y varias de sus hermanas iban ataviadas igualmente con lo que parecían trofeos: sombreros o pantalones o guerreras de caballería en tela cruzada azul. Cuando la música empezó a sonar se produjo un clamor general y un voceador se situó delante y empezó a cantar los pasos y los danzantes saltaron y gritaron y se dieron de empellones.

Y bailaron, las tablas del suelo vapuleadas por las botas de montar y los violinistas sonriendo horriblemente sobre sus instrumentos decantados. Dominándolos a todos está el juez y el juez baila desnudo con sus pequeños pies vivaces y raudos y ahora dobla el tiempo, dedicando venias a las damas, titánico y pálido y pelado, como un infante enorme. Él no duerme nunca, dice. Dice que nunca morirá. Saluda a los violinistas y luego recula y echa atrás la cabeza y ríe desde lo hondo de su garganta y es el favorito de todos, el juez. Agita su sombrero y el domo lunar de su cráneo luce pálido bajo las lámparas y luego gira y gira y se apodera de uno de los violines y hace una pirueta y luego un paso, dos pasos, bailando y tocando. Sus pies son ágiles y ligeros. Él nunca duerme. Dice que no morirá nunca. Baila a la luz y a la sombra y es el favorito de todos. No duerme nunca, el juez. Está bailando, bailando. Dice que nunca morirá.

Epílogo

Al amanecer, un hombre avanza por la llanura a medida que hace agujeros en el suelo. Usa una herramienta de dos mangos y la hunde en el agujero y prende fuego con su acero a la piedra hoyo tras hoyo sacando chispas de la roca que Dios ha puesto allí. Detrás de él en la llanura están los nómadas en busca de huesos y los que no buscan nada y avanzan a sacudidas como mecanismos cuyos movimientos estuvieran controlados por escape y paleta de manera que parecen frenados por una prudencia o una introspección que carece de realidad interior y en su avance cruzan uno tras otro ese rastro de agujeros que va hasta el límite mismo del terreno visible y que parece menos la búsqueda de una permanencia que la verificación de un principio, una confirmación de la secuencia y la causalidad como si cada perfecto agujero redondo debiera su existencia al que le precede en esa pradera donde están los huesos y los recolectores de huesos y los que nada recogen. Saca chispas del agujero y retira su instrumento. Luego reanudan todos la marcha.

TAMBIÉN DE CORMAC McCARTHY

"Su historia sobre la supervivencia y el milagro de la bondad sólo suma al prestigio de McCarthy como maestro. Es terrorífica, sobrecogedora y, en última instancia, bellísima. Podría fácilmente ser el mejor libro del año, punto".
—San Francisco Chronicle

LA CARRETERA

Un padre y su hijo caminan solos por una América devastada. Nada se mueve en el paisaje quemado salvo cenizas en el viento. El cielo es oscuro, la nieve gris y el frío es capaz de romper las rocas. Su destino es la costa, aunque no saben qué, si algo, les espera allí. No tienen nada; sólo una pistola para defenderse contra las bandas que acechan la carretera, la ropa que llevan puesta, un carrito con comida y el uno al otro. *La carretera* es la historia profundamente conmovedora de un viaje. Un libro que atrevidamente imagina un futuro en el que no queda esperanza, pero en el que un padre y un hijo que sólo se tienen a sí mismos, sobreviven por amor.

Ficción/Literatura/978-0-307-47325-7

"Vívida, elocuente... La carretera *es... consistentemente genial en su imaginar de la condición póstuma de la naturaleza y la civilización".* —The New York Times Book Review

VINTAGE ESPAÑOL
Disponible en su librería favorita, o visite
www.grupodelectura.com